2011年版全国经济专业技术资格考试

工商管理专业知识与实务（中级）
全程应试辅导

成启东　编著

中国宇航出版社

·北京·

内 容 简 介

本书以 2011 年全国经济专业技术资格考试大纲和教材为依据，结合历年考试真题，按照"读书、做题、模考"三段学习法的科学思路安排内容，帮助考生把握命题思路、掌握重点、攻克难点，以达到有的放矢、提高效率的效果，是应考者快速贯通考点、顺利通过考试的必备书籍。

版权所有　侵权必究

图书在版编目（CIP）数据

工商管理专业知识与实务（中级）全程应试辅导／成启东编著. -- 北京：中国宇航出版社，2011.9
（2011 年版全国经济专业技术资格考试）
ISBN 978 - 7 - 5159 - 0034 - 6

Ⅰ.①工… Ⅱ.①成… Ⅲ.①工商行政管理 - 从业人员 - 资格考核 - 自学参考资料 Ⅳ.①F203．9

中国版本图书馆 CIP 数据核字（2011）第 172488 号

策划编辑	董　琳	封面设计	上品设计
责任编辑	董　琳	责任校对	许　磊

出　版
发　行　**中国宇航出版社**

社　址　北京市阜成路 8 号　邮　编　100830
　　　　（010）68768548
网　址　www.caphbook.com
经　销　新华书店
发行部　（010）68371900　　（010）88530478（传真）
　　　　（010）68768541　　（010）68767294（传真）
零售店　读者服务部　　北京宇航文苑
　　　　（010）68371105　　（010）62529336
承　印　北京中新伟业印刷有限公司

版　次　2011 年 9 月第 1 版
　　　　2011 年 9 月第 1 次印刷
规　格　787 × 1092
开　本　1/16
印　张　17
字　数　525 千字
书　号　ISBN 978 - 7 - 5159 - 0034 - 6
定　价　35.00 元

本书如有印装质量问题，可与发行部联系调换

序　言

为了帮助参加 2011 年全国经济专业技术资格考试的广大考生顺利过关，我们组织了有多年考试辅导经验的专家学者，精心编写了这套"2011 年版全国经济专业技术资格考试全程应试辅导"丛书。该考试分为初级、中级两个层次，通过该考试是取得相应初级、中级经济技术职称的必备条件。

本书在编写过程中力求体现以下功能与特点：

第一，与时俱进，紧扣大纲。本书严格按照国家人事部颁布的 2011 年全国经济专业技术资格考试大纲及统编教材编写，所选习题及答案均以此为依据。

第二，栏目设置科学、合理。本书按照"读书、做题、模考"三段学习法的科学思路相应设置了"考点精讲与真题解析""同步自测""模拟试卷"三个栏目，以全程辅导的形式帮助读者按照正确的方法复习备考、集考点背诵手册、练习题集及押题模考试卷三项功能于一体。

第三，贴近实战，准确把握考试难度和命题特点。众所周知，历年真题是最好的练习题。本书在例题的选取上便是以历年真题为主，通过真题演练让考生了解考试的重点、难点、难度等关键问题，有的放矢，切实提高广大考生的应试能力。

第四，答案解析准确、详尽，便于读者自学。大部分考生都是在职人士，主要依靠自学，本书对每道习题都进行了准确、详尽的答案解析，非常便于读者自学。

准确把握学习规律、掌握科学学习方法是顺利通过考试的重要因素。根据我们多年的考试辅导经验，三段学习法是一种行之有效的好方法，即按照读书、做题、模考三个阶段进行复习备考。每个阶段有每个阶段的任务，需要大家尽力去完成，以达到事半功倍的效果。

第一阶段，认真阅读教材。本书"考点精讲"部分，是对指定教材的提炼与归纳，可以帮助读者迅速掌握重点，熟悉常见考点。

同时参照"真题解析"明白考试考什么、怎么考，哪些需要理解，哪些需要熟记，哪些需要再认，哪些需要再现。这对于提高学习质量与效率至关重要。

第二阶段，章节演练。仅仅熟悉考点还远远不够，这只是初步掌握知识结构，必须把知识转化为解题的能力，这就需要进行大量的习题演练。本书"同步自测"提供了大量全面覆盖考点、接近考试真题、难易适中的练习题。同时，我们对每一道习题都进行了深度解析，让大家知其然更知其所以然。学完一章内容后，应该马上进行同步自测，第一时间检验学习效果，迅速发现并解决问题。这是一个不可缺少的信息反馈、建立考点反射的过程。

第三阶段，模拟考试。至少要进行两次模拟考试。因为正式考试是在特定环境下、固定时间内对解题能力的考查，这要求考生必须保证较高的答题速度和正确率。大家可以找一个与考场近似的环境，严格按照规定的时间进行模拟考试。

本书模拟试题在考核重点、题型、题量、难度、命题风格等方面接近真题，是广大读者考前全面检验学习效果的标尺。

对于本套丛书的编写尽管我们已经殚精竭虑，但由于水平有限、时间紧迫，不周之处在所难免，希望大家谅解。我们的联系电话是 13681387472，邮件 suoxh@139.com，欢迎大家联系，我们一定竭诚为您解答。

预祝广大读者顺利通过 2011 年全国经济专业技术资格考试，在新的人生征程中大展鸿图。

编　者

2011 年 8 月于中央财经大学

目　录

第一章　企业战略与经营决策

 考情分析

　　第一章是管理学基础知识，涵盖了企业战略的环境分析、选择、制定、实施与控制，以及企业经营决策等重要内容，本章主要多以单选题、多选题、案例题出现。

最近三年本章考试题型及分值

年　份	单项选择题	多项选择题	案例分析题	合　计
2008 年	14 题 14 分	2 题 4 分	2 题 4 分	18 题 22 分
2009 年	15 题 15 分	2 题 4 分	1 题 2 分	18 题 21 分
2010 年	10 题 10 分	2 题 4 分	3 题 6 分	13 题 20 分

 考点精讲与真题解析

第一节　企业战略概述

考点一 企业战略的特征与战略管理的方法

（一）企业战略的特征与层次

　　企业战略是指企业在市场经济竞争激烈的环境中，在总结历史经验、调查现状、预测未来的基础上，为谋求生存和发展而作出的长远性、全局性的谋划或方案。

　　1. 企业战略的特征

　　企业战略的特征如表 1－1 所示。

表 1－1　企业战略的特征

企业战略的特征	含义
全局性与复杂性	根据企业总体发展的需要而制定的，它所追求的是整体效果，因而是一种总体决策。全局是由若干局部所组成，战略的制定、实施和评价都是一个复杂的系统工程
稳定性与动态性	企业战略制定的着眼点在未来而不是目前，需要考虑长远的效益，因此，企业战略实施过程具有较强的稳定性。但是，如果企业内外部环境发生较大的变化，企业战略必须能够随之修改，因此，战略又具有动态性的特点
收益性和风险性	企业战略的目标是达成企业发展的愿景和未来目标，因此，对企业自身而言，企业战略能够带来显性或隐性的收益。同时，随着环境动态性的增强，许多事物具有不可测性，环境的不确定性因素增多，因此企业战略的制定及实施具有一定的风险性

2. 企业战略的层次

企业战略一般分为三个层次：企业总体战略、企业业务战略和企业职能战略，如图1-1所示。

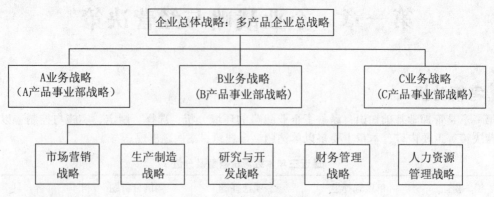

图1-1　企业战略层次图

（1）企业总体战略。一般是以公司整体为研究对象，研究整个企业生存和发展中的一些基本问题，它是企业总体的最高层次的战略，是整个企业发展的总纲，是企业最高管理层指导和控制企业的一切行为的最高行动纲领。企业总体战略决定和揭示企业的目的和目标。

（2）企业业务战略（竞争战略或事业部战略）。是企业内部各部门和所属单位在企业总体战略指导下，经营管理某一个特定的经营单位的战略计划。企业业务战略是位于经营层面的战略，它的目的（或重点）是改进一个业务单位在它所从事的行业中，或某一特定的细分市场中所提供的产品和服务竞争地位。它是在总体性企业战略的指导下，经营某一特定经营单位所制定的战略计划，是企业总体战略之下的子战略。

（3）企业职能战略。是为实现企业战略而对企业内部各项关键职能活动作出统筹安排，包括生产制造战略、市场营销战略、财务管理战略、人力资源管理战略和研究与开发战略等。企业职能战略主要解决资源利用效率问题，使企业资源利用效率最大化。

【例1-1】某家电企业决定进军医药行业，这属于（　　　　）层次的企业战略。（2010年单选题）

A. 总体战略　　　　B. 职能战略　　　　C. 业务战略　　　　D. 重组战略

【解析】A　企业总体战略决定和揭示企业的目的和目标，A选项入选。

【例1-2】某食品生产企业决定进军家电业，该企业的这项战略属于（　　　　）。（2009年单选题）

A. 企业业务战略　　　　　　　　　　B. 企业职能战略

C. 企业竞争战略　　　　　　　　　　D. 企业总体战略

【解析】D　"食品生产"企业进军"家电业"，该战略属于关系到整个企业发展的总体战略。本题考核企业战略的层次。

（二）企业战略管理的内涵

企业战略管理是指企业战略的分析与制定、评价与选择以及实施与控制，使企业能够达到其战略目标的动态管理过程。首先，企业战略管理是企业战略的分析与制定、评价与选择、实施与控制，三者形成一个完整的、相互联系的管理过程。其次，企业战略管理是把企业战略作为一个不可分割的整体来加以管理的，其目的是提高企业整体优化的水平，使企业战略管理各个部分有机整合以产生集成效应。最后，企业战略管理关心的是企业长期稳定和高速度发展，它是一个不断循环往复、不断完善、不断创新的过程，是螺旋式上升的过程。

考点二　企业战略的制定

一个战略的制定过程实际上就是战略的决策过程，如果企业不能对战略制定的所有工作进行科学有序的管理，企业就难以及时有效地制定出正确的经营战略。其基本步骤如下：

（1）确定企业的愿景、使命和战略目标。

（2）准备战略方案。

（3）评价和确定战略方案。

考点三　企业战略的实施

企业战略实施是企业战略管理的关键环节，是动员企业全体员工充分利用并协调企业内外一切可利用的资源，沿着企业战略的方向和途径，自觉而努力地贯彻战略，以期待更好地达成企业战略目标的过程。

（一）企业战略实施的步骤

战略实施流程主要包括三个步骤，如图1－2所示。

（1）战略变化分析	（2）战略方案分解与实施	（3）战略实施的考核与激励
企业在实施战略时，首先要清楚地认识到企业要发生怎样的变化才能成功地实施战略。企业管理者应当正确分析和判断企业是执行原有战略，还是常规的战略变化，或是有限的战略变化，是否需要彻底的战略变化或使企业改变自身的经营方向，进行企业转向	为了便于执行，需要将战略方案从时间和空间两个方面进行分解。将企业战略分解为几个战略实施阶段，每个阶段都要有分段的目标、政策措施、部门政策及相应的方针和战略行动计划	企业战略实施的考核通常利用关键绩效指标法（KPI）和平衡记分卡等方法实施。在考核结束后，应对员工进行合理的奖惩，从而鼓励员工，提升员工满意度

图1－2　战略实施流程

（二）企业战略实施的模式

在企业战略实践中，战略实施有五种不同的模式：

1. 指挥型

战略制定者要向企业高层领导提交企业战略的方案，企业高层领导经研究后作出结论，确定战略后，向企业管理人员宣布企业战略，然后强制下层管理人员执行。这种模式的特点是企业管理者考虑的是如何制定一个最佳战略的问题。

2. 转化型

转化型模式是从指挥型转变来的。该模式十分重视运用组织结构、激励手段和控制系统来促进战略实施。在原有分析工具的基础上增加了三种组织行为科学的方法：①利用组织机构和参谋人员明确地传递企业优先考虑的事务和信息，把注意力集中在所需要的领域；②实施规划系统、效益评价以及激励补偿等手段，以便支持实施战略的行政管理系统；③运用文化调节的方法促进整个系统发生变化。该模式的缺点是：如过分强调组织体系和结构，有可能失去战略的灵活性，因此该模式较适合于环境确定性较大的企业。

3. 合作型

该模式把战略决策范围扩大到企业高层管理集体之中，调动了高层管理人员的积极性和创造性。协调高层管理人员成为管理者的工作重点。它的不足之处是，战略是不同观点、不同目的的参与者相互协商后的产物，可能会降低战略的经济合理性。这种模式比较适合于复杂而又缺少稳定性环境的企业。

4. 文化型

该模式是把合作型的参与成分扩大到了企业的较低层次，力图使整个企业人员都支持企业的目标和战略。这种模式的不足之处在于，企业员工必须有较高的素质，企业采用这一模式要耗费较多的人力和时间，强烈的企业文化可能会掩盖企业中的某些问题。

5. 增长型

在这一模式中，企业的战略是从基层单位自下而上地产生。它的关键是激励管理人员的创造性，制定与实施完善的战略，使企业的能量得以发挥，并使企业实力得到增长。这种模式对管理者的要求很高，要能正确评判下层的各种建议，淘汰不适当的方案。

【例1-3】企业在战略实施过程中，深入宣传发动、使所有人员都参与并且支持企业的目标和战略，这是（　　　）战略实施模式。（2007 单选题）

A. 指挥型　　　　　B. 转化型　　　　　C. 合作型　　　　　D. 文化型

【解析】D　文化型模式是把合作型的参与成分扩大到了企业的较低层次，力图使整个企业人员都支持企业的目标和战略。在该模式中，管理者起到指导者的作用，通过灌输一种适当的企业文化，使战略得以实施。

考点四　企业战略的控制

战略控制，是指企业战略管理者及参与战略的实施者根据战略目标和行动方案，对战略的实施状况进行全面评审，及时发现偏差并纠正偏差的活动。

（一）战略控制的原则

1. 确保目标原则

战略控制过程是确保达成企业目标的过程，通过执行战略计划确保战略目标的实现。既要控制短期性经营活动，也要控制长期性战略活动。

2. 适度控制原则

控制过程要严格但不乏弹性。控制切忌过度，只要能保持与目标的一致性，保持战略实施的正确方向，就应尽可能少地干预实施过程中发生的问题。否则，控制过多可能会引起混乱和目标移位。

3. 适时控制原则

控制要掌握适当时机、选择适当的时候进行战略修正，要尽可能避免在不该修正时采取行动或者在需要纠正时没有及时采取行动。

4. 适应性原则

控制应能反映不同经营业务的性质与需要。经营业务有大有小，对达成组织目标的影响力有轻有重，应视各部门的业务范围、工作特点等制定不同监控标准和方式，才能适应不同经营业务的需要。

（二）战略控制的流程

战略控制的目标就是使企业战略的实际实施效果尽量符合战略的预期目标。为了达到这一点，战略控制过程可以分为四个步骤，如图1-3所示。

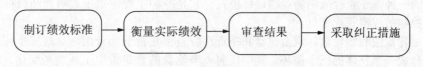

图 1-3　战略控制的流程

战略控制过程实际上是一个不断肯定与否定的循环过程。在这一过程中，不仅要发现问题，找到原因，纠正偏差，而且也应该肯定成绩，总结经验，以资激励。

（三）战略控制的方法

战略控制需要综合、正确地运用各种现代化的控制方法，而且控制方法的选择恰当与否将直接关系到控制的效果。

1. 杜邦分析法

美国杜邦公司开发使用的杜邦分析法财务控制系统在国际上已得到广泛的承认。如图 1-4 所示，杜邦分析法利用几种主要的财务比率之间的关系来综合地分析企业的财务状况，从而用来评价公司赢利能力和股东权益回报水平，从财务角度评价企业绩效和战略实施状况。

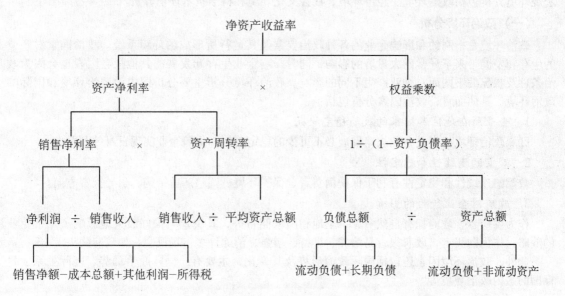

图 1-4　杜邦分析法

【例 1-4】 企业通常运用各种现代化的控制方法进行战略控制。运用杜邦分析法旨在进行（　　）。（2009 年单选题）

A. 质量控制　　　　B. 进度控制　　　　C. 财务控制　　　　D. 工艺控制

【解析】 C　杜邦分析法是一种用来评价公司赢利能力和股东权益回报水平，从财务角度评价企业绩效的经典方法。企业可通过该种方法详细了解企业的经营状况，进行财务控制。

2. 平衡记分卡

平衡记分卡是将组织的战略落实为可操作的衡量指标和目标值的一种新型绩效评价方法。设计平衡记分卡的目的就是要建立"实现战略引导"的绩效监控系统，从而保证企业战略得到有效的执行。因此，人们通常称平衡记分卡是加强企业战略执行力的最有效的战略控制工具。

平衡记分卡的设计包括四个方面：财务角度、顾客角度、内部经营流程、学习与成长。

3. 利润计划轮盘

利润计划轮盘是由哈佛商学院王商管理学教授罗伯特·西蒙斯 1998 年在《利润计划要诀》

一文中提出的一种基于企业战略的业绩评价模式，它是一种主要应用于战略业绩目标的制定和战略实施过程控制的战略管理工具。

利润计划轮盘由利润轮盘、现金轮盘和净资产收益率轮盘三部分组成。这三个轮盘就像齿轮一样相互咬合成一个整体的三个循环，其中任何一个轮盘的数量发生了调整和变化，就会导致所有变量的改变，管理者在制定利润计划之前，必须对三个轮盘进行分析。

第二节　企业战略分析

考点五　宏观环境分析

战略环境分析是企业战略管理的基础，其任务是根据企业目前的市场"位置"和发展机会来确定未来应该达到的市场"位置"。战略环境分析主要包括宏观环境分析、行业环境分析和企业内部环境分析。

宏观环境是指在国家或地区范围内对一切产业部门和企业都将产生影响的各种因素或力量。宏观环境分析包括政治环境、经济环境、社会文化环境和科学技术环境分析。

（一）政治环境分析

政治环境是指制约和影响企业的各种政治要素及其运行所形成的环境系统。政治因素对企业的生存和发展带来了异常巨大显著的影响，同时影响企业生存和发展的其他社会因素也会因为政治条件及状况的不同而对企业产生不同的影响。政治环境分析主要分析国内的政治环境和国际的政治环境。具体而言，政治因素分析包括：

1. 企业所在地区和国家的政局稳定状况

区域政治环境稳定是企业战略发展必不可少的稳定前提，保障企业实现自身的利益。

2. 政策的连续性和稳定性

政策的连续性和稳定性有利于保护消费者、保护环境、调整产业结构、引导投资方向。

3. 政府对企业行为的影响

作为供应者，政府拥有自然资源、土地和国家储备等，其决定与偏好极大地影响了一批企业的战略；作为购买者，政府很容易培养、维持、增强、消除许多市场机会，如政府购买。

此外，政治环境因素还包括国际政治形势及其变化，主要有：国际政治局势、国际关系、目标国的国内政治环境等。

（二）社会文化环境分析

宏观环境中的社会文化因素主要包括两大类，即人口统计因素和文化方面的因素。前者包括人口出生率、人口的年龄结构、性别结构、劳动力资源结构、教育程度结构、人口质量、人口城市化等。后者包括人们的价值观念、工作态度、消费倾向、伦理道德、风俗习惯等。

1. 人口环境

（1）人口数量。一个国家或地区的人口总量决定着该国家或地区许多行业的劳动力供给状况和潜在市场容量。市场是由具有购买欲望同时又有支付能力的人口构成的。

（2）人口的地域结构。人口的地域结构同产业结构有密切联系，在我国已出现人口由农村流向城市，由第一产业流向第二产业、第三产业，由经济欠发达地区流向经济较发达地区的趋势。

（3）人口质量。人口质量主要指人口的身体素质、思想道德素质和文化科学技能素质，这是就个体人口质量来说的。

2. 文化因素

文化对于人们认识经济发展规律、调整人们的经济活动、加速或延缓经济发展有重大影响。

（1）文化传统。文化传统对企业的影响是间接的、潜在的和持久的，文化传统的基本要素包括哲学、宗教、文学艺术等，它们共同构筑成文化系统，对企业文化有重大的影响。

（2）价值观。价值观是指社会公众评价各种行为的观念标准。社会价值观已经成为评判企业行为的重要标准。

（3）社会发展趋向。近年来社会环境方面的变化日趋增加，这些变化打破了传统习惯，影响着人们的消费倾向、业余爱好，以及对产品与服务的需求，从而使企业面临着严峻挑战。

（三）经济环境分析

企业的经济环境主要由社会经济结构、经济发展水平、经济体制、宏观经济政策、社会购买力、消费者收入水平和支出模式等要素构成。

（1）社会经济结构，是指国民经济中不同的经济成分、不同的产业部门以及社会再生产各个方面在组成国民经济整体时相互的适应性、量的比例以及排列关联的状况。

（2）经济发展水平，是指一个国家经济发展的规模、速度和所达到的水准。反映一个国家经济发展水平的常用指标有国民生产总值、国民收入、人均国民收入和经济增长速度。

（3）经济体制，经济体制规定了国家与企业、企业与企业、企业与各经济部门的关系，并通过一定的管理手段和方法，调控或影响社会经济流动的范围、内容和方式等。

（4）经济政策，是指国家、政党制定的一定时期国家经济发展目标实现的战略与策略，它包括综合性的全国经济发展战略和产业政策、价格政策、金融货币政策和劳动工资政策等。

（5）社会购买力，是指一定时期内社会各方面用于购买产品的货币支付能力。

（6）消费者收入水平和支出模式，消费者支出模式最终取决于消费者的收入水平，两者共同影响企业的战略决策。

（四）科学技术环境分析

企业的科学技术环境指的是企业所处的社会环境中科技要素及与该要素直接相关的各种社会现象的集合。企业的发展在很大程度上也受到科学技术方面因素的影响。

（1）社会科技水平，是构成科技环境的首要因素，它包括科技研究的领域、科技研究成果门类分布及先进程度、科技成果的推广和应用三个方面。

（2）社会科技力量，是指一个国家或地区的科技研究与开发的实力。

（3）科技体制，是指一个国家社会科技系统的结构、运行方式及其与国民经济其他部门的关系状态的总称。

（4）国家的科技政策与科技立法是指国家凭借行政权力与立法权力，对科技事业履行管理、指导职能的途径。

考点六　行业环境分析

（一）行业生命周期分析

行业生命周期是行业演进的动态过程。同任何事物一样，每一行业都有自己产生和衰退的过程。行业生命周期分成四个阶段：

1. 形成期

形成期是指某一行业刚出现的阶段。在此阶段，有较多的小企业出现，因企业刚建立或刚生产某种产品，忙于发展各自的技术能力而不能全力投入竞争，所以竞争压力较小。研究开发产品和技术是这个阶段的重要职能，在营销上着重广告宣传，增进顾客对产品的了解。

2. 成长期

进入成长期，行业的产品已较完善，顾客对产品已有认识，市场迅速扩大，企业的销售额和利润迅速增长。同时，有不少后续企业参加进来，行业的规模扩大，竞争日趋激烈，那些不成功的企业已开始退出。市场营销和生产管理成为关键性职能。

3. 成熟期

进入成熟期后，一方面行业的市场已趋于饱和，销售额已难以增长，在此阶段的后期甚至会开始下降，另一方面行业内部竞争异常激烈，合并、兼并大量出现，许多小企业退出，于是行业由分散走向集中，往往只留下少量的大企业。产品成本和市场营销有效性成为企业成败的关键因素。

4. 衰退期

到了衰退期，市场萎缩，行业规模也缩小，留下的企业越来越少，竞争依然很残酷。这一阶段的行业就是所谓的"夕阳行业"，可能延续一段较长的时间，也可能迅速消失。

（二）行业竞争结构分析

在一个行业里，普遍存在着五种竞争力量，即新进入者的威胁、行业中现有企业间的竞争、替代品或服务的威胁、购买者的谈判能力和供应者的谈判能力。如图 1-5 所示。

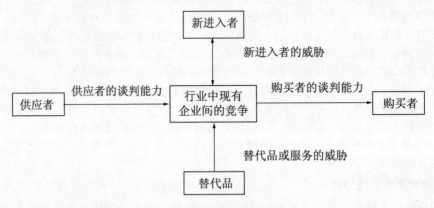

图 1-5　行业竞争结构

（三）行业内战略群体分析

战略群体是指一个产业内执行同样或相似战略并具有类似战略特征和市场地位的一组企业。如果行业中各个厂家的战略基本一致，市场地位相称，那么，该行业实际上就只有一个战略群体；相反，在另一个极端上，如果行业中的竞争厂家所追求的竞争策略互不相同，各自在市场上的竞争地位也有着很大的差别，那么在该行业中，有多少竞争厂商就有多少战略群体。

【例 1-5】企业进行战略环境分析时，行业环境分析的主要内容有（　　　　）。（2009 年多选题）

A. 社会文化环境分析　　　　　　　　B. 行业生命周期

C. 企业资源分析　　　　　　　　　　D. 行业竞争结构分析

E. 行业内战略群体分析

【解析】BDE　行业环境分析的主要内容有行业生命周期分析、行业竞争结构分析、行业内战略群体分析。选项 A 属于宏观环境分析，选项 C 属于企业内部环境分析。

考点七　企业内部环境分析

企业内部环境是指企业能够加以控制的内部因素。企业内部环境是企业经营的基础，是制定战略的出发点、依据和条件，是竞争取胜的根本。

一般说来，一个企业的内部环境主要包括企业结构、企业文化、企业资源等。

（一）企业核心竞争力分析

核心竞争力是一个企业能够长期获得竞争优势的能力，是企业所特有的、能够经得起时间考验的、具有延展性的，并且是竞争对手难以模仿的技术或能力。

现代企业的核心竞争力是一个以知识、创新为基本内核的企业关键资源或关键能力的组合，是能够使企业、行业和国家在一定时期内保持现实或潜在竞争优势的动态平衡系统。

1. 核心竞争力的体现

企业的核心竞争力主要体现在以下三个方面：关系竞争力、资源竞争力、能力竞争力。

2. 核心竞争力的评价标准

尽管各企业核心竞争力的表现形式有所差异，但衡量和评价核心竞争力能否形成可持续竞争优势的标准是相同的，即占用性、持久性、转移性和复制性。评价核心竞争力的这四个标准，实质上就是检验和考查企业所谓的核心竞争力是否能在相当长一段时间内使企业获得超过市场平均利润，并且具备很难被竞争对手模仿的特质。

（1）占用性。占用性是指企业对内部战略资源及其产生的收益占用的程度。

（2）持久性。持久性是指企业战略资源和核心竞争力作为利润源泉的持久程度。

（3）转移性。转移性是指战略性资源与核心竞争力转移的程度。

（4）复制性。复制性是指企业的战略资源与核心竞争力能被竞争对手轻易模仿和复制的可能性。

（二）价值链分析

价值链分析是从企业内部条件出发，把企业经营活动的价值创造、成本构成同企业自身的竞争能力相结合，与竞争对手经营活动相比较，从而发现企业目前及潜在优势与劣势的分析方法，它是指导企业战略制定与实施活动的有力分析工具。

1. 价值链

战略管理学家迈克尔·波特教授认为，企业每项生产经营活动都是其为顾客创造价值的经济活动，那么，企业所有的互不相同但又相互关联的价值创造活动叠加在一起，便构成了创造价值的一个动态过程，即价值链。

2. 价值链要素

企业价值链由主体活动和辅助活动构成，主体活动是指企业生产经营的实质性活动，一般分为原料供应、生产加工、成品储运、市场营销和售后服务等五种活动。辅助活动是指用以支持主体活动而且内部之间又相互支持的活动，包括采购、技术开发、人力资源管理和企业基础职能管理。

3. 价值链分析

运用价值链分析方法对企业内部能力进行分析，一般包括两个方面：一是对每项价值活动进行逐项分析，属单项能力分析，以发现企业这一价值活动环节存在的优势和弱点。二是对价值链中各项价值活动之间的联系进行分析，属综合能力分析。

（四）波士顿矩阵分析

波士顿矩阵根据市场增长率和市场份额两项指标，将企业所有的战略单位分为明星、金牛、瘦狗和幼童四大类，并以此选择企业的战略。波士顿矩阵如表1-2、图1-6所示。

表1-2 波士顿矩阵

类型	含义
金牛	这个区域的产品业务增长较低，但市场占有率较高。相应的产品产生较大的现金余额，可以满足整个企业新产品发展的需要，成为企业的业务基础
瘦狗	本区的产品有较低的业务增长率和市场占有率。企业或产品的利润较低，使企业用于投资的扩大市场的资金紧缺。适用于清算战略，亦可采用转向或放弃战略
幼童	本区的产品业务增长率高，但市场占用率低，能产生的现金余额很少，不能满足因业务高速增长带来的资金需求。可选的战略有：对相应的产品进行必要的投资，以扩大市场占有率，从而使其转变成明星。若管理者认为不能转变成明星，就应采取放弃战略
明星	本区的产品有较高的业务增长率和市场占有率。它既产生也需要较大的现金余额，它代表着最优的利润增长率和最佳的投资机会。最优战略就是对明星产品进行必要的投资

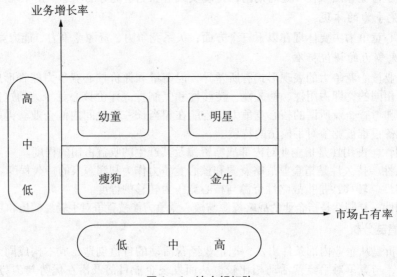

图 1-6　波士顿矩阵

考点八　综合分析法

进行企业综合分析，常用 SWOT 分析法，该方法是评估企业的优势（Strength）和劣势（Weakness）及外部环境的机会（Opportunity）和威胁（Threat）的分析方法。

（1）分析环境因素。运用各种调查研究方法，分析出企业所处的各种环境因素，即外部环境因素和内部环境因素。外部环境因素包括机会和威胁，属于客观因素；内部环境因素包括优势和劣势，属主观因素。企业的优势是指企业所擅长的、能够提高企业竞争力的方面，如很好的品牌、专有技术或技能等。企业的劣势是指企业缺少的或者做不好的事情，因而在竞争力方面落后于竞争对手，如有形资产存在缺陷、没有明确的战略方向等。企业外部的机会是指环境中对企业有利的因素，如政府支持、市场需求增长强劲等。企业外部的机会是指环境中对企业不利的因素，如新竞争对手的出现、市场增长缓慢、不利的人口特征的变动等。

（2）构造 SWOT 矩阵。将调查得出的各种因素根据轻重缓急或影响程度等排序，构造 SWOT 矩阵。

（3）战略选择。运用系统的综合分析方法，将排列与考虑的各种环境因素互相匹配起来加以组合，得出一系列企业未来发展可选择的对策。如表 1-3 所示。

表 1-3　SWOT 战略选择表

类型	优势（S）	劣势（W）
机会（O）	SO 战略	WO 战略
威胁（T）	ST 战略	WT 战略

企业可以根据外部所面临的机会和威胁，结合自身内部的优势和劣势来选择不同的战略，如图 1-7 所示。

（1）优势—机会（SO）战略：这是企业机会和优势最理想的结合，企业拥有强大的内部优势和众多的环境机会，可以采取增长型战略。

（2）劣势—机会（WO）战略：业务有外部市场机会，但缺少内部条件，可以采取扭转型战略，尽快改变企业内部的不利条件，从而有效地利用市场机会。

（3）劣势—威胁（WT）战略：这是最不理想的内外部因素的结合状况。处于该区域中的经营单位或业务在其相对弱势处恰恰面临大量的环境威胁。在这种情况下，企业可以采取减少产品或市场的紧缩型或防御型战略，或是改变产品或市场的放弃战略。

（4）优势—威胁（ST）战略：业务尽管在当前具备优势，但正面对不利环境的威胁。面对这种情况，企业可以考虑采取多元化经营战略，利用现有的优势在其他产品或市场上寻求和建立长期机会。另外，在企业实力非常强大、优势十分明显的情况下，企业也可以采用一体化战略，利用企业的优势克服环境设立的障碍。

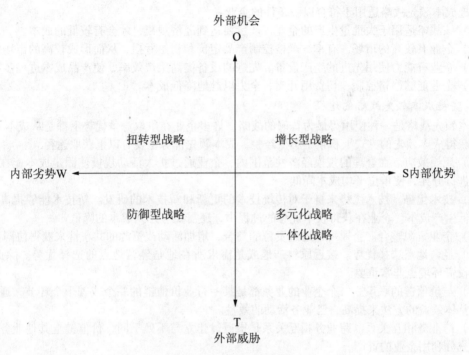

图 1-7 SWOT 分析模型

【例 1-6】劣势—威胁战略下的企业宜采取紧缩战略和（　　　）。（2010 年单选题）
　　A．增长型战略　　　　B．领先战略　　　　C．集中战略　　　　D．放弃战略
【解析】D　劣势—威胁（WT）战略中的经营单位或业务在其相对弱势处恰恰面临大量的环境威胁。在这种情况下，企业可以采取减少产品或市场的紧缩型或防御型战略，或是改变产品或市场的放弃战略。

【例 1-5】企业内部环境分析的方法主要有（　　　）。（2010 年多选题）
　　A．德尔菲法　　　　　　　　　　　　B．价值链分析法
　　C．企业核心竞争力分析法　　　　　　D．SWOT 分析法
　　E．决策树分析法
【解析】BCD　德尔菲法是用于预测和决策的方法，A 选项不选。决策树分析法是据以分析和选择决策方案的一种系统分析法，E 选项不选。

第三节　企业战略类型与选择

考点九 **基本竞争战略**

基本竞争战略就是无论在什么行业或什么企业都可以采用的竞争性战略。美国战略学家迈克

尔·波特提出企业基本竞争战略有三种，即成本领先战略、差异化战略和集中战略。

（一）成本领先战略

成本领先战略又称低成本战略，即企业的全部成本低于竞争对手的成本，甚至是同行业中的最低成本。其核心就是企业加强内部成本控制，在研究开发、生产、销售、服务和广告等领域把成本降到最低，成为行业中的成本领先者，从而获得竞争优势。

1. 成本领先战略的适用范围

实施成本领先战略适用于符合以下条件的企业：

（1）该战略适用于大批量生产的企业，产量要达到经济规模，才会有较低的成本。

（2）企业有较高的市场占有率，严格控制产品定价和初始亏损，从而形成较高的市场份额。

（3）企业有能力使用先进的生产设备。先进的设备提高生产效率，使产品成本进一步降低。

（4）企业能够严格控制一切费用开支，全力以赴地降低成本。

2. 实施成本领先战略的途径

成本领先战略是一种使用得最为普遍的战略。许多企业在争取竞争优势上都是从成本入手的，因而在获得成本领先的方式上积累了不少经验。成本领先优势主要有以下获取途径。

（1）规模效应。在合理的规模经济性范围内，企业通过扩大活动规模使固定成本能在更多的产品上进行分摊，使单位平均成本降低。

（2）技术优势。技术优势来自于对传统技术的更新和新技术的研发。新技术能够提高生产效率，降低生产成本。企业在获得技术优势的过程中，还需要考虑到成本的降低。

（3）企业资源整合。企业可以通过资源的整合，增加活动或资源的共享性来获得协同效应。

（4）经营地点选择优势。接近原料产地或是需求所在地是经营地点的选择优势。除此之外，适宜的投资环境也非常重要。

（5）与价值链的联系。每个企业的业务都是某一行业价值链的一个或若干个环节，通过提高价值链整体效益的方法来提高自己业务活动的效益。

（6）跨业务相互关系。跨业务相互关系是指通过建立与不处于同一价值链上其他业务的合作关系来充分利用企业的资产。

【例1-7】企业实施成本领先战略的途径包括（　　　　）。（2009年多选题）

A. 发挥规模效应　　　　　　　　　B. 增加产品品种

C. 选择具有优势的经营地点　　　　D. 强化市场营销力度

E. 获取技术优势

【解析】ACE　选项BD属于差异化战略。

（二）差异化战略

差异化战略就是通过提供与众不同的产品或服务，满足顾客的特殊需求，从而形成一种独特的优势。差异化战略的核心是取得某种对顾客有价值的独特性。

1. 差异化战略的适用范围

实施差异化战略适用于符合以下条件的企业：

（1）企业要有很强的研究开发能力，具有一定数量的研发人员，有强烈的市场意识和创新眼光，及时了解客户需求，不断地在产品及服务中创造出独特性。

（2）企业在产品或服务上要具有领先的声望，具有很高的知名度和美誉度。

（3）企业要有很强的市场营销能力。企业内部的研究开发、生产制造、市场营销等职能部门之间有很好的协调性。

2. 实施差异化战略的途径

（1）通过产品质量的不同实现差异化战略。

（2）通过提高产品的可靠性实现产品差异化战略。

（3）通过产品创新实现差异化战略。

（4）通过产品特性差别实现差异化战略。

（5）通过产品名称的不同实现差异化战略。

（6）通过提供不同的服务实现差异化战略。

（三）集中战略

集中战略又称专一化战略，是指企业把其经营活动集中于某一特定的购买者群、产品线的某一部分或某一地区市场上的战略。与成本领先战略和差异化战略不同的是，企业不是围绕整个行业，而是面向某一特定的目标市场开展生产经营和服务活动，以期能比竞争对手更有效地为特定的目标顾客群服务。

1. 集中战略的适用范围

实施集中战略适用于符合以下条件的企业：

（1）在行业中有特殊需求的顾客存在，或在某一地区有特殊需求的顾客存在。

（2）没有其他竞争对手试图在目标细分市场中采取集中战略。

（3）企业经营实力较弱，不足以追求广泛的市场目标。

（4）企业的目标市场在市场容量、成长速度、获利能力、竞争强度等方面具有相对的吸引力。

2. 实施集中战略的途径

企业实现集中战略的途径有：

（1）通过选择产品系列实现集中战略的方法。

（2）通过细分市场选择重点客户实现集中战略的方法。

（3）通过市场细分选择重点地区实现集中战略的方法。

（4）通过发挥优势集中经营实现集中战略的方法。

考点十 企业成长战略

成长战略，也称扩张战略，是一种在现有战略基础上，向更高目标发展的总体战略，主要包括密集型成长战略、多元化战略、一体化战略和战略联盟四种。

（一）密集型成长战略

密集型成长战略是指企业在原有业务范围内，充分利用在产品和市场方面的潜力来求得成长的战略。

这种战略的重点是加强对原有市场的开发或对原有产品的开发。一般来说，密集型成长战略主要有市场渗透、市场开发战略和新产品开发三种具体的战略形式。

1. 市场渗透战略

专场渗透战略是企业通过更大的市场营销努力，提高现有产品或服务在现有市场上的份额，加大产销量及生产经营规模，从而提高销售收入和盈利水平。

实施市场渗透战略的基本途径有：一是增加现有产品的使用人数，主要通过转化非使用者、挖掘潜在的使用者、吸引竞争对手的顾客等方式实现；二是增加现有产品使用者的使用量，三要通过增加对产品的使用次数、增加每次的使用量等方式实现；三是增加产品的新用途，主要通过增加产品的主要用途或附带用途等方式实现；四是增加现有产品特性，主要通过产品换代、产品改良等方式增加产品的使用价值。

2. 市场开发战略

市场开发战略是密集型成长战略在市场范围上的扩展，是将现有产品或服务打入新市场的战略。市场开发战略比市场渗透战略具有更多的战略机遇，能够减少由于原有市场饱和而带来的风险，但不能降低由于技术的更新而使原有产品遭受淘汰的风险。

3. 新产品开发战略

新产品开发战略是密集型成长战略在产品上的扩展。它是企业在现有市场上通过改造现有产品或服务，或开发新产品、服务而增加销售量的战略。

（二）多元化战略

多元化战略又称多样化战略、多角化战略、多种经营战略，是指一个企业同时在两个或两个以上行业中进行经营。多元化战略最初是由战略学家安索夫在20世纪50年代提出的，包括相关多元化和非相关多元化两种基本方式。

1. 相关多元化战略

相关多元化战略又称关联多元化战略，是指企业进入与现有产品或服务有一定关联的经营领域，进而实现企业规模扩张的战略。企业在自己经营的核心业务的基础上，进一步开展与其核心业务相关的其他业务，以分散经营风险。相关多元化可以划分为以下三种类型：

（1）水平多元化，是指在同一专业范围内进行多种经营。如汽车制造厂生产轿车、卡车和摩托车等不同类型的车辆。

（2）垂直多元化，是指企业沿产业价值链或企业价值链延伸经营领域，如某钢铁企业向采矿业或轧钢装备业的延伸。

（3）同心型多元化，是指以市场或技术为核心的多元化，如一家生产电视机、电冰箱、洗衣机的企业，以"家电市场"为核心；造船厂在造船业不景气的情况下承接海洋工程、钢结构加工等。

2. 非相关多元化战略

非相关多元化战略又称无关联多元化战略，是指企业进入现有产品或服务在技术、市场等方面没有任何关联的新行业或新领域的战略。在非相关多元化中，不需要寻求与企业其他业务有战略匹配关系的经营领域。

（三）一体化战略

一体化战略又称企业整合战略，是指企业有目的地将相互联系密切的经营活动纳入企业体系中，组成一个统一的经济组织进行全盘控制和调配，以求共同发展的一种战略。

1. 纵向一体化战略

纵向一体化战略的实质就是扩大单一业务的经营范围，向后延伸进入原材料供应经营范围、前延伸可直接向最终使用者提供最终产品。

2. 横向一体化战略

横向一体化战略是指为了扩大生产规模、降低成本、巩固企业的市场地位、提高企业竞争优势、增强企业实力而通过资产纽带或契约方式与同行业企业进行联合的一种战略。

当今，企业间并购已成为企业实施横向一体化战略的主要途径，在很多行业中深受管理者的青睐和重视。并购是合并与收购的合称，因为它们的动机极为相似，运作方式很难区分，通常将其作为一个固定的词组来使用。通常并购包括吸收合并、新设合并和收购三种产权交易方式。

（1）吸收合并，即兼并，是指在两个或两个以上的企业合并中，其中一家企业兼并了其他企业，被吸收企业解散，并依法办理注销登记，丧失法人资格，被吸收企业的债权、债务由吸收企业继承，吸收企业的登记事项发生了变更，也应当依法办理变更登记。

（2）新设合并，是指两个以上的企业合并设立一个新的企业，原合并各方企业解散，合并各方的债权、债务由合并后新设立的企业继承，合并各方依法办理企业注销登记，合并各方同时放弃法人资格，并依法办理新设企业的登记，成立一家新的企业。

（3）收购，是指一家企业通过收买另一家企业部分或全部股份，从而取得另一家企业部分或全部资产所有权的产权交易行为。收购中，被收购企业的法人地位并不消失。

收购有两种方式：股权收购和资产收购。在股权收购的情况下，收购方成为被收购企业的股东，由收购方所购得的股权数量决定其收购结果，主要有参股、控股和全面收购三种形式。在资产收购的情况下，收购方不成为被收购企业的股东。

【例1-8】 某驰名空调企业为了进一步扩大生产规模，收购另一品牌空调配套元件生产企业，这属于（　　　）战略。（2007年单选题）

　A. 横向一体化　　　B. 纵向一体化　　　C. 相关多元化　　　D. 混合一体化

【解析】 B　纵向一体化战略是集中经营单一业务战略的派生战略。这种战略的实质就是扩大单一业务的经营范围，向后延伸进入原材料供应经营范围，向前延伸可直接向最终使用者提供最终产品。该空调企业采取了向后延伸的战略，故属于纵向一体化战略。

（四）战略联盟

战略联盟最早由美国DEC企业的总裁简·霍兰德和管理学家罗杰·奈格尔提出，是指两个或两个以上的企业为了实现资源共享、风险和成本共担、优势互补等特定战略目标，在保持自身独立性的同时，通过股权参与或契约联结的方式，建立较为稳固的合作伙伴关系，并在某些领域采用协作行动，从而取得双赢或多赢的目的。根据建立联盟方式的不同，战略联盟可以分为股权式战略联盟和契约式战略联盟。

1. 股权式战略联盟

股权式战略联盟是指通过合资或相互持股等股权交易形式构建的企业战略联盟，主要分为两种类型，即合资企业和相互持股。合资企业形式，是指两家或两家以上的企业共同出资、共担风险、共享收益而建立的企业，这种形式目前十分普遍，尤其是在发展中国家；相互持股形式是指合作各方为加强相互联系而持有对方一定数量的股份，这种形式下，战略联盟中各方可以进行更加持久、密切的合作。相互持股形式与合资企业形式不同的是各方资产、人员不必合并。

2. 契约式战略联盟

契约式战略联盟是指主要通过契约交易形式构建的企业战略联盟，常见的形式有：

（1）技术开发与研究联盟。

（2）产品联盟。

（3）营销联盟。

（4）产业协调联盟。

考点十一　企业稳定战略

稳定战略是指受经营环境和内部资源条件的限制，企业基本保持目前的资源分配和经营业绩水平的战略。

（一）无变化战略

这种战略可以说是一种没有战略的战略。采用此战略的企业一般具有两个条件：一是企业过去的经营相当成功，并且企业内外环境没有重大变化；二是企业并不存在重大经营问题或隐患，因而企业没有必要进行战略调整。

（二）维持利润战略

这种战略注重短期效益而忽略长期利益，根本意图是渡过暂时性的难关，一般在经济形势不景气时采用，以维持现有的经营状况和效益。

（三）暂停战略

当企业在一段较长时间的快速发展后，有可能会遇到一些问题使得效率下降，此时可采用暂停战略，休养生息，为今后更快发展打下基础。

（四）谨慎实施战略

如果企业外部环境中的某一重要因素变化趋势不明显，又难以预测，则要降低相应的战略方案的实施进度，根据情况的变化实施或调整战略规划和步骤。

考点十二　企业紧缩战略

紧缩战略是企业从目前的经营战略领域和基础水平收缩和撤退，且偏离起点较大的一种战略。紧缩战略主要包括以下类型：

（一）转向战略

转向战略是企业在现有经营领域不能完成原有产销规模和市场规模，不得不将其缩小；或者企业有了新的发展机会，压缩原有领域的投资，控制成本支出以改善现金流为其他业务领域提供资金的战略方案。

（二）放弃战略

放弃战略在转向战略无效时，可采取放弃战略。放弃战略是将企业的一个或几个主要部门转让、出卖或停止经营。

（三）清算战略

清算是指卖掉其资产或停止整个企业的运行而终止一个企业的存在。

第四节　企业经营决策

考点十三　企业经营决策概述

（一）经营决策的类型

企业经营决策的类型如表 1-4 所示。

表 1-4　经营决策的类型

划分标准	类型	含义
决策影响的时间	长期决策	又称长期发展决策，是有关组织未来发展的全局性、整体性的重大决策
	短期决策	又称短期战术决策，是为实现长期决策目标而采取的短期的行动方案
决策的重要性	总体层经营决策	即高层决策或宏观决策，是指对全局有长远、重大影响的决策，具有战略性、长期性和稳定性
	业务层经营决策	即中层决策或中观决策，是战略决策的具体化，是实现战略决策的手段，是高层和基层决策的桥梁和纽带
	职能层经营决策	即微观决策，在战术决策指导下，为了提高日常工作效率而进行的执行层面的决策
环境因素的可控程度	确定型决策	针对日常工作中经常需要解决的问题，以相同或基本相同的形式重复出现或经常出现
	风险型决策	介于确定型和不确定型之间，决策者无法完全掌握决策必需的情报和资料，只能根据所获得的部分信息进行判断
	不确定型决策	又称非常规型决策，是指过去从未出现过的、非例行的决策

【例 1-9】（　　　）是指已知决策方案所需的条件，但每种方案的执行都有可能出现不同后果，多种后果的出现有一定的概率。（2010 单选题）

A. 确定型决策方法　　　　　　　　　B. 不确定型决策方法

C. 风险型决策方法　　　　　　　　　　　D. 以上答案均不对

【解析】C　确定型决策方法是指在稳定可控条件下进行决策，只要满足数学模型的前提条件，模型就能给出特定的结果，A 选项不选。不确定型决策是指在决策所面临的自然状态难以确定而且各种自然状态发生的概率也无法预测的条件下所作出的决策，B 选项不选。

（二）企业经营决策的要素

企业经营决策的要素如图 1-8 所示。

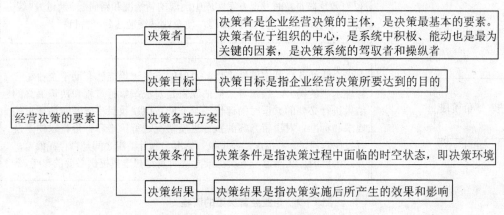

图 1-8　企业经营决策的要素

考点十四 企业经营决策的流程

决策是提出问题并解决问题的过程。科学的决策流程，大致包括五个阶段，即确定目标阶段、拟订方案阶段、选定方案阶段、方案实施与监督阶段、评价阶段。如图 1-9 所示。

（一）确定目标阶段

　　确定目标是企业经营决策的前提。企业经营目标的确定建立在信息收集的基础上。通过收集组织所处的环境中有关决策的各方面情报，并加以分析，从而识别企业经营过程中存在的问题，以便诊断出问题出现的原因，从而针对问题和原因制定企业经营决策的目标。主要的工作内容包括识别问题、诊断原因和制订目标

（二）拟订方案阶段

　　在目标确定之后，就要探索和拟订各种可能的方案。一般的做法是，拟订一定数量和质量的可行方案，供择优采用，才能得到最佳的决策。

　　拟订的备选方案应符合以下三个要求：一是方案的整体性。指备选方案应包括所有的可能方案，保证备选方案的合理性和可比性。二是方案的互相排斥性。指不同的备选方案间互相排斥，不同方案间要有独立性。三是方案的可行性。指不同备选方案各有优点和不足，但有相同之处，即能实现企业的预期目标，均有被采纳的可能

（三）选定方案阶段

　　选定方案就是对每个备选方案的效果进行充分论证，并在此基础上作出选择。如果说确定目标是决策的前提，拟订备选方案是决策的基础，那么方案的评价与选择就是决策中最关键的一步，是决策的决策

（四）方案实施和监督阶段

选定方案并不是决策过程的结束。只有将决策方案转化为现实的行动，实施方案，才能实现决策目标。这一阶段着重组织各种活动，将决策付诸实施。在方案的实施过程中，要保持决策目标与行为的可控性和动态性，要依靠监督和反馈来实现，是提高决策水平的重大步骤。由于环境条件和组织处于不断变化和发展之中，因此，在实施方案的过程中，企业要制订出能够衡量方案进展状况的监测目标和具体步骤，以有效地监督及时发现方案实施中出现的新情况和新问题。通过"决策—执行—再决策—再执行"的过程，使企业最终能达到经营目标。

（五）评价阶段

当企业经营决策实施结束后，及时的方案评价能够有助于企业经营管理水平的提升。决策者最后的职责是对决策执行过程和决策最终的结果进行必要的、适时的评价。企业应按照决策目标以及实施计划的要求和标准，对决策方案的执行进展情况进行检查和评价，以便于及时发现新问题、新情况，发现执行情况与预计情况之间是否存在偏差，并找出原因，从而为一下次决策方案的制定和选择提供必要的参考。

图1-9　企业经营决策的流程

【例1-10】企业进行科学决策的起点是（　　　）。（2010年单选题）

A. 确立决策目标　　　　　　　　　B. 决策者

C. 选择决策备选方案　　　　　　　D. 评价决策结果

【解析】A　决策目标的确立是科学决策的起点，它为决策指明了方向，为选择行动方案提供了衡量标准，也为决策实施的控制提供了依据，A选项正确。

考点十五　定性决策方法

定性决策方法，也称主观决策方法。这种方法是直接利用人们的知识、智慧和经验，根据已掌握的有关资料对决策的内容进行分析和研究，对决策的方案进行评价和选择。定性决策方法主要有以下几种：

（一）头脑风暴法（思维共振法）

概念：即通过有关专家之间的信息交流，引起思维共振，产生组合效应，从而形成创造性思维。在典型的头脑风暴法会议中，决策者以一种明确的方式向所有参与者阐明问题，使参与者在完全不受约束的条件下，敞开思路，畅所欲言。

目的：在于创造一种畅所欲言、自由思考的氛围，诱发创造性思维的共振和连锁反应，产生更多的创造性思维。

（二）德尔菲法

概念：该法以匿名方式通过几轮函询征求专家的意见，组织决策小组对每一轮的意见进行汇总整理后作为参考再发给各专家，供他们分析判断，以提出新的论证。几轮反复后，专家意见渐趋一致，最后供决策者进行决策。

运用德尔菲法的关键：

（1）选择好专家，这主要取决于决策所涉及的问题或机会的性质。

（2）决定适当的专家人数，一般以10～50人较好。

（3）拟订好意见征询表，因为它的质量直接关系到决策的有效性。

（三）名义小组技术法

概念：决策者首先召集具备一定知识和经验的与会者，把要解决问题的关键内容告诉他们，要求每个人独立地将自己的想法罗列出来，而后再按次序让与会者一个接一个地陈述自己的观点和方案。每次每个成员只能提出一个观点或方案，不断循环，直到把所有人的观点都涵盖完。与会者绝对不允许对他人的观点加以反驳，只能尽可能多地罗列观点。除非是请求解释观点，否则，与会者不可以和其他人交谈，交流观点。在此基础上，由小组成员对提出的全部观点或方案进行投票，根据投票的结果，确定最终的决策方案。尽管如此，企业决策者最后仍有权决定是否接受这一方案。

考点十六　定量决策方法

（一）确定型决策方法

1. 线性规划法

线性规划法是在线性不等式或等式的约束条件下，求解线性目标函数的最大值或最小值的方法。其步骤是：首先，确定影响目标的变量；其次，列出目标函数方程；再次，找出实现目标的约束条件；最后，找出使目标函数达到最优的可行解，即该线性规划的最优解。

2. 盈亏平衡点法

又称本量利分析法基保本分析法，该方法将成本分为固定成本和可变成本两部分，然后与总收益进行对比，以确定盈亏平衡时的产量或某一盈利水平的产量。当总收益、可变成本与产量是线性关系时，总收益、总成本和产量的关系为：

$$P_{利润} = S - C$$
$$= P \cdot Q - (F + V)$$
$$= P \cdot Q - (F + v \cdot Q)$$
$$= (P - v) \cdot Q - F$$

其中：$P_{利润}$——利润；S——销售额；C——总成本；

　　　　P——销售单价；F——固定成本；V——总变动成本；

　　　　v——单位变动成本；Q——销售量。

盈亏平衡点又称保本点或盈亏临界点，是指在一定销售量下，企业的销售收入等于总成本和，即利润为零，计算可得：

$$Q_0 = F / (P - v)$$

其中：Q_0——盈亏平衡总销售量。

作用：盈亏平衡点法有助于企业在决策时确定保本业务量。

（二）风险型决策方法（统计型决策、随机型决策）

1. 决策收益表法

概念：利用表格的形式进行期望值比较和选择的决策方法就是决策收益表法，又称决策损益矩阵。步骤：

①确定决策目标；

②根据经营环境对企业的影响，预测自然状态，并估计发生的概率；

③根据自然状态的情况，充分考察企业的实力，拟订可行方案；

④根据不同可行方案在不同自然状态的资源条件和生产经营状况，计算出损益值；

⑤列出决策收益表；

⑥计算各可行方案的期望值；

⑦比较各方案的期望值，选择最优可行方案。

2. 决策树分析法

概念：将构成决策方案的有关因素，以树状图形的方式表现出来，并据以分析和选择决策的一种系统分析法。它以损益值为依据，比较不同方案的期望损益值决定方案的取舍。决策树的一般结构如图 1－10 所示。

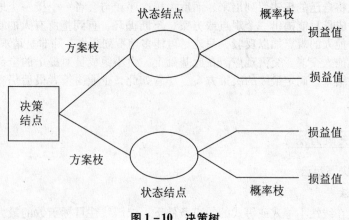

图 1－10　决策树

决策步骤：

①绘制决策树图形；

②计算每个结点的期望值：状态结点的期望值 ＝ ∑（损益值×概率值）×经营年限；

③剪枝，即进行方案的选优。

（三）不确定型决策方法

不确定型决策是指在决策所面临的自然状态难以确定而且各种自然状态发生的概率也无法预测的条件下所作出的决策。由于自然状态下决策结果的不可知，因此具有极大的风险性和主观随意性。不确定型决策常遵循以下几种思考原则：

1. 乐观原则（大中取大法）

是指愿承担风险的决策者在方案取舍时以各方案在各种状态下的最大损益值为标准（即假定各方案最有利的状态发生），在各方案的最大损益值中取最大者对应的方案。

2. 悲观原则（小中取大法）

是指决策者在进行方案取舍时以每个方案在各种状态下的最小损益值为标准（即假定每个方案最不利的状态发生），再从各方案的最小值中取最大者对应的方案。

3. 折衷原则

悲观原则和乐观原则都是以各方案不同状态下的最大或最小极端值为标准的。但多数情况下决策者既非完全的保守者，亦非极端冒险者，而是在介于两个极端的某一位置寻找决策方案，即折衷法。

4. 后悔值原则（大中取小法）

后悔值原则是用后悔值标准选择方案。所谓后悔值是指在某种状态下因选择某方案而未选取该状态下的最佳方案而少得的收益。

5. 等概率原则

等概率原则是指当无法确定某种自然状态发生的可能性大小及其顺序时，可以假定每一自然状态具有相等的概率，并以此计算各方案的损益值，进行方案选择。假设各种方案产生的概率相同，通过比较每个方案的损益值的平均值来进行方案的选择。在利润最大化的目标下，将选择平均利润最大的方案；而在成本最小化的目标下，将选择平均成本最小的方案。

【例 1－11】企业对非常规的无法预估决策方案结果发生概率的业务活动进行决策时，宜采用（　　）。（2007 年多选题）

A. 确定性决策法　　　　　　　　　　　　B. 不确定型决策法

C. 风险型决策法   D. 离散型决策法

【解析】B 本题考核不确定型决策的含义。不确定型决策又称为非常规型决策，是指在决策所面临的自然状态难以确定而且各种自然状态发生的概率也无法预测的条件下作出的决策。

 ## 同步自测

一、单项选择题

1. 从行业生命周期各阶段的特点来看，行业的产品逐渐完善，规模不断扩大，市场迅速扩张。行业内企业的销售额和利润迅速增长，则该行业处于（   ）。
   A. 形成期   B. 成长期   C. 成熟期   D. 衰退期

2. 按照战略控制权的归属，战略控制可分为（   ）。
   A. 反馈控制、实时控制、前馈控制   B. 回避控制、直接控制
   C. 集中控制、分散控制   D. 跟踪控制、基准控制

3. 从环境因素的可控程度看，经营决策可分为（   ）。
   A. 长期决策和短期决策   B. 战略决策、战术决策和业务决策
   C. 初始决策和追踪决策   D. 确定型决策、风险型决策和不确定型决策

4. 企业无法掌握决策必需的情报和资料，只能根据各决策方案可能出现的不同结果的发生概率进行判断并作出决策的方法是（   ）。
   A. 确定型决策   B. 风险型决策   C. 不确定型决策   D. 追踪决策

5. 某企业开发新产品，有四种设计方案可供选择，四种方案在不同市场状态下的损益值参见表1-5，采用乐观原则判断，该企业应选择（   ）。

表1-5   某新产品各方案损益值表   （单位：万元）

市场状态方案	畅销	一般	滞销
I	50	40	20
II	60	50	10
III	70	60	0
IV	90	80	-20

     A. 方案 I   B. 方案 II   C. 方案 III   D. 方案 IV

6. 企业价值链由主体活动和辅助活动构成，下列企业活动中，属于主体活动的是（   ）。
   A. 技术开发   B. 采购   C. 成品储运   D. 人力资源管理

7. 在波士顿矩阵分析工具中，代表产品业务增长率高、市场占有率低的区域是（   ）。
   A. 幼童区   B. 明星区   C. 瘦狗区   D. 金牛区

8. 企业战略从基层单位自下而上地产生，并加以推进和实施。这种战略实施（   ）模式。
   A. 指挥型   B. 转化型   C. 合作型   D. 增长型

9. 某企业开发新产品，有四种产品方案可供选择，四种方案在不同市场利益值如表1-6所示。决策者采用折衷原则进行决策，给定最大值系数 $\alpha = 0.75$，该企业应选择的方案为（   ）。

表1-6   各方案损益值表   （单位：万元）

市场状态损益值方案	畅销	一般	滞销
I	60	50	40
II	70	45	30
III	85	60	15
IV	95	70	-20

  A. 方案 I   B. 方案 II   C. 方案 III   D. 方案 IV

10. 企业经营战略的实质是谋求（ ）三者之间的动态平衡。
  A. 生产、销售与战略目标   B. 外部环境、内部资源条件与战略目标
  C. 生产、研究开发与管理体制   D. 外部环境、内部资源条件与管理体制

11. 在企业内部条件中，综合体现了企业战略实力的是（ ）。
  A. 企业结构   B. 企业规章   C. 企业文化   D. 企业资源

12. 在行业生命周期的（ ）阶段，产品成本和市场营销有效性成为企业成败的关键因素。
  A. 形成期   B. 成长期   C. 成熟期   D. 衰退期

13. 能够成为企业持续竞争优势源泉的经营资源是（ ）。
  A. 先进的机器设备 B. 原材料库存 C. 土地使用权 D. 研发能力

14. 某汽车制造厂原来要向发动机厂购买发动机，现在该厂并购了一个发动机厂，则该汽车制造厂实施的战略是（ ）。
  A. 后向一体化 B. 前向一体化 C. 横向一体化 D. 混合一体化

15. 当企业经营实力较弱，不足以追求广泛的市场目标时，企业应选择的市场战略为（ ）。
  A. 低成本战略 B. 集中战略 C. 差异化战略 D. 无差异化战略

16. 在分析潜在进入者对产业内现有企业的威胁时，应重点分析（ ）。
  A. 产业进入壁垒   B. 产业内现有企业数量
  C. 产业生命周期   D. 买方及卖方集中度

17. 工作重点是改进一个业务单位在它所从事的行业中，或某一特定的细分市场中所提供的产品和服务的竞争地位的企业战略层次是（ ）。
  A. 企业总体战略   B. 企业职能战略
  C. 企业业务战略   D. 企业竞争战略

18. 在下列关于稳定型战略特征的表述中，错误的是（ ）。
  A. 在执行稳定型战略时，企业继续提供相同的产品和服务
  B. 稳定型战略追求的是稳定的、均衡的发展
  C. 稳定型战略可能会使企业丧失一些发展机会
  D. 稳定型战略风险相对较大

19. 某企业生产一种电动按摩器，年销售量 100 万台，固定成本总额为 1 000 万元，单位变动成本为 55 元，该电动按摩器的盈亏临界点价格为（ ）元/台。
  A. 55   B. 65   C. 75   D. 85

20. 某企业过去长期生产经营家电，今年投入巨资进入汽车行业。该企业实施的新战略属于（ ）。
  A. 关联多元化战略   B. 前向一体化战略
  C. 无关联多元化战略   D. 后向一体化战略

21. 企业战略制定的第一步是（ ）。
  A. 分析外部环境，评价自身能力 B. 确定企业使命与目标
  C. 识别和鉴定现行的战略   D. 准备战略方案

22. 在行业生命周期的成熟期，市场需求呈现出多样化、复杂化与个性化的变化趋势，市场竞争更为激烈。这时企业应积极实施（ ）。
  A. 成本领先战略 B. 无差异战略 C. 集中化战略 D. 差异化战略

23. 在发展战略中，企业进行扩张时的主要选择是（ ）。
  A. 无关联多元化战略   B. 放弃战略
  C. 抽资转向战略   D. 关联多元化发展战略

24. 在紧缩战略中，（ ）是指企业在现有经营领域不能完成原有产销规模和市场规模，不得不将其缩小；或者企业有了新的发展机会，压缩原有领域的投资，控制成本支出以改善现金流为其他业务领域提供资金的战略方案。

A. 发展战略　　　　　B. 转向战略　　　　　C. 放弃战略　　　　　D. 清算战略

25. 在竞争战略的制定中，比较适合中小企业采用的竞争战略是（　　　）。

A. 稳定战略　　　　　B. 集中化战略　　　　C. 差异化战略　　　　D. 成本领先战略

26. 把战略决策范围扩大到企业高层管理集体之中，调动了高层管理人员的积极性和创造性，这种战略实施模式为（　　　）模式。

A. 合作型　　　　　　B. 增长型　　　　　　C. 文化型　　　　　　D. 转化型

27. 机电公司经销一种小型电动机，单价为505元/台，单位产品的变动成本为105元/台，固定成本分摊为200万元。预计年销售量为6 000台。该种小型电动机的保本销售量是（　　　）。

A. 3 922台　　　　　B. 5 000台　　　　　C. 4 000台　　　　　D. 4 500台

28. 从环境因素的可控程度分类，经营决策可分为（　　　）。

A. 初始决策和追踪决策　　　　　　　　　B. 长期决策和短期决策
C. 战略决策、战术决策和业务决策　　　　D. 确定型决策、风险型决策和不确定型决策

29. 在企业经营决策的要素中，（　　　）的确立是科学决策的起点。

A. 决策条件　　　　　B. 决策目标　　　　　C. 决策结果　　　　　D. 决策者

30. 动员企业全体员工充分利用并协调企业内外一切可利用的资源，沿着企业战略的方向和途径，自觉而努力地贯彻战略，以期待更好地达成企业战略目标的过程是（　　　）。

A. 企业战略制定　　　　　　　　　　　　B. 企业战略实施
C. 企业战略控制　　　　　　　　　　　　D. 企业战略反馈

31. 在集体决策中，如对问题的性质不完全了解并且意见分歧严重，则可采用（　　　）。

A. 头脑风暴法　　　　B. 德尔菲法　　　　　C. 名义小组技术　　　D. 淘汰法

32. 某企业生产某产品的固定成本为55万元，单位可变成本为10元，产品单位售价为21元，其盈亏平衡点的产量为（　　　）件。

A. 17 742　　　　　　B. 26 190　　　　　　C. 50 000　　　　　　D. 55 000

33. 在企业进行经营决策时，以往的经营决策对当前决策制约程度的主要影响因素是它们（　　　）。

A. 在实践中的效果　　　　　　　　　　　B. 影响范围的大小
C. 与现任决策者的关系　　　　　　　　　D. 影响时间的长短

34. 针对日常工作中经常需要解决的问题的决策方法是（　　　）。

A. 确定型决策　　　　　　　　　　　　　B. 风险型决策
C. 常规决策　　　　　　　　　　　　　　D. 不确定性决策

35. 商品流通企业的战略管理过程为（　　　）。

A. 战略分析→战略选择及评价→确定企业使命→战略实施及控制
B. 战略分析→确定企业使命→战略选择及评价→战略实施及控制
C. 确定企业使命→战略分析→战略选择及评价→战略实施及控制
D. 确定企业使命→战略选择及评价→战略分析→战略实施及控制

36. 按经营决策的（　　　）不同，将商品流通企业经营决策分为战略决策、战术决策和业务决策。

A. 重要性　　　　　　　　　　　　　　　B. 经营决策的产生后果
C. 经营决策的内容　　　　　　　　　　　D. 经营决策的问题是否重复出现

二、多项选择题

1. 采用产品差异化战略的条件有（　　　）。

A. 企业产品有较高的市场占有率　　　　　B. 企业有很强的研究开发能力
C. 企业具有很高的知名度和美誉度　　　　D. 企业有很强的市场营销能力
E. 企业能够严格控制费用开支

2. 评价和确定企业战略方案时，需遵循的基本原则有（　　　）。

    A. 择优原则　　　　B. 民主协调原则　　　C. 综合平衡原则

    D. 统一指挥原则　　E. 权变原则

3. 企业职能战略是为实现企业总体战略而对企业内部的各项关键职能活动作出统筹安排，是为贯彻、实施和支持总体战略与业务战略而在特定的职能领域内所制定的实施战略，具体包括（　　　　）。

    A. 市场营销战略　　B. 研发战略　　　　　C. 生产战略

    D. 发展战略　　　　E. 财务战略

4. 行业生命周期包括（　　　　）等阶段。

    A. 形成期　　　　　B. 成长期　　　　　　C. 扩张期

    D. 成熟期　　　　　E. 衰退期

5. 一般来说企业战略不是单一的，而是分为若干层次的，主要包括（　　　　）。

    A. 企业职能战略　　B. 企业业务战略　　　C. 企业部门战略

    D. 企业总体战略　　E. 企业产品战略

6. 一个行业里普遍存在的基本竞争力量包括（　　　　）等。

    A. 政府部门　　　　B. 新进入者　　　　　C. 行业内现有企业

    D. 供应者　　　　　E. 替代品生产者

7. 企业的内部环境包括（　　　　）等。

    A. 企业经济状况　　B. 企业规章　　　　　C. 企业文化

    D. 企业结构　　　　E. 企业资源

8. 迈克尔·波特教授提出了价值链分析法，下列属于主体活动的有（　　　　）。

    A. 原料供应　　　　B. 技术开发　　　　　C. 人力资源管理

    D. 售后服务　　　　E. 生产加工

9. 企业内部条件分析的方法除了内部要素评价矩阵外，还有（　　　　）。

    A. 企业核心竞争力分析法　　　　　　B. SWOT 分析法

    C. 企业价值链分析法　　　　　　　　D. 外部要素评价矩阵

    E. 组织温度调查法

10. 成本领先战略适用的企业有（　　　　）。

    A. 大批量生产的企业　　　　　　　　B. 有较高的市场占有率和市场份额的企业

    C. 有很强的研究开发能力的企业　　　D. 有能力使用先进的生产设备的企业

    E. 具有很高的知名度和美誉度的企业

11. 下列选项中，属于美国战略学家迈克尔·波特提出的企业一般竞争战略的是（　　　　）。

    A. 产品差异化战略　　B. 一体化战略　　　C. 多元化战略

    D. 成本领先战略　　　E. 集中战略

12. 采取成本领先战略的原因主要有（　　　　）。

    A. 形成进入障碍　　　　　　　　　　B. 增强讨价还价能力

    C. 降低替代品的威胁　　　　　　　　D. 保持领先的竞争地位

    E. 降低顾客敏感程度

13. 运用稳定型战略的优点在于（　　　　）。

    A. 能够保持战略的稳定性　　　　　　B. 易适应外部环境变化

    C. 风险较小　　　　　　　　　　　　D. 可不断开发市场

    E. 经营目标集中

14. 发展型战略的特征包括（　　　　）。

    A. 投入大量资源，扩大规模，提高产品的市场占有率，增强企业的竞争实力

    B. 继续提供相同的产品服务来满足原有顾客的需要

    C. 不断地开发新产品、开拓新市场，采用新的生产方式和管理方式

    D. 不仅适应外部环境的变化，而且试图通过产品创新来引导消费，创造需求

E. 继续追求过去相同的经济效益目标

15. 集中战略的优点包括（　　　）。
   A. 经营目标集中
   B. 风险小
   C. 管理简单方便
   D. 有利于集中使用企业资源
   E. 实现生产的专业化

16. 下列有关一体化发展战略的优点表述正确的是（　　　）。
   A. 有助于更好地掌握市场需求信息和发展趋势，更迅速地了解顾客的意见和建议，增强对市场的适应能力
   B. 有助于抓住市场机会，进入更具发展潜力的行业
   C. 有助于降低成本，减少风险，使生产稳定，正常进行
   D. 有利于发挥企业资源优势，提高经济效益
   E. 前向一体化通过提高产品的深加工程度，可以给企业带来更多利润

17. 非确定型决策中一些公认的思考原则包括（　　　）等。
   A. 期望收益原则
   B. 乐观原则
   C. 悲观原则
   D. 折衷原则
   E. 等概率原则

18. 企业核心能力组成要素主要包括（　　　）。
   A. 全体员工的知识和技能水平
   B. 企业技术体系
   C. 企业的管理体系
   D. 企业文化
   E. 整合集成

19. 一体化战略的缺点主要是（　　　）。
   A. 对企业长远发展非常不利
   B. 使企业规模扩大，人员和组织机构庞杂，导致管理的难度加大和管理费用大幅度增加
   C. 分散企业资源，降低资源配置效率
   D. 进入新的经营领域，不仅需要投入大量的资金，而且需要企业掌握更多新的技术和经验
   E. 企业一旦进入新的经营领域，再退出就很难

20. 企业实施相关多元化战略时，应符合的条件是（　　　）。
   A. 企业可以将技术、生产能力从一种业务转向另一种业务
   B. 企业可以将不同业务的相关活动合并在一起
   C. 企业具有进入新产业所需资金和人才
   D. 企业在新的业务中可以借用公司品牌的信誉
   E. 企业能够创建有价值的竞争能力的协作方式实施相关的价值链活动

21. 战略选择的方法主要有（　　　）。
   A. 战略逻辑理性评估
   B. 财务指标分析法
   C. 组织温度调查法
   D. 内部要素评价法
   E. 风险分析法

22. 实施企业战略的基本原则是（　　　）。
   A. 整体协调性原则
   B. 权变原则
   C. 可接受性原则
   D. 合理性原则
   E. 统一指挥原则

23. 将战略控制按控制方式划分，可以分为（　　　）。
   A. 前馈控制
   B. 反馈控制
   C. 实时控制
   D. 直接控制
   E. 回避控制

24. 经营决策的要素除了决策者外，还包括（　　　）。
   A. 决策目标
   B. 决策备选方案
   C. 决策条件
   B. 决策环境
   E. 决策结果

25. 根据数学模型涉及的决策问题的性质或者说根据所选方案结果的可靠性的不同，定量决策方法一般可以分为（　　　）。
   A. 确定型决策方法
   B. 名义小组技术
   C. 风险型决策方法

　　D. 淘汰法　　　　　　E. 不确定型决策
26. 确定型决策方法主要有（　　　）。
　　A. 线性规划　　　　B. 决策收益表法　　　C. 盈亏平衡点法
　　D. 决策树分析法　　E. 回归方程式法
27. 采用德尔菲法进行企业经营决策的关键在于（　　　）。
　　A. 决定适当的专家人数　　　　　　　B. 设立满意度标准
　　C. 选择好专家　　　　　　　　　　　D. 确保决策小组的绝对独立
　　E. 拟定好意见征询表

三、案例分析题

　　（一）某公司十年来一直只生产电视机显像管，产品质量较高，经营状况良好。2006 年该公司与某电视机生产企业联合，开始生产电视机成品，拟生产三种不同型号的电视机产品，有四个备选方案，每个方案的投资额、经营期限、市场状态和收益值如表 1-7 所示。

表 1-7　某公司生产三种型号电视机决策收益表　　　　　　（单位：万元）

市场状态概率方案	销路好	销路一般	销路差	投资额（万元）	经营期限（年）
	0.3	0.5	0.2		
1	400	200	−20	400	3
2	300	180	60	300	4
3	230	150	50	200	5
4	150	100	40	100	6

　　根据上述资料回答下列问题：
1. 该公司与某电视机生产企业联合前实施的是（　　　）。
　　A. 差异化战略　　　　B. 一体化战略　　　C. 集中战略　　　D. 稳定战略
2. 目前该公司实施的是（　　　）。
　　A. 前向一体化战略　　　　　　　　　B. 后向一体化战略
　　C. 集中战略　　　　　　　　　　　　D. 差异化战略
3. 方案 1 的期望收益值为（　　　）万元。
　　A. 248　　　　　　B. 255　　　　　　C. 260　　　　　　D. 648
4. 该公司可以取得最大期望经济效益的决策方案为（　　　）。
　　A. 方案 1　　　　　B. 方案 2　　　　　C. 方案 3　　　　　D. 方案 4

　　（二）某跨国家电集团 2000 年进入中国市场，业务范围不断扩大，不仅在家电制造领域站稳脚跟，而且通过并购、联合等多种形式，使业务遍及手机、医药、建筑等多个领域。在家电制造领域，该集团成绩表现尤为突出，不断针对不同的消费群体，推出具有独特功能和款式的新型家电，占领不同领域消费市场，市场占有率大幅提升。2009 年该集团拟推出一款多功能新型家电，备选型号有Ⅰ、Ⅱ、Ⅲ、Ⅳ四种。未来市场情况存在畅销、一般和滞销三种可能，但各种情况发生的概率难以测算。在市场调研的基础上，集团对四种型号的损益状况进行了预测，在不同市场状态下的损益值如表 1-8 所示。

表1-8 某集团Ⅰ、Ⅱ、Ⅲ、Ⅳ四种家电经营损益表 （单位：万元）

型号	市场状况		
	畅销	一般	滞销
Ⅰ	500	400	50
Ⅱ	600	450	0
Ⅲ	700	500	100
Ⅳ	1 100	600	-100

根据以上资料，回答下列问题：

5. 目前该集团实施的经验战略为（ ）。

A. 成本领先战略 B. 一体化战略 C. 差异化战略 D. 多元化战略

6. 该集团进行战略实施时，应遵循的基本原则有（ ）。

A. 合理性原则 B. 统一指挥原则

C. 综合平衡原则 D. 权变原则

7. 若采用乐观原则计算，使公司获得最大经济效益的型号为（ ）。

A. Ⅰ B. Ⅱ C. Ⅲ D. Ⅳ

8. 若采用折衷原则计算（最大值系数 a = 0.8），生产Ⅲ型号能使公司获得的经济效益为（ ）万元。

A. 220 B. 420 C. 580 D. 660

9. 该公司的这项经营决策属于（ ）。

A. 确定型决策 B. 风险型决策

C. 非常规型决策 D. 不确定型决策

（三）某商品流通企业在开业前要选择经营商品的品种，现在有甲、乙、丙、丁四类商品可供选择，由于对未来两年的市场需求无法做到比较准确的预测，只能大致估计为：需求量较高、需求量中等和需求量低三种情况。这三种情况的损益值如表1-9所述。

表1-9 甲、乙、丙、丁四类产品损益值

自然状态	方案			
	甲	乙	丙	丁
需求量较高	530	700	140	200
需求量一般	70	150	140	100
需求量较低	-70	60	140	50

10. 用乐观准则选择比较满意的方案是（ ）。

A. 甲 B. 乙 C. 丙 D. 丁

11. 用悲观准则选择比较满意的方案是（ ）。

A. 甲 B. 乙 C. 丙 D. 丁

12. 确认乐观系数为0.4，用折中准则选择比较满意的方案是（ ）。

A. 甲 B. 乙 C. 丙 D. 丁

13. 用等概率准则选择比较满意的方案是（ ）。

A. 甲 B. 乙 C. 丙 D. 丁

14. 用后悔值准则选择比较满意的方案是（ ）。

A. 甲 B. 乙 C. 丙 D. 丁

同步自测解析

一、单项选择题

1. 【解析】B　行业生命周期分成四个阶段：形成期、成长期、成熟期、衰退期。行业进入成长期，行业的产品已较完善，顾客对产品已有认识，市场迅速扩大，企业的销售额和利润迅速增长。

2. 【解析】C　按照战略控制权的归属，战略控制可分为集中控制与分散控制。集中控制是指战略控制权由企业最高管理层掌握，对企业进行总体考虑，关注长期绩效和基本的战略方向。分散控制是把局部战略控制权分散到各个战略经营单位或事业部，由他们对企业局部战略进行决策。

3. 【解析】D　从环境因素的可控程度分类，经营决策可分为确定型决策、风险型决策和不确定型决策。

4. 【解析】B　从环境因素的可控程度分类，经营决策可分为确定型决策、风险型决策和不确定型决策。风险型决策是介于确定型决策和不确定型决策之间的一种决策。决策者无法完全掌握决策必需的情报和资料，只能根据所获得的部分信息进行判断。

5. 【解析】D　乐观原则（大中取大法），是指愿承担风险的决策者在方案取舍时以各方案在各种状态下的最大损益值为标准（即假定各方案最有利的状态发生），在各方案的最大损益值中取最大者对应的方案。市场的最佳状态为畅销，畅销中销量最好的为方案Ⅳ。

6. 【解析】C　选项C属于主体活动，选项ABD都属于辅助活动。本题考核价值链分析法。企业价值链由主体活动和辅助活动构成。主体活动是指企业生产经营的实质性活动，一般分为原料供应、生产加工、成品储运、市场营销和售后服务五种活动。辅助活动是指用以支持主体活动而且内部之间又相互支持的活动，包括企业的采购、技术开发、人力资源管理和企业基础管理。

7. 【解析】A　波士顿矩阵分析工具中，幼童区的产品业务增长率高、但市场占有率低。幼童区位于直角坐标轴的左上角。在这个区位的产品业务增长率高，但市场占有率低，本区中产品所能产生的现金余额很少，不能满足因业务高速增长带来的资金需求。相应的可选战略是：对相应的产品进行必要的投资，以扩大市场占有率，从而使其转变成明星。

8. 【解析】D　本题考核企业战略实施的模式。增长型模式中，企业的战略是从基层单位自下而上地产生。它的关键是激励管理人员的创造性和制定与实施完善的战略，使企业的能量得以发挥，并使企业实力得到增长。

9. 【解析】C　本题考核不确定型决策方法中的折衷原则。

方案Ⅰ：$60 \times 0.75 + 40 \times (1 - 0.75) = 55$（万元）；

方案Ⅱ：$70 \times 0.75 + 30 \times (1 - 0.75) = 60$（万元）；

方案Ⅲ：$85 \times 0.75 + 15 \times (1 - 0.75) = 67.5$（万元）；

方案Ⅳ：$95 \times 0.75 + (-20) \times (1 - 0.75) = 66.25$（万元）。

$\text{Max}\{55, 60, 67.5, 66.25\} = 67.5$，所以企业应选择方案Ⅲ。

10. 【解析】B　企业经营战略的实质是谋求外部环境、内部资源条件与战略目标三者之间的动态平衡。

11. 【解析】D　企业内部环境包括企业结构、企业文化、企业资源。其中，企业资源包括企业的人、财、物、设备、管理、技术、经验、产品、原材料、信息、甚至市场等多种要素，是企业战略要素的总和，是企业战略实力的综合体现。

12. 【解析】C　进入成熟期后，一方面行业的市场已趋于饱和，销售额已难以增长，在此阶段的后期甚至会开始下降，另一方面行业内部竞争异常激烈，合并、兼并大量出现，许多小企业退出，于是行业由分散走向集中，往往只留下少量的大企业。产品成本和市场营销有效性成为企业成败的关键因素。

13.【解析】D 研发能力是企业保持优势源泉的经营资源。

14.【解析】A 后向一体化战略是指通过资产纽带或契约方式，企业与输入端企业联合形成一个统一的经济组织，从而达到降低交易费用及其他成本，提高经济效益的战略。

15.【解析】B 集中战略又称专一化战略，是指企业把其经营活动集中于某一特定的购买者群、产品线的某一部分或某一地区市场上的战略。与成本领先战略和差异化战略不同的是，企业不是围绕整个产业，而是面向某一特定的目标市场开展生产经营和服务活动，以期能比竞争对手更有效地为特定的目标顾客群服务。

16.【解析】A 如果新的竞争对手带着新增生产能力进入市场，必然要求分享份额和资源，因而构成对现有企业的威胁。这种威胁的大小依进入市场的障碍、市场潜力以及现有企业的反应程度而定。

17.【解析】C 企业业务战略，也称为竞争战略或事业部战略。企业业务战略是企业内部各部门和所属单位在企业总体战略指导下，经营管理某一个特定的经营单位的战略计划。企业业务战略是经营一级的战略，它的重点是要改进一个业务单位在它所从事的行业中，或某一特定的细分市场中所提供的产品和服务的竞争地位。

18.【解析】D 稳定战略是指受经营环境和内部资源条件的限制，企业在战略期所期望达到的经营状态基本保持在战略起点水平上的战略。按照这种战略，企业目前的经营方向、业务领域、市场规模、竞争地位及生产规模都大致不变，保持持续地向同类顾客提供同样的产品和服务，维持市场份额。

19.【解析】B 盈亏平衡法是进行产量决策常用的方法。盈亏平衡点 $Q = F/(P - V)$；$P = F/Q + V = 10\,000\,000/1\,000\,000 + 55 = 65$（元/台）。

20.【解析】C 本题主要考查的是多元化发展战略的两种类型的区别。多元化发展战略包括相关多元化和不相关多元化的两种基本方式。相关多元化战略，又称为关联多元化战略，是指企业进入与现有产品或服务有一定关联的经营领域，进而实现企业规模扩张的战略。不相关多元化战略，又称无关联多元化战略，是指企业进入与现有产品或服务在技术、市场等方面没有任何关联的新行业或新领域的战略。家电行业与汽车行业无关联，因而属于无关联多元化战略。

21.【解析】C 企业战略制定的步骤如下：①识别和鉴定现行的战略；②分析外部环境，评估自身能力；③确定企业使命与目标；④准备战略方案；⑤评价和确定战略方案。第一个步骤为识别和鉴定现行的战略。

22.【解析】D 当市场需求呈现出多样化、复杂化和个性化的变化趋势时，企业应实施差异化战略，这样可以建立起稳固的市场竞争地位，使企业获得高于行业平均水平的收益率，制定较高的价格。

23.【解析】D 由于关联多元化发展战略有利于发挥企业在生产技术、销售网络、顾客忠诚等方面的优势，获取研发、生产、销售等方面的协同效应，风险小，所以关联多元化是企业进行扩张时的主要选择。

24.【解析】B 本题主要考查的内容是转向战略的概念，以及与其他三个选项的区别。转向战略是指企业在现有经营领域不能完成原有产销规模和市场规模，不得不将其缩小；或者企业有了新的发展机会，压缩原有领域的投资，控制成本支出以改善现金流为其他业务领域提供资金的战略方案。

放弃战略是将企业的一个或几个主要部门转让、出卖或停止经营。

清算战略是指卖掉其资产或停止整个企业的运行而终止一个企业的存在。

发展战略是一种在现有战略基础上，向更高目标发展的总体战略，主要包括一体化战略和多元化战略。

25.【解析】B 由于集中战略的优势是组织结构简单，便于管理，有利于充分利用企业的资源和能力，故适宜中小企业采用。

26. 【解析】A 合作型模式把战略决策范围扩大到企业高层管理集体之中，调动了高层管理人员的积极性和创造性。协调高层管理人员成为管理者的工作重点。这种模式比较适合于复杂而又缺少稳定性环境的企业。

27. 【解析】B 保本销售量 $Q = F/(P - v) = 2\,000\,000/(505 - 105) = 5\,000$（台）。

28. 【解析】D 从环境因素的可控程度分类，经营决策可分为确定型决策、风险型决策和不确定型决策。

从决策的起点分类，经营决策可分为初始决策和追踪决策。

从决策影响的时间进行分类，决策可分为长期决策和短期决策。

从决策的重要性分类，经营决策可分为战略决策、战术决策和业务决策。

29. 【解析】B 企业经营决策目标是指决策所要达到的目的。决策目标的确立是科学决策的起点，它为决策指明了方向，为选择行动方案提供了衡量标准，也为决策实施的控制提供了依据。确定决策目标是决策过程中的重要内容。

30. 【解析】B 企业战略实施是企业战略管理的关键环节，是动员企业全体员工充分利用并协调企业内外一切可利用的资源，沿着企业战略的方向和途径，自觉而努力地贯彻战略，以期待更好地达成企业战略目标的过程。

31. 【解析】C 在集体决策中，如对问题的性质不完全了解并且意见分歧严重，则可采用名义小组技术。在决策小组中，小组的成员互不通气，也不在一起讨论、协商，从而小组只是名义上的。名义上的小组可以有效地激发个人的创造力和想象力。

32. 【解析】C $Q = F/(P - v) = 550\,000/(21 - 10) = 50\,000$（件）。

33. 【解析】C "以往的经营决策"是企业经营决策影响因素之一，过去决策对目前决策的制约程度，主要受它们与现任决策者的关系的影响。

34. 【解析】A 确定型决策方法是指在稳定可控条件下进行决策，只要满足数学模型的前提条件，模型就给出特定的结果。一般针对日常工作中经常需要解决的问题。

35. 【解析】C 商品流通企业战略管理过程是：确定企业使命→战略分析→战略选择及评价→战略实施及控制。

36. 【解析】A 经营决策的重要性不同划分，可分为经营战略决策、战术决策和业务决策。

按经营决策的产生后果不同划分，可分为确定型决策、风险型决策、非确定型决策。

按经营决策的内容不同划分，可分为经营目标决策、经营方针决策、经营方式决策、经营业务决策、经营基础决策等。

按照经营决策的问题是否重复出现划分，可分为程序化决策和非程序化决策。

二、多项选择题

1. 【解析】BCD 实施产品差异化战略适用于符合以下条件的企业：

（1）企业要有很强的研究开发能力，具有一定数量的研发人员，有强烈的市场意识和创新眼光，及时了解客户需求，不断地在产品及服务中创造出独特性。

（2）企业在产品或服务上要具有领先的声望，具有一定的知名度和美誉度。

（3）企业要有很强的市场营销能力。企业内部的研究开发、生产制造、市场营销等职能部门之间具有很好的协调性。

2. 【解析】ABC 企业战略方案评价的目的是确定各个战略方案的有效性。评价和确定战略方案应该遵循的基本原则有：择优原则、民主协调原则和综合平衡原则等。

3. 【解析】ABCE 企业职能战略是为实现企业总体战略而对企业内部的各项关键的职能活动作出统筹安排，是为贯彻、实施和支持总体战略与业务战略而在特定的职能领域内所制定的实施战略，具体包括生产战略、市场营销战略、财务战略、人事战略和研发战略。企业职能战略主要解决资源利用效率问题，使企业资源利用效率最大化。

4. 【解析】ABDE 行业生命周期是行业演进的动态过程，分成四个阶段，即形成期、成长期、成熟期、衰退期。

5. 【解析】ABD　一般来说，企业战略不是单一的，而是分若干层次的。企业规模大小不同，企业战略的层次也相应不同。企业战略一般分为三个层次：企业总体战略、企业业务战略和企业职能战略。

6. 【解析】BCDE　产业竞争性分析是企业制定竞争战略最重要的基础，在一个行业里，普遍存在着五种基本竞争力量，即行业内现行企业、新进入者、替代品生产者、供应者和购买者。

7. 【解析】CDE　企业内部环境或条件是企业经营的基础，是制定战略的出发点、依据和条件。一般说来，一个企业的内部环境包括下列方面：企业结构、企业文化、企业资源等。

8. 【解析】ADE　企业价值链由主体活动和辅助活动构成。主体活动是指企业生产经营的实质性活动，一般分为原料供应、生产加工、成品储运、市场营销和售后服务五种活动。这些活动与商品实体的加工流转直接相关，是企业基本的价值增值活动，又称基本活动。

9. 【解析】ABCE　企业内部条件分析的方法主要有：企业核心竞争力分析法、SWOT 分析法、企业价值链分析法、内部要素评价（IFE）矩阵和组织温度调查法。

10. 【解析】ABD　成本领先战略适用于符合以下条件的企业：
（1）该战略适用于大批量生产的企业，产量要达到经济规模，这样才会有较低的成本；
（2）有较高的市场占有率，严格控制产品定价和初始亏损，从而形成较高的市场份额；
（3）有能力使用先进的生产设备；
（4）能够严格控制一切费用开支，全力以赴地降低成本。

11. 【解析】ADE　美国战略学家迈克尔·波特提出企业一般竞争战略主要有三种，即成本领先战略、产品差异化战略及集中战略。

12. 【解析】ABCDE　属于采用差别化战略的原因。

13. 【解析】AC　稳定型战略的好处就是能够保持战略的稳定性，不会因战略的突然改变而引起资源分配、组织结构和人员安排上的大变动，进而有助于实现企业的平稳发展，稳定型战略的风险较小，对于那些处于成熟期的行业或稳定环境中的企业来说，不失为一种有效的战略。

14. 【解析】ABCDE　选项属于稳定型战略的特征。发展型战略强调抓住外部环境提供的有利机会，发掘和充分运用企业各种资源，实现企业的快速发展。

15. 【解析】ACDE　本题主要考查的内容是集中战略的优点，主要有经营目标集中，管理简单方便，有利于集中使用企业资源，实现生产的专业化，获取规模经济效益。

16. 【解析】ACE　一体化战略的优点是：
（1）后向一体化可以使企业对其所需要的原材料或零部件的成本、质量和供应情况进行有效的控制，进而有助于降低成本，减少风险，使生产稳定、正常进行。
（2）前向一体化使企业能够有效控制销售和分销渠道，进而有助于更好地掌握市场需求信息和发展趋势，更迅速地了解顾客的意见和建议，增强对市场的适应能力。
（3）前向一体化通过提高产品的深加工程度，可以给企业带来更多利润。

17. 【解析】BCDE　非确定型决策中一些公认的决策准则包括悲观原则、乐观原则、折衷原则、等概率原则和后悔值原则。

18. 【解析】ABCDE　企业核心能力组成要素主要包括五个方面：①全体员工的知识和技能水平；②企业技术体系；③企业的管理体系；④企业文化；⑤整合集成。

19. 【解析】BDE　一体化战略的不足是：
（1）一体化使企业规模扩大，人员和组织机构庞杂，这不可避免地会导致管理的难度加大和管理费用的大幅度增加。
（2）进入新的经营领域，不仅需要投入大量的资金，而且需要企业掌握更多新的技术和经验，如果企业缺乏这些技术和能力，可能会导致效率的下降，使一体化失去应有的作用。
（3）企业一旦进入新的经营领域，再退出就很难，当该产业处于衰退时，企业就可能面临大的风险。

20. 【解析】ABDE　企业实施相关多元化战略时，应符合以下条件：
（1）企业可以将技术、生产能力从一种业务转向另一种业务。

（2）企业可以将不同业务的相关活动合并在一起。

（3）企业在新的业务中可以借用公司品牌的信誉。

（4）企业能够创建有价值的竞争能力的协作方式实施相关的价值链活动。

21.【解析】ABE　战略选择的方法主要有：

（1）战略逻辑理性评估。战略逻辑的理性评估主要是将特定的战略方案与企业的市场情况及它的核心竞争力或相对战略能力相匹配，从而评估该战略方案是否会提高公司的竞争优势及其提高的程度。

（2）财务指标分析法。利用各项财务指标的计算能够从定量的角度衡量企业战略的可行性和适宜性，具有较强的说服力。

（3）风险分析法。公司选择实施某个战略时总是面临着环境变化而带来的不确定性，即风险永远存在。因此，风险是衡量战略可接受性的一个重要指标。

22.【解析】BDE　在企业战略的实施中会遇到许多在制定战略时未估计到或不可能完全估计到的问题，因此，在战略实施过程中要贯彻三个基本原则，以作为实施企业战略的基本依据。这三个原则是合理性原则、统一指挥原则、权变原则。

23.【解析】DE　按控制方式即按达到控制目的的工作方式划分，可将战略控制分为回避控制与直接控制。

24.【解析】ABCE　经营决策的要素有：①决策者；②决策目标；③决策备选方案；④决策条件；⑤决策结果。

25.【解析】ACE　定量决策方法是利用数学模型进行优选决策方案的决策方法。根据数学模型涉及的决策问题的性质或者说根据所选方案结果的可靠性的不同，定量决策方法一般分为确定型决策、风险型决策和不确定型决策三类。

26.【解析】AC　确定型决策方法是指在稳定可控条件下进行决策，只要满足数学模型的前提条件，模型就给出特定的结果。属于确定型决策方法的模型很多，主要有线性规划和盈亏平衡点法。

27.【解析】ACE　运用德尔菲法的关键在于：

（1）选择好专家，这主要取决于决策所涉及的问题或机会的性质。

（2）决定适当的专家人数，一般以10~50人较好。

（3）拟定好意见征询表，它的质量直接关系到决策的有效性。

三、案例分析题

1.【解析】C　集中战略又称专一化战略，是指企业把其经营活动集中于某一特定的购买者群、产品线的某一部分或某一地区市场上的战略。

2.【解析】A　前向一体化战略是指通过资产纽带或契约方式，企业与输出端企业联合，形成一个统一的经济组织，从而达到降低交易费用及其他成本、提高经济效益目的的战略。企业原材料及半成品方面在市场上有优势，为获取更大的经济效益，企业决定由自己制造成品或与制造成品的企业联合，形成统一的经济组织，促进企业有更高速的成长和更快的发展。

3.【解析】A　方案1的期望收益 $= (400 \times 0.3 + 200 \times 0.5 - 20 \times 0.2) \times 3 - 400 = 248$（万元）。

4.【解析】C　方案2的期望收益 $= (300 \times 0.3 + 180 \times 0.5 + 60 \times 0.2) \times 4 - 300 = 468$（万元）；

方案3的期望收益 $= (230 \times 0.3 + 150 \times 0.5 + 50 \times 0.2) \times 5 - 200 = 570$（万元）；

方案4的期望收益 $= (150 \times 0.3 + 100 \times 0.5 + 40 \times 0.2) \times 6 - 100 = 518$（万元）。

因此，方案3是可以取得最大期望经济效益的决策方案。

5.【解析】CD　该集团不断针对不同的消费群体，推出具有独特功能和款式的新型家电，这采取的是差异化战略。而且其同时又在手机、医药、建筑等多个领域进行经营，所以又采取了多元化战略。

6.【解析】ABD　选项C属于评价和确定战略方案应遵循的原则。

7.【解析】D　首先，市场状况为畅销时，各型号的收益值最大，$\text{Max}\{500, 600, 700, 1\,100\} =$

1 100，所对应的型号是Ⅳ，D 选项正确。

8. 【解析】C　采用折衷原则生产Ⅲ型号能使公司获得的经济效益为 $700 \times 0.8 + 100 \times (1 - 0.8) =$ 580（万元）。

9. 【解析】CD　不确定型决策又称为非常规型决策，其常遵循的思考原则有乐观原则和折衷原则等。

10. 【解析】B　乐观准则也称大中取大，四个品种的最大收益值分别为：530、700、140、200，$Max\{530, 700, 140, 200\} = 700$，因而乙方案比较满意。

11. 【解析】C　悲观准则也称小中取大，四个品种的最小收益值分别为：-70；60；140；50。选丙方案收益值最大（140）作为满意的方案。因为该方案在需求量很低的情况下，可获得 140 万元的收益，比其他方案的收益值都高。

12. 【解析】B　甲品种的折中损益值 $= 530 \times 0.4 + (-70) \times (1 - 0.4) = 170$；
乙品种的折中损益值 $= 700 \times 0.4 + 60 \times (1 - 0.4) = 316$；
丙品种的折中损益值 $= 140 \times 0.4 + 140 \times (1 - 0.4) = 140$；
丁品种的折中损益值 $= 200 \times 0.4 + 50 \times (1 - 0.4) = 110$。
由于乙方案折衷损益值最大，所以应选择乙方案。

13. 【解析】B　甲品种的平均值 $= (530 + 70 - 70)/3 = 176.67$；
乙品种的平均值 $= (700 + 150 + 60)/3 = 303.33$；
丙品种的平均值 $= (140 + 140 + 140)/3 = 140$；
丁品种的平均值 $= (200 + 100 + 50)/3 = 116.67$。
由于乙方案的平均值最大，所以选择乙方案。

14. 【解析】B　各方案的后悔值如表 1 - 10 所示。

表 1 - 10　各方案的后悔值

自然状态	方案			
	甲	乙	丙	丁
需求量较高	$700 - 530 = 170$	$700 - 700 = 0$	$700 - 140 = 560$	$700 - 200 = 500$
需求量一般	$150 - 70 = 80$	$150 - 150 = 0$	$150 - 140 = 10$	$150 - 100 = 50$
需求量较低	$140 - (-70) = 210$	$140 - 60 = 80$	$140 - 140 = 0$	$140 - 50 = 90$

将每种产品的后悔值加总得：
甲品种的后悔值 $= 170 + 80 + 210 = 460$；
乙品种的后悔值 $= 0 + 0 + 80 = 80$；
丙品种的后悔值 $= 560 + 10 + 0 = 570$；
丁品种的后悔值 $= 500 + 50 + 90 = 640$。
从中选择一个最小的 80，就是乙方案。

第二章　公司法人治理结构

 考情分析

第二章是公司结构中最基本的知识，讲述企业领导体制的发展、构成及各组成部分的相关结构和作用。本章主要多以单选题、多选题出现。

最近三年本章考试题型及分值

年　份	单项选择题	多项选择题	案例分析题	合　计
2008 年	9 题 9 分	4 题 8 分	—	13 题 17 分
2009 年	10 题 10 分	3 题 6 分	—	13 题 16 分
2010 年	9 题 9 分	4 题 8 分	—	13 题 17 分

 考点精讲与真题解析

第一节　公司治理及其运行机制

考点一　公司治理的内涵

公司治理就是要通过一系列机制来解决公司各类成员之间的利益冲突，也就是要解决以下两个方面的固有矛盾：①谁在公司的决策中收益；②谁应该从公司的决策中收益。

由此，公司的治理可以归结为以下三部分内容：①如何配置和行使公司的控制权；②如何评价和监督董事会、经理层和员工；③如何设计和实施公司的激励机制。

综上所述，我们可以将公司治理理解为：公司管理层为履行对股东的承诺、承担自己相应的职责，通过一系列内部和外部机制对企业责、权、利的分配与协调。

考点二　公司的内部治理机制和外部治理机制

（一）公司的内部治理机制

在现代企业中，要有效地配置和实施企业的控制权，就客观地需要设置一套责任和权力都十分明确的机构，以便有序、有效地协调企业的各类成员，也就是股东、经理、员工以及其他利益相关者的利益。

1. 股东对董事会的控制和监督机制

在股东会上，股东权力的行使实行一股一票制。

一股一票制的股东会投票机制存在着问题，以下两个制度的推出就是对原有机制的改进和补充：一是累加表决制，即股东可以将自己的有效表决权集中投向自己同意或否决的议案。这一制度可以充分调动广大中小股东行使表决权的积极性，有利于提高中小股东在公司决策中的影响力，从而提高公司决策中的民主化水平。

二是代理投票制，即小股东可以将自己的投票权委托给某一个代理人集中行使。这一制度可以将众多的分散投票权集中起来使用，从而大幅度提高中小股东在公司决策中的决定权，客观上也形成了对少数大股东的有效制衡。

2. 股东对经理阶层的激励和监督机制

公司股东可以通过一定的激励机制，如对经理人员实行高薪、奖金、配股等多种方式，激励企业经理人员尽心尽责、努力工作。对于职业经理人员而言，高薪和奖金一方面是企业对他们正常付出与额外付出的创造性工作的货币补偿，另一方面也是对他们减少职务消费和非货币享受的一种激励。

3. 独立董事制度及其实施

独立董事是指与所服务企业既没有投资关系，也没有商业关系和亲情关系的外部董事。独立董事的任务是强化董事会科学决策的能力。独立董事往往控制着董事会的主要机构，如"审计委员会""报酬委员会""提名委员会"，从而形成对企业经营者（包括执行董事和经理）的强大监督。

（二）公司的外部治理机制

一般来讲，现代企业的外部治理机制主要有以下几个方面：

1. 产品市场的竞争

在市场经济条件下，任何企业都要面对产品市场的竞争和考验，企业在产品市场的地位直接决定着该企业的经济效益以及发展前景。经理人员的素质、能力和绩效总是在企业产品市场的竞争中表现出来。

2. 资本市场的竞争

资本市场通常是指股票市场。由于有了股票市场，股东们手中的股份资本便可以自由流动。当股东发现经理人员利用权力损害所有者利益，或者企业经营不善造成大量亏损时，便会"用脚投票"，纷纷抛售本公司股票，导致本公司股票价格大跌。

3. 经理市场的竞争

从长期看，经理人必须对自己的行为负全部责任，即便企业对经理没有显著的激励，经理也会通过努力工作来改进和提升自己的声誉。因为市场会根据经理过去的努力和业绩来评价他的实际能力，经理唯恐市场对自己作出错误判断，败坏自己的声誉，从而贬低自己的价值。

4. 政策法规和社会伦理的约束

由于企业是国民经济的细胞，企业的经营不仅直接影响到国家的繁荣和稳定，而且关系到经济社会的方方面面。因此，几乎所有的国家都对企业的设立和运营有着系统而规范的法律约束。

考点三 公司治理的基本模式

（一）股东控制型治理机制

股东控制型治理机制就是股东实质性地掌握企业的控制权，经理人员则只负责企业的日常经营活动。同时，股东对经理人员采取有效的监控和适当的激励措施，使经理人员不至于过分追求自身利益而忽视股东利益，从而减少企业治理过程中的代理成本。在世界各国的企业实践中，真正形成股东控制型治理机制的只有那些股权高度集中的现代企业，特别是家族控制型的企业。股东控制型治理机制的典型代表是韩国和东南亚国家。

（二）经理控制型治理机制

经理控制型治理机制是指公司经理人员掌握着企业的控制权，公司在治理上表现出明显的经理控制和强烈的市场寻向特点。虽然法律并没有授予经理企业控制权，但由于经理特殊的地位和作用，在企业实际工作中，经理往往掌握了企业的控制权，处于实际的支配地位。对此，公司主要通过市场机制监督、约束和激励经理人员。经理控制型治理机制的典型代表是美国。

（三）主银行相机治理机制

主银行是指与企业之间保持长期和稳定关系的特定银行。企业来自主银行的借款占该企业借款总额的比重最大，同时，主银行还垄断着关系企业的支付结算、债券和股票发行的代理业务等。主银行相机治理机制主要表现为在公司财务状况正常情况下，由经理人员掌握企业的控制权，主银行则通过企业的资金支付结算和向企业派员等方式对企业实施监控。而一旦公司出现严重的财务问题时，主银行就接管企业，掌握企业的控制权。主银行相机治理机制的典型代表是日本。

（四）股东和员工共同控制型治理机制

由股东和员工共同掌管企业的控制权，通过民主的方式参与企业决策，并对企业的管理人员进行监督，而专业的经理人员则负责企业的日常管理活动，这种治理机制就是股东和员工共同控制型治理机制。股东与员工共同控制型治理机制的典型代表是德国。

第二节　公司所有者与经营者

考点四　公司的原始所有权和财产所有权

公司原始所有权和财产所取的相关内容如表 2-1 所示。

表 2-1　公司的原始所有权和财产所有权

公司的原始所有权	公司的财产所有权
（1）含义：出资人（股东）对投入资本的终极所有权，其表现为股权。 （2）主要权限： ①对股票或其他股份凭证的所有权和处分权，包括馈赠、转让、抵押等。 ②对公司决策的参与权，即股东可以出席股东会议并对有关决议进行表决，可以通过选举董事会间接参与公司管理。 ③对公司收益参与分配的权利，包括获得股息和红利的权利，以及在公司清算后分得剩余财产的权利等	（1）含义：是由在公司设立时出资者依法向公司注入的资本金及其增值和公司在经营期间负债所形成的财产构成。 （2）三个特点： ①公司法人财产从归属意义上讲，是属于出资者的。当公司解散时，公司法人财产要进行清算，在依法偿还公司债务后，所剩余的财产要按出资者的出资比例归还于出资者。 ②公司的法人财产和出资者的其他财产之间有明确的界限。公司以其法人财产承担民事责任。一旦公司破产或解散进行清算时，公司债权人只能对公司法人财产提出要求，而与出资者的其他个人财产无关。 ③一旦资金注入公司形成法人财产后，出资者不能再直接支配这一部分财产，也不得从企业中抽回，只能依法转让其所持的股份

【例 2-1】 公司的原始所有权是出资人（股东）对投入资本的终极所有权，其表现为（　　）。(2009 年单选题)

　A. 法人产权　　　　　B. 股权　　　　　　C. 监事会　　　　　D. 执委会

【解析】 B　原始所有权是出资人（股东）对投入资本的终极所有权，其表现为股权。本题考核公司的原始所有权。法人产权是指公司对其全部法人财产依法拥有独立支配的权力。

考点五　公司财产权能的两次分离

公司财产权能的分离是以公司法人为中介的所有权与经营权的两次分离。第一次分离是具有法律意义的出资人与公司法人的分离，即原始所有权与法人产权相分离；第二次分离是具有经济意义的法人产权与经营权的分离，这种分离形式是企业所有权与经营权分离的最高形式。如图2－1所示。

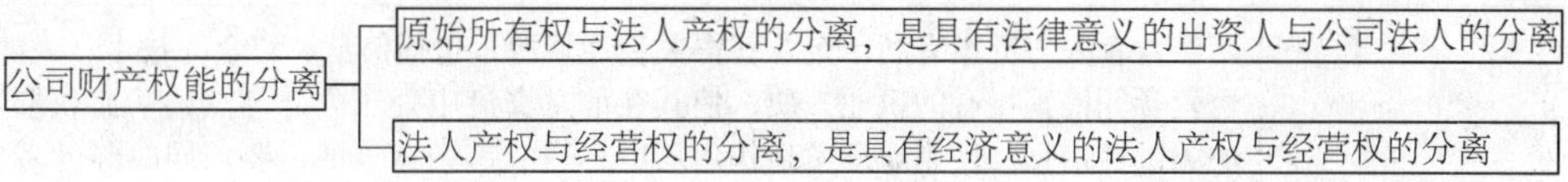

公司财产权能的分离 ┬ 原始所有权与法人产权的分离，是具有法律意义的出资人与公司法人的分离
　　　　　　　　　 └ 法人产权与经营权的分离，是具有经济意义的法人产权与经营权的分离

图2－1　公司财产权能的分离

（1）原始所有权与法人产权的分离。这是公司所有权本身的分离，公司出资者的所有权转化为原始所有权，失去了对公司资产的实际占有权和支配权。公司法人拥有法人资产，对所经营的资产具有完全的支配权，即法人产权。相对于公司原始所有权表现为股权而言，公司法人产权表现为对公司财产的实际控制权，保证公司资产不论由谁投资，一旦形成公司资产投入运营，其产权就归属公司，而原来的出资者就与现实资产的运营脱离了关系。公司法人全面拥有对公司资产的支配权，而且，在法人存续期间，这些权力能成为法人永久享有的权利。公司据此以自己的名义直接、稳定地占有和经营股东出资的资产，摆脱了资产原始所有者的直接干预。总之，股东作为原始所有者保留对资产的价值形态——股票占有的权利；法人则享有对实物资产的占有权利。这样，原始所有权与法人产权的客体是同一财产，反映的却是不同的经济法律关系。原始所有权体现这一财产最终归谁所有；法人产权则体现这一财产由谁占有、使用和处分。

（2）法人产权与经营权的分离。这是只具有经济意义的法人所有权与经营权的分离。公司法人产权集中于董事会，而经营权集中在经理手中。在法人产权界区明确，且对经营权操作区间给定时，经理具有独立的、自由的经营决策权。经营权是对公司财产占有、使用和依法处分的权利，是相对于所有权而言的。与法人产权相比，经营权的内涵较小。经营权不包括收益权，而法人产权却包含收益权，即公司法人可以对外投资获取收益。另外，经营权中的财产处分权也受到限制，一般来说经理无权自行处理公司资产。经营权要由法人产权规定其界区，即由董事会决定经理的职权。由于公司资本所有权的多元化和分散化，也由于公司规模的大型化和管理的复杂化，管理活动需要专门的人才来执行，于是，公司的经营权被赋予了职业经理，出现了一个以专门从事经营管理活动为职业的经理阶层。

考点六　公司经营者的含义、特征和作用

公司经营者的含义、特征和作用如表2－2所示。

表2－2　公司经营者的含义、特征和作用

项　目	具体内容
公司经营者的含义	是指在一个所有权和经营权分离的企业中承担法人财产的保值增值责任，对法人财产拥有绝对经营权和管理权，全面负责企业日常经营管理，由企业在经理人市场中聘任，以年薪、股权和期权等为获得报酬主要方式的经营人员
公司经营者的特征	经营者的岗位职业化趋势，已经形成企业家群体和企业家市场； 经营者具有比较高深的企业经营管理素养，能够引领企业获得良好的业绩； 经营者必须具备较强的协调沟通能力，能够协调好所有者、属下和员工及客户等的关系； 公司中经营者的产生基于有偿雇佣，是公司的"高级雇员"，即受股东委托的企业经营代理人； 经营者的权力受董事会委托范围的限制

（续表）

项　目	具体内容
经营者对现代企业的作用	经营者人力资本有利于企业获得关键性资源，包括信息、资金、技术、人才等。经营者凭借其特有的执业素质，使其在信息交流中处于内外结点，从而获取重要的关键性信息，使企业迅速地作出反应，适应市场竞争的需要。同时经营者依靠自身的人力资本，使其通过有效的经营活动，可以获取一些关键性的物质资源
	经营者人力资本有利于企业技术创新能力的增强。经营者创新能力或者思维是企业创新的关键，经营者人力资本的存在，可以维持并利用其人力资本所构成的网络体系，去充分利用网络成员的知识来弥补企业的不足，通过不断学习和交流更新自己的知识结构，拓展企业的技术选择途径
经营者对现代企业的作用	经营者良好的人力资本有利于企业团队合作能力的培养。企业经营者与基层员工及时的沟通以及价值观念的相互融合，使得以经营者理念为基础的企业文化能够被广大员工很好地接受，并转化为团队合作的精神动力，从而使组织在共同的愿景目标下发展，形成一种新的核心竞争力。这种核心竞争力不仅有利于企业凝聚力的增强，而且也有利于员工积极性和创造性的发挥
	经营者良好的人力资本有利于完善公司管理制度。虽然现代企业的经营者所承担的经营风险有限，客观存在着经营者的道德风险和逆向选择问题，但经营者与所有者之间形成的委托代理关系，可以使两者之间建立一种信任与制约关系，这种信任与制约关系可以使经营者的各项工作能够很好地开展，以科学化的经营管理使企业实现资源的优化配置、战略的有效实施

【例2-2】企业代理人可能利用其信息优势损害企业利益，这种风险属于（　　　　　）。（2010年单选题）

　　A. 信用风险　　　　　B. 流动性风险　　　　　C. 经营风险　　　　　D 道德风险

【解析】D　企业家和企业所有者追求的目标不完全一致，企业家又拥有私人信息优势，因而，存在道德风险和代理成本是不可避免的，D选项正确。

考点七 公司经营者的素质要求、选择方式和激励约束机制

（一）经营者的素质要求

公司经营者的素质要求如表2-3所示。

表2-3　经营者的素质要求

经营者的素质要求	含义	具体内容
精湛的业务能力	必备能力之一。这种能力是一个人的素质结构、知识结构和专业结构的综合体现，尤以决策能力、创造能力和应变能力最为重要	决策能力，经营者需要从技术专家和智囊群体提供的多种建议方案中进行决断、选择，这时，经营者的决策能力和水平直接决定了企业的决策质量
		创造能力，这是一个经营者的核心能力，它表现为在经营活动中善于敏锐地观察旧事物的缺陷，准确地捕捉新事物的萌芽，提出大胆的、新颖的设想，并进行周密分析，拿出可行的思路并付诸实施
		应变能力，经营者必须擅长以权变的理念和方法来对待企业内外部环境，引领企业与多变的外部环境保持动态平衡，使企业可持续地生存与发展

（续表）

经营者的素质要求	具体内容
优秀的个性品质	理智感，这是经营者在智力活动和管理实践中所产生的情感体验，它与人的求知欲望、兴趣以及价值观相联系。一个有理智感的经营者，在经营管理的过程中必然会表现出坚定的信心和乐观的精神
	道德观，这是经营者根据企业的行为规范，在评价自己和他人的思想言行是否合乎道德标准时所产生的一种情感，这种情感能够体现经营者对所有者和员工的强烈责任心。企业经营者优秀的个性品质不仅表现为经营者的个人修养，而且是现代企业经营者的职业需要
健康的职业心态	自知和自信。一个优秀的经营者往往知道自己的长处和短处，在企业运作过程中善于扬长避短，善于决定什么能干、什么不能干，这样才可能领导企业走上成功之路；自信就是始终对自己抱有足够的信心，保持旺盛的勇气
	意志和胆识。意志坚强、富有胆识的经营者，能超越世俗战胜自我，善于在工作中抓住最本质、最有价值的因素，敢于面对权威的挑战，敢于承受舆论的压力，达到一种非常有益的"心理自由"境界
	宽容和忍耐。宽容主要表现在对人上，一是对有过错误的人或反对过自己的人要宽容，二是对比自己能力强的人不嫉妒。忍耐则更多地表现在对事上，即对条件、局势、时间的承受能力上
	开放和追求。一个成功的经营者必须心态开放和追求卓越，只有具有开放的心态才能在日益膨胀的信息时代持续进取，保持创新的活力。只有追求卓越，才能使自己所领导的企业不断发展，在不断自我完善的过程中，使企业的发展达到一个更高的境界

（二）经营者的选择方式

现实情况表明，企业家的选择机制具有明显的弱市场性，甚至非市场性特征，因此，科学的经营者选择方式应该是市场招聘和内部提拔并举。

内部提拔与市场招聘的比较如表2-4所示。

表2-4　内部提拔与市场招聘的比较

经营者的选择方式	内部提拔	市场招聘
含义	是经营者的选择方式之一，它体现了强烈的非市场性特征	是选择经营者的另一种方式，即通过人力资本市场交易取得企业家
优势	①企业与人选对象之间十分了解，从而大大减少了信息的不对称，提高了用人的准确性； ②入选者对于企业十分了解，能迅速进入角色； ③有利于激励内部干部的进取精神和工作热情	①可以为企业带来新的价值观念、新的思维方式，有助于企业拓展新市场； ②人力资本范围比较广，并且可以克服某些在人才选拔上的个人情感因素，表现出较好的公正性和公平性

（三）经营者激励与约束机制

由于企业家和企业所有者追求的目标不完全一致，企业家又拥有私人信息优势，因而，在整个委托代理的过程中不可避免地存在着道德风险和代理成本。因此，企业所有者有必要通过适当的机制对企业家进行约束和激励，这些激励约束机制概括起来三种：报酬激励、声誉激励和市场竞争机制。

1. 报酬激励

通过建立适当的薪酬制度，激励企业家在增加自己收益的同时，增加所有者收益，可以最大限度地调动经营者的经营积极性，充分发挥经营者人力资本的作用，从而有效减少代理成本，尽可能减少"剩余损失"，提高所有者收益和企业经营效益。对经营者激励的形式多种多样，主要有年薪制、薪金与奖励相结合、股票奖励、股票期权等，尽可能使企业家收入与企业绩效挂钩。

2. 声誉激励

企业家属于社会收入较高的阶层，按照马斯洛的需求层次理论，他们更期望通过成功地经营企业向社会展示自己的才能，实现自我价值，得到社会的尊重。因此，通过对企业家履行职能状况的综合考查，并据此给予企业家相应的社会地位，使企业家获得心理上的优越感，以激励他们努力工作，更好地履行企业家职能，约束单纯追求自我利益的行为，按照社会公众欣赏的方式行事，较大程度地发挥个人工作的积极性和主动性，推动企业的健康稳定发展。

3. 市场竞争机制

市场竞争机制包括企业家市场、资本市场和产品市场的竞争。市场对企业家的约束和激励可归纳为两个方面：第一，市场竞争机制具有信息显示功能。企业经营状况通过各种市场指标反映出来，这在一定程度上体现出企业家能力和其在企业经营活动中的努力程度，从而为上述机制发挥作用提供了客观的考查依据。第二，市场竞争的优胜劣汰机制对企业家地位形成直接的威胁。企业的市场竞争力在一定程度上反映了企业家的能力和努力程度，这就使低能力、不努力或努力程度不够的企业家随时都有可能被代替。

【例 2 - 3】 对经营者激励的形式多种多样，主要有年薪制、薪金与奖金相结合、股票奖励、股票期权等，这些均属于企业家激励约束机制中的（ ）。（2007 年单选题）

A. 报酬激励　　　　B. 声誉激励　　　C. 市场竞争机制　　　D. 实物激励

【解析】 A 企业家的激励约束机制有报酬激励、声誉激励和市场竞争机制三个方面。货币收入是企业家追求的重要目标之一。报酬激励的形式多种多样，主要有年薪制、薪金与奖金相结合，股票奖励、股票期权等。

考点八 所有者与经营者的关系

（一）所有者与经营者之间的委托代理关系

（1）经营者作为意定代理人，其权力受到董事会委托范围的限制，包括法定限制和意定限制。

（2）公司对经营人员是一种有偿委任的雇佣。经营人员有义务和责任依法经营好公司事务，董事会有权对经营人员的经营业绩进行监督和评价，并据此对经营人员作出（或约定）奖励或激励的决定，并可以予以解聘。

（二）股东大会、董事会、监事会和经营人员之间的相互制衡关系

（1）股东作为所有者掌握着最终的控制权，他们可以决定董事会的人选。然而，一旦授权董事会负责公司后，股东就不能随意干预董事会的决策了。

（2）董事会作为公司最主要的代表人全权负责公司经营，拥有支配法人财产的权力和任命、指挥经营人员的全权。

（3）经营人员受聘于董事会，作为公司的意定代表人统管企业日常经营事务。在董事会授权范围之内，经营人员有权决策，他人不能随意干涉。

【例 2 - 4】 现代公司股东大会、董事会、监事会和经营人员之间的相互制衡关系是（ ）。（2010 年多选题）

A. 股东掌握最终的控制权　　　　　　　B. 董事会对股东负责

C. 董事会掌握控制权   D. 经营人员受聘于董事会

E. 经营人员受聘于股东大会

【解析】ABD 现代公司治理结构的股东大会、董事会、监事会和经营人员之间的制衡关系是：①股东作为所有者掌握着最终的控制权；②董事会作为公司最主要的代表人全权负责公司经营，董事会必须对股东负责；③经营人员受聘于董事会。ABD 选项正确。

第三节　股东机构

考点九　股东的含义、分类和构成

股东的含义、分类和构成如表 2 - 5 所示。

表 2 - 5　股东的含义、分类和构成

项　目	具体内容
股东的含义	股东是指持有公司资本的一定份额并享有法定权利的人。具体而言，有限责任公司的股东是指持有公司资本的一定份额，据此而拥有所有权，对公司享有权利和承担义务的人。股份有限公司的股东是指持有公司股份，据此而享有所有权，对公司享有权利和承担义务的人
股东的分类和构成	发起人股东与一般股东相比，发起人股东在义务、责任承担及资格限制上有自己的特点： （1）对公司设立承担责任。根据《公司法》的规定，发起人应当承担下列责任：对设立行为所产生的债务和费用负连带责任；公司不能成立时，对认股人已缴纳的股款，负返还股款并加算银行同期存款利息的连带责任；在公司设立过程中，由于发起人的过失致使公司利益受到损害的，对公司承担赔偿责任。 （2）股份转让受到一定限制，公司成立之日起一年内不得转让。 （3）资格的取得受到一定限制，三方面：一是自然人作为发起人应当具备完全行为能力；二是法人作为发起人应当是法律上不受限制者；三是根据我国《公司法》的规定，设立股份公司，其发起人必须一半以上在中国有住所
	自然人股东与法人股东： 自然人和法人均可成为公司股东。自然人，包括中国公民和具有外国国籍的人。在我国，可以成为法人股东的包括企业法人（含外国企业）和社团法人以及各类投资基金组织和代表国家进行投资的机构

考点十　股东的法律地位、权利和义务

（一）股东的法律地位

（1）作为公司的出资人，股东具有以下几个特点。

①股东是公司的出资人，必须履行出资义务。

②股东作为出资人是公司资本的提供者。股东的出资构成了公司资本，构成了公司法人财产。

③股东作为出资人取得股东资格，享有股东权。股东出资是取得股东资格的前提和依据。公司股东作为出资者按投入公司的资本份额享有所有者的资产受益、重大决策和选择管理者等权利。

（2）股东是公司经营的最大受益人和风险承担者。

①股东投资就是为了获得投资收益和回报。由于股东的收益由公司业绩决定，具有不受限制的扩展空间，因而股东向公司投资是实现利润最大化的选择。公司的经营结果同股东利益最为密切，股东是公司经营利益的最大受益人。

②相比而言，债权人、员工同公司经营的利害关系、风险程度都要小一些。债权人的债权一

是内容确定（本金、利息、偿还期限等确定），二是清偿优先于股东的权利和公司剩余财产分配。公司职工的工资债权一是确定，二是不仅优先于股权而且优先于普通债权。股东权实现的不确定性（是否有、有多少股利不确定）、劣后性（股利和公司剩余财产分配劣后于普通债权、职工债权），决定了股东是公司经营风险的最大承担者。

（3）股东享有股东权是股东最根本的法律特征，是股东法律地位的集中体现。

股东将出资交给公司后，其对出资财产的所有权即转化为股东权，股东依其出资（持股）份额对公司享有相应权利和承担相应义务。广义的股东权是股东对公司权利义务的概括，狭义的股东权即股东对公司享有的权利——获得财产收益和参与公司管理的权利。

（4）股东承担有限责任。

我国《公司法》规定：公司以其全部财产对公司的债务承担责任，有限责任公司的股东以其认缴的出资额为限对公司承担责任，股份有限公司的股东以其认购股份为限对公司承担责任。从各国的《公司法》规定可以看出：首先，公司是公司债务的直接承担者，公司要以自身的全部财产而非股东的财产对公司债务承担责任。其次，公司股东仅以其出资额（所持股份）为限，对公司债务间接承担责任，公司对自身的债务直接承担责任。

（5）股东平等。

所有股东均按其所持股份的性质、内容和数额平等地享受权利，承担义务。

（二）股东的权利

我国《公司法》除在总则部分明确股东享有资产受益、重大决策和选择管理者的权利外，还对股东享有的其他权利作了规定。根据我国《公司法》的规定，股东主要享有以下权利：股东会的出席权、表决权；临时股东大会召开的提议权和提案权；董事、监事的选举权、被选举权；公司资料的查阅权；公司股利的分配权；公司剩余财产的分配权；出资、股份的转让权；其他股东转让出资的优先购买权；公司新增资本的优先认购权；股东诉讼权。

【例2-7】股东基于股东资格而对公司享有的权利有（　　　）。（2010年多选题）

A．公司股利的分配权　　　　　　　　　B．决定公司的经营要务

C．制订公司合并、分立、解散的方案　　D．制定公司的基本管理制度

E．股东会的出席权、表决权

【解析】AE　BCD选项是公司董事会的职权。AE选项正确。

（三）股东的义务

（1）缴纳出资义务（法定义务、约定义务）。

股东出资义务要求股东在公司设立和公司增资扩股时，依照法律、公司章程、出资（认股）协议规定的出资形式、出资数额、出资期限、出资程序交付认缴的出资。不履行或不适当履行出资义务的，应当承担相应的责任。公司登记后，股东不得抽回出资。股东违反该义务要承担相应的行政责任，甚至刑事责任。

（2）以出资额为限对公司承担责任。

我国《公司法》明确规定：有限责任公司股东以其认缴的出资额为限对公司承担责任，股份有限公司股东以其认购的股份为限对公司承担责任。

（3）遵守公司章程。

公司章程是公司最为重要的自治规则，对全体股东均具有约束力。股东依照公司章程的规定享有权利和承担义务。

（4）忠诚义务。

股东的忠诚义务包括三方面内容：①禁止损害公司利益；②考虑其他股东利益；③谨慎负责地行使股东权力及其影响力。

【例2-8】公司股东的忠诚义务包括（　　　）。（2007年多选题）

A．禁止损害公司利益　　B．向董事会负责　　C．考虑其他股东利益

D. 按期足额缴纳出资　　　E. 谨慎负责地行使股东权利及其影响力

【解析】ACE　股东应当忠实地对待公司，积极促进公司目标的实现，并避免损害公司和其他股东的利益。股东的忠诚义务包括三方面内容：一是禁止损害公司利益，二是考虑其他股东利益，三是谨慎负责地行使股东权力及其影响力。

有限责任公司、股份有限公司和国有独资公司权力机构的职权和运行规则如表2－6所示。

表2－6　有限责任公司、股份有限公司和国有独资公司权力机构的职权和运行规则

公司类型	有限责任公司的股东会	股份有限公司的股东大会	国有独资公司的权力机构
权力机构的性质及职权	由全体股东组成，是公司的权力机构。职权： （1）决定公司的经营方针和投资计划； （2）选举和更换由非职工代表担任的董事、监事，决定有关董事、监事的报酬事项； （3）审议批准董事会的报告； （4）审议批准监事会或者监事的报告； （5）审议批准公司的年度财务预算方案、决算方案； （6）审议批准公司的利润分配方案和弥补亏损方案； （7）对公司增加或者减少注册资本作出决议； （8）对公司发行债券作出决议； （9）对公司合并、分立、解散、清算或者变更公司形式作出决议； （10）修改公司章程； （11）公司章程规定的其他职权		国有独资公司只有一个股东，因此其不设股东会，由国有资产监督管理机构行使股东会职权。国有资产监督管理机构可以授权公司董事会行使股东会的部分职权，决定公司的重大事项，但公司的合并、分立、解散、增加或者减少注册资本和发行公司债券，必须由国有资产监督管理机构决定。重要的国有独资公司合并、分立、解散、申请破产的，应当由国有资产监督管理机构审核后，报本级人民政府批准
股东会的种类及召集	（1）首次会议：由出资最多的股东召集和主持。首次股东会会议的议程主要有：①讨论并通过公司章程；②选举公司董事会成员；③选举公司监事会成员或监事。 （2）定期会议：按照公司章程规定的期限定期召开。 （3）临时会议：代表十分之一以上表决权的股东、三分之一以上的董事、监事会或者不设监事会的公司的监事提议召开	（1）股东年会：每年召开； （2）临时股东大会（重要）。 有下列情形之一的，应当在两个月内召开临时股东大会：①董事人数不足法律规定人数的三分之二时；②公司未弥补的亏损达实收股本总额三分之一时；③单独或者合计持有公司10%以上股份的股东请求时；④董事会认为必要时；⑤监事会提议召开时；⑥公司章程规定的其他情形	
会议决议方式	（1）普通决议：经代表二分之一以上表决权的股东通过。 （2）特别决议：需要以绝对多数表决权通过（股东会会议作出修改章程、增加或者减少注册资本的决议，以及公司合并、分立、解散或者变更公司形式的决议，必须经代表三分之二以上表决权的股东通过）	（1）股东行使表决权的依据：股东所持股份。一股一权是股份有限公司股东行使股权的重要原则。持有本公司股份的公司没有表决权。 （2）①普通决议：必须经出席会议的股东所持表决权过半数通过。②特别决议：必须经出席会议的股东所持表决权的三分之二以上绝对多数通过	

累积投票制是指股东大会选举董事或者监事时，每一股份拥有与应选董事或者监事人数相同的表决权，股东拥有的表决权可以集中使用。累积投票制与普通投票制的区别主要在于，前者使得公司股东可以把自己拥有的表决权集中使用于待选董事中的一人或多人。所以，累积投票制的功能就

在于保障中小股东有可能选出自己信任的董事或监事，从而在一定程度上平衡大小股东的利益。

【例2-7】国有独资公司不设股东会，行驶股东会职权的机构是（　　　）。(2010年单选题)

A. 监事会　　　　　　B. 董事会　　　　　　C. 职代会　　　　　　D. 国资委

【解析】D　国有独资公司只有一个股东，因此其不设股东会，由国有资产监督管理机构行使股东会职权，D选项正确。

【例2-8】下列股东大会的事项中，适用于累积投票制的是（　　　）。(2009年单选题)

A. 修改公司章程　　B. 选举董事监事　　C. 确定分红方案　　D. 减少注册资本

【解析】B　累积投票制是指股东大会选举董事或者监事时，每一股份拥有与应选董事或者监事人数相同的表决权，股东拥有的表决权可以集中使用。本题考核股东大会会议的决议方式。

【例2-9】股份有限公司的股东大会类型包括（　　　）。(2009年多选题)

A. 大股东会议　　　B. 定期股东会议　　C. 股东年会

D. 临时股东会议　　E. 特别会议

【解析】CD　股份有限公司的股东大会会议由全体股东出席，分为股东年会和临时股东大会。本题考核股份有限公司的股东大会。

第四节　董事会

考点十一　董事会的地位、性质、职权和运行准则

董事会的地位、性质、职权和运行准则如表2-7所示。

表2-7　董事会的地位、性质、职权和运行准则

项　目	具体内容
董事会的地位	在公司的实际经营活动中，董事会兼有进行一般经营决策和执行股东大会重要决策的双重职能。在决策权力系统内，董事会是执行机构。在执行决策的系统内，董事会是决策机构（限于一般决策），经理机构是实际执行机构。董事会处于公司决策系统和执行系统的交叉点，是公司运转的核心，董事会工作效率的高低对公司的发展有着决定性的影响
董事会的性质	董事会是代表股东对公司进行管理的机构。 (1) 董事会的成员——董事，由股东选举产生； (2) 对股东会负责，向股东会汇报工作，接受股东（通过监事会）的监督； (3) 董事会必须代表股东利益，反映股东意志，其行使职权不得违背股东制定的公司章程，不得违背股东会决议
	董事会是公司的执行机构。董事会负责执行股东会的决议，负责管理、执行公司业务和公司事务。董事会的职权分为对内、对外两个方面。对内管理公司的内部事务，对外代表公司进行交易活动，实施法律行为
	董事会是公司的经营决策机构。对股东会职权以外的公司重大事项进行决策：公司的经营计划、投资方案、公司管理机构的设置和高级管理人员的聘任、公司的重要规章制度等
	董事会是公司法人的对外代表机构。一般来说，董事会作为公司机构，可以对外代表公司。我国《公司法》规定，公司法定代表人由公司章程规定，可以由董事长、执行董事或经理担任
	董事会是公司的法定常设机构。主要体现在： (1) 董事会成员固定、任期固定且任期内不能无故解除； (2) 董事会决议内容多为公司经常性重大事项，董事会会议召开次数较多； (3) 董事会通常设置专门工作机构（如办公室、秘书室）处理日常事务

（续表）

项 目	具体内容
董事会会议的形式	有定期会议（常会）与临时会议两种形式
董事会会议的召集和主持	根据我国《公司法》的规定，董事会会议由董事长召集和主持；董事长不能履行职务或不履行职务时，由副董事长召集和主持；副董事长不能履行职务或不履行职务时，由半数以上董事共同推举一名董事召集和主持。召集董事会会议应当于会议召开 10 日前通知全体董事。召开临时董事会会议时，可以由公司另行规定董事会的通知方式和通知时限
董事会的决议方式	其表决实行两个原则： 第一，"一人一票"的原则；第二，多数通过原则
董事会的职权	（1）作为股东会的常设机关，是股东会的合法召集人。股东年会和临时股东会，均应由董事会召集。 （2）作为股东会的受托机构，执行股东会的决议。 （3）决定公司的经营要务。公司的经营计划和投资方案，既要反映公司股东的利益，又要切合公司的经营实际，因而要由既代表股东利益，又直接负责公司经营管理的董事会对其作出决定。 （4）为股东会准备财务预算方案、决算方案。公司的财务预算方案、决算方案应由董事会草拟制订，由股东会审议批准。 （5）为股东会准备利润分配方案和弥补亏损方案。 （6）为股东会准备增资或减资方案以及发行公司债券的方案。董事会作为公司的经营管理机构，可以根据生产经营的实际需要，制订并提出增加或者减少注册资本的方案和发行公司债券的方案，由股东会作出最后决议。 （7）制订公司合并、分立、解散的方案。公司的合并、分立、解散要由负责公司经营管理、熟悉公司情况的公司执行机关——董事会拟订方案，由股东大会作出特别决议。 （8）决定公司内部管理机构的设置。除公司的基本组织机构（股东会、董事会、监事会）外，公司的其他内部管理机构的设置，均由董事会决定。 （9）聘任或者解聘公司经理、副经理、财务负责人，并决定其报酬事项。为了适应公司生产经营的需要，搞好公司的管理，规范引导公司及其职工的行为，董事会有权力也有责任根据法律法规和公司章程的规定制定公司的基本管理制度。 （10）制定公司的基本管理制度

【例 2 - 10】董事会表决实行（ ）的原则。（2010 年单选题）

A．一人一票 　　　　 B．累积投票制 　　　 C．一票否决 　　　 D．以上答案均不对

【解析】A 董事会决议的表决实行两个原则：一人一票和多数通过原则。

【例 2 - 11】董事会是股东大会决议的（ ）。（2010 年单选题）

A．决策机构 　　　 B．参谋机构 　　　 C．执行机构 　　　 D．监督机构

【解析】C 股东大会是决策机构，董事会是执行机构，其依附于股东大会，C 选项正确。

【例 2 - 12】根据我国公司法，召集董事会会议应当于会议召开（ ）日前通知全体董事。（2009 年单选题）

A．10 　　　　 B．15 　　　　 C．20 　　　　 D．25

【解析】A 根据我国《公司法》，召集董事会会议应当于会议召开 10 日前通知全体董事。本题考核董事会会议。

【例 2－13】在现代企业制度下，决定经理职权的机构是（　　　）。（2009 年单选题）

A. 股东大会　　　　　B. 董事会　　　　　C. 监事会　　　　　D. 执委会

【解析】B　董事会决定经理的职权。经理的职权范围通常是来自董事会的授权。

【例 2－14】作为公司法人治理结构的重要组成部分，董事会是公司的（　　　）。（2009 年多选题）

A. 最高权力机构　　　B. 咨询参谋机构　　　C. 执行机构

D. 对外代表机构　　　E. 法定常设机构

【解析】CDE　董事会是公司的执行机构、经营决策机构、对外代表机构、法定常设机构和代表股东对公司进行管理的机构，选项 CDE 正确。股东会是最高权力机构，选项 A 错误。本题考核董事会的性质。

考点十二　董事和独立董事

（一）董事的任职资格、任期、职责与义务

1. 董事的任职资格

对于有下列情形之一的，不得担任公司的董事、监事和高级管理人员：

（1）无民事行为能力或者限制民事行为能力；

（2）因贪污、贿赂、侵占财产、挪用财产或者破坏社会主义市场经济秩序，被判处刑罚，执行期满未逾 5 年，或者因犯罪被剥夺政治权利，执行期满未逾 5 年；

（3）担任破产清算的公司、企业的董事或者厂长、经理，对该公司、企业破产负有个人责任的，自该公司、企业破产清算完结之日起未逾 3 年；

（4）担任因违法被吊销营业执照、责令关闭的公司、企业的法定代表人，并负有个人责任的，自该公司、企业被吊销营业执照之日起未逾 3 年；

（5）个人所负数额较大的债务到期未清偿。

2. 董事的任期

任期由公司章程规定，但每届任期不得超过 3 年，任期届满，连选可以连任。

3. 董事的职权

董事对公司业务具有决策权、管理权，有些情况下可以对外代表公司。

4. 董事的义务

（1）忠实义务，即要求董事对公司诚实，忠诚于公司利益，始终以最大限度地实现和保护公司利益作为衡量自己执行董事职务的标准；当自身利益与公司利益发生冲突时，必须以公司的最佳利益为重，必须将公司整体利益置于首位。①自我交易之禁止，即董事不得作为一方当事人或作为与自己有利害关系的第三人的代理人与公司交易。②竞业禁止，即董事不得自营或者为他人经营与其任职公司同类的营业或者从事损害本公司利益的活动。③禁止泄露商业秘密。④禁止滥用公司财产，我国《公司法》规定，董事不得挪用公司资金或将公司资金借贷给他人，不得以公司资产为本公司的股东或以其他个人名义开立账户存储。

（2）注意义务，基本含义是董事有义务对公司履行其作为董事的职责，履行义务必须是诚信的，行为方式必须使他人合理地相信，为了公司的最佳利益并尽普通谨慎之人在类似的地位和情况下所应实施的行为。注意义务通常分为两种，即制定法上的注意义务（公司制定法以外的其他法律对董事注意义务所作的规定）和非制定法上的注意义务（基于公司董事的身份，基于公司特殊的商事性质所产生的注意义务）。

（二）独立董事的任职资格、任期、职责与义务

1. 独立董事的任职资格

独立董事应当符合《公司法》关于有关一般董事的资格的规定，另外，还需满足以下资格。

（1）独立董事应当具有独立性。

下列人员不得担任独立董事：

①在上市公司或者其附属企业任职的人员及其直系亲属、主要社会关系；

②直接或间接持有上市公司已发行股份1%以上或者是上市公司前10名股东中的自然人股东及其直系亲属；

③在直接或间接持有上市公司已发行股份5%以上的股东单位或者在上市公司前5名股东单位任职的人员及其直系亲属；

④最近一年内曾经具有前三项所列举情形的人员；

⑤为上市公司或者其附属企业提供财务、法律、咨询等服务的人员；

⑥公司章程规定的其他人员；

⑦中国证监会认定的其他人员。

（2）独立董事的任职条件：

①根据法律、行政法规及其他有关规定，具备担任上市公司董事的资格；

②具有《关于在上市公司建立董事制度的指导意见》所要求的独立性；

③具备上市公司运作的基本知识，熟悉相关法律、行政法规、规章及规则；

④具有5年以上法律、经济或者其他履行独立董事职责所必需的工作经验；

⑤公司章程规定的其他条件。

2．独立董事的职权

独立董事除应当具有《公司法》和其他现行法律、法规赋予董事的职权外，还具有下列职权：

①重大关联交易应由独立董事认可后，提交董事会讨论；

②向董事会提议聘用或解聘会计师事务所；

③向董事会提请召开临时股东大会；

④提议召开董事会；

⑤独立聘请外部审计机构和咨询机构；

⑥可以在股东大会召开前公开向股东征集投票权。

独立董事行使上述职权应当取得全体独立董事的二分之一以上同意。如上述提议未被采纳或上述职权不能正常行使，上市公司应将有关情况予以披露。

独立董事除履行上述职责外，还应当对以下事项向董事会或股东大会发表独立意见，这些事项为：

①提名、任免董事；

②聘任或解聘高级管理人员；

③公司董事、高级管理人员的薪酬；

④上市公司的股东、实际控制人及其关联企业对上市公司现有或新发生的总额高于300万元或高于上市公司最近经审计净资产值的5%的借款或其他资金往来，以及公司是否采取有效措施回收欠款；

⑤独立董事认为可能损害中小股东权益的事项；

⑥公司章程规定的其他事项。

3．独立董事的义务

独立董事对上市公司及全体股东负有诚信与勤勉义务。独立董事应当按照相关法律法规、《关于在上市公司建立独立董事制度的指导意见》和公司章程的要求，认真履行职责，维护公司整体利益，尤其要关注中小股东的合法权益不受损害。独立董事应当独立履行职责，不受上市公司主要股东、实际控制人或者其他与上市公司存在利害关系的单位或个人的影响。独立董事原则上最多在5家上市公司兼任独立董事，并确保有足够的时间和精力有效地履行独立董事的职责。

考点十三 有限责任公司、股份有限公司和国有独资公司董事会运行规则

有限责任公司、股份有限公司和国有独资公司董事会的运行规则如表2-8所示。

表2-8 有限责任公司、股份有限公司和国有独资公司董事会运行规则

公司类型	有限责任公司	股份有限公司	国有独资公司
董事会的组成	成员为3~13人，董事会成员应由股东会选举产生	成员为5~19人，董事会成员应由股东会选举产生。我国《公司法》规定了董事长的法定职权：主持董事会会议和检查董事会决议的实施情况	成员为3~13人，应当有公司职工代表。董事由国家授权投资的机构或者部门按照董事会的任期委派或者更换，职工董事则由公司职工民主选举产生
董事会的性质	董事会是执行机构和决策机构，是对内执行公司业务、对股东会负责，对外代表公司的常设机构		
董事会的职权	（1）召集股东会会议，并向股东会报告工作； （2）执行股东会的决议； （3）决定公司的经营计划和投资方案； （4）制订公司的年度财务预算方案、决算方案； （5）制订公司的利润分配方案和弥补亏损方案； （6）制订公司增加或者减少注册资本以及发行公司债券的方案； （7）制订公司合并、分立、解散或者变更公司形式的方案； （8）决定公司内部管理机构的设置； （9）决定聘任或者解聘公司经理及其报酬事项，并根据经理的提名决定聘任或者解聘公司副经理、财务负责人及其报酬事项； （10）制订公司的基本管理制度； （11）公司章程规定的其他职权。 此外，董事会还享有法律和公司章程规定的其他职权		除行使《公司法》有关有限责任公司董事会的所有职权以外，还可以制定国有独资公司章程报国有资产监督管理机构批准 国有独资公司章程制定的两种方式：其一，由国资监管机构制定；其二，由董事会制定并报国资委批准，这既是国资委和董事会的职权，也是两个机构的义务
董事会的议事规则	董事会会议分为定期会议和临时会议两种。定期会议按章程规定的期限定期召开，每年至少召开两次。临时会议仅在必要时召开。 董事会的议事方式和表决程序一般由公司章程规定。董事会的表决实行"一人一票"制。注意：我国涉外企业法有特殊规定的，应从其规定	董事会会议分为定期会议和临时会议。定期会议是依照法律或公司章程的规定而定期召开的会议。我国《公司法》规定，董事会每年度至少召开两次会议。临时会议是董事会认为必要时召开。董事会作出决议必须经全体董事的过半数通过。董事会决议实行"一人一票"制	无特殊规定

【例2-15】国有独资公司的董事会成员的产生方式是（ ）。（2010年多选题）

A. 股东大会选举
B. 公司代表大会选举
C. 国资监管机构委派
D. 董事长任命
E. 监事会选举

【解析】BC 国有独资公司的董事会成员由两部分组成：国资监管机构的委派和公司职工代表大会的选举，BC选项正确。

【例2－16】根据我国有关法律法规，上市公司董事会成员中独立董事的比例不得小于（　　　　）。(2009年单选题)

A．五分之一　　　　B．三分之一　　　　C．二分之一　　　　D．三分之二

【解析】B　证监会《指导意见》要求上市公司董事会成员中应当至少包括三分之一独立董事。本题考核独立董事，属记忆类题型。

第五节　经理机构

考点十四　董事会与经理的关系

经理是指由董事会作出决议聘任的主持日常经营工作的公司负责人，又称经理人。尽管公司经理在各国《公司法》中多为由章程任意设定的机构，但事实上在现代公司中一般都设置有经理机构，尤其是在实行所有与经营、决策与管理相分离的股份公司及有限责任公司中，经理往往是必不可少的常设业务辅助执行机关。

董事会与经理的关系是以董事会对经理实施控制为基础的合作关系。其中，控制是第一性的，合作是第二性的。

【例2－17】董事会与经理的关系是（　　　　）。(2010年单选题)

A．董事会与经理的关系是以董事会对经理实施控制为基础的合作关系

B．以经理对董事会分权为基础的制衡关系

C．经理必须听从作为法定业务执行机关董事会的指挥和监督

D．以上答案都不对

【解析】A　董事会与经理的关系是以董事会对经理实施控制为基础的合作关系。其中，控制是第一性的，合作是第二性的，A选项正确。

考点十五　经理的职权、义务、责任和选择

（一）有限责任公司与股份有限公司的经理机构

有限责任公司与股份有限公司经理机构的内容如表2－9所示。

表2－9　有限责任公司与股份有限公司的经理机构

经理机构的职权	经理的义务与责任	经理的选任与解聘
（1）主持公司的生产经营管理工作，组织实施董事会决议。 （2）组织实施公司年度经营和投资方案。 （3）拟订公司管理机构设置方案。 （4）拟订公司的基本管理制度。 （5）制定公司的具体规章。 （6）提请聘任或者解聘公司副经理、财务负责人。 （7）聘任或者解聘除应由董事会聘任或者解聘以外的管理人员。 （8）公司章程和董事会授予的其他职权	主要对公司负有谨慎、忠诚的义务和竞业禁止义务。 我国《公司法》对经理、董事规定了相同的义务	经理的选任和解聘均由董事会决定。对经理的任免及报酬决定权是董事会对经理实行监控的主要手段

【例2－18】在有限责任公司和股份有限公司中，经理被授予了部分董事分的职权，经理对董事会负责，行使的职权包括（　　　　）。(2009年多选题)

A．主持公司的生产经营管理工作　　　　B．决定公司管理机构设置方案

C. 确定公司的基本管理制度　　　　　　　D. 实施公司年度经营和投资方案

E. 聘任或解聘副经理、财务负责人

【解析】AD　本题考核经理的职权。选项BCE属于董事会的职权。

【例2－19】公司经理选任和解聘的决定权属于（　　　）。（2007年单选题）

A. 股东会　　　　　　B. 董事会　　　　　　C. 董事长　　　　　　D. 职工大会

【解析】B　作为董事会的辅助执行机构，经理的选任和解聘均由董事会决定。对经理的任免及报酬决定权是董事会对经理实行监控的主要手段。

（二）国有独资公司的经理机构

我国《公司法》规定，国有独资公司设经理，由董事会聘任或者解聘。经国有独资监督管理机构同意，董事会成员可以兼任经理。对于国有独资公司来说，经理是必须设置的职务。

我国相关法律、法规对董事会和总经理的关系作了如下规定：

（1）总经理负责执行董事会决议，依照《公司法》和公司章程的规定行使职权，向董事会报告工作，对董事会负责，接受董事会的聘任或解聘、评价、考核和奖励；

（2）董事会根据总经理的提名或建议，聘任或解聘、考核和奖励副总经理、财务负责人；

（3）按照谨慎与效率相结合的决策原则，在确保有效监控的前提下，董事会可将其职权范围内的有关具体事项有条件地授权总经理处理；

（4）不兼任总经理的董事长不承担执行性事务。在公司执行性事务中实行总经理负责的领导体制。经理由董事会聘任或者解聘，向董事会负责，接受董事会的监督。

国有独资公司经理机构的职权与义务，与前文所述的有限责任公司、股份有限公司经理机构的职权、义务相同。

【例2－20】根据我公司法，国有独资公司的经理由（　　　）聘任或解聘。（2009年单选题）

A. 董事会　　　　　　B. 监事会　　　　　　C. 职工代表大会　　　　　　D. 国资监管机构

【解析】A　我国《公司法》规定，国有独资公司设经理，由董事会聘任或者解聘。经国有独资监督管理机构同意，董事会成员可以兼任经理。对于国有独资公司来说，经理是必须设置的职务。经理是负责公司日常经营活动的最重要的高级管理人员，是公司的重要辅助业务执行机关。

第六节　监督机构

考点十六　监事会和监事会制度

监事会是公司制企业的监督机构，是指以检查监督公司的财务及业务执行状况为目的而设立的公司机关。

监事会制度是根据权力制衡原则由股东选举监事组成公司专门监督机关对公司经营进行监督的制度。

一般情况下，公司监事会的监督职能主要表现在三个方面：

（1）监事会是公司内部的专职监督机构。监事会对股东大会负责，以出资人代表的身份行使监督权力，其监督具有如下特点：一是监事会的完全独立性。监事会－经股东大会授权，就完全独立地行使监督权，不受其他机构的干预。董事、经理人员不得兼任监事。二是监事行使监督职权的平等性。所有监事对公司的业务和账册均有平等的无差别的监督权。

（2）监事会的基本职能是监督公司的一切经营活动，以董事会和总经理为主要监督对象。

（3）监事会监督的形式多种多样。监事会的监督形式有：会计监督和业务监督，事前监督、事中监督和事后监督等。

考点十七 有限责任公司、股份有限公司和国有独资公司监事会的组成、性质、职权和运行规则

有限责任公司、股份有限公司和国有独资公司监事会的组成、性质、职权和运行规则如表2-10所示。

表2-10 有限责任公司、股份有限公司和国有独资公司的监事会

公司类型	有限责任公司	股份有限公司	国有独资公司
监事会的组成	成员不得少于3人。（股东人数较少或者规模较小的有限责任公司，可以设1~2名监事，不设监事会）股东代表（董事、高级管理人员除外）和适当比例的公司职工代表（比例不得低于三分之一，具体比例由公司章程规定）；监事会设主席一人，由全体监事过半数选举产生。监事的任期每届为三年。监事任期届满，连选可以连任		成员不得少于5人。组成：国有资产监督管理机构派出的专职监事和职工代表出任的监事（比例不得低于三分之一）；监事会设监事会主席（由国有资产监督管理机构从成员中指定）
监事会的性质	是对董事、经理执行业务的情况进行监督的专门机构		
监事会的职权	（1）检查公司财务；（2）对董事、高级管理人员执行公司职务的行为进行监督，对违反法律、行政法规、公司章程或者股东会决议的董事、高级管理人员提出罢免的建议；（3）当董事、高级管理人员的行为损害公司的利益时，要求董事、高级管理人员予以纠正；（4）提议召开临时股东会会议，在董事会不履行法律规定召集和主持股东会会议职责时召集和主持股东会会议；（5）向股东会会议提出提案；（6）依照《公司法》的规定，对董事、高级管理人员提起诉讼；（7）公司章程规定的其他职权		（1）检查公司财务；（2）对董事、高级管理人员执行公司职务的行为进行监督，对违反法律、行政法规、公司章程或者股东会决议的董事、高级管理人员提出罢免的建议；（3）当董事、高级管理人员的行为损害公司的利益时，要求董事、高级管理人员予以纠正；（4）列席董事会会议，并对董事会决议事项提出质询或者建议；（5）发现公司经营情况异常可以进行调查，必要时可以聘请会计师事务所协助工作；（6）向股东会会议提出提案；（7）依照《公司法》的规定，对董事、高级管理人员提起诉讼；（8）国务院和公司章程规定的其他职权
监事会的议事规则	监事会每年至少召开一次会议，监事可以提议召开临时监事会会议。监事会的议事方式和表决程序，法律有规定的除外，由公司章程规定。监事会决议应当经半数以上监事通过。监事会应当对所议事项的决定做出会议记录，出席会议的监事应当在会议记录上签名	定期会议：每6个月至少召开一次会议。临时会议：由监事在定期会议之间提议召开。监事会会议决议经过半数以上监事通过。监事会应当对所议事项的决定做出会议记录，出席会议的监事必须在会议记录上签名	无特殊规定

【例2-21】 有限责任公司监事会中必须要有（　　　）的职工。（2010年单选题）

　　A. 五分之一　　　　　B. 四分之一　　　　　C. 三分之一　　　　　D. 二分之一

【解析】 C　公司法规定，有限责任公司设监事会，其中职工代表的比例不得低于三分之一，具体比例由公司章程规定。C选项正确。

【例2-22】 根据我国公司法，国有独资公司的监事会由国有资产监督管理机构派出，其目的有（　　　）。（2009年多选题）

　　A. 加强对国有企业的监管　　　　　　　　B. 促进董事、经理忠实履行职责

　　C. 确保国有资产不受侵犯　　　　　　　　D. 监控企业的员工流失

　　E. 推进企业扁平化管理

【解析】 ABC　向国有独资公司派出监事会的目的是从体制上、机制上加强对国有企业的监管，促进企业董事、高级经理人员忠实勤勉地履行职责，确保国有资产及其权益不受侵犯。

同步自测

一、单项选择题

1. 原始所有权与法人产权的客体是同一财产，反映的却是不同的（　　　）。

　　A. 经济利益关系　　　B. 经济责任关系　　　C. 经济权力关系　　　D. 经济法律关系

2. 根据公司法，自然人作为股份有限公司的发起人股东，必须具有（　　　）。

　　A. 完全行为能力　　　B. 特定行为能力　　　C. 限制行为能力　　　D. 中国国籍

3. 在公司的组织机构中居于最高层的是（　　　）。

　　A. 董事会　　　　　　B. 股东大会　　　　　C. 经理　　　　　　　D. 监事会

4. 股份有限公司的经理机构是（　　　）。

　　A. 公司的辅助机构　　B. 经营决策机构　　　C. 公司权力机构　　　D. 经营管理机构

5. 根据公司法，有限责任公司中监事的任期为每届（　　　）年。

　　A. 二　　　　　　　　B. 三　　　　　　　　C. 四　　　　　　　　D. 五

6. 工业革命后，美国历史上最早由职业经理人通过专门管理机构进行管理的行业是（　　　）。

　　A. 海运业　　　　　　B. 纺织业　　　　　　C. 钢铁业　　　　　　D. 铁路业

7. 根据我国公司法，国有独资公司的监事会成员不得少于（　　　）人。

　　A. 3　　　　　　　　B. 5　　　　　　　　C. 7　　　　　　　　D. 9

8. 在法律上和经济上都没有独立性的公司是（　　　）。

　　A. 母公司　　　　　　B. 子公司　　　　　　C. 分公司　　　　　　D. 集团公司

9. 现代企业领导体制的基本构成中，企业领导系统的核心是（　　　）。

　　A. 参谋系统　　　　　B. 决策系统　　　　　C. 信息系统　　　　　D. 执行系统

10. 通过对企业家履行职能状况的综合考查，并据此给予企业家相应的社会地位，这种激励属于（　　　）。

　　A. 报酬激励　　　　　B. 声誉激励　　　　　C. 内在激励　　　　　D. 社会价值激励

11. 作为公司法人治理机构的重要组成部分，经理从属于（　　　）。

　　A. 股东大会　　　　　B. 董事会　　　　　　C. 监事会　　　　　　D. 职工代表大会

12. 拟订公司的基本管理制度的职权属于公司的（　　　）。

　　A. 监事　　　　　　　B. 董事　　　　　　　C. 股东　　　　　　　D. 经理

13. 企业集团是法人企业的联合组织，但成员企业彼此之间都是独立的经济实体，它们的连接纽带是（　　　）。

　　A. 公司制度　　　　　B. 企业文化　　　　　C. 联合合同　　　　　D. 资产

14. 在公司治理结构中，执行机构是（　　　）。

　　A. 股东大会　　　　　B. 管理层　　　　　　C. 董事会　　　　　　D. 监事会

15. 对经理的任免及报酬决定权是（　　　　）对经理实行监控的主要手段。
    A. 董事会　　　　　　B. 监事会　　　　　　C. 股东会　　　　　　D. 职工大会

16. 有限责任公司的股东应以（　　　　）为限对公司债务承担责任。
    A. 认缴的出资额　　　　　　　　　　B. 认购的公司股份
    C. 个人全部财产　　　　　　　　　　D. 个人及家庭成员全部财产

17. 对公司财产占有、使用和依法处分的权利被称为（　　　　）。
    A. 法人所有权　　　　B. 原始所有权　　　　C. 经营权　　　　　　D. 收益权

18. 公司产权制度的特征是（　　　　）。
    A. 法人财产
    B. 出资者原始所有权、公司法人产权与公司经营权相互分离
    C. 法制管理
    D. 法人治理

19. 公司对公司财产的排他性占有权、使用权、收益权和处分转让权，这称为（　　　　）。
    A. 经营权　　　　　　B. 决策权　　　　　　C. 原始所有权　　　　D. 法人产权

20. 在经营活动中善于敏锐地观察旧事物的缺陷，准确地捕捉新事物的萌芽，提出大胆的、新颖的设想，并进行周密分析，拿出可行的思路付诸实施所表现出来的能力是（　　　　）。
    A. 决策能力　　　　　B. 创造能力　　　　　C. 沟通能力　　　　　D. 应变能力

21. 公司财产权能的第一次分离是指（　　　　）。
    A. 法人产权与经营权的分离　　　　　B. 原始所有权与法人产权的分离
    C. 法人产权与债权的分离　　　　　　D. 原始所有权与一般所有权的分离

22. 我国《公司法》规定，设立股份公司，其发起人必须（　　　　）以上在中国有住所。
    A. 三分之一　　　　　B. 四分之一　　　　　C. 五分之一　　　　　D. 一半

23. 既是股东权的重要内容，又是股东权有效行使的保证和救济措施的股东权利是（　　　　）。
    A. 公司股利的分配权　　　　　　　　B. 股份的转让权
    C. 股东诉权　　　　　　　　　　　　D. 公司新增资本的优先认购权

24. 我国公司法规定，公司的发起人——股东在公司成立后，抽逃其出资的，由公司登记机关责令改正的，处以所抽逃出资金额（　　　　）以上（　　　　）以下的罚款。
    A. 3%；10%　　　　　　　　　　　　B. 3%；15%
    C. 5%；10%　　　　　　　　　　　　D. 5%；15%

25. 享有对公司重要事项的最终决定权的是（　　　　）。
    A. 股东大会　　　　　B. 董事会　　　　　　C. 监事会　　　　　　D. 经理人

26. 公司按照法律或章程的规定而定期召开会议，一个业务年度召开一次的会议是（　　　　）。
    A. 股东年会　　　　　B. 临时股东大会　　　C. 定期股东大会　　　D. 股东总结会议

27. 股份有限公司股东行使股权的重要原则是（　　　　）。
    A. 一人一票　　　　　B. 一股一权　　　　　C. 资本多数权　　　　D. 董事数额多数权

28. 股份有限公司中，单独或者合计持有公司 3% 以上股份的股东，可以在股东大会召开（　　　　）日前提出临时提案并书面提交董事会。
    A. 5　　　　　　　　　B. 10　　　　　　　　C. 15　　　　　　　　D. 202

29. 某公司的董事李某擅自泄露公司秘密，根据我国《公司法》规定，（　　　　）。
    A. 应由董事会代表公司对吴某提起诉讼
    B. 应由股东大会代表公司对吴某提起诉讼
    C. 应由董事长代表公司对吴某提起诉讼
    D. 我国公司法未对谁能代表公司对泄露秘密的董事提起诉讼加以规定

30. 我国《公司法》规定，国有独资公司的董事会成员由（　　　　）。
    A. 公司章程规定　　　　　　　　　　B. 全体职工决定
    C. 国资监管机构委派　　　　　　　　D. 股东会委派

31. 我国国有独资公司的职工代表应当（   ）。
    A. 股东会选举产生   B. 监事会提名产生
    C. 董事长提名产生   D. 公司职工代表大会选举产生

二、多项选择题

1. 在现代公司治理结构中，股东会、董事会、监事会和经营人员之间的相互制衡关系表现在（   ）。
    A. 股东掌握着最终的控制权，可以决定董事会的人选
    B. 董事会负责公司经营，但必须对股东负责
    C. 经营人员受聘于董事会，统管企业日常经营事务
    D. 董事会和经营人员互相牵制，经营人员可以监督董事会
    E. 经营人员向股东汇报工作，并向股东承担责任

2. 下列关于董事会性质的认识，正确的有（   ）。
    A. 董事会是公司的最高权力机构   B. 董事会是公司法人的对外代表机构
    C. 董事会是公司的法定常设机构   D. 董事会是代表股东对公司进行管理的机构
    E. 董事会是公司的经营决策机构

3. 即使已经取得经理职位的人，也必须通过（   ）来确保其经理职务。
    A. 提高公司的利润水平   B. 不断增强公司的实力
    C. 使公司长期稳定发展   D. 说服大多数股东
    E. 与董事会形成战略同盟

4. 公司制企业的产权关系与其组织结构是一一对应的，这种对应主要表现为（   ）。
    A. 公司法人财产处置权由股东大会行使   B. 经营决策权由董事会行使
    C. 管理人员任免权由人力资源部行使   D. 指挥权由执行机构行使
    E. 监督权由监事会行使

5. 下列选项中，属于对公司经营者的素质要求内容的是（   ）。
    A. 优秀的个性品质   B. 良好的身体素质   C. 精湛的业务能力
    D. 健康的职业心态   E. 优秀的文化水平

6. 股东大会欲做出（   ）的决议，必须经出席会议的股东所持表决权的三分之二以上绝对多数通过。
    A. 修改公司章程   B. 增加注册资本   C. 公司合并
    D. 公司分立   E. 变更公司名称

7. 现代企业领导体制的作用主要表现在（   ）。
    A. 科学的领导体制是企业进行领导决策的基础
    B. 科学的领导体制是企业有效运行的根本保障
    C. 科学的领导体制是规范企业领导行为的根本机制
    D. 科学的领导体制是提高企业整体领导效能的重要因素
    E. 科学的领导体制是企业领导活动有效开展的组织保证

8. 首次股东会会议的议程主要有（   ）。
    A. 讨论并通过公司章程
    B. 选举公司董事会成员
    C. 选举公司监事会成员或监事
    D. 审议批准公司的年度财务预算方案、决算方案
    E. 决定公司的经营方针和投资计划

9. 有下列（　　　　）情形之一的，应当在两个月内召开临时股东大会。
   A. 董事人数不足法律规定人数或者公司章程所定人数的三分之一时
   B. 董事人数不足法律规定人数或者公司章程所定人数的三分之二时
   C. 公司未弥补的亏损达实收股本总额三分之一
   D. 单独或者合计持有公司 10% 以上股份的股东请求时
   E. 单独或者合计持有公司 20% 以上股份的股东请求时

10. 有（　　　　）情形之一的，不得担任公司的董事、监事和高级管理人员。
    A. 无民事行为能力或者限制民事行为能力
    B. 个人所负数额较大的债务到期未清偿
    C. 因犯罪被剥夺政治权利，执行期满未逾 3 年
    D. 因侵占财产、挪用财产被判处刑罚，执行期满未逾 5 年
    E. 担任因违法被吊销营业执照、责令关闭的公司的法定代表人，自该公司被吊销营业执照之日起未逾 3 年

11. 有限责任公司经理机构的职权有（　　　　）。
    A. 制定公司的基本管理制度
    B. 拟订公司管理机构设置方案
    C. 制定公司的具体规章
    D. 提请聘任或者解聘公司副经理、财务负责人
    E. 组织实施公司年度经营和投资方案

12. 依照我国《公司法》，公司监事会有权监督（　　　　）。
    A. 股东会　　　　　B. 董事会　　　　　C. 经理人
    D. 工会　　　　　　E. 职工代表大会

13. 股东大会会议的召集和主持，下列说法正确的有（　　　　）。
    A. 股东大会会议由董事会召集，董事长主持
    B. 股东大会会议由董事会召集，经营者主持
    C. 董事会不能履行召集股东大会会议职责的，监事会应当及时召集和主持
    D. 监事会不召集和主持的，连续 90 日以上单独或者合计持有公司 10% 以上股份的股东可以自行召开和主持
    E. 监事会不召集和主持的，连续 90 日以上单独或者合计持有公司 20% 以上股份的股东可以自行召开和主持

14. 下列选项中，属于股份有限公司监事会职权的有（　　　　）。
    A. 提案权
    B. 检查公司财务
    C. 任命公司经理人
    D. 对高级管理人员执行公司职务的行为进行监督
    E. 提议召开临时股东会会议

15. 董事会作为常设机构的性质主要体现在（　　　　）。
    A. 董事会成员固定，任期固定且任期内不能无故解除
    B. 董事会决议内容多为公司经常性重大事项
    C. 董事会负责制定公司的具体规章
    D. 董事会通常设置专门工作机构处理日常事务
    E. 聘任或者解聘公司副经理、财务负责人

16. 对股份有限公司与有限责任公司董事而言，其忠诚义务主要表现在（　　　　）。
    A. 禁止在相关企业兼职　　　　　　　B. 自我交易之禁止
    C. 竞业禁止　　　　　　　　　　　　D. 禁止泄露商业秘密
    E. 禁止滥用公司财产

17. 我国的相关法律、法规关于董事会和总经理关系的规定有（　　　　）。
    A. 总经理负责执行董事会决议
    B. 董事会和总经理各自行使自己的职权，在任何情况下，都不能互相干涉
    C. 不兼任总经理的董事长不承担执行性事务
    D. 总经理向董事会报告工作，对董事会负责
    E. 总经理可以自行聘任或解聘、考核和奖励副总经理、财务负责人
18. 公司制企业的产权关系与其组织结构是——对应的，这种对应主要表现为（　　　　）。
    A. 公司法人财产处置权由股东大会行使
    B. 经营决策权由董事会行使
    C. 管理人员任免权由人力资源部行使
    D. 指挥权由执行机构行使
    E. 监督权由监事会行使
19. 下列选项中关于监事会和监事的说法正确的有（　　　　）。
    A. 监事会设主席一人，由全体监事过半数选举产生
    B. 监事会主席召集和主持监事会会议
    C. 董事可以兼任监事，但高级管理人员不得兼任监事
    D. 监事的任期每届为五年
    E. 监事会主席不能履行职务或者不履行职务的，由半数以上监事共同推举一名监事召集和主持监事会会议

 同步自测解析

一、单项选择题

1. 【解析】D　公司出资者的所有权转化为原始所有权。公司法人拥有法人资产，对所经营的资产具有完全的支配权，即法人产权。原始所有权与法人产权的客体是同一财产，反映的却是不同的经济法律关系。原始所有权体现这一财产最终归谁所有；法人产权则体现这一财产由谁占有、使用和处分。

2. 【解析】A　发起人股东在义务、责任承担及资格限制上有自己的特点：发起人要对公司设立承担特殊义务和责任，因而其资格限制要严于一般股东。一是自然人作为发起人应当具备完全行为能力，二是法人作为发起人应当是法律上不受限制者，三是发起人的国籍和住所受到一定限制。

3. 【解析】B　股东大会享有对公司重要事项的最终决定权。在公司内部，股东大会决议具有最高的效力。在公司组织机构中，股东大会居于最高层，董事会、经理、监事会都对股东大会负责，向其报告工作。

4. 【解析】D　现代公司组织机构中，在公司所有权与经营权进一步分离的情况下，在董事会之下往往另设有专门负责公司日常经营管理的辅助机构，这就是经理。

5. 【解析】B　根据公司法，有限责任公司中监事的任期为每届3年，本题属记忆类题型。

6. 【解析】D　美国历史上第一家由全部拿薪水的经理人员通过专门的管理机构来管理的行业是铁路业。本题考核企业领导体制的发展。

7. 【解析】B　我国《公司法》规定，国有独资公司的监事会成员不得少于5人。本题考核国有独资公司的监事会，属记忆类题型。

8. 【解析】C　分公司是母公司的分支机构或附属机构，在法律上和经济上都没有独立性，具体表现在：①它没有自己独立的公司名称，而和母公司使用同一名称；②分公司的业务问题完全由母公司决定；③分公司的资本全部属于母公司；④分公司没有自己的资产负债表，也没有自己的公司章程；⑤它一般以母公司的名义并根据其委托进行业务活动，母公司应以自己资产对

分公司的债务负责。

9. 【解析】B 决策系统是企业领导系统的核心，是进行领导决策和战略设计的指挥部，一般由企业的最高领导组成。决策系统的功用在于为整个领导系统制定行动战略，明确活动发展方向，制订具体行动计划。企业决策系统的作用发挥直接关系到领导系统功能的体现和领导系统工作效率的高低，关系到整个企业系统的发展。相对于企业其他系统而言，决策系统的组织机构精干，工作效率高，只有具备较高素质才能胜任企业决策活动的需要。

10. 【解析】B 按照马斯洛的需求层次理论，收入越高，人们追求的层次越高，而赢得他人尊重和实现自我价值是人的最高追求。事实也是如此，由于生产力的发展，现代社会大多数人的收入足以满足人们的生理、安全保证等基本需求，企业家更是如此。他们属于社会收入较高的阶层，他们期望通过成功地经营企业，通过企业的发展向社会展示自己的才能，实现自我价值，得到社会的尊重。因此，通过对企业家履行职能状况的综合考查，并据此给予企业家相应的社会地位，使企业家获得心理上的优越感，这是声誉激励的方式。

11. 【解析】B 作为董事会的辅助机关，经理从属于董事会，他必须听从作为法定业务执行机关的董事会的指挥和监督。

12. 【解析】D 从本质上讲，经理被授予了部分董事会的职权，经理对董事会负责，行使下列职权：①主持公司的生产经营管理工作，组织实施董事会决议；②组织实施公司年度经营和投资方案；③拟订公司管理机构设置方案；④拟订公司的基本管理制度；⑤制定公司的具体规章；⑥提请聘任或者解聘公司副经理、财务负责人；⑦聘任或者解聘除应由董事会聘任或者解聘以外的管理人员；⑧公司章程和董事会授予的其他职权。

13. 【解析】D 企业集团是法人企业的联合组织，但成员企业彼此之间都是独立的经济实体，它们可能属于不同的行业、不同的所有制、不同的地域、不同的上级主管部门，但是它们都有资产上的联系，即它们的连接纽带是资产。

14. 【解析】B 在公司治理结构中，公司的决策机构是股东大会、董事会，公司的执行机构是管理层，公司的监督机构是监事会。

15. 【解析】A 作为董事会的辅助执行机构，经理的选任和解聘均由董事会决定。对经理的任免及报酬决定权是董事会对经理实行监控的主要手段。董事会在选聘经理时，应对候选者进行全面综合的考查。我国《公司法》对经理的任职资格作出了与董事相同的要求，不符合法律规定的任职资格的人不得成为公司经理。

16. 【解析】A 我国公司法规定：公司以其全部财产对公司的债务承担责任；有限责任公司大的股东以其认缴的出资额为限对公司承担责任；股份有限公司的股东以其认购股份为限对公司承担责任。

17. 【解析】C 经营权是对公司财产占有、使用和依法处分的权利，是相对于所有权而言的。与法人产权相比，经营权的内涵较小，经营权不包括收益权，而法人产权却包含收益权。

18. 【解析】B 公司的产权制度具有明晰的产权关系，它以公司的法人财产为基础，以出资者原始所有权、公司法人产权与公司经营权相互分离为特征，并以股东会、董事会、监事会、执行机构作为法人治理机构来确立所有者、公司法人、经营者和职工之间的权力、责任和利益关系。

19. 【解析】D 公司法人拥有法人资产，对所经营的资产具有完全的支配权，即法人产权。法人产权是指公司作为法人对公司财产的排他性占有权、使用权、收益权和处分转让权。这是一种派生所有权，是所有权的经济行为。

20. 【解析】B 创造能力是一个经营者的核心能力，它表现为在经营活动中善于敏锐地观察旧事物的缺陷，准确地捕捉新事物的萌芽，提出大胆的、新颖的设想，并进行周密分析，拿出可行的思路付诸实施。

21. 【解析】B 公司财产权能的分离是以公司法人为中介的所有权与经营权的两次分离。第一次分离是具有法律意义的出资人与公司法人的分离，即原始所有权与法人产权的分离；第二次分离是具有经济意义的法人产权与经营权的分离，这种分离形式是企业所有权与经营权分离的最高形式。

22.【解析】D　设立股份公司，发起人要对公司设立承担特殊义务和责任，因而其资格限制要严于一般股东。一是自然人作为发起人应当具备完全行为能力，二是法人作为发起人应当是法律上不受限制者，三是发起人的国籍和住所受到一定限制。我国《公司法》规定，设立股份公司，其发起人必须一半以上在中国有住所。

23.【解析】C　股东诉讼权既是股东权的重要内容，又是股东权有效行使的保证和救济措施。股东享有直接诉讼权，在自身权利受到侵害时，有权对侵害人提起诉讼。股东还享有派生诉讼权，在公司权利受到侵害而公司（机关）怠于行使诉权时，有权以自己的名义为公司利益对侵害人提起诉讼。

24.【解析】D　我国公司法规定，公司的发起人——股东在公司成立后，抽逃其出资的，由公司登记机关责令改正的，处以所抽逃出资金额5%以上15%以下的罚款。

25.【解析】A　股东大会是股份有限公司的最高权力机构，这是由股东在公司中的地位决定的，股东大会享有对公司重要事项的最终决定权。

26.【解析】A　股东年会是公司按照法律或章程的规定而定期召开的会议，一个业务年度召开一次。我国公司法规定，股东大会应当每年召开一次年会。

27.【解析】B　一股一权是股份有限公司股东行使股权的重要原则。但是，公司持有的本公司股份没有表决权。

28.【解析】B　临时提案的提出：单独或者合计持有公司3%以上股份的股东，可以在股东大会召开十日前提出临时提案并书面提交董事会。董事会则应在收到提案后两日内通知其他股东，并将该临时提案提交股东大会审议。对临时提案的内容也限制为应当属于股东大会职权范围，并有明确议题和具体决议的事项。

29.【解析】D　我国《公司法》中，仅做出了董事"依照法律规定或者股东会同意外，不得泄露公司秘密"的规定，未对董事违反此义务时谁能代表公司对董事提起诉讼加以规定。

30.【解析】C　《公司法》第六十七条规定，"国资监管机构可以授权公司董事会行使股东会的部分职权，决定公司的重大事项"，这是由国有独资公司的特殊性决定的。国有独资公司的董事会成员由两部分组成：国资监管机构的委派和公司职工代表大会的选举。国资监管机构委派董事成员是其履行出资人职责的体现。

我国《公司法》规定，国有独资公司的董事每届任期不得超过3年。董事会成员由国有资产监督管理机构委派，但是，董事会成员中应当有公司职工代表。职工代表由公司职工代表大会选举产生，其比例由公司章程规定。

31.【解析】D　我国公司法规定，国有独资公司的董事会成员由国有资产监督管理机构委派，但也应当有公司职工代表。职工代表由公司职工代表大会选举产生，其比例由公司章程规定。

二、多项选择题

1.【解析】ABC　现代公司治理结构的要旨在于明确划分股东、董事会、监事会和经营人员各自的权力、责任和利益，形成了四者之间的制衡关系，最终保证了公司制度的有效运行：

（1）股东作为所有者掌握着最终的控制权，他们可以决定董事会的人选，并有推选或不推选直至起诉某位董事的权力。然而，一旦授权董事会负责公司后，股东就不能随意干预董事会的决策了。

（2）董事会作为公司最主要的代表人全权负责公司经营，拥有支配法人财产的权力和任命、指挥经营人员的全权，但董事会必须对股东负责。

（3）经营人员受聘于董事会，作为公司的意定代表人统管企业日常经营事务，在董事会授权范围之内，经营人员有权决策，他人不能随意干涉。但是，经营人员的管理权限和代理权限不能超过董事会决定的授权范围，经营人员经营业绩的优劣也是受到董事会的监督和评判的。

2.【解析】BCDE　董事会的性质：①董事会是代表股东对公司进行管理的机构；②董事会是公司的执行机构；③董事会是公司的经营决策机构；对股东会职权以外的公司重大事项进行决

策：公司的经营计划、投资方案、公司管理机构的设置和高级管理人员的聘任、公司的重要规章制度等；④董事会是公司法人的对外代表机构；⑤董事会是公司的法定常设机构。

3.【解析】ABC　教材在"经理的选任与解聘"一段中提到：有过市场失败记录者，很难重新谋求到经理的位置。因此，即使已经取得经理职位的人，也十分珍惜其职位。保住经理职位的唯一途径是提高公司的利润水平，不断增强公司的实力，使公司得以长期稳定地发展。因此，选项ABC是正确答案。

4.【解析】ABDE　股东大会是由全体股东组成的，股东会是公司的权力机构。股东不仅是公司经营活动物质条件的提供者，而且也是公司经营活动的受益人。

公司法人财产从归属意义上讲，是属于出资者（股东）的，因此公司法人财产处置权由股东大会行使；董事会是公司的经营决策机构。

股东出于自身利益和公司管理的需要，把大部分权利交给董事会行使，而自己仅保留一部分至关重要的权利。这就决定了董事会不但是公司的执行机关，还是公司的重要决策机关，要对股东会职权以外的公司重大事项进行决策；在现代公司组织机构中，董事会虽为公司的常设机关，但所有的经营业务都由其亲自执行不可能，在公司所有权与经营权进一步分离的情况下，在董事会之下往往另设有专门负责公司日常经营管理的辅助机构，负责公司日常工作。

监事会是以检查监督公司的财务及业务执行状况为目的而设立的公司机关，是公司的监督机关，其基本职能是监督公司的一切经营活动，以董事会和总经理为监督对象。

5.【解析】ACD　对公司经营者的素质要求有：①精湛的业务能力；②优秀的个性品质；③健康的职业心态。

6.【解析】ABCD　股东大会做出修改公司章程，增加或者减少注册资本的决议，以及公司合并、分立、解散或者变更公司形式的决议，必须经出席会议的股东所持表决权的三分之二以上绝对多数通过。

7.【解析】CDE　现代企业领导体制的作用主要表现在以下三个方面：
①科学的领导体制是企业领导活动有效开展的组织保证；②科学的领导体制是提高企业整体领导效能的重要因素；③科学的领导体制是规范企业领导行为的根本机制。

8.【解析】ABC　首次股东会会议的议程主要有：①讨论并通过公司章程；②选举公司董事会成员；③选举公司监事会成员或监事。

9.【解析】BCD　有下列情形之一的，应当在两个月内召开临时股东大会：①董事人数不足法律规定人数或者公司章程所定人数的三分之二时；②公司未弥补的亏损达实收股本总额三分之一时；③单独或者合计持有公司10%以上股份的股东请求时；④董事会认为必要时；⑤监事会提议召开时；⑥公司章程规定的其他情形。

10.【解析】ABD　根据我国《公司法》的规定，有限责任公司董事的任职资格与股份有限责任公司董事，以及公司制企业监事、高级管理人员的任职资格相同，对于有下列情形之一的，不得担任公司的董事、监事和高级管理人员：①无民事行为能力或者限制民事行为能力；②因贪污、贿赂、侵占财产、挪用财产或者破坏社会主义市场经济秩序，被判处刑罚，执行期满未逾5年，或者因犯罪被剥夺政治权利，执行期满未逾5年；③担任破产清算的公司、企业的董事或者厂长、经理，对该公司、企业破产负有个人责任的，自该公司、企业破产清算完结之日起未逾3年；④担任因违法被吊销营业执照、责令关闭的公司、企业的法定代表人，并负有个人责任的，自该公司、企业被吊销营业执照之日起未逾3年；⑤个人所负数额较大的债务到期未清偿。

11.【解析】BCDE　经理被授予了部分董事会的职权，经理对董事会负责，行使下列职权：①主持公司的生产经营管理工作，组织实施董事会决议；②组织实施公司年度经营和投资方案；③拟订公司管理机构设置方案；④拟订公司的基本管理制度；⑤制定公司的具体规章；⑥提请聘任或者解聘公司副经理、财务负责人；⑦聘任或者解聘除应由董事会聘任或者解聘以外的管理人员；⑧公司章程和董事会授予的其他职权。
此外，经理作为董事会领导下的负责公司日常经营管理活动的机构，为便于其了解情况，汇报工作，《公司法》还规定了经理有权列席董事会会议。

12. **【解析】** BC　监事会的基本职能是监督公司的一切经营活动，以董事会和总经理为监督对象。

13. **【解析】** ACD　我国《公司法》规定：①股东大会会议由董事会召集，董事长主持。董事长不能履行职务或者不履行职务的，由副董事长主持；副董事长不能履行职务的或者不履行职务的，由半数以上董事共同推举一名董事主持。②董事会不能履行召集股东大会会议职责的，监事会应当及时召集和主持；监事会不召集和主持的，连续90日以上单独或者合计持有公司10%以上股份的股东可以自行召开和主持。

14. **【解析】** ABDE　股份有限公司监事会的职权包括：①检查公司财务；②对董事、高级管理人员执行公司职务的行为进行监督。对违反法律、行政法规、公司章程或者股东会决议的董事、高级管理人员提出罢免的建议；③当董事、高级管理人员的行为损害公司的利益时，要求董事、高级管理人员纠正；④提议召开临时股东会会议；⑤提案权；⑥对董事、高级管理人员提起诉讼；⑦公司章程规定的其他职权。

15. **【解析】** ABD　董事会作为常设机构的性质主要体现在：①董事会成员固定，任期固定且任期内不能无故解除；②董事会决议内容多为公司经常性重大事项，董事会会议召开次数较多；③董事会通常设置专门工作机构（如办公室、秘书室）处理日常事务。

16. **【解析】** BCDE　董事的忠实义务，即要求董事对公司诚实，忠诚于公司利益，始终以最大限度地实现和保护公司利益作为衡量自己执行董事职务地标准；当自身利益与公司利益发生冲突时，必须以公司的最佳利益为重，必须将公司整体利益置于首位。具体而言，包括以下类型：①自我交易之禁止；②竞业禁止；③禁止泄露公司秘密；④禁止滥用公司财产。

17. **【解析】** ACD　关于董事会和总经理的关系，我国的相关法律、法规作了如下规定：①总经理负责执行董事会决议，依照公司法和公司章程的规定行使职权，向董事会报告工作，对董事会负责，接受董事会的聘任或解聘、评价、考核和奖励；②董事会根据总经理的提名或建议，聘任或解聘、考核和奖励副总经理、财务负责人；③按照谨慎与效率相结合的决策原则，在确保有效监控的前提下，董事会可将其职权范围内的有关具体事项有条件地授权总经理处理；④不兼任总经理的董事长不承担执行性事务。在公司执行性事务中实行总经理负责的领导体制。经理由董事会聘任或者解聘，向董事会负责，接受董事会的监督。

18. **【解析】** ABDE　C选项，管理人员任免权是董事会的职权范围。

19. **【解析】** ABE　董事、高级管理人员都不得兼任监事，监事的任期每届为3年。

第三章 市场营销与品牌建设

考情分析

本章主要讲述市场营销与品牌建设的基本理论。本章属于2011年考试的新增考点。

考点精讲与真题解析

第一节 市场营销概述

考点一 市场营销的含义

市场营销是企业在变化的市场环境中，为满足顾客需要、实现企业目标的商务活动过程，包括市场调研、选择目标市场、产品开发、产品定价、渠道选择、产品促销、产品储存和运输、产品销售、提供服务等一系列与市场有关的企业经营活动。

市场营销观念的演变大致经历了生产观念、产品观念、销售观念、市场营销观念与社会营销观念五个阶段。

【例3-1】市场营销观念的演变大致经历了（　　　　）等阶段。（多选题）
A. 生产观念　　　　B. 产品观念　　　　C. 销售观念
D. 市场营销观念　　E. 网络营销观念
【解析】ABCD　市场营销观念的演变大致经历了生产观念、产品观念、销售观念、市场营销观念与社会营销观念五个阶段。

考点二 市场营销的功能与作用

（一）市场营销的功能

企业市场营销活动具有六个方面的功能：

（1）交换功能。在交换过程中，产品的所有权发生转移，买主需要选择购买什么、向谁购买、购买数量、购买时间等。卖主需要确定目标市场，努力促销并实施售后服务等。

（2）物流功能。包括货物的运输和存储，是实现商品交换的前提和必要条件。

（3）产品分类功能。对产品按照一定的质量、规格、等级进行整理分类，这也是市场交换的标准化过程。

（4）融资功能。这已成为某些批发商和代理商的主要职能。

（5）信息功能。在市场营销过程中，批发商和零售商比制造商更为接近购买者，因此他们更了解市场情况，更具有提供信息的能力。批发商一方面向制造商提供用户需要哪些产品的信息建议；另一方面向零售商提供新产品的说明，提出竞争价格的建议。

（6）承担风险功能。在市场营销过程中，商品可能被损坏，可能不被市场需要或成为非适销产品而卖不出去，不得不削价出售。如果用户对产品质量不满意，还要实行包退包换等。

【例 3 - 2】在市场营销过程中，商品可能被损坏，可能不被市场需要或成为非适销产品而卖不出去，不得不削价出售。如果用户对产品质量不满意，还要实行包退包换等。这体现了市场营销活动的（　　　）。（单选题）

　　A. 物流功能　　　　　B. 信息功能　　　　　C. 承担风险功能　　　　D. 融资功能

【解析】C　承担风险功能，主要是指在市场营销过程中，商品可能被损坏，可能不被市场需要或成为非适销产品而卖不出去，不得不削价出售。如果用户对产品质量不满意，还要实行包退包换等。

【例 3 - 3】企业市场营销活动具有（　　　）方面的功能。（多选题）

　　A. 交换功能　　　　　B. 物流功能　　　　　C. 推动创新功能

　　D. 融资功能　　　　　E. 信息功能

【解析】ABDE　企业市场营销活动具有六个方面的功能：①交换功能。②物流功能。③产品分类功能。④融资功能。⑤信息功能。⑥承担风险功能。

（二）市场营销的作用

市场营销是连接市场需求与企业经营的基本手段，是实现企业目标的有效途径。企业需要通过市场营销而将市场机会转变为自身盈利、获得发展的机会。市场营销对企业的作用如下。

（1）指导企业决策。通过市场营销的调查研究，制定企业的发展战略，实现企业的任务与目标。

（2）开拓市场。通过市场营销活动，企业可以发现市场上未满足的需要和市场机会，及时应对，开发新产品，建立新渠道，增加销售，扩大利润。

（3）满足消费者需要。市场营销是以消费者为中心的活动，企业根据目标市场上顾客的不同需求，优化资源组合，提供适当的产品或服务，以满足顾客的欲望和需求。企业能否赢得顾客，直接关系到其发展实力和竞争地位，失去顾客便失去了企业的生命力。

【例 3 - 4】下列选项中，属于市场营销的作用的有（　　　）。（多选题）

　　A. 促进生产　　　　　B. 促进科技发展　　　　　C. 指导企业决策

　　D. 开拓市场　　　　　E. 满足消费者需要

【解析】CDE　市场营销是连接市场需求与企业经营的基本手段，是实现企业目标的有效途径。企业需要通过市场营销而将市场机会转变为自身盈利、获得发展的机会。市场营销对企业的作用有：①指导企业决策；②开拓市场；③满足消费者需要。

考点三　市场营销的管理与任务

（一）市场营销的管理

企业的市场营销管理，是企业根据其业务范围、经营目标和发展战略，识别、分析、评价外部环境所蕴涵的市场机会，结合企业的资源状况，综合考虑各种影响因素，制定各种产品的市场营销战略和策略，并予以有效实施。这一过程包含以下四个环节：

（1）发现和分析市场机会。发现市场机会是市场营销的首要任务。

（2）选择目标市场。由于任何产品的市场都存在着具有不同需求且分散在各地的客户群，所以企业需要确定目标客户。

（3）制定营销战略。营销战略涉及市场营销组合和营销预算。

市场营销组合是指企业协调配套地运用各种可以控制的营销因素，如 4P：产品（Product）、价格（Price）、渠道（Place）、促销（Promotion）等，形成一种最佳组合，以满足目标客户的需求和实现企业的目标。

（4）实施与控制营销战略。为了有效地实施营销战略，企业需要设立市场营销机构，配备市场营销人员，并由高层管理者负责市场营销工作，协调各职能部门共同做好市场营销。

同时，为了防止战略决策偏差和战略实施中意外事件的不利影响，需要对营销战略进行有效控制，采取相应措施，包括：①年度计划控制，主要是控制企业在年内应实现的产出、销售、赢利和其他营销目标。②赢利能力控制，用以测定产品、客户、分销渠道、订货规模等方面的实际获利能力。③战略控制，用以评估企业的营销战略是否适应市场条件。

【例3-5】市场营销组合是指企业协调配套地运用各种可以控制的营销因素，如4P，主要包括（ ）。（多选题）

A. 产品 　　　　　 B. 决策 　　　　　 C. 价格

D. 渠道 　　　　　 E. 促销

【解析】ACDE 市场营销组合是指企业协调配套地运用各种可以控制的营销因素，如4P：产品（Product）、价格（Price）、渠道（Place）、促销（Promotion）等，形成一种最佳组合，以满足目标客户的需求和实现企业的目标。

【例3-6】为了防止战略决策偏差和战略实施中意外事件的不利影响，需要对营销战略进行有效控制，采取相应措施，包括（ ）。（多选题）

A. 年度计划控制 　　 B. 资产总额控制 　　 C. 负债总额控制

D. 赢利能力控制 　　 E. 战略控制

【解析】ADE 为了防止战略决策偏差和战略实施中意外事件的不利影响，需要对营销战略进行有效控制，采取相应措施，包括：①年度计划控制，主要是控制企业在年内应实现的产出、销售、赢利和其他营销目标。②赢利能力控制，用以测定产品、客户、分销渠道、订货规模等方面的实际获利能力。③战略控制，用以评估企业的营销战略是否适应市场条件。

（二）市场营销的任务

市场需求是不断发展变化的，根据市场需求的水平、时间、性质等不同情况，市场营销的任务也有相应差别，具体如下：

（1）负需求：进行转变性市场营销。负需求指大部分人对某种产品不满意或厌恶，并予以排斥或回避。此时，需要进行转变性市场营销，通过调查研究，了解和分析造成以上情况的原因，有针对性地制定对策并采取措施，如重新设计产品或包装，改进加工工艺，提高产品质量，降低产品价格，改进促销方式，完善售后服务等，以改变消费者的态度和信念，变负需求为正需求。

（2）无需求：进行刺激性市场营销。无需求指消费者由于对某产品不了解、未感到需要等原因而漠不关心，不予购买，如一些新产品、与消费者传统观念或习惯不一致的产品所面临的情况。此时，需要进行刺激性市场营销，根据具体原因采取广告宣传、现场演示、优惠促销等措施，以引起注意、加深了解、增强兴趣，引发消费需要和购买动机，从而将无需求转变为一定水平的现实需求。

（3）潜在需求：进行开发性市场营销。潜在需求指现有产品或服务未能满足的需求，或消费者未意识到，或不急于购买的隐而未见的需求。此时，需要进行开发性市场营销，有针对性地开发能够满足人们某种潜在需求的新产品或服务，同时采取有效的措施开发市场，把潜在的需求变为现实的需求。

（4）下降需求：进行整合性市场营销。下降需求指市场对某种产品的需求低于正常水平，存在着下降或衰退的趋势。此时，需要进行整合性市场营销。

（5）不规则需求：进行同步性市场营销。不规则需求指有些产品或服务的市场需求在一定时间内（如天、周、月、季、年等）会发生较大的波动，如酒店、交通工具等。

（6）充分需求：进行维持性市场营销。充分需求指产品或服务的市场需求水平、时间等与企业的期望值相一致。

（7）过度需求：进行多向性市场营销。过度需求指产品或服务的市场需求超过了企业所能或所愿供应的水平，出现了供不应求的状况。

（8）无益或有害需求：进行逆向性市场营销。无益或有害需求指市场对某种无益或有损于消费者利益或社会利益的产品或服务的需求，如香烟、毒品、色情服务等。此时，需要进行逆向性市场营销，即通过一定的营销措施劝导人们放弃这种需求，或通过不生产、不经营等方式限制或最终消除这种需求。

【例3-7】 当市场出现（　　　）时，需要进行逆向性市场营销。（单选题）

A. 负需求　　　　　B. 下降性需求　　　　　C. 过渡需求　　　　　D. 无益或有害需求

【解析】 D　无益或有害需求，需要进行逆向性市场营销。无益或有害需求指市场对某种无益或有损于消费者利益或社会利益的产品或服务的需求，如香烟、毒品、色情服务等。此时，需要进行逆向性市场营销，即通过一定的营销措施劝导人们放弃这种需求，或通过不生产、不经营等方式限制或最终消除这种需求。

第二节　环境分析与市场定位

考点四　环境分析

（一）市场营销的微观环境

市场营销的微观环境是指对企业服务能力构成直接影响的各种力量。市场营销不能只注意目标市场的需求，也要考虑微观环境中的其他成员。市场营销的微观环境包括：

（1）企业。企业本身包括市场营销部门、其他职能部门和最高管理层。

（2）营销中介。在现代市场经济条件下，从分工的经济性考虑，企业的很多业务都是通过市场营销中介机构来进行的。这类中介有：①供应商，即向企业供应原材料、部件、能源、劳动力和资金等资源的企业或组织。②商人中间商，即从事商品购销活动，并对所经营的商品拥有所有权的中间商，如批发商、零售商等。③代理中间商，即协助买卖成交、推销产品，但对所经营的产品没有所有权的中间商，如经纪人、制造代理商等。④辅助商，即辅助执行中间商的某些职能，为商品交换和物流提供便利，但不直接经营商品的企业或机构，如运输公司、仓储公司、银行、保险公司、广告公司、市场调研公司、市场营销咨询公司等。

（3）顾客。顾客就是市场，是企业进行市场营销活动的出发点和归宿。

（4）竞争者。从消费需求角度划分，企业要面临四种类型的竞争对手：①一般竞争者：争取同一消费者的竞争者。②行业竞争者：提供相同或相似产品的竞争者。③产品竞争者：生产相同产品或提供相同服务的竞争者。④品牌竞争者：以相似的价格向相同的顾客提供类似产品或服务的竞争者。

（5）公众。公众是对企业实现其目标具有兴趣和影响的任何集体，包括：一般公众，即一般群众；金融公众，即影响企业取得资金能力的金融机构，如银行、投资公司等；媒体公众，即报纸、杂志、广播、电视、网络等大众媒体；政府公众，指有关政府管理部门；民间公众，指各种消费者组织、环保组织、少数民族组织等；地方公众，指企业所在地的居民和社区组织；内部公众，指企业内部人员。

【例3-8】 一般说来，企业市场营销的微观环境包括（　　　）。（多选题）

A. 企业　　　　　B. 营销中介　　　　　C. 政府监管部门

D. 竞争者　　　　　E. 公众

【解析】 ABDE　市场营销的微观环境包括：①企业；②营销中介；③顾客；④竞争者；⑤公众。

（二）市场营销的宏观环境

市场营销的宏观环境是指那些给企业造成市场机会和环境威胁的主要社会力量，是不可控的变量。微观环境中的所有因素都受到宏观环境的影响。企业只有加强认识、分析和研究宏观环境，确立相应对策，才能不断发展成长。市场营销的宏观环境包括：

（1）人口环境。市场是由具有购买意向和购买能力的人构成的，人是营销活动的最终对象。在日常生活中，人的衣、食、住、行所产生的需求以及生、老、病、死的自然规律所引发的需求，是市场需求的根本动因。现今世界人口环境的主要动向有：世界人口迅速增长，发达国家的人口出生率下降，许多国家人口趋于老龄化，家庭结构发生变化，非家庭住户迅速增加，受教育程度不断变化，世界人口流动性加大等。

（2）经济环境。经济环境是指企业与外部环境的经济联系，主要是一个国家或地区的消费者购买力因素、商品供给因素、商品价格因素以及消费结构、消费模式、储蓄、信用等。

（3）自然环境。自然环境是指能够影响社会生产过程的自然因素，包括自然资源、企业所处地理位置、生态环境等。自然环境的发展变化直接影响企业的生产和营销活动。当今需要正视问题有：原材料短缺、能源成本提高、环境污染严重、气候变化加剧、政府对环保的干预加强等。

（4）科学技术环境。科技的发展直接影响市场供求。

（5）政治法律环境。政治法律环境主要指国家政局、政治体制、经济管理体制及相关的法律、法规、方针政策等对企业运作产生关联的因素。

（6）社会文化环境。社会文化环境主要指一个国家、地区的民族特征、价值观念、生活方式、风俗习惯、宗教信仰、伦理道德、教育水平、语言文字等要素的总合。

考点五 市场细分

市场细分是指按照消费者需求的差异性把某一产品或服务的整体市场划分为不同的分类市场。市场细分之后所形成的具有相同需求的顾客群体称为"细分市场"或"子市场"（或称为分市场、次级市场）。

市场细分的目的是为了识别顾客需求上的差异，以发现有利的营销机会。并非所有的市场细分都有意义，成功有效的市场细分应遵循四条基本原则：可衡量性、可进入性、可赢利性和稳定性。

【例3-9】成功有效的市场细分应遵循四条基本原则（　　　　）。（多选题）

A. 可盈利性　　　　B. 可衡量性　　　　C. 可进入性

D. 可赢利性　　　　E. 稳定性

【解析】BCDE　并非所有的市场细分都有意义，成功有效的市场细分应遵循四条基本原则：可衡量性、可进入性、可赢利性和稳定性。

考点六 目标市场

目标市场是指企业营销活动所要满足的市场，是企业为实现预期目标而需要进入的市场，即企业的服务对象。企业的一切营销活动都是围绕目标市场进行的。

经营目标市场有五种模式：

（1）市场集中化模式。即企业只选取一个细分市场，只生产一类产品，供应单一的顾客群体。规模较小的企业通常采用这种模式。

（2）产品专业化模式。即企业只生产一种产品，向所有的顾客销售这种产品。这样可以在生产和技术上形成优势，但如果出现新技术或替代产品，企业会面临不利状况。

（3）市场专业化模式。即企业专门经营为满足某一客户群体所需要的各种产品，由于产品类型较多，这样能有效地分散经营风险，但如果这类顾客的整体需求下降，企业效益会受到影响。

（4）选择专业化模式。即企业有选择地进入几个不同的、相互联系较少的细分市场，为不同的顾客群体提供不同性能的同类产品。这样可以有效地分散经营风险，即使某个细分市场遇到困难，仍能在其他细分市场上获得盈利。有较强资源的企业可以采用这种模式。

（5）市场全面化模式。即企业全方位地进入各个细分市场，为所有顾客提供他们所需的性能不同的系列产品。这是实力雄厚的大企业运用的模式。

企业在确定目标市场时，会相应地采取不同类型的营销策略：

（1）无差异性营销策略。即企业把整个市场看作是一个无差异的整体，认为消费者的某种需求基本上是一样的，可以作为一个同质的目标市场加以对待，忽略其不明显的差异，以求在一定程度上满足尽可能多的顾客的需求。这种策略的优点在于产品的品种、规格、款式单一，有利于标准化和大规模生产，有利于降低生产、存储、运输、研究、促销等成本费用。主要缺点是品种单一，难以满足消费者的多样性需求。

（2）差异性营销策略。即企业把整体市场划分为若干个需求与愿望大致相同的细分市场，然后根据企业的资源及营销实力选择几个细分市场作为目标市场，并为各目标市场制定特别的营销组合策略。这种策略的优点在于可以有针对性地满足不同客户群体的需求，提高产品的竞争能力，并有效地分散风险。缺点是成本和营销费用会加大，资源配置分散，不易形成拳头产品。

（3）集中性营销策略。即企业不把目标放在整体市场上，而是选择一个或几个细分市场作为营销目标，然后集中企业的优势进行生产和营销，充分满足特定消费者的需要，加强市场占有率。这种策略的优点是服务对象比较集中，有利于生产和营销专业化，较易在特定市场上取得有利地位。缺点是目标市场狭小，一旦市场发生变化或有强大对手进入，企业会陷入困境。

【例 3 - 10】企业只选取一个细分市场，只生产一类产品，供应单一的顾客群体，这属于（　　　）。（单选题）

A. 产品专业化模式　　　　　　　　　B. 市场集中化模式
C. 市场专业化模式　　　　　　　　　D. 选择专业化模式

【解析】B　市场集中化模式，即企业只选取一个细分市场，只生产一类产品，供应单一的顾客群体。规模较小的企业通常采用这种模式。

【例 3 - 11】下列关于无差异性营销策略的优缺点的说法中，正确的是（　　　）。（多选题）

A. 产品的品种、规格、款式单一，有利于标准化和大规模生产
B. 有利于降低生产、存储、运输、研究、促销等成本费用
C. 品种单一，难以满足消费者的多样性需求
D. 有利于保证客户的忠诚度
E. 有利于市场的开拓

【解析】ABC　无差异性营销策略，即企业把整个市场看作是一个无差异的整体，认为消费者的某种需求基本上是一样的，可以作为一个同质的目标市场加以对待，忽略其不明显的差异，以求在一定程度上满足尽可能多的顾客的需求。这种策略的优点在于产品的品种、规格、款式单一，有利于标准化和大规模生产，有利于降低生产、存储、运输、研究、促销等成本费用。主要缺点是品种单一，难以满足消费者的多样性需求。

【例 3 - 12】下列关于集中性营销策略的优缺点的说法中，正确的是（　　　）。（多选题）

A. 服务对象比较集中
B. 较易在特定市场上取得有利地位
C. 缺点是目标市场狭小，一旦市场发生变化或有强大对手进入，企业会陷入困境
D. 产品单一，风险较大
E. 有利于生产和营销专业化

【解析】ABCE　集中性营销策略，即企业不把目标放在整体市场上，而是选择一个或几个细分市场作为营销目标，然后集中企业的优势进行生产和营销，充分满足特定消费者的需要，加强市场占有率。这种策略的优点是服务对象比较集中，有利于生产和营销专业化，较易在特定市场上取得有利地位。缺点是目标市场狭小，一旦市场发生变化或有强大对手进入，企业会陷入困境。

考点七 市场定位

市场定位是企业根据目标市场上同类产品的竞争状况，针对顾客对该类产品的某些特征或属性的重视程度，为本企业的产品塑造强有力的、与众不同的鲜明个性，并将其形象生动地传递给顾客，求得顾客认同的过程。市场定位的实质是使本企业与其他企业严格区分开来，使顾客明显地感觉和认识到这种差别，从而在顾客心中占有特殊位置。市场定位的策略可分为以下三种：

（1）避强定位策略。这种策略是企业避免与强有力的竞争对手发生直接竞争，而将自己的产品定位于另一市场的区域内，使自己的产品在某些特征或属性方面与强势对手有明显的区别。这种策略可使自己迅速在市场上站稳脚跟，并在消费者心中树立起一定形象。由于这种做法风险较小，成功率较高，常为多数企业所采用。

（2）迎头定位策略。这种策略是企业根据自身的实力，为占据较佳的市场位置，不惜与市场上占支配地位、实力最强或较强的竞争对手发生正面竞争，从而使自己的产品进入与对手相同的市场位置。由于竞争对手强大，这一竞争过程往往相当引人注目，企业及其产品能较快地为消费者了解，达到树立市场形象的目的。这种策略可能引发激烈的市场竞争，具有较大的风险。因此，企业必须知己知彼，了解市场容量，正确判定凭自己的资源和能力是不是能比竞争者做得更好，或者能不能平分秋色。

（3）重新定位策略。这种策略是企业对销路少、市场反应差的产品进行二次定位。初次定位后，如果由于顾客的需求偏好发生转移，市场对本企业产品的需求减少，或者由于新的竞争者进入市场，选择与本企业相近的市场位置，这时，企业就需要对其产品进行重新定位。一般来说，重新定位是企业摆脱经营困境，寻求新的活力的有效途径。此外，企业如果发现新的产品市场范围，也可以进行重新定位。

【例3-13】市场定位的策略可分为以下三种（　　　）。（多选题）

A. 集中定位策略　　　B. 分散定位策略　　　C. 迎头定位策略

D. 避强定位策略　　　E. 重新定位策略

【解析】CDE　市场定位的策略可分为以下三种：①避强定位策略；②迎头定位策略；③重新定位策略。

第三节　市场营销策略

考点八 产品策略

（一）产品的含义及其层次

产品是指提供给市场、能满足消费者某种需要的物质产品和非物质形态的服务。产品具有五个层次：

（1）核心层。核心层又称为"实质产品"，是指产品能给顾客带来的基本利益和效用，即产品的使用价值。

（2）形式层。形式层是核心层产品的具体外观，是其满足顾客需要的表现形式，含包装、品牌、质量、式样、特征五个要素。

（3）期望层。期望层是指顾客对某产品所希望和默认的属性与条件。

（4）延伸层。延伸层是指顾客购买产品时所获得的附加利益与服务，如安装、送货、保证、提供信贷、售后服务等。

（5）潜在层。潜在层是指与现有产品相关的未来可能发展的潜在属性，如彩色电视机可成为电脑终端。

【例3-14】（　　　）又称为"实质产品"，是指产品能给顾客带来的基本利益和效用，即产

品的使用价值。（单选题）

 A. 核心层   B. 形式层   C. 期望层   D. 延伸层

【解析】A　产品具有五个层次，一般而言，核心层又称为"实质产品"，是指产品能给顾客带来的基本利益和效用，即产品的使用价值。

（二）产品组合

大多数企业都不只生产一种产品，而是生产多种产品，需要将这些产品统筹安排好。产品组合指企业生产经营的各种不同类型产品之间的组合比例，由产品项目和产品线构成。产品项目指每一个具体的产品；产品线指满足同类需求的、功能相同而规格不同的一组产品。产品组合具有广度、深度和关联性。产品组合广度也称"宽度"，指企业拥有的不同产品线的数目；产品组合深度也称"长度"，指每条产品线内不同规格的产品项目的数量；产品组合关联性指各种产品线在最终用途、生产条件、分销渠道等方面的相关程度。一般情况，扩大产品组合的广度，即扩展企业的经营领域，可使企业的资源、技术得到充分利用，开拓新的市场，分散投资风险。增加产品组合的深度，即增加产品项目或使产品多样化，可更好地满足消费者的不同需求与爱好。增加产品组合的关联性，可增强企业在某一特定市场领域的地位。

企业在进行产品组合优化时，可以采取以下策略：

（1）扩大产品组合。扩大产品组合包括拓展产品组合的宽度，在原产品组合中增加产品线，扩大经营范围；增加产品组合的深度，在原有产品线内增加新的产品项目。在市场繁荣时期，较长、较宽的产品组合会为企业带来更多的盈利机会。

（2）缩减产品组合。在市场不景气或原料、能源供应紧张时期，缩减产品线反而能使利润总额上升，因为去除那些获利小甚至亏损的产品线或产品项目，企业可以集中力量发展获利多的产品线和产品项目。

（3）延伸产品线。延伸产品线是指企业把产品线的长度延伸超过现有范围。包括：向下延伸，即在高档产品线中增加低档产品项目；向上延伸，即在原有产品线内增加高档产品项目；双向延伸，即原定位于中档产品市场的企业向产品线的上下两个方向延伸。

【例3－15】在高档产品线中增加低档产品项目，属于（　　　　）。（单选题）

 A. 向下延伸 B. 向上延伸 C. 单向延伸 D. 双向延伸

【解析】A　延伸产品线是指企业把产品线的长度延伸超过现有范围。包括：向下延伸，即在高档产品线中增加低档产品项目；向上延伸，即在原有产品线内增加高档产品项目；双向延伸，即原定位于中档产品市场的企业向产品线的上下两个方向延伸。

【例3－16】产品组合具有（　　　　）。（多选题）

 A. 兼容度   B. 协作度   C. 广度

 D. 深度   E. 关联度

【解析】CDE　产品项目指每一个具体的产品；产品线指满足同类需求的、功能相同而规格不同的一组产品。产品组合具有广度、深度和关联性。产品组合广度也称"宽度"，指企业拥有的不同产品线的数目；产品组合深度也称"长度"，指每条产品线内不同规格的产品项目的数量；产品组合关联性指各种产品线在最终用途、生产条件、分销渠道等方面的相关程度。

（三）产品的生命周期

任何产品都具有生命周期，都要经历引入、成长、成熟和衰退的时期。在产品生命周期的不同时期，需采取不同的营销策略：

（1）引入期的营销策略。引入期的特征是产品销量少，促销费用多，制造成本高，销售利润低甚至为负值。此时，企业应努力做到：投入市场的产品要有针对性，进入市场的时机要合适，直接面向最有可能的购买者，以使市场尽快接受产品，缩短引入期，更快地进入成长期。

相关策略如：①快速撇脂策略：即以高价格、高促销费用推出新产品；②缓慢撇脂策略：即以高价格、低促销费用推出新产品；③快速渗透策略：即以低价格、高促销费用推出新产品；④

缓慢渗透策略：即以低价格、低促销费用推出新产品。

（2）成长期的营销策略。在成长期，消费者对产品已经熟悉，消费习惯已经形成，企业销售量迅速增长，生产规模也逐步扩大，产品成本逐步降低，新的竞争者也会投入竞争。随着新的产品特性出现，市场开始细分，分销渠道增加。此时，企业为维持市场增值率，延长获取最大利润的时间，可采取以下策略：①改善产品品质；②寻找新的细分市场；③改变广告宣传重点；④适时降价。

（3）成熟期的营销策略。进入成熟期后，产品的销售量增长缓慢，逐步达到高峰，然后缓慢下降，产品的销售利润也从成长期的最高点开始下降。市场竞争激烈，各种品牌和款式的同类产品不断出现。此时，企业应主动出击，努力延长成熟期，或使产品生命周期出现再循环。

相关策略如：①调整市场：发现产品新的用途，寻找新的用户或改变推销方式，以扩大产品销售量；②调整产品：调整产品自身，以满足消费者的不同需要，吸引有不同需求的客户；③调整营销组合：对产品、定价、渠道、促销四个营销组合因素加以调整，刺激销售量回升。

（4）衰退期的营销策略。当产品销售量急剧下降，企业从中获利很低甚至为零，大量竞争者退出市场，消费者的消费习惯发生改变时，则是产品进入了生命周期的衰退期。此时，企业采取的策略有：①维持策略，继续采用以往的策略，直到产品完全退出市场为止；②集中策略，把企业资源和力量集中在最有利的子市场和分销渠道上，有利于缩短产品退出市场的时间，同时创造更多的利润；③收缩策略，大幅度降低促销水平，尽量降低促销费用，以增加目前的利润；④放弃策略，对衰退比较迅速的产品，逐步或立即放弃经营。

【例3-17】在（　　　），消费者对产品已经熟悉，消费习惯已经形成，企业销售量迅速增长，生产规模也逐步扩大，产品成本逐步降低，新的竞争者也会投入竞争。（单选题）

A. 引入期　　　　　B. 成长期　　　　　C. 成熟期　　　　　D. 平稳期

【解析】B　在成长期，消费者对产品已经熟悉，消费习惯已经形成，企业销售量迅速增长，生产规模也逐步扩大，产品成本逐步降低，新的竞争者也会投入竞争。随着新的产品特性出现，市场开始细分，分销渠道增加。

【例3-18】任何产品都具有生命周期，都要经历（　　　）的时期。（多选题）

A. 引入　　　　　B. 成长　　　　　C. 成熟

D. 平稳　　　　　E. 衰退

【解析】ABCE　任何产品都具有生命周期，都要经历引入、成长、成熟和衰退的时期。

【例3-19】引入期的营销策略包括（　　　）。（多选题）

A. 快速撇脂策略　　　B. 缓慢撇脂策略　　　C. 蚕食策略

D. 鲸吞策略　　　　　E. 缓慢渗透策略

【解析】ABE　引入期的营销策略包括：①快速撇脂策略，即以高价格、高促销费用推出新产品；②缓慢撇脂策略，即以高价格、低促销费用推出新产品；③快速渗透策略，即以低价格、高促销费用推出新产品；④缓慢渗透策略，即以低价格、低促销费用推出新产品。

考点九　价格策略

（一）定价目标

定价目标是企业通过制定一定水平的价格所要达到的预期目的。一般情况下，定价目标分为：

（1）利润目标，即追求利润最大化，或为获取适度利润。

（2）销售额目标，即在保持一定利润水平的前提下，追求销售额最大化。

（3）市场占有率目标，即扩大企业产品的市场份额，通过提高市场占有率来提高投资收益率。

（4）价格竞争目标，即以服从竞争需要为前提来制定价格。

（5）价格稳定目标，即企业为保护自己，避免卷入价格战而制定价格。

【例3－20】以扩大企业产品的市场份额，通过提高（   ）来提高投资收益率。（单选题）

A. 单位产品毛利   B. 边际利润   C. 市场占有率目标   D. 客户忠诚度

【解析】C   定价目标是企业通过制定一定水平的价格所要达到的预期目的。市场占有率目标，即扩大企业产品的市场份额，通过提高市场占有率来提高投资收益率。

（二）定价方法

定价方法是企业在特定的定价目标指导下，依据对成本、需求及竞争状况的研究，运用价格决策理论，对产品价格进行计算的具体方法。定价方法主要有以下三种：

（1）成本导向定价法。以产品成本为基本依据，再加上预期利润来确定价格的成本导向定价法，是中外企业最常用、最基本的定价方法，其中最重要、最常见的是成本加成定价法。它是按产品的单位成本加上一定比例的利润来定价。公式为：

$$单位产品价格 = 单位产品成本 \times (1 + 目标利润率)$$

（2）需求导向定价法。这是企业根据市场需求状况和消费者对产品感觉差异来确定价格的方法，又称"市场导向定价法"或"顾客导向定价法"。其特点是灵活有效地运用价格差异，对效用相同的产品，价格随市场需求的变化而变化，不与成本因素发生直接关系。①认知价值定价法：认知价值也叫理解价值或感受价值，这是企业根据消费者对商品价值的感受而不是按卖方成本来确定价格的一种方法。②需求差异定价法：是同一产品采用两种以上的不同价格，可以因数量、时间、地点、顾客而异。

（3）竞争导向定价法。竞争导向定价法是指以市场上同类竞争产品的价格为定价依据，并根据竞争变化来调整价格的定价方法。包括三种方法：①随行就市定价法，即企业让自己产品的价格跟上同行业的平均价格水平。②差别竞争定价法，即以主动竞争为特点，通过不同的营销努力，使同种同质的产品在消费者心中树立起不同的产品形象，进而根据自身特点，选取低于或高于竞争者的价格作为本企业产品价格。③密封投标定价法，即企业用于投标交易，权衡自身盈利预期和视竞争者的情况而合理出价。

【例3－21】依据成本导向定价法，经核算得知某产品的单位产品成本为1 000元，企业希望该产品获得20%的预期利润，则该产品的单位产品价格为（   ）元。（单选题）

A. 1 200   B. 2 000   C. 1 800   D. 800

【解析】A   成本导向定价法是按产品的单位成本加上一定比例的利润来定价。公式为单位产品价格 = 单位产品成本 × （1 + 目标利润率）；该产品的单位产品价格 = 1 000 × （1 + 20%）= 1 200（元）。

【例3－22】竞争导向定价法包括三种方法，分别是（   ）。（多选题）

A. 随行就市定价法   B. 紧跟对手定价法   C. 略超对手定价法

D. 差别竞争定价法   E. 密封投标定价法

【解析】ADE   竞争导向定价法是指以市场上同类竞争产品的价格为定价依据，并根据竞争变化来调整价格的定价方法。包括三种方法：①随行就市定价法；②差别竞争定价法；③密封投标定价法。

（三）定价策略

定价方法着重于产品的基础价格，定价策略着重于根据市场的具体情况，从定价目标出发，运用价格手段，适应市场的不同状况，实现企业的营销目标。一般包括：

（1）心理定价策略。即企业利用顾客心理，有意识地将产品价格定得高些或低些，以扩大销售。包括尾数定价、整数定价、声望定价（优质高价）、招徕定价（物美价廉）、习惯定价。

（2）折扣定价策略。即企业在交易过程中，把一部分价格让利于购买者以促进销售。包括数量折扣、现金折扣、交易折扣、季节折扣、回扣和津贴等。

（3）地区定价策略。即企业对卖给不同地区的产品，制定不同价格或相同价格，如原产地定价、统一交货定价、区域运送定价等。

（4）促销定价策略。即企业为促进产品销售，采取有吸引力的定价方法来刺激顾客更早、更多地购买，如降价、现金回扣、低息贷款、免费服务等。

（5）新产品定价策略。新产品上市的价格如果过高，则难以被消费者接受，如果过低，则会影响企业效益，因此需要确定合适的价位。一般有三种方式：①撇脂定价，即企业将新产品以尽可能高的价格投放市场，以赚取高额利润，在短期内收回投资；②渗透定价，即低价投放新产品，使产品广泛渗透，从而提高企业的市场占有率，然后随着份额的提高而调整价格，降低成本，实现盈利目标；③适中定价，即不把新产品的价格定得过高或过低。

【例3－23】尾数定价、整数定价、声望定价（优质高价）、招徕定价（物美价廉）、习惯定价均属于（　　　）。（单选题）

A. 心理定价策略　　　　　　　　　B. 折扣定价策略
C. 促销定价策略　　　　　　　　　D. 新产品定价策略

【解析】A　心理定价策略，即企业利用顾客心理，有意识地将产品价格定得高些或低些，以扩大销售。包括尾数定价、整数定价、声望定价（优质高价）、招徕定价（物美价廉）、习惯定价。

考点十　渠道策略

在生产者与消费者之间，由于在交换的时间、地点、数量、信息等方面存在着各种差异，企业的产品或服务必须通过一定的市场营销渠道，才能有效地提供给消费者，达到企业的营销目标。市场营销渠道的作用就是消除产品或服务与使用者之间的分离。

营销渠道是指配合起来生产、分销和消费某种产品和服务的所有企业和个人，包括产销过程中的供应商、生产者、商人中间商、代理中间商、辅助商及最终用户等。

分销渠道是指某种产品和服务在从生产者向消费者转移过程中，取得产品和服务的所有权或帮助所有权转移的所有企业和个人，包括商人中间商（取得所有权）和代理中间商（帮助转移所有权），也包括处于渠道起点和终点的生产者和最终消费者，但不包括供应商和辅助商。

渠道之间由不同种类的流程贯穿联系，主要有实体流程、所有权流程、付款流程、信息流程和促销流程。渠道可根据其层次的数目来分类：一层渠道含有一个营销中介机构，二层渠道含有两个营销中介机构，三层渠道含有三个营销中介机构。

营销渠道的基本职能是为了实现营销目标而进行的研究、促销、接洽、配合、谈判、融资、组织物流、承担风险。按是否使用中间商，营销渠道可分为直接渠道和间接渠道；按企业在销售中使用中间商的多少，营销渠道可分为宽渠道和窄渠道；按分销过程中经历中间环节的多少，营销渠道可分为长渠道和短渠道。

随着市场经济的发展，市场营销渠道突破了由生产者、批发商、零售商和消费者组成的传统模式和类型，新型批发商和零售商不断出现，形成了全新的市场营销渠道。

（1）垂直分销系统。垂直分销系统是由生产企业、批发商和零售商所组成的一种统一联合体，其中某个成员或者拥有其他成员的产权，或者是一种特约代理关系，或者拥有相当强的实力，其他成员愿意合作。

（2）水平分销系统。水平分销系统是两个或两个以上互无关联的企业自愿联合，共同开拓新的市场营销机会，以实现靠一个企业由于资金、技术、生产或营销资源局限而无法达到的市场效果。

（3）多渠道分销系统。多渠道分销系统是一个企业建立两条或更多的营销渠道以到达更多的顾客细分市场。

有效的渠道设计应以确定企业所要到达的市场为起点。市场选择与渠道选择是相互依存的，有利的市场加上有效的渠道，才能使企业获得更多利润。渠道设计的中心环节是确定达到目标市场的最佳途径。影响渠道设计的主要因素有企业特性、顾客特性、产品特性，中间商特性、竞争特性和环境特性。

生产者在设计其市场营销渠道时，需要在理想渠道与可用渠道之间进行抉择。要设计一个有效的渠道系统，需要经过以下步骤：

（1）明确渠道目标。渠道目标是指企业预期达到的顾客服务水平以及中间商应执行的职能等。每一个生产者都必须在顾客、产品、中间商、企业政策和环境等形成的限制条件下，确定渠道目标。

（2）确定交替方案。生产者在选择中间商时，常会面临若干个可行的交替方案，需要依据渠道目标确定各主要渠道的交替方案，涉及：①中间商类型。必须是能完成渠道工作的各种中间商。②中间商数目。每一渠道中不同层次所用中间商数目的多少，取决于企业追求的市场份额的大小，分销方式也有不同，如密集分销、选择分销、独家分销。③渠道成员的特定任务。在生产者（P）—批发商（W）—零售商（R）—消费者（C）结构中，根据渠道目标确定渠道成员组合及每一层次成员所应完成的工作，形成有效的渠道类型。

（3）评估渠道方案。每一个渠道交替方案都是企业产品送达最终客户的可能路线。生产者需要从那些看起来似乎合理而又相互排斥的交替方案中选择最能满足企业长期目标的方案。评估的标准有经济性、可控性和适应性。

为了保持市场营销渠道的合理、有效，企业需要进行渠道管理，包括选择渠道成员、激励渠道成员、评估渠道成员和调整渠道结构。

考点十一　促销策略

（一）促销与促销组合的含义

1. 促销

促销（Promotion）是指通过人员推销或非人员推销的方式传播商品信息，帮助和促进消费者了解某种商品或服务，促使消费者对商品或服务产生好感和信任，并最终采取购买行动的一种市场营销活动。

2. 促销组合

促销组合（Promotion Mix）是指企业在市场营过程中，对人员产推销、广告、营业推广和公共关系等促销手段和综合运用。

（1）人员推销。人员推销是企业通过推销人员与消费者交谈来传递信息，说服消费者购买的一种营销活动。

（2）广告。广告是广告主通过付费的媒体进行的一种信息传播活动。特点是：①大众化；②表现性，它通过文字、画面、音响及色彩的艺术化运用，能将企业及产品的信息生动、形象地传递给听众或观众。但广告往往只是一种单向的信息传递，缺乏与消费者的双向沟通，信息反馈慢而且困难，同时，有的广告媒体费用也很高，如电视。

（3）营业推广。营业推广是在短期内采取的一些刺激手段，比如用奖券、竞赛、展销会等来鼓励消费者购买的一种营销活动。特点是可以使消费者产生强烈的、即时的反应，从而提高产品的销售量。但这种方式只在短期内有效，如果时间长了或过于频繁，容易引起消费者的怀疑和不信任感。

（4）公共关系。公共关系是指企业通过宣传报道等方式提高其知名度和声誉的一种促销手段。特点是：以新闻报道等形式传递信息，比广告更具可信性；可以解除消费者的戒备心理，使其在不知不觉中接受信息；具有与广告相似的信息传播速度快及传播面广的优点，但不一定需要支付费用，更容易在目标市场上建立美誉度。缺点是不如其他方式见效快，而且信息发播权掌握在公共媒体手中，企业不容易进行控制。

【例3-24】传统的促销方式主要包括（　　　　　）。（多选题）

A. 人员推销　　　　B. 广告　　　　　C. 营业推广

D. 网络宣传　　　　E. 公共关系

【解析】ABCE　传统的促销方式主要包括：①人员推销；②广告；③营业推广；④公共关系。

（二）促销策略

促销方式的选择服务于企业的市场营销目标。一般来说，企业促销主要采用以下两种策略。

1. 推动策略

企业通过各种促销方式把产品推销给批发商，批发商把产品推销给零售商，零售商把产品推销给消费者。常用的推动策略有：①示范推销法，如技术讲座、实物展销、现场示范与表演、试用、试穿、试看等。②走访销售法，如带样品或产品目录走访消费者，带商品巡回推销等。③网点销售法，如建立、完善分销网点，采用经销、联营等方式扩大销售。④服务销售法，如售前根据用户要求设计产品，制定价格；售中向用户介绍产品，传授安装、调试知识；售后征询意见，做好保修、维修工作等。

2. 拉动策略

拉动策略是企业针对最终消费者开展促销攻势，使消费者产生需求，进而向零售商要求购买该产品，零售商向批发商要求购买该产品，批发商最后向企业要求购买该产品。常用的拉动策略有：①会议促销法。如组织商品展销会、订货会、交易会、博览会等，邀请目标市场的企业或个人前来订货。②广告促销法。如通过电视、广播、报纸、杂志及各种信函、订单等，向消费者介绍产品的性能、特点、价格和征订方法，吸引消费者购买。③代销、试销法。新产品问世时，委托他人代销或试销，促进产品尽快占领市场。④信誉销售法。如实行产品质量保险、赠送样品、开展捐赠与慈善活动等，以增强用户对企业及其产品的信任度，促进销售。

【例3-25】常用的拉动策略有（　　　　）。（多选题）

A. 会议促销法　　　　B. 明星代言法　　　　C. 广告促销法

D. 代销、试销法　　　E. 信誉销售法

【解析】ACDE　拉动策略是企业针对最终消费者开展促销攻势，使消费者产生需求，进而向零售商要求购买该产品，零售商向批发商要求购买该产品，批发商最后向企业要求购买该产品。常用的拉动策略有：①会议促销法；②广告促销法；③代销、试销法；④信誉销售法。

【例3-26】常用的推动策略有（　　　　）。（多选题）

A. 示范推销法　　　　B. 走访销售法　　　　C. 网点销售法

D. 网络销售法　　　　E. 电话销售法

【解析】ABC　常用的推动策略有：①示范推销法；②走访销售法；③网点销售法。

第四节　品牌与品牌战略概述

考点十二　品牌的内涵

（一）品牌的概念

品牌是指企业及其所提供的商品或服务的综合标识，包含名称、属性、商标、包装、价格、历史、声誉、广告方式等多种因素，蕴涵企业及其商品或服务的品质和声誉。品牌价值取决于消费者对它的感性认识，包括印象及经验。品牌既是企业对消费者的质量承诺，又是企业所获得的消费者的信任水平。

（二）品牌的特征

品牌以商标、名称、符号、图案等形态而存在，同时又体现了商品或服务的个性和消费者的

认同感，象征生产经营者的信誉。品牌具有以下特征：

（1）识别性。即品牌名称、品牌标志等符号系统带来的外显特征。

（2）象征性。品牌是承载多种要素的复合体，是一种综合性象征，需要通过一系列物质载体来表现自己。

（3）排他性。品牌一般都归某一方所有，具有明显的排他性。品牌的名称、商标一经注册，便受法律保护，别人不能轻易占有、享用。

（4）风险性。品牌在建立和发展过程中，受诸多因素影响，呈现一定程度的不确定性。如商场的变化、消费需求的变化、潜在价值的变化、质量因素、资产状况、售后服务等，都会使品牌贬值。

（5）工具性。品牌是企业进行市场竞争的工具。品牌代表企业在市场中的形象和地位，引领其产品进入市场，占有市场，是企业和市场间的桥梁和纽带。

（6）价值性。品牌所代表的意义、个性、品质等能产生品牌价值，能为其拥有者创造超额利益，也能直接体现为资产。

（三）品牌的分类

从不同的角度出发，品牌具有不同的类型：

（1）按辐射区域分类，有区域品牌、国内品牌、国际品牌。

（2）按市场地位分类，有领导型品牌、挑战型品牌、追随型品牌和补缺型品牌。

（3）按生命周期分类，有新品牌、上升品牌、成熟品牌和衰退品牌。

（4）按价值指向分类，有功能价值品牌（为顾客提供基于产品本身使用价值的品牌）和精神价值品牌（为顾客提供基于产品之上的精神体验的品牌）。

（5）按使用主题分类，有制造商品牌和中间商品牌。

（6）按不同用途分类，有生产资料品牌和生活资料品牌。

（7）按价格定位分类，有普通品牌（大众品牌）、高档品牌和奢侈品牌。

（8）按不同属性分类，有产品品牌、企业品牌和组织品牌。

（9）按知名度分类，有驰名商标、著名商标、名牌产品、优质产品、合格产品、不合格产品。

（10）按所处行业分类，则有多少种行业，就有多少种行业品牌，如汽车行业、电器行业、餐饮行业的品牌等。

【例3-27】品牌通常蕴涵六层意义，包括：属性、利益、价值和（　　　）。（多选题）

A. 文化　　　　　　　B. 标识　　　　　　　C. 个性

D. 拥有者　　　　　　E. 使用者

【解析】ACE　品牌通常蕴涵六层意义：属性、利益、价值、文化、个性、使用者。

【例3-28】品牌具有以下特征（　　　）。（多选题）

A. 识别性　　　　　　B. 象征性　　　　　　C. 排他性

D. 风险性　　　　　　E. 受益性

【解析】ABCD　品牌具有以下特征：①识别性；②象征性；③排他性；④风险性；⑤工具性；⑥价值性。

考点十三　品牌的作用

品牌可以体现企业或产品的核心价值，是质量和信誉的保证，成为企业竞争的武器和"摇钱树"，是识别不同商品的分辨器。品牌的作用具体表现为对于企业的作用和对于消费者的作用两个方面。

（一）品牌对于企业的作用

品牌对于企业的作用具体表现在以下五个方面：

（1）存储功能。品牌可以帮助企业存储商誉、形象，品牌就是一个创造、存储，再创造、再存储的经营过程。

（2）维权功能。通过注册专利和商标，品牌可以受到法律的保护，防止他人损害品牌的声誉或非法盗用品牌。

（3）增值功能。品牌是企业的一种无形资产，它所包含的价值、个性、品质等特征都能给产品带来重要的价值。即使是同样的产品，贴上不同的品牌标识，也会产生悬殊的价格。

（4）形象塑造功能。品牌是企业塑造形象、知名度和美誉度的基石，在产品同质化的今天，为企业和产品赋予个性、文化等许多特殊的意义。

（5）降低成本功能。有统计发现，赢得一个新客户所花的成本是保持一个既有客户成本的六倍，而品牌则可以使顾客建立品牌偏好，有效降低宣传和新产品开发的成本。

（二）品牌对于消费者的作用

品牌对于消费者的作用具体表现在以下五个方面：

（1）识别功能。品牌可以帮助消费者辨认出品牌的制造商、产地等基本要素，从而区别于同类产品。

（2）导购功能。品牌可以帮助消费者迅速找到所需要的产品，从而减少消费者在搜寻过程中花费的时间和精力。

（3）降低购买风险功能。消费者都希望买到称心如意的产品，同时还希望能得到周围人的认同。选择信誉好的品牌则可以帮助降低精神风险和金钱风险。

（4）契约功能。品牌是为消费者提供稳定优质产品和服务的保障，消费者则用长期忠诚的购买回报制造商，双方最终通过品牌形成一种相互信任的契约式关系。

（5）个性展现功能。品牌经过多年的发展，能积累独特的个性和丰富的内涵，而消费者可以通过购买与自己个性气质相吻合的品牌来展现自我。

【例3-29】 品牌对于企业的作用具体表现在（　　　）。（多选题）

A．存储功能　　　　B．维权功能　　　　C．增值功能

D．形象塑造功能　　E．降低成本功能

【解析】 ABCDE　品牌对于企业的作用具体表现在以下五个方面：①存储功能；②维权功能；③增值功能；④形象塑造功能；⑤降低成本功能。

【例3-30】 品牌对于消费者的作用具体表现在（　　　）。（多选题）

A．识别功能　　　　B．增值功能　　　　C．导购功能

D．降低购买风险功能　E．契约功能

【解析】 ACDE　品牌对于消费者的作用具体表现在以下五个方面：①识别功能；②导购功能；③降低购买风险功能；④契约功能；⑤个性展现功能。

考点十四　品牌效应

由于名牌是知名品牌或强势品牌，所以具有强大的名牌效应。一般来说，名牌具有以下效应：

（1）聚合效应。名牌企业或产品在资源方面会获得社会的认可，社会的资本、人才、管理经验甚至政策都会倾向于名牌企业或产品，使企业聚合了人、财、物等资源，形成并很好地发挥名牌的聚合效应。

（2）磁场效应。企业或产品就会像磁石一样吸引消费者，消费者会在这种吸引力下做到品牌忠诚、反复购买、重复使用，并对其不断宣传。

（3）衍生效应。名牌积累、聚合了足够的资源，就会不断衍生出新的产品和服务。

（4）内敛效应。名牌会增强企业的凝聚力。

（5）宣传效应。名牌形成后，就可以利用名牌的知名度、美誉度传播企业名声，宣传地区形象，甚至宣传国家形象。

（6）带动效应。名牌的带动效应是指名牌产品对企业发展的拉动，名牌企业对城市经济、地区经济，甚至国家经济的带动作用。

（7）稳定效应。名牌的稳定发展一方面可以拉动地区经济，另一方面起到了稳定人心的作用。

名牌也有负面效应，其一是名牌会引来众多仿冒者；其二名牌成名后，形象维护难度加大。

【例3－31】一般来说，名牌具有以下效应（　　　　）。（多选题）

A. 拉动效应　　　　　B. 磁场效应　　　　　C. 衍生效应

D. 内敛效应　　　　　E. 宣传效应

【解析】BCDE　一般来说，名牌具有以下效应：①聚合效应；②磁场效应；③衍生效应；④内敛效应；⑤宣传效应；⑥带动效应；⑦稳定效应。

【例3－32】下列说法中，属于名牌效应负面效应的是（　　　　）。（多选题）

A. 会引来众多的竞争者　　　　　　　B. 会引来众多的仿冒者

C. 形象维护难度加大　　　　　　　　D. 法律诉讼增多

E. 广告费边际效应递减

【解析】BC　名牌也有负面效应，其一是名牌会引来众多仿冒者；其二名牌成名后，形象维护难度加大。

考点十五　品牌战略

（一）品牌战略的内容

品牌战略就是企业着力塑造品牌，将品牌作为核心竞争力，用品牌带动企业发展的经营战略。品牌战略主要包括以下六个方面的内容：

（1）品牌化决策，也就是决定品牌的属性问题。是选择制造品牌还是营销品牌，是自创品牌还是加盟品牌。

（2）品牌模式选择，也就是品牌的结构问题。是选择单一品牌还是多元化品牌；是选择联合品牌还是主副品牌。

（3）品牌识别界定，也就是界定品牌的内涵。

（4）品牌延伸规划，是对品牌未来发展领域的清晰界定。

（5）品牌管理规划，是从组织机构与管理机制上为品牌建设保驾护航。

（6）品牌远景设立。品牌远景设立是在上述规划的基础上为品牌的发展设立远景，并明确品牌发展各阶段的目标与衡量指标。企业做大做强靠战略，解决好战略问题是品牌发展的基本条件。

（二）品牌战略的优势

（1）品牌战略可以使企业明确竞争的焦点。

（2）品牌战略可以使创新更加具有价值。

（3）品牌战略可以使营销宣传更加有效。

【例3－33】品牌战略的优势主要包括（　　　　）。（多选题）

A. 品牌战略可以使企业明确竞争的焦点

B. 品牌战略可以使企业长期保持低成本的优势

C. 品牌战略可以使企业在同行业中保持领先地位

D. 品牌战略可以使创新更加具有价值

E. 品牌战略可以使营销宣传更加有效

【解析】ADE　品牌战略就是企业着力塑造品牌，将品牌作为核心竞争力，用品牌带动企业发展的经营战略，其优势主要包括：①品牌战略可以使企业明确竞争的焦点；②品牌战略可以使创新更加具有价值；③品牌战略可以使营销宣传更加有效。

第五节 品牌战略的实施

考点十六 品牌打造

（一）品牌名称创意的原则

品牌名称创意必须遵循以下原则：

（1）易记性。要使消费者对品牌有一个较高的认知度，品牌名称应是易记的。

（2）易懂性。取名时，无论是造词还是选词，都应该是容易理解的。

（3）相关性。名称应与品牌所代表的产品或理念有一定的关联。

（4）个性化。应具有独特的个性，反映本品牌的理念．不易被模仿。

（5）适应性。要适应一定的社会环境、文化、价值观、理念、习惯、偏好等。

（6）合法性。必须在允许注册范围内，不构成侵权，才能获得法律保护。

【例3-34】选取商标名称时，无论是造词还是选词，都应该是容易理解的，这体现了品牌名称创意的（　　　）原则。（单选题）

A．易记性　　　　　B．易懂性　　　　　C．简单性　　　　　D．个性化

【解析】B　品牌名称创意必须遵循易懂性原则，取名时，无论是造词还是选词，都应该是容易理解的。

（二）打造品牌的方法

打造品牌的方法很多，主要有：

（1）扩展法。产品线的扩展、品牌的延伸、多样的定价，以及其他营销技术都可以用来扩展品牌的规模。但另一方面，这往往会造成品牌稀释。稀释品牌可能会在短期内获利，但在长期内会削弱品牌的力量。

（2）收缩法。当收缩企业的重点时，品牌会变得强大。很多时候，强大的品牌设计是从收缩品种开始的，而不是扩展它。

（3）公关法。品牌的诞生要由公关达成。

（4）广告法。一个品牌建立后需要用广告宣传。广告是一种非常有力的工具，它虽然不能帮助一个品牌建立领导地位，但可以维持和巩固它已经获得的地位。

（5）词汇法。一个品牌的建立往往需要有一个独特的词汇，并应力争在消费者心智中占有一个地位。

（6）信誉法。一个品牌有一个诉求，并是可信的，这就是诉求的真实性。任何品牌成功的关键因素都是其诉求的真实性。

（7）质量法。可以通过提高质量而创建品牌。最好能集中服务目标，成为专家品牌。

（8）类目法。一个品牌的发展，能代表一个品类，一个领导品牌应该促进该类目的发展。

（9）命名法。一个简短、易记的名字会让顾客长久地记忆。随着品牌的成长，与竞争对手的区别逐渐减少时，名称的不同便成为重要区别。

（10）通用法。可以给一个品牌起一个通用名称。但一个普通的名称不能与竞争对手的品牌区别开来，容易招致失败。

（11）自名法。可以用公词的名称命名其产品品牌。一般来说，品牌名称与公司名称是有区别的。

（12）副品牌法。以一个成功品牌作为主品牌，涵盖企业的系列产品，同时又给不同产品起一个富有魅力的名字作为副品牌，以突出产品的个性形象。

（13）同族法。推出第二品牌，这需要有合适的时间和地点。

（14）外形法。一个品牌的标志图形应该设计得符合眼睛的视觉感受。

（15）颜色法。一个品牌应该使用一种与它的主要竞争者不同的颜色。

（16）连贯法。建设一个长久的品牌。

（17）变化法。改变原有品牌，但只能是偶然的。当一种品牌形象在消费者心中已经弱化或消失，或者需要调整时，可以改变品牌。

（18）单一法。品牌最重要的特性就是它的单一性。

考点十七　品牌战略的类型

品牌战略有不同的类型，主要包括单一品牌战略、主副品牌战略和多品牌战略。

（一）单一品牌战略

单一品牌战略又称"统一品牌战略"，指企业生产经营的所有产品都使用一个品牌。这样在企业不同的产品之间形成了一种最强的品牌结构协同，使品牌资产在完整意义上得到最充分的共享。单一品牌战略包括三种类型：①产品线单一品牌战略。指品牌扩张时，使用单一品牌对企业同一产品线上的产品进行扩张。②跨产品线单一品牌战略。是企业对具有相同质量和能力的不同产品类别使用单一品牌战略。③伞形品牌战略。是企业对具有不同质量和能力的不同产品类别使用单一品牌战略。

单一品牌战略的优势是：①商家可以集中力量塑造一个品牌形象，让一个成功的品牌附带若干种产品，使每一种产品都能够共享品牌的优势。②单一品牌有助于节约品牌设计、品牌推广等费用，从而减少企业开支。③单一品牌有助于降低导入一个新产品的成本和风险。④单一品牌有助于企业聚集优势资源，集中力量建设某一品牌。⑤单一品牌能集中体现企业的意志，容易形成市场竞争的核心要素，避免消费者在认识上发生混淆。

单一品牌战略的风险是：虽然可以"一荣俱荣"，但同样可能"一损俱损"。

企业实施单一品牌战略需要具备以下条件：①不同的产品具有相似性或者相连性；②产品的质量水平大致相同；③产品的目标客户群大体一致。

（二）主副品牌战略

主副品牌战略是指以一个成功的品牌作为主品牌，涵盖企业的系列产品，同时又给不同的产品起一个富有魅力的名字作为副品牌，以突出产品的个性形象。

（三）多品牌战略

一个企业同时经营两个以上相互独立、彼此没有联系的品牌，就是多品牌战略，又称"独立品牌战略"。

多品牌战略主要有以下五个优点：

（1）符合产业发展的规律；

（2）具有较强的灵活性；

（3）能充分适应市场的差异性；

（4）能提高市场占有率；

（5）可以分散风险。

多品牌战略主要有以下四个缺点：

（1）容易增加品牌营销成本费用；

（2）容易造成企业的人力资源、原有品牌资源和资金等方面的浪费；

（3）容易相互分流客户，造成内部多品牌的"相克"；

（4）增加品牌管理的复杂度。

【例3-35】企业实施单一品牌战略需要具备以下（　　　）条件。（多选题）

A. 不同的产品具有相似性或者相连性

B. 产品的质量水平大致相同

C. 产品的生产程序周期大致相同

D. 产品的价格水平必须层次分明

E. 产品的目标客户群大体一致

【解析】 ABE 企业实施单一品牌战略需要具备以下条件：①不同的产品具有相似性或者相连性；②产品的质量水平大致相同；③产品的目标客户群大体一致。

【例 3 - 36】 多品牌战略主要有以下缺点（ ）。（多选题）

A. 一荣俱荣、一损俱损

B. 容易增加品牌营销成本费用

C. 容易造成企业的人力资源、原有品牌资源和资金等方面的浪费

D. 容易相互分流客户，造成内部多品牌的相克

E. 增加品牌管理的复杂度

【解析】 BCDE 多品牌战略主要有以下四个缺点：①容易增加品牌营销成本费用；②容易造成企业的人力资源、原有品牌资源和资金等方面的浪费；③容易相互分流客户，造成内部多品牌的"相克"；④增加品牌管理的复杂度。

考点十八 品牌的维护

品牌的维护分为品牌保护和品牌完善两个方面。

（一）品牌保护

品牌保护主要包括以下三个方面的内容：

（1）法律保护；

（2）政策支持；

（3）企业维护。

（二）品牌完善

1. 质量管理

2. 品牌 CI 导入

CI 即企业识别系统，是指企业有意识、有计划地向社会公众主动的展示和传播自己的特征。CI 的主要内容包括：

（1）MI 理念识别（Mind Identity，企业思想系统）。

（2）VI 视觉识别（Visual Identity，品牌视觉系统）。

（3）BI 行为识别（Behavior Identity，行为规范系统），是行为规范文本化。

3. 品牌诚信

品牌是联系消费者和企业的纽带。品牌本身就是企业对消费者在产品特性和服务上的承诺，这种承诺也相应得到了消费者的认可。在品牌发展壮大的过程中，品牌里面有一个不变的要素，这就是信守承诺，彼此信赖。

4. 品牌管理

品牌管理组织的建立是进行品牌管理的第一步。在现代企业组织架构中，品牌管理机构对于一个企业的品牌管理有着相当重要的作用。品牌管理机构配置模式有品牌经理制、品牌管理委员会等。

（1）品牌经理制。品牌经理制是让品牌经理像管理不同的公司一样来管理不同的品牌。品牌经理通过对产品销售全方位地计划、控制和管理，灵敏高效地适应市场变化，改善公司参与市场竞争的机能，减少人力重叠、广告费用和顾客遗漏，拉长产品的生命周期，从而为企业赢得更为广阔的市场和更具发展潜力的时空。

（2）品牌管理委员会。品牌管理委员会是专门设立一个负责品牌管理的机构，主要是解决企业品牌体系的规划、品牌视觉形象的关联、新品牌推出的原则等战略性问题。

5．品牌创新

企业要发展壮大并经久不衰，就要塑造强势品牌，注重创新是品牌的必然选择。

（1）技术创新。

（2）管理创新。

（3）文化创新。

【例 3－37】 CI 的主要内容包括（　　　　）。（多选题）

A．VI 视觉识别　　　　B．BI 行为识别　　　　C．EI 网络识别

D．MI 理念识别　　　　E．AI 自动识别

【解析】 ABD　CI 即企业识别系统，是指企业有意识、有计划地向社会公众主动的展示和传播自己的特征。CI 的主要内容包括：①MI 理念识别（Mind Identity，企业思想系统）；②VI 视觉识别（Visual Identity，品牌视觉系统）；③BI 行为识别（Behavior Identity，行为规范系统），是行为规范文本化。

考点十九　品牌拓展

（一）品牌延伸

品牌延伸又称"品牌扩张"，相对于品牌集中而言，是品牌竞争和多元化经营的重要战略。

品牌延伸是指企业在研制和开发新产品或推出原产品类别的新产品时，仍然采用已经在市场上定位成功的知名品牌名称，以期通过品牌繁殖，发挥已有品牌的光环效应。

品牌延伸分为水平延伸和垂直延伸两种方式。水平延伸是指在不同的品牌范围内进行品牌线或产品线的延展，母品牌或企业扩展到不同的行业，覆盖不同的品类。垂直延伸是指品牌在既有品牌范围内扩充品牌线，在本行业间上下延伸。

品牌专注是为了将品牌做大做强，品牌延伸是为了追求品牌规模效应，二者孰优孰劣，要根据企业的发展战略和经营状况来定。普遍来看，在同一领域内进行品牌拓展，胜算大一些；如果向不熟悉的领域延伸，则要慎重操作，以免得不偿失。

品牌延伸的优点有：①利用品牌优势，拓展业务领域；②借助品牌忠诚，减少新品成本；③借助品牌优势，扩大企业规模；④利用品牌延伸，增强竞争能力。品牌延伸的缺点是：如果品牌延伸不当，盲目进入陌生领域，不但延伸的领域难以获利，还会连累企业的主业，损害原品牌的形象。

【例 3－38】 相对于品牌集中而言，（　　　　）是品牌竞争和多元化经营的重要战略。（单选题）

A．品牌维护　　　　B．品牌保护　　　　C．品牌分化　　　　D．品牌延伸

【解析】 D　品牌延伸又称"品牌扩张"，相对于品牌集中而言，是品牌竞争和多元化经营的重要战略。品牌延伸是指企业在研制和开发新产品或推出原产品类别的新产品时，仍然采用已经在市场上定位成功的知名品牌名称，以期通过品牌繁殖，发挥已有品牌的光环效应。

（二）差异化竞争

品牌是建立产品差异化竞争优势的手段。定位理论专家杰克·特劳特认为，"今天的消费者面临太多选择，经营者要么做到差异化定位，要么就要定一个很低的价钱，才能生存下去。其关键之处在于，能否使品牌形成自己的区隔，在某一方面占据主导地位"。

（三）磁场效应和光环效应

好的品牌会像磁石一样吸引消费者，使之形成品牌忠诚，反复购买使用；其他产品的使用者也会受品牌的吸引而开始使用此产品，并可能同样成为此品牌的忠实消费者。这样，品牌实力进

一步巩固，形成品牌的良性循环。这就是品牌的磁场效应。

在品牌光环的笼罩下，企业可以通过资本运营，聚合社会资源，进一步做大做强。这就是品牌的光环效应。

（四）导入新产品

市场营销经验表明，消费者接受一种新产品往往需要经过一段时间的接触、了解、评估，而企业在此过程中要付出很大的营销投入。在让消费者从排斥到接受的过程中，企业面临的风险是：付出努力，却无法保证新产品完全被消费者接受。如果在原有品牌的旗帜下引入新产品，就能避免这个问题。当企业把成功品牌的名字用在新产品上，因为消费者对于品牌认知的惯性，他们往往不会对这个产品有太大的成见，而会有一定的亲近感，这样企业就可以相对地缩短新产品被消费者认知、购买的过程，减少投入，同时也就降低了风险。

（五）决胜未来

在品牌经济的时代，品牌的竞争已不仅仅是企业的竞争，也与国家实力密切相关。

（1）成功品牌是企业的重要资产，成功的品牌积聚着丰富的无形资产。

（2）品牌竞争是国家实力的竞争。当今世界，企业与企业、品牌与品牌之间的竞争在一定程度上体现着国家的实力。

【例3-39】日本前首相中曾根康弘曾说过："在国际交往中，索尼是我的左手，丰田是我的右手。"这形象地说明了（　　　）。（单选题）

A. 成功品牌是企业的重要资产　　　　B. 品牌具有磁场效应和光环效应

C. 品牌竞争是国家实力的竞争　　　　D. 跨国公司成为国际交往的重要工具

【解析】C　当今世界，企业与企业、品牌与品牌之间的竞争在一定程度上体现着国家的实力。国与国之间平等的前提是实力，而品牌已经成为国家实力的一种象征。

 同步自测

一、单项选择题

1. 企业不把目标放在整体市场上，而是选择一个或几个细分市场作为营销目标，这属于（　　　）。

A. 无差异性营销策略　　　　　　　　B. 差异性营销策略

C. 分散性营销策略　　　　　　　　　D. 集中性营销策略

2. （　　　）是指与现有产品相关的未来可能发展的潜在属性，如彩色电视机可成为电脑终端。

A. 核心层　　　　　　B. 形式层　　　　　　C. 期望层　　　　　　D. 潜在层

3. 当产品销售量急剧下降，企业从中获利很低甚至为零，大量竞争者退出市场，消费者的消费习惯发生改变时，则是产品进入了生命周期的（　　　）。

A. 引入期　　　　　　B. 成长期　　　　　　C. 衰退期　　　　　　D. 退出期

4. 大幅度降低促销水平，尽量降低促销费用，以增加目前的利润，属于（　　　）。

A. 维持策略　　　　　B. 集中策略　　　　　C. 退出策略　　　　　D. 收缩策略

5. 以一个成功的品牌涵盖企业的系列产品，同时又给不同的产品起一个富有魅力的名字作为副品牌，以突出产品的个性形象，这种品牌策略称之为（　　　）。

A. 单一品牌战略　　　B. 主副品牌战略　　　C. 统一品牌战略　　　D. 多品牌战略

6. 在品牌完善中，CI是指（　　　）。

A. 中国与印度　　　　B. 中国信息系统　　　C. 企业识别系统　　　D. 中国互联网中心

二、多项选择题

1. 企业的市场营销管理，主要包括以下（　　　）环节。

A. 发现和分析市场机会　　　　　　　B. 分析和评价营销效果

C. 选择目标市场　　　　　　　　　　D. 制定营销战略

E. 实施与控制营销战略

2. 下列关于差异性营销策略优缺点的说法中，正确的是（　　　　）。

A. 多方向拓展，容易形成拳头产品

B. 可以有针对性地满足不同客户群体的需求，提高产品的竞争能力

C. 有效地分散风险

D. 缺点是成本和营销费用会加大，资源配置分散，不易形成拳头产品

E. 缺点是不能满足消费者多方面的需求

3. 企业在进行产品组合优化时，可以采取以下（　　　　）策略。

A. 扩大产品组合　　　　B. 缩减产品组合　　　　C. 延伸产品线

D. 倍增产品线　　　　　E. 分割产品线

4. 下列说法中，符合引入期的特征的有（　　　　）。

A. 产品销量少

B. 促销费用多

C. 制造成本高

D. 销售利润低甚至为负值

E. 销售利润高，属于产品生命周期的黄金期

5. 多品牌战略主要有以下五个优点（　　　　）。

A. 符合产业发展的规律　　　　　　　B. 具有较强的灵活性

C. 能充分适应市场的差异性　　　　　D. 能提高企业生存能力

E. 可以分散风险

6. 下列说法中，属于品牌延伸优点的有（　　　　）。

A. 利用品牌优势，拓展业务领域　　　B. 借助品牌忠诚，减少新品成本

C. 借助品牌影响力，扩大客户群体　　D. 借助品牌优势，扩大企业规模

E. 利用品牌延伸，增强竞争能力

 ## 同步自测解析

一、单项选择题

1.【解析】D　集中性营销策略，即企业不把目标放在整体市场上，而是选择一个或几个细分市场作为营销目标，然后集中企业的优势进行生产和营销，充分满足特定消费者的需要，加强市场占有率。

2.【解析】D　产品具有五个层次，一般而言，潜在层是指与现有产品相关的未来可能发展的潜在属性，如彩色电视机可成为电脑终端。

3.【解析】C　当产品销售量急剧下降，企业从中获利很低甚至为零，大量竞争者退出市场，消费者的消费习惯发生改变时，则是产品进入了生命周期的衰退期。

4.【解析】D　收缩策略是衰退期的营销策略之一，其特征是大幅度降低促销水平，尽量降低促销费用，以增加目前的利润。

5.【解析】B　主副品牌战略是指以一个成功的品牌作为主品牌，涵盖企业的系列产品，同时又给不同的产品起一个富有魅力的名字作为副品牌，以突出产品的个性形象。

6.【解析】C　CI即企业识别系统，是指企业有意识、有计划地向社会公众主动的展示和传播自己的特征。

二、多项选择题

1. **【解析】** ACDE 企业的市场营销管理，是企业根据其业务范围、经营目标和发展战略，识别、分析、评价外界环境所蕴涵的市场机会，结合企业的资源状况，综合考虑各种影响因素，制定各种产品的市场营销战略和策略，并予以有效实施。这一过程包含以下四个环节：①发现和分析市场机会；②选择目标市场；③制定营销战略；④实施与控制营销战略。

2. **【解析】** BCD 差异性营销策略，即企业把整体市场划分为若干个需求与愿望大致相同的细分市场，然后根据企业的资源及营销实力选择几个细分市场作为目标市场，并为各目标市场制定特别的营销组合策略。这种策略的优点在于可以有针对性地满足不同客户群体的需求，提高产品的竞争能力，并有效地分散风险。缺点是成本和营销费用会加大，资源配置分散，不易形成拳头产品。

3. **【解析】** ABC 企业在进行产品组合优化时，可以采取以下策略：①扩大产品组合；②缩减产品组合；③延伸产品线。

4. **【解析】** ABCD 引入期的特征是产品销量少，促销费用多，制造成本高，销售利润低甚至为负值。

5. **【解析】** ABCE 多品牌战略主要有以下五个优点：①符合产业发展的规律；②具有较强的灵活性；③能充分适应市场的差异性；④能提高市场占有率；⑤可以分散风险。

6. **【解析】** ABDE 品牌延伸的优点有：①利用品牌优势，拓展业务领域；②借助品牌忠诚，减少新品成本；③借助品牌优势，扩大企业规模；④利用品牌延伸，增强竞争能力。

第四章　生产管理与控制

 考情分析

　　第四章是生产运作管理中的基础知识，涵盖了生产计划与生产作业计划及其编制、生产控制与生产作业控制的方法和现代生产管理控制的方法等重要内容。本章主要以单选题、多选题、案例题出现。

最近三年本章考试题型及分值

年　份	单项选择题	多项选择题	案例分析题	合　计
2008 年	12 题 12 分	2 题 4 分	1 题 2 分	15 题 18 分
2009 年	14 题 14 分	3 题 6 分	2 题 4 分	19 题 24 分
2010 年	8 题 8 分	2 题 4 分	2 题 4 分	12 题 16 分

 考点精讲与真题解析

第一节　生产计划

考点一　生产能力的概念、种类、影响因素与核算

（一）生产能力概念

　　生产能力的概念如图 4-1 所示。

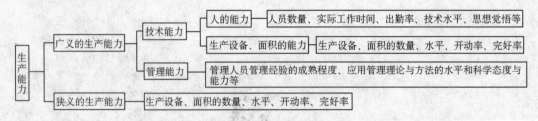

图 4-1　生产能力

　　（1）广义的生产能力是指技术能力和管理能力的综合。技术能力包括：人的能力和生产设备、面积的能力。人的能力是指人员数量、实际工作时间、出勤率、技术水平、思想觉悟等因素的组合；生产设备、面积的能力是指生产设备、面积的数量、水平、开动率、完好率等因素的组合。管理能力包括：管理人员的管理经验的成熟程度、应用管理理论与方法的水平和科学态度与能力等。

　　（2）狭义的生产能力主要是指技术能力中生产设备、面积的数量、状况等能力。一般所讲的生产能力是指狭义的生产能力，即企业在一定时期内，在一定的生产技术组织条件下，全部生产性固定资产所能生产某种产品的最大数量或所能加工处理某种原料的最大数量。

（3）生产能力是反映企业生产可能性的一个重要指标，包括三个方面含义：

①企业的生产能力是按照直接参加生产的固定资产来计算的。

②生产能力必须和一定的技术组织条件相联系。

③生产能力反映的是一年内的实物量。生产能力是针对生产一定种类产品或处理一定种类原料而言的。因而，生产能力必须以实物量作为计量单位。

（二）生产能力的种类

生产能力的种类如表4－1所示。

表4－1　生产能力的种类（按技术组织条件划分）

类型	含义	适用情况
设计生产能力	是指企业在搞基本建设时，在设计任务书和技术文件中所写明的生产能力，在企业投入生产一段时间后实现，一定程度上决定了人们对企业生产能达到的水平的期望，是企业在搞基本建设时努力的目标	在企业确定生产规模，编制长远规划和确定扩建、改建方案，采取重大技术措施时，以设计生产能力或查定生产能力为依据
查定生产能力	是指企业没有设计生产能力资料或设计生产能力资料可靠性低的情况下，根据企业现有的生产组织条件和技术水平等因素，而重新审查核定的生产能力	在企业确定生产规模，编制长远规划和确定扩建、改建方案，采取重大技术措施时，以设计生产能力或查定生产能力为依据
计划生产能力	也称现实能力，是企业在计划期内根据现有的生产组织条件和技术水平等因素所能够实现的生产能力，直接决定了近期所作生产计划	在编制企业年度、季度计划时，以计划生产能力为依据

【例4－1】新企业在进行基本建设时，所依据的企业生产能力是（　　　）。（2009年单选题）

A．查定生产能力　　　B．计划生产能力　　　C．设计生产能力　　　D．现实生产能力

【解析】C　设计生产能力是指企业在搞基本建设时，在设计任务书和技术文件中所写明的生产能力，在企业投入生产一段时间后实现，一定程度上决定了人们对企业生产能达到的水平的期望，是企业在搞基本建设时努力的目标。

（三）影响企业生产能力的因素

1. 固定资产的数量

固定资产的数量是指计划期内用于生产的全部机器设备的数量、厂房和其他生产性建筑的面积。设备的数量应包括正在运转的和正在检修、安装或准备检修的设备，也包括因暂时没有任务而停用的设备。生产面积中包括企业厂房和其他生产用建筑物的面积。

2. 固定资产的工作时间

固定资产的工作时间是指按照企业现行工作制度计算的机器设备的全部有效工作时间和生产面积的全部有效利用时间。固定资产的有效工作时间同现行制度、规定的工作班次、轮班工作时间、全年工作日数、设备计划修理时间有关。

3. 固定资产的生产效率

固定资产的生产效率是指单位机器设备的产量定额或单位产品的台时定额，单位时间、单位面积的产量定额或单位产品生产面积占用额。

（四）生产能力核算

1. 单一品种生产条件下生产能力核算

单一品种生产条件下生产能力的核算如表 4 - 2 所示。

表 4 - 2 单一品种生产条件下生产能力的核算

单一品种生产条件下生产能力核算	计算方法	参数含义
设备组生产能力的计算	$M = F \cdot S \cdot P$ 或 $M = \dfrac{F \cdot S}{t}$	M：设备组生产能力； F：单位设备有效工作时间； S：设备数量； t：时间定额； P：产量定额，或工作定额
作业场地生产能力的计算	$M = \dfrac{F \cdot A}{a \cdot t}$	M：生产面积的生产能力； F：单位面积有效工作时间； t：单位产品占用时间； A：生产面积； a：单位产品占用生产面积
流水线生产能力计算	$M = \dfrac{F}{r}$	M：流水线的生产能力； F：流水线的有效工作时间； r：流水线节拍

2. 多品种生产条件下生产能力核算

（1）以代表产品法计算生产能力：

步骤1：选定代表产品。代表产品是反映企业专业方向、产量较大、占用劳动较多、产品结构和工艺上具有代表性的产品。

步骤2：以选定的代表产品来计算生产能力。计算公式如下：

$$M_d = \frac{F \cdot S}{t_d}$$

式中　M_d——以代表产品来计算生产能力；

　　　　F——单位设备有效工作时间；

　　　　S——设备数量；

　　　　t_d——代表产品的时间定额。

步骤3：计算其他产品换算系数。计算公式如下：

$$K_i = \frac{t_i}{t_d} \ (i = 1,\ 2,\ \cdots,\ n)$$

式中　K_i——第 i 种产品换算系数；

　　　　t_i——第 i 种产品的时间定额；

　　　　t_d——代表产品的时间定额。

步骤4：计算其他产品的生产能力。计算公式如下：

①将具体产品的计划产量换算为代表产品的产量。计算公式如下：

$$Q_{di} = K_i \cdot Q_i$$

式中　Q_{di}——第 i 种产品的计划产量换算为代表产品的产量；

　　　　K_i——第 i 种产品换算系数；

　　　　Q_i——第 i 种产品的计划产量。

②计算各具体产品产量占全部产品产量比重（以代表产品为计算依据），计算公式如下：

$$\omega_i = Q_{di} / \sum_{n=1}^{n} Q_{di} \ (i = 1, 2, \cdots, n)$$

式中　ω_i——第 i 种占全部产品产量比重；

　　　Q_{di}——第 i 种产品的计划产量换算为代表产品的产量。

③计算各具体产品的生产能力。计算公式如下：

$$M_i = \omega_i \cdot M_d / K_i \quad (i = 1, 2, \cdots, n)$$

（2）以假定产品法计算生产能力：

在企业产品品种比较复杂，各种产品在结构、工艺和劳动量差别较大，不易确定代表产品时，可采用以假定产品计算生产能力的方法。假定产品通常是同系列或同类产品的一种假定综合产品。计算步骤如下：

步骤 1：确定假定产品的台时定额 t_j。计算公式如下：

$$t_j = \sum_{i=1}^{n} \omega_i \cdot t_i$$

式中　ω_i——第 i 种产品占产品产量比重；

　　　t_i——第 i 种产品的台时定额。

步骤 2：计算设备组假定产品的生产能力。计算公式如下：

$$M_j = \frac{F \cdot S}{t_j}$$

式中　M_j——以假定产品来计算生产能力；

　　　F——单位设备有效工作时间；

　　　S——设备数量；

　　　t_j——假定产品的台时定额。

步骤 3：根据设备组假定产品的生产能力，计算出设备组各种具体产品的生产能力。计算公式如下：

$$M_i = M_j \cdot \omega_i$$

式中　M_i——具体产品的生产能力；

　　　M_j——以假定产品来计算生产能力；

　　　ω_i——第 i 种产品占产品总产量比重。

【例 4-2】某企业的齿轮生产流水线有效工作时间为每日 8 小时，流水线节拍为 5 分钟，该流水线每日的生产能力是（　　　）件。（2009 年单选题）

A. 85　　　　　　B. 90　　　　　　C. 96　　　　　　D. 100

【解析】C　本题考核流水线生产能力的计算。$M = \dfrac{F}{r} = (8 \times 60) / 5 = 96$（件）。

【例 4-3】某企业生产单一品种产品，生产该产品的设备共 4 台，每件产品台时定额为 10 分钟，单位设备每天有效工作时间为 420 分钟，则该设备组每天的生产能力为（　　　）件。（2007 年单选题）

A. 152　　　　　　B. 164　　　　　　C. 168　　　　　　D. 172

【解析】C　设备组生产能力的计算：$M = F \cdot S \cdot P$ 或 $M = \dfrac{F \cdot S}{t} = 420 \times 4 / 10 = 168$（件）。

考点二　生产计划的概念与指标

（一）生产计划的概念

生产计划是关于企业生产运作系统总体方面的计划，是企业在计划期应达到的产品品种、质量、产量和产值等生产任务的计划和对产品生产进度的安排。它所反映的并非某几个生产岗位或某一条生产线的生产活动，也并非产品生产的细节问题以及一些具体的机器设备、人力和其他生产资源的使用安排问题，而是指导企业计划期生产活动的纲领性方案。

优化的生产计划必须具备以下三个特征：

（1）有利于充分利用销售机会，满足市场需求；

（2）有利于充分利用盈利机会，实现生产成本最低化；

（3）有利于充分利用生产资源，最大限度地减少生产资源的闲置和浪费。

企业完整的生产计划体系包括：

（1）中长期生产计划。计划期一般是三年或五年或更长。它是根据企业经营发展战略中有关产品方向、市场状况、生产规模、技术水平和财务成本方面的发展要求，对企业生产能力的增长水平、企业重大技术改造和设备投资、生产线设置和生产组织形式的调整、环境保护、厂区布局等方面所作的规划。

（2）年度生产计划。是企业年度经营计划的核心，计划期为一年。它是根据企业的经营目标、利润计划、销售计划的要求和其他的主客观条件，确定企业计划年度内的产品品种、质量、产量、产值等生产指标。与中长期生产计划的不同：它是以计划期现实的市场状况和充分利用现有生产能力为依据制定的企业的生产纲领；中长期计划则是为实现企业的发展战略，不受现有条件的约束，是为开创新局面所制订的生产发展规划。

（3）生产作业计划。是年度生产计划的具体化，是贯彻实施生产计划、为组织企业日常生产活动而编制的执行性计划。通过生产作业计划把企业的生产任务分解，分配给各车间、工段，直至每个工人；把全年的任务细化为各月、各周甚至每天每班的具体任务。年度生产计划是确定企业生产水平的纲领性计划，而生产作业计划则是生产计划的执行性计划。

（二）生产计划指标

生产计划指标相关内容如表4-3所示。

表4-3　生产计划指标体系

指标种类	概念	作用
产品品种指标	是指企业在报告期内规定生产产品的名称、型号、规格和种类	反映出企业对社会需求的满足能力、企业的专业化水平和管理水平
产品质量指标	包括两大类：一类是反映产品本身内在质量的指标，主要是产品平均技术性能、产品质量分等；另一类是反映产品生产过程中工作质量的指标，如质量损失率、废品率、成品返修率等	产品质量指标是衡量企业经济状况和技术发展水平的重要标志之一
产品产量指标	是指企业在一定时期内生产的，并符合产品质量要求的实物数量。确定产品产量指标主要采取盈亏平衡分析法、线性规划法等	反映了企业生产的发展水平，是制定和检查产量完成情况，分析各种产品之间比例关系和进行产品平衡分配，计算实物量生产指数的依据
产品产值指标	产品产值指标是用货币表示的产量指标。根据具体内容与作用不同，分为工业总产值、工业商品产值和工业增加值三种形式	能综合反映企业生产经营活动成果，以便进行不同行业间比较

工业总产值，指以货币表现的工业企业在报告期内生产的工业产品总量。包括成品价值、工业性作业价值和自制半成品、自制设备、在制品期初期末结存差额价值。

工业商品产值，是工业企业在一定时期内生产的预定发到企业外的工业产品的总价值，是企业可以获得的货币收入。包括：企业利用自备材料生产成品价值，利用订货者的来料生产成品的加工价值，完成承接的外单位的工业性作业的价值等。

工业增加值，是企业在报告期内以货币表现的工业生产活动的最终成果。工业增加值的价值构成是新创造的价值加固定资产折旧。

考点三　生产计划的编制

编制生产计划的主要步骤，大致如下：

1. 调查研究

制订生产计划之前，要对企业经营内外环境进行调查研究，收集各方面的信息资料，主要包括：国内外市场信息资料、预测，上期产品销售量，上期合同执行情况及成品库存量，上期计划的完成情况，企业的生产能力，原材料及能源供应情况，品种定额资料，成本与售价。

2. 统筹安排，初步提出生产计划指标

制定多种方案，并从中选择一个较满意的方案。并进行以下工作：产量指标的优选和确定，产品出产进度的合理安排，各个产品品种的合理搭配生产，将企业的生产指标分解为各个分厂、车间的生产指标。

3. 综合平衡，编制计划草案

必须围绕生产任务进行全面反复的综合平衡。综合平衡的主要内容包括：生产任务与生产能力之间的平衡，测算企业设备、生产面积对生产任务的保证程度；生产任务与劳动力之间的平衡，测算劳动力的工种、数量，检查劳动生产率水平与生产任务是否适应；生产任务与物资供应之间的平衡，测算主要原材料、动力、工具、外协件对生产任务的保证程度以及生产任务与材料消耗水平的适应程度；生产任务与生产技术准备工作的平衡等。

4. 生产计划大纲定稿与报批

通过综合平衡，对计划作适当调整，正确制定各项生产指标，报请总经理或上级主管部门批准。生产计划大纲主要内容包括：编制生产计划的指导思想、主要的生产指标、完成计划难点及重点、采取的关键措施，以及生产计划表。

考点四　产品生产进度的安排

产品出产进度应做到：保证交货时期的需要、均衡出产、合理配置和充分利用企业资源。

（一）大量大批生产企业

（1）各期产量年均分配法。也叫均匀分配法，即将全年计划产量平均分配到各季、月。

（2）各期产量均匀增长分配法。即将全年计划产量均匀地安排到各季、月。

（3）各期产量抛物线型增长分配法。即将全年计划产量按照开始增长较快，以后增长较慢的要求安排各月任务，使产量增长的曲线呈抛物线形状。

（二）成批生产企业

（1）将产量较大的产品，用"细水长流"的方式大致均匀地分配到各季、月生产。

（2）将产量较少的产品，用集中生产方式参照用户要求的交货期和产品结构工艺的相似程度及设备负荷情况，安排当月的生产。

（3）安排老产品，要考虑新老产品的逐渐交替。

（4）精密产品和一般产品、高档产品和低档产品也要很好搭配，以充分利用企业各种设备和生产能力，为均衡生产创造条件。

（三）单件小批生产企业

这类企业的特点是产品品种多，产量少，同一种产品很少重复生产。为此安排进度时应注意到：

（1）优先安排延期罚款多的订单。

（2）优先安排国家重点项目的订货。

（3）优先安排生产周期长、工序多的订货。

（4）优先安排原材料价值和产值高的订货。

（5）优先安排交货期紧的订货。

第二节　生产作业计划

考点五　生产作业计划的概念与特点

（一）生产作业计划的概念

生产作业计划是生产计划工作的继续，是企业年度生产计划的具体执行计划。生产作业计划根据年度生产计划规定的产品品种、数量及大致的交货期的要求，对每个生产单位在每个具体时期内（季度、周、日、时）的生产任务作出详细规定，使年度生产计划得到落实，是协调企业日常生产活动的中心环节。

生产作业计划的相关内容如表4－4所示。

表4－4　生产作业计划

生产作业计划的内容	具体情况
编制企业各个层次的作业计划	包括产品进度计划、零件进度计划和车间日程计划。把全年分季的产品生产计划分解为厂级和车间级的产品与零部件月度计划，用零部件生产作业计划作为执行性计划，并做出车间日程计划，把生产任务落实到车间、工段和班组，落实到每台机床和每个操作者
编制生产准备计划	包括原材料和外协件的供应、设备维修、工具准备、技术文件准备、劳动力调配等内容
计算负荷率，进行生产任务和生产能力（设备、生产面积等）之间的细致平衡	与各项任务在设备上加工的先后顺序直接相关，与车间的日程计划直接相关
日常生产的派工、生产、调度、执行情况的统计分析与控制	近年来一些新型生产管理方式打破了生产计划和作业计划的某些界限，但一旦主生产计划确定下来，制定严格周密的进度计划保证生产计划的实施不变

（二）生产作业计划的特点

生产作业计划与生产计划比较具有以下特点：

（1）计划期短。生产计划的计划期常常表现为季、月，而生产作业计划详细规定月、旬、日和小时的工作任务。

（2）计划内容具体。生产计划是生产企业的计划，而生产作业计划则把生产任务落实到车间、工段、班组和工人。

（3）计划单位小。生产计划一般只规定完整产品的生产进度，而生产作业计划则详细规定各零部件，甚至工序的进度安排。

编制生产作业计划的要求有以下几方面：

（1）要使生产计划规定的该时期的生产任务在品种、质量、产量和期限方面得到全面落实。

（2）要使各车间、工段、班组和工作地之间的具体生产任务相互配合紧密衔接。

（3）要使生产单位的生产任务与生产能力相适应，并能充分利用企业现有生产能力。

（4）要使各项生产前的准备工作有切实保证。

（5）要有利于缩短生产周期，节约流动资金，降低生产成本，建立正常的生产和工作秩序，实现均衡生产。

【例4－4】属于生产作业计划的是（　　　　）。（2010年单选题）

A. 企业的一周生产计划　　　　　　　B. 企业年度生产发展规划

C. 企业重大技术改造规划　　　　　　D. 企业环境保护规划

【解析】A　B选项是年度生产计划，CD选项是中长期生产计划，生产作业计划的特定为计划期短。

考点六　期量标准

期量标准又称作业计划标准，是指为加工对象（零件、部件、产品等）在生产期限和生产数量方面规定的标准数据，是编制生产作业计划的重要依据。期量标准中的"期"就是时期，"量"就是数量，两者之间存在着合理的内在联系。

各种生产企业期量标准如表4-5所示。

表4-5　各种生产企业的期量标准

企业类型	期量标准
大批大量生产企业	大批大量生产企业的期量标准有节拍或节奏、流水线的标准工作指示图表、在制品定额等。 节拍：大批量流水线上前后两个相邻加工对象投入或出产的时间间隔。 节奏：大批量流水线上前后两批相邻加工对象投入或出产的时间间隔。 在制品定额：在一定技术组织条件下，各生产环节为了保证数量上的衔接所必需的、最低限度的在制品储备量。
成批轮番生产企业	成批轮番生产企业的期量标准有批量、生产周期、生产间隔期、生产提前期等。 批量：相同产品或零件一次投入或出产的数量。 生产周期：一批产品或零件从投入到产出的时间间隔。 生产间隔期：相邻两批相同产品或零件投入的时间间隔或出产的时间间隔。 生产提前期：产品或零件在各工艺阶段投入或产出时间与成品出产时间相比所要提前的时间
单件小批生产企业	单件小批生产企业的期量标准有生产周期、生产提前期等。随着生产条件和生产数量的变化，期量标准要做出修订

【例4-5】节拍适合于（　　　　）。（2010年单选题）

A. 单件小批生产企业　　　　　　　　B. 成批轮番生产企业

C. 多件多批生产企业　　　　　　　　D. 大批大量生产企业

【解析】D　大批大量生产企业的期量标准有：节拍或节奏、流水线的标准工作指示图表、在制品定额等，D选项正确。

【例4-6】节拍作为生产企业的一种期量标准，适用于（　　　　）生产类型的企业。（2009年单选题）

A. 单件　　　　　B. 小批量流水线　　　　C. 成批轮番　　　　D. 大批量流水线

【解析】D　大批大量生产企业的期量标准有：节拍或节奏、流水线的标准工作指示图表、在制品定额等。节拍是指大批量流水线上前后两个相邻加工对象投入或出产的时间间隔。节奏是大批量流水线上前后两批相邻加工对象投入或出产的时间间隔。在制品定额是指在一定技术组织条件下，各生产环节为了保证数量上的衔接所必需的、最低限度的在制品储备量。

考点七　生产作业计划编制

安排车间生产任务的方法主要有：

（1）在制品定额法。也叫连锁计算法，是根据大量大批生产的特点，用在制品定额作为调节生产任务数量的标准，以保证车间之间的衔接。这种方法是运用预先制定的在制品定额，按照工艺反顺序计算方法，调整车间的投入和出产数量，顺次确定各车间的生产任务。适合大批大量生产类型企业的生产作业计划编制。

本车间出产量＝后续车间投入量＋本车间半成品外售量＋（车间之间半成品占用定额－期初预计半成品库存量）

本车间投入量＝本车间出产量＋本车间计划允许废品数＋（本车间期末在制品定额－本车间期初在制品预计数）

（2）提前期法（累计编号法）。适用于成批生产类型企业的生产作业计划编制。提前期是预先制定的期量标准，它是指产品（零件）在各车间出产（或投入）的时间同成品出产时间相比，所要提前的天数。公式如下：

本车间投入提前期＝本车间出产提前期＋本车间生产周期

本车间出产提前期＝后车间投入提前期＋保险期

提前期的原理就是首先解决车间之间在生产时间上的联系，然后再把这种时间上的联系转化为数量上的联系，即将预先制定的提前期转化为提前量，确定各车间计划期应达到的投入和出产的累计数，减去计划期前已投入和出产的累计数，求得车间计划期应完成的投入和出产数。

提前量＝提前期×平均日产量

本车间出产累计号数＝最后车间出产累计号＋本车间的出产提前期×最后车间平均日产量

本车间投入累计号数＝最后车间出产累计号＋本车间投入提前期×最后车间平均日产量

这种方法的优点：①各个车间可以平衡地编制作业计划；②不需要预计当月任务完成情况；③生产任务可以自动修改；④可以用来检查零部件生产的成套性。

（3）生产周期法。适用单件小批生产类型企业的生产作业计划编制。采用生产周期法规定车间的生产任务，就是根据订货合同规定的交货期限，为每一批订货编制出产品生产周期进度表，然后根据各种产品的生产周期进度表，确定各车间在计划月份应该投入和出产的订货项目，以及各项订货在车间投入和出产的时间。通过产品投入和出产进度表，就可以保证各车间的衔接，协调各种产品的生产进度和平衡车间的生产能力。

第三节　生产控制

考点八　生产控制的概念

生产控制是指为保证生产计划目标的实现，按照生产计划的要求，对企业的生产活动全过程的检查、监督、分析偏差和合理调节的系列活动。

广义：是指从生产准备开始到进行生产，直至成品出产入库为止的全过程的全面控制，包括计划安排、生产进度控制及调度、库存控制、质量控制、成本控制等内容。

狭义：主要指的是对生产活动中生产进度控制，又称生产作业控制。

考点九　生产控制的基本程序

生产控制的基本程序如图4－2所示。

（一）确定控制的标准　→　（二）根据标准检验实际执行情况　→　（三）控制决策　→　（四）实施执行

图4－2　生产控制的基本程序

（一）确定控制的标准

制定标准就是对生产过程中的人力、物力和财力，对产品质量特性、生产数量、生产进度规定一个数量界限。它可以用实物数量表示，也可以用货币数量表示。

制定标准的方法一般有如下几种：

（1）类比法。类比法即参照本企业的历史水平制定标准，也可参照同行业的先进水平制定标准。这种方法简单易行，标准也比较客观可行。

（2）分解法。分解法即把企业层的指标按部门按产品层层分解为一个个小指标，作为每个生产单元的控制目标。这种方法在成本控制中起重要作用。

（3）定额法。定额法即为生产过程中某些消耗规定标准，主要包括劳动消耗定额和材料消耗定额。

（4）标准化法。标准化法即根据权威机构制定的标准作为自己的控制标准。如国际标准、国家标准、部颁标准，以及行业标准等。这种方法在质量控制中用得较多，也可用于制定工作程序或作业标准。

（二）根据标准检验实际执行情况

这是生产过程中对生产活动的实际成果进行检查、测定，将测定结果与标准比较，找出差距，弄清差异的性质和程度，然后分别处理。

（三）控制决策

控制决策就是根据产生偏差的原因，提出用于纠正偏差的控制措施。一般的工作步骤是：

（1）分析原因，有效的控制必定是从失控的最基本原因着手的。造成某个控制目标失控的原因有时会有很多的，所以要作客观的实事求是的分析。

（2）拟定措施，从造成失控的主要原因着手，研究控制措施。

（3）效果预期分析，一般可采用推理方法，即在观念上分析实施控制措施后可能会产生的种种情况，尽可能使控制措施制定得更周密。有条件的企业也可使用计算机模拟方法去验证控制措施。

（四）实施执行

这是控制程序中最后一项工作，由一系列的具体操作组成。控制措施贯彻执行得如何，直接影响控制效果。如果执行不力，则整个控制活动功亏一篑，所以在执行中要有专人负责，及时监督检查。

考点十 生产控制的方式

根据生产管理的自身特点，常把生产控制方式划分为事后、事中和事前控制三种。

生产控制方式的相关内容如表 4-6 所示。

表 4-6 生产控制的方式

生产控制方式	概念	优点	缺点	改进
事后控制方式	是指根据本期生产结果与期初所制定的计划相比较，找出差距，提出措施，在下一期的生产活动中实施控制的一种方式	方法简便、控制工作量小、费用低	本期的损失无法挽回	具备较完整的统计资料，计划执行情况的分析要客观，提出控制措施要可行
事中控制方式	是通过对作业现场获取信息，实时地进行作业核算，并把结果与作业计划有关指标进行对比分析	"实时"控制，保证本期计划如期完成	控制费用较高	具备完整、准确而实时的统计资料，具有高效的信息处理系统，决策迅速、执行有力
事前控制方式	是在本期生产活动展开前，根据上期生产的实际成果及对影响本期生产的各种因素所作的预测，制定出各种控制方案（控制设想），在生产活动展开之前就进行针对有关影响因素的可能变化而调整"输入参数"实行调节控制的一种方式			

【例4-7】通过获取作业现场信息，实时地进行作业核算，并把结果与作业计划有关指标进行对比分析，及时提出控制措施。这种生产控制方式是（　　）。（2009年单选题）

A. 事前控制　　　　B. 事中控制　　　　C. 事后控制　　　　D. 全员控制

【解析】B　事中控制是通过对作业现场获取信息，实时地进行作业核算，并把结果与作业计划有关指标进行对比分析。

【例4-8】根据生产管理的自身特点，生产控制方式有（　　）。（2009年多选题）

A. 螺旋控制　　　　B. 360度控制　　　　C. 事前控制

D. 事中控制　　　　E. 事后控制

【解析】CDE　根据生产管理的自身特点，生产控制方式有事后控制、事中控制、事前控制。本题考核生产控制的方式。

第四节　生产作业控制

考点十一　生产进度控制的概念、目的和内容

（一）生产进度控制概念

生产进度控制是生产控制的基本方面，其任务是按照已经制订出的作业计划，检查各种零部件的投入和产出时间、数量以及产品和生产过程配套性，保证生产过程平衡进行并准时产出。进度管理的目标是准时生产，即只在需要的时间，按需要的品种生产需要的数量，既要保证交货期，又要保持和调整生产进度。

（二）生产进度控制目的

生产进度控制的目的在于依据生产作业计划，检查零部件的投入和出产数量、出产时间和配套性，保证产品能准时装配出厂。

（三）生产进度控制的内容

生产控制的核心在于进度管理，生产进度控制的基本内容包括：

（1）投入进度控制，是指在产品生产中对产成品的投入日期、数量，及对原材料、零部件投入提前期的控制。进度计划完不成常常与投入进度失控有关。投入进度是进度控制第一环节。

（2）工序进度控制，是指在生产中对每道工序上的加工进度控制。

（3）出产进度控制，是指对成品的出产日期、出产数量的控制。从广义上来讲，还可以包括对产品的配套控制和品种出产均衡性的控制。

【例4-9】生产进度控制的目标是（　　）。（2010年单选题）

A. 缩短生产周期，加速资金周转　　　　B. 控制库存资金占用，加速资金周转

C. 保证产品能准时装配出厂　　　　D. 掌握库存量动态，避免超储或缺货

【解析】C　生产进度控制的目的在于依据生产作业计划，检查零部件的投入和出产数量、出产时间和配套性，保证产品能准时装配出厂。

考点十二　在制品控制

（一）在制品的概念

概念：指从原材料、外购件等投入生产起，到经检验合格入库之前，存在于生产过程中各个环节的零部件和产品。

分类：①毛坯；②半成品；③入库前成品；④车间在制品。

（二）在制品控制

是企业生产控制的基础工作，是对生产运作过程中各工序原材料、半成品等在制品所处位置、

数量、车间之间的物料转运等进行的控制。

（三）在制品控制的工作内容

（1）合理确定在制品管理任务和组织分工。

（2）认真确定在制品定额，加强在制品控制，做好统计与核查工作。

（3）建立、健全在制品的收发与领用制度。

（4）合理存放和妥善保管在制品。

（四）在制品定额

在制品定额是指在一定生产技术组织条件下，各生产环节为了保证数量上的衔接所必需的、最低限度的在制品储备量。一定数量的在制品储备，是保证生产连续进行的必要条件。

不同生产条件下在制品定额的制订如表4-7所示。

表4-7　不同生产条件下在制品定额的制订

生产条件	在制品定额的制订
大量流水线生产条件	①流水线内部在制品定额的制订。流水线内部的在制品分为工艺在制品、运输在制品、周转在制品和保险在制品。 ②流水线之间的在制品定额的制订。流水线之间的在制品有运输在制品、周转在制品和保险在制品之分。当上一流水线的节拍与下一流水线的节拍相等时，只包括运输在制品和保险在制品；节拍不一致时，则只包括周转在制品和保险在制品
成批生产条件	①车间内部在制品，是指在定期成批轮番生产的情况下，根据产品的生产周期、生产间隔期和批量来计算。 ②车间之间的半成品是指车间之间的中间仓库中的在制品，由周转半成品和保险半成品组成

【例4-10】一定数量的在制品储备是保证生产企业（　　　）的必要条件。（2009年单选题）

A. 增加资金周转　　　　　　　　　B. 降低生产场地占用

C. 减小运输保管费用　　　　　　　D. 有节奏的连续均衡生产

【解析】D　在制品定额是指在一定技术组织条件下，各生产环节为了保证数量上的衔接所必需的、最低限度的在制品储备量。本题考核在制品定额。

【例4-11】流水线之间的在制品主要有（　　　）。（2007年多选题）

A. 工艺在制品　　B. 运输在制品　　C. 周转在制品

D. 保险在制品　　E. 加工在制品

【解析】BCD　流水线之间的在制品分为运输在制品、周转在制品和保险在制品。

考点十三　库存控制

（一）库存控制的概念

广义：指一切暂时闲置但可用于未来的资源储备，包括人、财、物、信息等。

狭义：指用于保证生产顺利进行或满足顾客需求的物料储备。

库存控制主要作用：

（1）在保证企业生产、经营需求的前提下，使库存量经常保持在合理的水平上；

（2）掌握库存量动态，适时、适量提出订货，避免超储或缺货；

（3）减少库存空间占用，降低库存总费用，控制库存资金占用，加速资金周转。

（二）库存的合理控制

库存不合理所产生的问题如表4-8所示。

表 4 - 8　库存不合理所产生的问题

库存量过大所产生的问题	库存量过小所产生的问题:
①增加仓库面积和库存保管费用，提高了产品成本； ②占用大量的流动资金，造成资金呆滞，既加重了货款利息等负担，又会影响资金的时间价值和机会收益； ③造成产成品和原材料的有形损耗和无形损耗； ④造成企业资源的人量闲置，影响其合理配置和优化； ⑤掩盖了企业生产、经营全过程的各种矛盾和问题，不利于企业提高管理水平	①造成服务水平的下降，影响销售利润和企业信誉； ②造成生产系统原材料或其他物料供应不足，影响生产过程的正常进行； ③使订货间隔期缩短，订货次数增加，使订货（生产）成本提高； ④影响生产过程的均衡性和装配时的成套性

库存控制落实到库存管理上就是降低库存成本。

1. **库存管理成本**

（1）仓储成本，是指维持库存物料本身所需花费，包括存储成本、搬运和盘点成本、保险和税收以及库存物料由于变质、陈旧、损坏、丢失等造成损失及购置库存物料所占用资金的利息等。

（2）订货成本，是指每次订购物料所需联系、谈判、运输、检验等费用。它与订购次数有关。

（3）机会成本，包括两个内容。其一是由于库存不够带来的缺货损失，其二是物料本身占用一定资金，如不购买物料而改作他用会带来的更多利润减少所造成损失。

2. **降低库存措施**

（1）降低周转库存，基本做法是减少库存批量。

（2）降低在途库存，主要策略是缩短生产、配送周期。

（3）降低调节库存，基本策略是尽量使生产和需求相吻合。

（4）降低安全库存，降低安全库存主要是努力使订货时间、订货量接近需求时间和需求量。

3. **库存控制基本方法**

（1）定量控制法，又称订货点法。它是连续不断地监视库存余量的变化，当库存量达到某一预定数值（订货点）时，即向供货商发出固定批量的订货请求，经过一定时间（固定提前期）后货物到达，补充库存。其库存量能得到严格控制，减少积压和紧缺，但需要随时检查库存，管理工作重大。

（2）定期控制法，又称订货间隔期法。它是每隔一个固定的间隔周期去订货，每次订货量不固定。订货量由当时库存情况确定，以达到目标库存量为限度。这种方式管理比较简单，但与生产现实有时会脱节，明明已缺货了但未到期不能订货，当存货多时还要少量订货，很不经济。

（3）ABC 分类法，又称帕雷托法。意大利经济学家帕雷托在统计社会财富分配时发现，大约占人数 20% 的人占有财富的 80% 的规律，后来这种分析方法和规律用于质量、库存管理等方面。这个方法概括起来就是两句话：分清主次、分类管理。

①A 类物资，品种累计占全部品种 5% ~ 10%，资金累计占全部资金总额 70% 左右。严格管理、严格控制。

②B 类物资，品种累计占全部品种 20% 左右，资金累计占全部资金总额 20% 左右，按月或按周检查。

③C 类物资，品种累计占全部品种 70%，资金累计占全部资金总额 10% 以下。一般控制，按季检查。

【例 4 - 12】按照 ABC 分类法进行库存控制，A 类物资具有的特征是（　　　　）。（2009 年单选题）

A. 库存物资品种累计占全部品种 5% ~ 10%，资金累计占全部资金总额 70% 左右

B. 库存物资品种累计占全部品种70%，资金累计占全部资金总额10%以下

C. 库存物资品种累计占全部品种20%，资金累计占全部资金总额20%左右

D. 库存物资品种累计占全部品种50%，资金累计占全部资金总额50%左右

【解析】ABC 分析法用于库存管理，是库存物资按品种多少和资金占用额大小进行分类。将库存物资品种累计占全部品种5%～10%，而资金累计占全部资金总额70%左右的物资定为A类物资，对于这类物资应严格控制储备定额，制定尽量低的保险储备量。制定储备定额采用经济订购批量，采用比较短的订货间隔期，检查库存时间比较短，一般1～3天，统计时应详细统计，即严格管理，重点管理，严格控制。

考点十四　生产调度

生产调度的相关内容如表4-9所示。

表4-9　生产调度

	具体内容
生产调度的概念	是组织执行生产进度计划的工作，对生产计划的监督、检查和控制，发现偏差及时调整的过程
生产调度工作的主要内容	①检查、督促和协助有关部门及时做好各项生产作业准备工作。 ②根据生产需要合理调配劳动力，督促检查原材料、工具、动力等供应情况和厂内运输工作。 ③检查各生产环节的零件、部件、毛坯、半成品的投入和产出进度，及时发现生产进度计划执行过程中的问题，并积极采取措施加以解决。 ④对轮班、昼夜、周、旬或月计划完成情况的统计资料和其他生产信息（如由于各种原因造成的工时损失记录、机器损坏造成的损失记录、生产能力的变动记录等）进行分析研究
生产调度工作的要求	基本要求：快速、准确。 所谓快速，是指对各种偏差发现快，采取措施处理快，向上级管理部门和有关单位反映情况快。 所谓准确，是指对情况的判断准确，查找原因准确，采取对策准确
	其他要求：①生产调度工作必须以生产进度计划为依据，这是生产调度工作的基本原则。 ②生产调度工作必须高度集中和统一。 ③生产调度工作要以预防为主。 ④生产调度工作要从实际出发，贯彻群众路线
生产调度系统的组织	一般大中型企业设厂级、车间和工段三级调度，即厂部以主管生产的厂长为首，设总调度室（或生产科内设调度组）执行调度业务；车间在车间主任领导下设调度组（或调度员）；工段（班组）设调度员，也可由工段长（班组长）兼任；在机修、工具、供应、运输、劳动等部门也要建立专业性质的调度组织。 中小型企业一般则只设厂部、车间二级调度
调度制度与方法	调度工作制度一般有：值班制度、调度会议制度、现场调度制度、调度报告制度等

【例4-13】（　　　）组织执行生产进度计划的工作，对生产计划的监督、检查和控制，发现偏差及时调整的过程。(2010年单选题)

A. 生产进度控制　　B. 在制品控制　　C. 生产调度　　D. 库存控制

【解析】C　生产进度控制是按照已经制定出的作业计划，检查各种零部件的投入和产出时间、数量以及产品和生产过程配套性，保证生产过程平衡进行并准时产出，A选项不选。在制品控制是企业生产控制的基础工作，是对生产运作过程中各工序原材料、半成品等在制品所处位置、数量、车间之间的物料转运等进行的控制，B选项不选。

【例 4 - 14】大中型企业的生产调度系统组织包括（　　　　）。(2009 年多选题)

A. 办事处调度　　　　B. 厂级调度　　　　C. 车间调度

D. 工段调度　　　　E. 工序调度

【解析】BCD　一般大中型企业设厂级、车间和工段调度。即厂部以主管生产的厂长为首，设总调度室（或生产科内设调度组）执行调度业务；车间在车间主任领导下设调度组（或调度员）；工段（班组）设调度员，也可由工段长（班组长）兼任；在机修、工具、供应、运输、劳动等部门也要建立专业性质的调度组织。

中小型企业一般则只设厂部、车间二级调度。

第五节　现代生产管理与控制的方法

考点十五　MRP、MRPⅡ和ERP

（一）物料需求计划（MRP）

1. 物料需求计划（MRP）概述

把企业产品中的各种所需物料分为独立需求和相关需求两种类型的概念，并按时间确定不同时期的物料需求，产生了解决库存物料订货的新方法，即物料需求计划（MRP）法。

2. 物料需求计划（MRP）的原理

(1) 遵循以最终产品的生产计划导出所需相关物料（原材料、零部件、组件等）的需求量和需求时间。

(2) 根据各相关物料的需求时间和生产（订货）周期确定该物料开始生产（订货）时间。

物料需求计划（MRP）如图 4 - 3 所示。

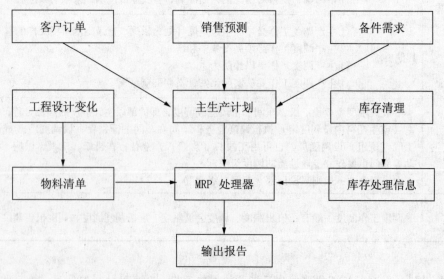

图 4 - 3　物料需求计划（MRP）的结构

3. 物料需求计划（MRP）的结构

物料需求计划（MRP）的主要依据是主生产计划、物料清单和库存处理信息三大部分，它们是物料需求计划（MRP）的主要输入信息。

（1）主生产计划又称产品出产计划，是物料需求计划（MRP）的最主要输入，表明企业向社会提供的最终产品数量，由顾客订单和市场预测所决定。

（2）物料清单又称产品结构文件，反映了产品的组成结构层次及每一层次下组成部分本身的需求量。

（3）库存处理信息又称库存状态文件，记载产品及所有组成部分的存在状况数据。

【例 4 – 15】主生产计划又被称做（ ）。（2010 年单选题）

A. 物料需求计划　　B. 制造资源计划　　C. 产品出产计划　　D. 企业资源计划

【解析】C 主生产计划又称产品出产计划，它是物料需求计划（MRP）的最主要输入，表明企业向社会提供的最终产品数量，它由顾客订单和市场预测所决定。

【例 4 – 16】在物料需求计划（MRP）的输入信息中，反映产品组成结构层次及每一层次下组成部分需求量的信息是（ ）。（2009 年单选题）

A. 在制品净生产计划　　　　　　　　B. 库存处理信息
C. 物料清单　　　　　　　　　　　　D. 主生产计划

【解析】C 物料清单又称产品结构文件，反映产品组成结构层次及每一层次下组成部分本身的需求量。本题考核物料需求计划的结构。

（二）制造资源计划（MRP Ⅱ）

1. 制造资源计划（MRP Ⅱ）概述

1977 年 9 月，美国著名生产管理专家奥列弗·怀特在美国首次提出将货币信息纳入 MRP 的方式，并以"制造资源计划"的命名。制造资源计划中的制造资源，主要包括人工、物料、设备、能源、资金、空间和时间，而这些资源以信息的形式加以表示，通过信息的有效集成对企业内的各种资源进行合理调配、充分利用，以形成最有效的生产能力。

MRP Ⅱ 是 MRP 的继续和发展，是一个完整的企业计划与控制系统，几乎涵盖了企业中的各种因素。

2. 制造资源计划（MRP Ⅱ）的结构与特点

主要包括三大部分：计划和控制的流程系统、基础数据系统和财务系统。

制造资源计划（MRP Ⅱ）结构特点如表 4 – 10 所示。

表 4 – 10 制造资源计划（MRP Ⅱ）结构的特点

特点	含义
计划的一贯性和可行性	MRP Ⅱ 是计划主导型生产作业管理模式，计划从宏观到微观，从大到小，始终围绕企业经营战略目标展开。以一个计划为指导原则，企业各职能部门集中制定生产计划，在执行计划前进行生产能力平衡，使计划连贯、有效、可行
数据的共享性	MRP Ⅱ 是全企业执行的信息系统，会将生产经营活动的各种信息通过系统传递到企业各个部门，从而实现数据资源的信息共享
动态的应变性	MRP Ⅱ 是一个闭环系统，要求管理人员根据传递来的信息的变化，迅速作出反应以适应变化的需求
模拟的预见性	在 MRP Ⅱ 上能解决"如果怎样，将会怎样"的属于预见性的问题，在可预见的时间期限内，将展现有可能发生的事情，以作出防范
物流和资金流的统一性	MRP Ⅱ 包括销售子系统和财务子系统等，因此能较好地将物流、资金流统一起来，更好地体现企业整体运作状况，为保证企业正确运营打下坚实的基础

3．制造资源计划（MRPⅡ）的应用

实施 MRPⅡ大致可分为三个阶段：①前期工程；②决策工作；③实施。

第一阶段前期工程：

（1）确定实施 MRPⅡ的项目，成立项目筹备组织；

（2）决策人员认识 MRPⅡ，理解 MRPⅡ的原理、作用、使用范围等；

（3）对企业进行开展 MRPⅡ的需求分析；

（4）确立目标，确定实施阶段。

第二阶段决策工作：

要广泛听取意见，把困难想得更充分一些，更全面一些，充分利用有利因素，统一思想，统一认识，统一行动，下定决心去搞，并决心搞好。

第三阶段实施：

（1）培训，分析各种管理事项处理原则和参数，整理数据，安装、调试软硬件、代表产品模拟运行，并与现行管理方式对比，进行调整，形成主生产计划和物料需求计划。

（2）继续培训，运行能力需求计划、车间作业及采购作业。

（3）再培训，运行成本会计和各种模拟功能，完成同财务功能的集成，实现物流、资金流、信息流的结合和统一，全面纳入 MRPⅡ系统运行。

（三）企业资源计划（ERP）

1．企业资源计划（ERP）概述

企业资源计划（ERP）是当今制造业中最先进的生产管理模式之一，是 MRPⅡ的进一步发展，其应用范围远远超越制造业。企业资源计划（ERP）是指建立在信息技术基础上，以系统化的管理思想，以实现最合理地配置资源、满足市场需求，为企业决策层和员工提供决策运行手段的管理平台。

MRPⅡ基本局限于企业内部资源的配置和管理，而 ERP 扩展到企业外部，实现完整的面向供应链各个环节的有效管理，体现对整个供应链资源进行管理的思想，管理范围大大加宽。MRP 是 ERP 的核心，而 MRPⅡ是 ERP 的重要组成部分，ERP 还在继续发展提升。

2．企业资源计划（ERP）的内容

企业资源计划（ERP）的内容如表 4 – 11 所示。

表 4 – 11　企业资源计划（ERP）的内容

ERP 的内容	作用
生产控制模块	是 ERP 的核心模块，它将分散的生产流程有机结合，加快生产速度，减少生产过程材料、半成品积压和浪费。这一模块的主要内容有：主生产计划、物料需求计划、能力需求计划、生产现场控制、制造标准等
物流管理模块	是实现生产运转的重要条件和保证，它包括分销管理、库存控制、采购管理三个部分
财务管理模块	是信息的归纳者，主要包括会计核算和财务管理两部分。会计核算主要记录、核算、反映和分析资金在企业经济活动中的变动过程和结果。财务管理主要对会计核算的结果进行分析，作出新的预测、管理和控制
人力资源管理模块	主要包括人力资源规划的辅助决策、招聘管理、工时管理、工资管理、差旅核算等
这四个模块在 ERP 中是相互紧密联系的，它们之间有相应的网络接口，实现互动，有效整合企业内外部的各种资源，更好满足市场需求，提高企业核心竞争力	

3．企业资源计划（ERP）的运行

（1）前期工作阶段。

①企业实施 ERP 的调研、分析，回答企业是否应当实施 ERP 的问题，明确实施的目的、作用、

紧迫性、目标、效果、人财物等客观条件以及管理基础工作等，反复充分论证后作出可行性报告；

②确定实施 ERP 后，对企业领导层、供应链相关企业部门领导者及相关主要人员进行培训，使他们了解和基本掌握 ERP 的原理、思想、思路，为进一步具体决策打下基础；

③结合实际选择适应本企业的需求和发展的 ERP 软件。

（2）实施准备阶段。

①成立组织，包括 ERP 项目领导小组、项目实施小组、项目业务小组，明确分工和工作目标、具体任务；

②作基础数据准备以便录入；

③在此基础上将购置软件系统进行安装、调试；

④将基础数据录入，进行软件原型测试。

（3）试验运行及实用化阶段。

①模拟运行及逐步过渡到实用化；

②完善 ERP 工作准则、工作规程；

③进行验收、分步切换运行，这是 ERP 转入实用化的关键阶段。

4．更新和升级阶段

在 ERP 实施一段时间后，要根据市场、软件开发和企业、供应链相关各方的实际情况及时进行更新和升级，以不断保持时效性、先进性。

5．企业应用 ERP 注意事项

（1）一定要结合企业实际，因地制宜，按照科学发展观进行实施，这是最关键的一条。

（2）绝不可超越企业客观现实，做力不从心的工作，要逐步在人力、物力、财力上创造条件，只有这样才能扎扎实实地把 ERP 推行好。

（3）推行 ERP 是一个全过程培训过程、全员培训过程，只有这样才能使 ERP 推行得彻底。领导要进行培训、供应链各方要培训、员工要培训，形成系统培训局面。要积极引进计算机网络专业人员，使他们既懂计算机技术又熟悉专业管理业务。

考点十六　丰田生产方式和看板管理

（一）丰田式生产管理概述

丰田式生产管理（Toyota Production System，TPS）由日本丰田汽车公司的副社长大野耐一主导创建的，是丰田公司的一种独具特色的现代化生产方式。丰田生产方式是一个包容了经营理念、生产组织、物流控制、质量管理、成本控制、库存管理、现场管理和现场改善等在内的较为完整的生产管理技术与方法体系。它最基本的理念就是从（顾客的）需求出发，杜绝浪费任何一点材料、人力、时间、空间、能量和运输等资源。具体的思想和手段包括：

1．准时化

"准时化（JIT）"和"自动化（Jidoka）"是贯穿丰田生产方式的两大支柱。准时化的基本思想是："只在需要的时刻，生产需要数量的所需产品。"这种生产方式的核心是追求一种无库存的生产系统，或使库存达到最小的生产系统。

2．自动化

丰田公司的自动化，即"自动化缺陷控制"，是通过三个主要的技术手段来实现的，这就是异常情况的自动化检测、异常情况下的自动化停机、异常情况下的自动化报警。

3．标准化

丰田公司的标准化作业主要是指每一位多技能作业员所操作的多种不同机床的作业程序，是指在标准周期时间内，把每一位多技能作业员所承担的一系列的多种作业标准化。丰田公司的标准化作业主要包括三个内容：标准周期时间、标准作业顺序和标准在制品存量。

丰田公司标准化作业的内容如表 4－12 所示。

表4–12　丰田公司标准化作业的内容

内容	含义
标准周期时间	是指各生产单元内（或生产线上），生产一个单位的制成品所需要的时间。标准周期时间＝每日的工作时间/每日的必要产量
标准作业顺序	是用来指示多技能作业人员在同时操作多台不同机床时所应遵循的作业顺序，即作业人员拿取材料、上机加工、加工结束后取下，及再传给另一台机床的顺序，这种顺序在作业员所操作的各种机床上连续地遵循着
标准在制品存量	是指在每一个生产单元内，在制品储备的最低数量，它应包括仍在机器上加工的半成品

标准化作业可以归纳为下列要点：

（1）每一个流程，可以看作是一个计划，这个计划将会是每一个工厂人员的目标。

（2）同一个流程必须用同样的方式来进行。

（3）问题得以很容易地被发现。

（4）是一种保持品质、有效率及安全性高的方式。

（5）是由每一个小组或小组长所提的计划，因为他们最了解自身工作内容。

4．多技能作业员

多技能作业员（或称"多面手"）是指那些能够操作多种机床的生产作业工人。在U型生产单元内，由于多种机床紧凑地组合在一起，这就要求生产作业工人能够进行多种机床的操作，同时负责多道工序的作业。

5．看板管理

看板管理是让系统营运的工具，简而言之，就是对生产过程中各工序生产活动进行控制的信息系统。经常被使用的看板主要有两种：取料看板和生产看板。取料看板标明了后道工序应领取的物料的数量等信息，生产看板则显示着前道工序应生产的物品的数量等信息。

丰田生产方式以逆向"拉动式"方式控制着整个生产过程，即从生产终点的总装配线开始，依次由后道工序向前工序"在必要的时刻领取必要数量的必要零部件"，而前道工序则"在必要的时刻生产必要数量的必要零部件"，以补充被后道工序领走的零部件。这样，看板就在生产过程中的各工序之间周转着，从而将与取料和生产的时间、数量、品种等有关的信息从生产过程的下游传递到了上游，并将相对独立的工序个体联结为一个有机的整体。实施看板管理是有前提条件的，如生产的均衡化、作业的标准化、设备布置合理化等。

6．全员参加的现场改善活动

丰田准时化生产方式的目标和目标体系中的各子目标是通过准时化生产体系的最为基本的支撑——全员参加的改善活动来实现的，正是这种改善活动才真正把丰田准时化生产方式变得如此有效。

（1）建立动态自我完善机制，表现为"强制性揭露问题、暴露隐患"，现场管理人员和作业人员就针对问题提出改善的设想和措施，消除问题，使生产系统达到稳定的新水平。

（2）成立质量管理小组。质量管理小组是由在同一生产现场内工作的人们以班组为单位组成的非正式小组，是一种自主地、持续不断地通过自我启发和相互启发，来研究解决质量问题和现场改善问题的小集体，其特点是自主性、自发性、灵活性和持续性。

（3）合理化建议制度。好产品来自于好的设想。广泛采用合理化建议制度，激发全体员工的创造性思考，征求大家的"好主意"，以改善公司的业务。

（4）改善，再改善。"改善"不仅是丰田生产方式的坚固基石，而且也是丰田准时化生产方式所不懈追求的目标。支持"改善，再改善"的六个要领：①领导者本身也要从事改善；②领导者要关心下属人员的改善活动；③不要轻视微不足道的改善活动；④要容忍改善活动的失败；⑤越忙，越是改善的好机会；⑥改善无止境。

7. 全面质量管理

丰田公司从 1961 年开始引进了全面质量管理。丰田生产方式认为，生产系统中的每一道工序和每一个环节都会对产品的制造质量产生直接的影响。因而，全体人员参加的、涉及生产产品全过程的全面质量管理就会成为必要。

【例 4 - 17】丰田式生产管理最基本的理念是（　　　）。（2010 年单选题）

A. 准时化和自动化

B. 从顾客出发、杜绝浪费

C. 彻底降低成本

D. 市场需要什么型号的产品，就生产什么型号的产品

【解析】B 丰田生产方式最基本的理念就是从（顾客的）需求出发，杜绝浪费任何一点材料、人力、时间、空间、能量和运输等资源，B 选项正确。

【例 4 - 18】贯穿丰田生产方式的两大支柱是准时化和（　　　）。（2009 年单选题）

A. 自动化　　　　　B. 标准化　　　　　C. 看板管理　　　　　D. 全面质量管理

【解析】A 准时化和自动化是贯穿丰田生产方式的两大支柱。本题考核丰田生产管理的具体思想和手段。

（二）看板管理

看板管理相关内容如表 4 - 13 所示。

表 4 - 13　看板管理

看板管理的内容	含义	具体情况
概念	看板管理，简而言之，是对生产过程中各工序生产活动进行控制的信息系统	
功能	生产以及运送的工作指令	看板中记载着生产量、时间、方法、顺序以及运送量、运送时间、运送目的地、放置场所、搬运工具等信息，从装配工序逐次向前工序追溯，在装配线将所使用的零部件上所带的看板取下，以此再去前工序领取
	防止过量生产和过量运送	"没有看板不能生产，也不能运送"。根据这一规则，看板数量减少，则生产量也相应减少。由于看板所表示的只是必要的量，因此通过看板的运用能够做到自动防止过量生产以及适量运送
	进行"目视管理"的工具	"看板必须在实物上存放"，"前工序按照看板取下的顺序进行生产"，作业现场的管理人员对生产的优先顺序能够一目了然，易于管理
	改善的工具	根据看板"不能把不良品送往后工序"的运用规则，后工序所需得不到满足，就会造成全线停工，由此可立即使问题暴露，从而必须立即采取改善措施来解决问题
种类	取料看板	标明了后道工序应领取的物料数量等信息
	生产看板	显示着前道工序应生产的物品数量等信息
使用规则	不合格品不交后工序	不合格件积压在本工序，本工序的问题就很快暴露出来，使管理人员、监督人员不得不共同采取对策，防止再发生类似问题
	后工序来取件	
	只生产后道工序领取的工件数量	超过看板规定的数量不生产，同时完全按看板出现的顺序生产
	均衡化生产	看板管理只适用于需求波动较小和重复性生产系统
	利用减少看板数量来提高管理水平	在生产系统中库存水平由看板数量来决定，因为每一块看板代表着一个标准容器容量的工件

【例 4－19】 看板管理是丰田式生产系统营运的工具，其主要功能有（　　　　）。（2009 年多选题）

　A. 传递生产的工作指令　　　　　　　　B. 防止过量生产

　C. 传递运送的工作指令　　　　　　　　D. 防止过量的运送

　E. 自动检测质量

【解析】 ABCD　看板的功能不包括选项 E。看板的功能主要包括：①生产以及运送的工作指令；②防止过量生产和过量运送；③进行"目视管理"的工具；④改善的工具。

同步自测

一、单项选择题

1. 准时生产方式（JIT）的目标是（　　　　）。
　A. 生产同步化　　　　　　　　　　　　B. 生产柔性化
　C. 彻底消除无效劳动和浪费　　　　　　D. 生产均衡化

2. ABC 分析法用于库存管理，是库存物资按（　　　　）进行分类。
　A. 物资品种和数量　　　　　　　　　　B. 物资品种和质量
　C. 物资数量和资金占用额　　　　　　　D. 品种和资金占用额

3. 根据库存控制的 ABC 分析法，C 类物资是库存物资品种累计占全部品种 70%，而资金累计占全部资金总额（　　　　）以下的物资。
　A. 10%　　　　　　B. 20%　　　　　　C. 30%　　　　　　D. 50%

4. （　　　　）是指企业在报告期内规定生产产品的名称、型号、规格和种类。
　A. 产品质量指标　　B. 产品产量指标　　C. 产品品种指标　　D. 产品产值指标

5. 生产控制的核心在于（　　　　）。
　A. 在制品管理　　　B. 期量标准　　　　C. 进度管理　　　　D. 产量管理

6. 库存持有成本的固定成本与（　　　　）无关。
　A. 设施折旧　　　　B. 固定员工工资　　C. 设备折旧　　　　D. 库存数量的多少

7. 某车间生产某单一产品，车间共有车床 10 台，全年制度工作日设为 250 天，单班制，日工作时间为 8 小时，设备修理必要停工率为 10%，单台设备每小时产量定额为 100 件，则该设备组的年生产能力为（　　　　）件。
　A. 15 000　　　　　B. 18 000　　　　　C. 180 000　　　　　D. 1 800 000

8. 某企业生产半导体收音机，年销售量 100 万台，固定总成本为 800 万元，单位变动成本为 25 元，根据盈亏平衡的原则，盈亏临界点价格为（　　　　）元/台。
　A. 29　　　　　　　B. 30　　　　　　　C. 33　　　　　　　D. 41

9. 某车间生产单一产品，车间共有车床 5 台，全年制度工作日设为 250 天，两班制，每班工作 7.5 小时，设备计划修理时间占有效工作时间的 10%，单件产品台时定额为 5，则该车间的年生产能力为（　　　　）件。
　A. 16 875　　　　　B. 33 750　　　　　C. 53 250　　　　　D. 84 375

10. 狭义的生产能力是指企业在一定时期内和生产组织技术条件下，（　　　　）所能生产某种产品的最大数量或所能加工处理某种原材料的最大数量。
　A. 全部所有者权益　　　　　　　　　　B. 全部流动资金
　C. 全部资产　　　　　　　　　　　　　D. 全部生产性固定资产

11. 已知设备组有机器 10 台，每台机器一个工作日的有效工作时间是 8 小时，每台机器每小时生产 20 件产品，该企业只生产一种产品，则该设备组一个工作日的生产能力是（　　　　）件。
　A. 160　　　　　　　B. 200　　　　　　C. 1 600　　　　　　D. 2 000

12. 在现代生产运作方式中，"彻底消除无效劳动和浪费"是（　　　　）的目标。

A. 准时生产方式（JIT）　　　　　　　　B. 计算机集成制造系统（CIMS）

C. 柔性制造系统（FMS）　　　　　　　　D. 敏捷制造（AM）

13. 生产计划编制的第一步是（　　　　）。

A. 综合平衡　　　　B. 调查研究　　　　C. 统筹安排　　　　D. 收集资料

14. 在工作中担负很多的工序数目的生产类型属于（　　　　）。

A. 成批生产　　　　B. 大量大批生产　　　C. 单件小批生产　　D. 连续生产

15. 协调企业日常生产活动的中心环节是（　　　　）。

A. 生产计划　　　　B. 生产控制　　　　C. 生产进度计划　　D. 生产作业计划

16. 下列生产控制方法中，属于前馈控制的是（　　　　）。

A. 事后控制方式　　B. 事前控制方式　　C. 事中控制方式　　D. 直接控制方式

17. 企业资源计划的核心模块是（　　　　）。

A. 人力资源管理模块　B. 财务管理模块　　C. 生产控制模块　　D. 物流管理模块

二、多项选择题

1. 大批大量生产企业的期量标准有（　　　　）。

A. 节拍　　　　　　B. 节奏　　　　　　C. 在制品定额

D. 生产间隔期　　　E. 生产提前期

2. 贯穿丰田生产方式的两大支柱是（　　　　）。

A. 标准化　　　　　B. 专业化　　　　　C. 多样化

D. 准时化　　　　　E. 自动化

3. 下列选项中，属于制定物料需求计划依据的是（　　　　）。

A. 主生产计划　　　B. 物料清单　　　　C. 库存处理信息

D. 底层码　　　　　E. 净需求

三、案例分析题

某企业在确定产品产量指标时采取盈亏平衡分析法，相关信息见图4-4。

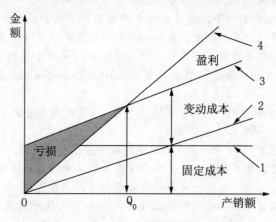

图4-4　盈方平衡图

根据以上资料，回答下列问题：

1. 在此图中，标号为2的线是（　　　　）。

A. 固定成本曲线　　B. 变动成本曲线　　C. 总成本曲线　　　D. 销售收入线

2. 设 E——利润，Tr——销售收入，F——固定成本，V——单位产品变动成本，Q——产销量，则盈亏平衡分析法的计算公式是（　　　　）件。

    A. $E = Tr - (F + VQ)$ B. $E = Tr + (F - VQ)$ C. $Tr = E - (F + VQ)$ D. $F = Tr + E - VQ$

3. 该企业生产产品每件单价为100元，单位产品的变动费用为60元，其固定成本为60万元，根据以上资料确定该企业今年产销量不赔的最低量为（   ）件。

    A. 3 750   B. 6 000   C. 10 000   D. 15 000

4. 根据盈亏平衡分析法，该企业若想盈利，应采取的对策有（   ）。

    A. 增加产销量   B. 降低固定成本

    C. 适当降低变动费用   D. 降低产品销售价格

 同步自测解析

一、单项选择题

1. 【解析】C 准时化生产方式的核心是追求一种无库存的生产系统，或使库存达到最小的生产系统。通过JIT思想的应用，使企业管理者将精力集中于生产过程本身，通过生产过程整体优化、改进技术、理顺物流、杜绝超量生产、消除无效劳动和浪费，有效地利用资源，降低成本，改善质量，达到用最少的投入实现最大产出的目的。C选项答案最符合题目问题。

2. 【解析】D ABC分析法用于库存管理，是库存物资按品种多少和资金占用额进行分类。

3. 【解析】A ABC分析法用于库存管理，是库存物资按品种多少和资金占用额大小进行分类。将库存物资品种累计占全部品种70%，而资金累计占全部资金总额10%以下的物资定为C类物资。对于这类物资储备定额实施一般控制，制定比较高的保险储备量。

4. 【解析】C 产品品种指标是指企业在报告期内规定生产产品的名称、型号、规格和种类。它不仅反映出企业对社会需求的满足能力，还反映了企业的专业化水平、企业管理水平。

5. 【解析】C 生产控制的核心在于进度管理，生产进度控制的基本内容主要包括：投入进度控制、工序进度控制和出产进度控制。

6. 【解析】D 库存持有成本包括固定成本和变动成本。固定成本与库存数量多少无关，变动成本与库存数量的多少有关。固定成本包括仓库折旧、仓库职工的固定月工资等；变动成本包括资金占用成本；存储空间成本；库存服务成本和库存风险成本。

7. 【解析】D 单一品种生产条件下，设备组的生产能力按下列公式计算：设备组的生产能力 = 设备组的设备台数 × 单位设备的有效工作时间 × 单位设备单位时间产量定额。式子中单位设备有效工作时间：全年制度工作时间 × 每日工作小时数 × (1 - 设备修理必要停工率)。将题目中的数字带入公式中，可得：设备组的生产能力 = 10 × 250 × 8 × (1 - 10%) × 100 = 1 800 000（件）。

8. 【解析】C 计算临界点价格的公式为：临界点价格 = (固定成本总额 + 单位变动成本 × 销量)/销量 = (800 + 25 × 100)/100 = 33（元/台）。

9. 【解析】D 单一品种生产条件下，设备组的生产能力按下列公式计算：

$$设备组的生产能力 = 设备组的设备台数 × 单位设备的有效工作时间$$
$$× 单位设备单位时间产量定额$$

式中：单位设备有效工作时间 = 全年制度工作时间 × 每日工作小时数 × (1 - 设备修理必要停工率)

将数字代入，设备组的生产能力 = 5 × 250 × 7.5 × 2 × (1 - 10%) × 5 = 84 375（件）。

10. 【解析】D 企业的生产能力有广义和狭义之分，一般所讲的生产能力是指狭义的生产能力，即企业在一定时期内，在一定的生产组织技术条件下，全部生产性固定资产所能生产某种产品的最大数量或所能加工处理某种原材料的最大数量。

11. 【解析】C $M = F \cdot S \cdot P = 8 × 10 × 20 = 1\ 600$（件）。

12. 【解析】A 准时生产方式的简称是JIT，目标是彻底消除无效劳动和浪费。

13. 【解析】B 编制生产计划的主要步骤，大致可以归纳如下：①调查研究，它是生产计划编制的第一步；②统筹安排，初步提出生产计划指标；③综合平衡，编制计划草案；④生产计划大纲定稿与报批。

14.【解析】C　单件小批生产在工作地担负的工序数目的特点是很多；成批生产在工作地担负的工序数目的特点是较多；大量大批生产在工作地担负的工序数目的特点是很少，一般为 1～2 道工序。

15.【解析】D　生产作业计划是生产计划工作的继续，是企业年度生产计划的具体执行计划。它根据年度生产计划规定的产品品种、数量及大致的交货期的要求对每个生产单位，在每个具体时期内（季度、周、日、时）的生产任务作出详细规定，使年度生产计划得到落实。它是协调企业日常生产活动的中心环节。

16.【解析】B　事前控制是在本期生产活动展开前，根据上期生产的实际成果及对影响本期生产的各种因素所作的预测，制订出各种控制方案（控制设想），在生产活动展开之前就进行针对有关影响因素的可能变化而调整"输入参数"实行调节控制的一种方式，确保最后完成计划，属于前馈控制。

17.【解析】C　生产控制模块是 ERP 的核心模块，它将分散的生产流程有机结合，加快生产速度，减少生产过程材料、半成品积压和浪费。这一模块的主要内容有：主生产计划、物料需求计划、能力需求计划、生产现场控制、制造标准等。

二、多项选择题

1.【解析】ABC　大批大量生产企业的期量标准有：节拍或节奏、流水线的标准工作指示图表、在制品定额等。节拍是指大批量流水线上前后两个相邻加工对象投入或出产的时间间隔。节奏是大批量流水线上前后两批相邻加工对象投入或出产的时间间隔。在制品定额是指在一定技术组织条件下，各生产环节为了保证数量上的衔接所必需的、最低限度的在制品储备量。

2.【解析】DE　"准时化（JIT）"和"自动化（Jidoka）"是贯穿丰田生产方式的两大支柱。

3.【解析】ABC　物料需求计划（MRP）的主要依据是主生产计划、物料清单和库存处理信息三大部分，它们是物料需求计划（MRP）的主要输入信息。①主生产计划又称产品出产计划，它是物料需求计划（MRP）的最主要输入，表明企业向社会提供的最终产品数量，它由顾客订单和市场预测所决定。②物料清单又称产品结构文件，它反映了产品的组成结构层次及每一层次下组成部分本身的需求量。③库存处理信息又称库存状态文件，它记载产品及所有组成部分的存在状况数据。

三、案例分析题

1.【解析】B　变动成本曲线从原点出发，随着产销额的增加呈上涨趋势，且涨幅小于销售收入线。

2.【解析】A　教材内容：$E = Tr - (F + VQ)$。

3.【解析】D　$Q = F/(P - V) = 600\,000/(100 - 60) = 15\,000$（件）。

4.【解析】ABC　根据盈亏平衡分析法的公式：$E = Tr - (F + VQ) = P \cdot Q - (F + VQ)$，若想增加利润 E，可采取的对策有：①增加产销量 Q；②降低固定成本 F；③降低变动费用 V；④提高产品售价 P。

第五章　物流管理

考情分析

第五章主要讲述了物流管理的基础知识。本章主要多以单选题、多选题和案例分析题出现。

最近三年本章考试题型及分值

年　份	单项选择题	多项选择题	案例分析题	合　计
2008 年	6 题 6 分	5 题 10 分	11 题 16 分	22 题 32 分
2009 年	5 题 5 分	4 题 8 分	9 题 13 分	18 题 26 分
2010 年	10 题 10 分	3 题 6 分	13 题 16 分	26 题 32 分

考点精讲与真题解析

第一节　物流管理概述

考点一　物流及企业物流的基本概念

（一）物流的概念

物流是指物品从供应地向接收地的实体流动过程。根据实际需要，将运输、储存、装卸、搬运、包装、流通加工、配送、信息处理等基本功能实施有机结合。

物流是一个物品的实体流动过程，在流通过程中创造价值、满足顾客及社会性需求，也就是说物流的本质是服务。

（二）企业物流的概念

企业物流主要是指制造业物流，即企业在生产运作过程中，物品从供应、生产、销售以及废弃物的回收及再利用所发生的运输、仓储、装卸搬运、包装、流通加工、配送、物流信息处理等多项基本活动。

【例 5 - 1】物流的本质是（　　）。（2010 年单选题）

A. 结构　　　　　　B. 运输　　　　　　C. 网络　　　　　　D 服务

【解析】D　物流是一个物品的实体流动过程，在流通过程中创造价值、满足顾客及社会性需求，也就是说物流的本质是服务，D 选项正确。

考点二 企业物流的内容

企业物流活动或者说物流的功能主要有：运输、储存、装卸搬运、包装、流通加工、物流信息和配送。

1. 运输

运输是物流各环节中最重要的部分，是物流的关键。没有运输，物品只能有存在价值，没有使用价值。没有运输连接生产和消费，生产就失去了意义。运输方式有公路运输、铁路运输、船舶运输、航空运输、管道运输等。运输可以划分为两段：一段是生产厂到流通据点之间的运输，批量比较大，品种比较单一，运距比较长；另一段是流通据点到用户之间的运输，一般称为"配送"，就是根据用户的要求，将各类商品按不同类别、不同方向和不同用户进行分类、拣选、组配、装箱，按用户要求的品种、数量配齐后送给用户，其实质在于"配齐"和"送达"。

2. 储存

储存具有保管、调节、配送、节约方面的功能。储存的主要场所是仓库。储存的业务管理，概括起来，主要包括入库管理、在库管理和出库管理。储存的合理化有两个层面的含义，一是储存合理化的原则，主要包括：面向通道原则、高层堆码的原则、先出原则、回转对应原则、同一性原则、似性原则、重量特性原则、形状特性原则、位置标志原则、网络化保管原则；二是储存的现代化，主要包括：管理人员的现代化、储存管理技术的现代化、储存管理方法的科学化、内部管理规范化。

【例5-2】 下列物流活动功能要素中，具有保管、调节、配送、节约等功能的要素是（　　　　）。（2009年单选题）

A. 运输　　　　　B. 储存　　　　　C. 包装　　　　　D. 流通加工

【解析】 B　储存具有保管、调节、配送、节约等功能。

3. 装卸搬运

装卸搬运包含两种活动，在同一地域范围内以改变"物"的存放、支承状态的活动称为装卸，以改变"物"的空间位置的活动称为搬运。装卸、搬运是物流各环节连接成一体的接口，是运输、保管、包装等物流作业得以顺利实现的根本保证。装卸和搬运质量的好坏、效率的高低是整个物流过程的关键所在。装卸搬运的功能是连接运输、保管和包装各个系统的节点，该节点的质量直接关系到整个物流系统的质量和效率，而且又是缩短物流移动时间、节约流通费用的重要组成部分。装卸搬运环节出了问题，物流其他环节就会停顿。

4. 包装

包装是保证整个物流系统流程顺畅的重要环节之一。包装可大体划分为工业包装和商业包装两类。工业包装（运输包装、大包装）包装的对象是大宗生产资料，属于物流的范畴，目的是为了便于运输、保管、提高装卸效率。商业包装（销售包装、小包装）属于营销学的范畴，目的是促进销售。

5. 流通加工

流通加工是一种初加工活动，是使物品发生物理性变化的物流方式。通过流通加工，可以节约材料、提高成品率，保证供货质量和更好地为用户服务。

6. 物流信息

物流信息是连接运输、存储、装卸、包装各环节的纽带，没有各物流环节信息的通畅和及时供给，就没有物流活动的时间效率和管理效率，也就失去了物流的整体效率。物流信息功能是物流活动顺畅进行的保障，是物流活动取得高效益的前提，是企业管理和经营决策的依据。充分掌握物流信息，能使企业减少浪费，节约费用，降低成本，提高服务质量，确保企业在激烈的市场竞争中立于不败之地。

【例5-3】链接运输、储存、装卸、包装各环节的纽带是（ ）。（2010年单选题）

A. 装卸搬运　　　　　B. 流通加工　　　　　C. 配送　　　　　D. 物流信息

【解析】D　物流信息是连接运输、存储、装卸、包装各环节的纽带，没有各物流环节信息的通畅和及时供给，就没有物流活动的时间效率和管理效率，也就失去了物流的整体效率，D选项正确。

7. 配送

配送具有实现物流活动合理化、实现资源有效配置、开发应用新技术、降低物流成本和有效解决交通问题等方面的作用。配送的本质是送货，是一种小范围的综合物流，是一种专业化的分工形式，需要现代技术和设备的保证。集货、分拣、配货、配装、配送运输、送达服务以及配送加工等是配送最基本的构成单元。

【例5-4】产品从流通据点到用户之间的运输称为（ ）。（2009年单选题）

A. 配送　　　　　B. 分流　　　　　C. 分配　　　　　D. 分销

【解析】A　物流活动的功能要素主要有：运输、储存、装卸搬运、包装、流通加工、配送和物流信息。配送的概念：产品从物流据点到用户之间的运输。

考点三 企业物流的分类

企业物流的分类很多，具体的分类方法如表5-1所示。

表5-1　企业物流的分类

分类标准	类别	具体种类
根据企业性质的不同，企业物流可分为两类，即生产企业物流和流通企业物流	生产企业物流	生产企业物流是以购进生产所需的原材料、设备为始点，经过劳动加工，形成新的产品，然后供应给社会需要部门为止的全过程
	流通企业物流	①批发企业的物流；②零售企业的物流；③仓储企业的物流；④配送中心的物流；⑤"第三方物流"企业的物流
按照物流活动的主体分类	企业自营物流	指企业自备车队、仓库、场地、人员，以自给自足的方式经营企业的物流业务
	专业子公司物流	指从企业传统物流运作功能中剥离出来，成为一个独立运作的专业化实体子公司，以专业化的工具、人员、管理流程和服务手段为母公司提供专业化的物流服务
	第三方物流	指企业为更好地提高物流运作效率以及降低物流成本而将物流业务外包给第三方物流公司

考点四 企业物流的作业目标

企业物流的作业目标与企业的总体目标是相一致的，在设计和运行企业物流时，必须以实现企业的作业目标为目标。企业物流的作业目标具体如表5-2所示。

表5-2 企业物流的作业目标

作业目标	具体内容
快速反应	关系到一个企业能否及时满足顾客的服务需求的能力
最小变异	物流系统的所有作业领域都可能遭到潜在的变异，减少变异的可能性直接关系到企业内部物流作业和外部物流作业的顺利完成
最低库存	保持最低库存的目标是要把存货配置减少到与顾客服务目标相一致的最低水平，以实现最低的物流总成本
物流质量	全面质量管理要求企业物流无论是对产品质量，还是对物流服务质量，都要求做得更好
整合运输与配送	要想降低运输成本，就必须对运输进行重新组合，把小批量的装运集合成集中的具有较大批量的运输
产品生命周期不同阶段的物流目标	产品生命周期由研制、成长、成熟和衰退四个阶段组成。而对产品在不同的生命周期阶段，企业在物流方面应做出相应的对策

第二节 企业采购与供应物流管理

考点五 企业采购管理的含义、特征及功能

企业采购管理是指为保障企业物资供应而对企业采购活动进行计划、组织、协调和控制的管理活动。

（一）企业采购管理的特征

企业采购管理具有以下的三大特征：

（1）企业采购管理是从资源市场获取资源的过程。

（2）企业采购管理是信息流、商流和物流相结合的过程。

（3）企业采购管理是一种经济活动。

企业采购具有以下四大功能：

（1）企业采购的生产成本控制功能。

（2）企业采购的生产供应控制功能。

（3）企业采购的产品质量控制功能。

（4）企业采购的促进产品开发功能。

加强采购管理对提升企业核心竞争力也具有十分重要的作用。

【例5-5】企业采购具有以下（　　）功能。（多选题）

A．生产成本控制功能　　　　　　　　B．生产供应控制功能

C．产品质量控制功能　　　　　　　　D．产品广告宣传功能

E．促进产品开发功能

【解析】ABCE

企业采购具有以下的四大功能：①生产成本控制功能；②生产供应控制功能；③产品质量控制功能；④促进产品开发功能。

考点六 企业采购管理的目标和原则

（一）企业采购管理的目标

企业采购管理的总目标可用一句话表述为：以最低的总成本提供满足企业需要的物料和服务。可以把这个总目标具体分解为以下几个基本目标：

（1）确保生产经营的物资需要。

（2）降低存货投资和存货损失。

（3）保证并提高采购物品的质量。

（4）发现和发展有竞争力的供应商。

（5）改善企业内部与外部的工作关系。

（6）有效降低采购成本。

（二）企业采购管理的原则

根据企业采购管理最低的总成本提供满足其需要的物料和服务的总体目标，对采购工作应以以下五个"合适"作为管理的基本原则。即在合适的时间，以合适的价格从合适的地点采购合适的数量和合适的品质的物料与服务。

（1）适当的数量。物品采购量过大，造成过高的存货储备成本与资金占压，物品采购量过小，则采购成本提高，因此，适当的采购量是非常必要的。

（2）适当的品质。通常是要求"最适"的品质，而不是"最好"的品质。

（3）适当的时间。必须依据生产需求计划确定采购计划，按采购计划适时地进料，既能使生产、销售顺畅，又可以节约成本，提高市场竞争力。

（4）适当的价格。从降低产销成本的目的来看，适当的价格应是最好的选择。

（5）适当的地点。适地原则即就地就近原则，即供应商离自己公司越近，运输费越低，机动性越高，企业物品的合理库存量、订购点越低，有助于企业"零库存"的实现。

考点七 企业采购管理的业务流程

企业采购流程是指有制造需求的厂家选择和购买生产所需的各种原材料、零部件等物料的全过程。通常是作为购买方的企业按照一定的标准寻找相应的供应商，然后以订单的形式给各供应商传递有关需求信息并商定付款方式，接着就是双方之间的发、收货及验收、付款的过程。

（1）提出采购申请。

（2）选择供应商。

（3）进行采购谈判。

（4）签发采购订单。

（5）跟踪订单。

（6）物料验收。

（7）付款及评价。

此外，还有一项最能反映一个单位管理水平高低的工作：总结和评价。

考点八 企业供应物流的基本任务及其作用

企业供应物流是企业物流活动的起始阶段。作为企业生产之前的准备工作和辅助作业活动，它是指企业生产所需的一切物料（原材料、燃料、备品备件、辅助材料等）在供应企业与生产企业之间流动的一系列物流及其管理活动。

（一）企业供应物流的基本任务

企业的生产过程同时也是物质资料的消费过程。企业只有不断投入必要的生产要素，才能顺利进行生产和保证其经济活动最终目的的实现。同时，企业供应物流的基本任务是保证适时、适量、适价，以及齐备成套、经济合理地供应企业生产经营所需要的各种物资，并且通过供应物流活动的科学组织与管理和运用现代物流技术，促进物料的合理使用，加速资金周转，降低产品成本，使企北获得较好的经济效益。

（二）企业供应物流的基本过程及其作用

尽管不同模式的企业供应物流在某些环节上有着各自的特点，但基本流程是相同的，一般由以下三个阶段组成。

（1）取得资源。取得资源是完成所有供应活动的前提条件。

（2）组织到厂物流。取得的资源必须经过物流才能到达企业。

（3）组织厂内物流。企业在获得资源到达企业以后，经过企业物料供应部门人员的确认，在厂区内继续流动，最后到达车间或生产线的物流过程，称作企业内部物流。

【例5-6】企业供应物流的基本流程包括（　　　　）。（多选题）

A. 订购　　　　　　　　　　　B. 取得资源

C. 组织到厂物流　　　　　　　D. 组织厂内物流

E. 仓储物流

【解析】BCD

企业供应物流在某些环节上有着各自的特点，但基本流程是相同的，一般由以下三个阶段组成：①取得资源；②组织到厂物流；③组织厂内物流。

第三节　企业生产物流管理

考点九 企业生产物流概述

（一）企业生产物流的概念

企业生产物流是指伴随企业内部生产过程的物流活动。即在企业现有的生产布局条件下，根据企业生产系统的要求，实现原材料、零部件等物料在供应库、生产现场、成品库之间流转的物流活动。

（二）生产物流的主要影响因素

生产物流的主要影响因素如表5-3所示。

表5-3　生产物流的主要影响因素

主要影响因素	具体内容
生产的类型	不同的生产类型，其产品品种、结构的复杂程度、精度等级、工艺要求以及原料准备也不同。这些特点影响着生产物流的构成以及相互间的比例关系
生产规模	生产规模是指单位时间内的产品产量，通常用年产量来表示。生产规模越大，生产过程的构成越齐全，物流量就越大。反之，生产规模越小，生产过程的构成就没有条件划分得很细，物流量也较小
企业的专业化与协作水平	企业专业化和协作水平提高，企业内部生产过程就趋于简化，物流流程缩短

【例5-7】影响生产物流的主要因素（　　　　）。（2010年多选题）

A. 行业　　　　　　　　　　　B. 生产的类型

C. 地理位置　　　　　　　　　D. 生产的规模

E. 专业化与协作水平

【解析】BDE　影响生产物流的主要因素有：生产的类型、生产规模、企业的专业化与协作水平，AC选项错误。

考点十　准时制生产（JIT）

（一）准时制生产的概念与意义

准时制生产的概念和意义如表5-4所示。

表5-4　准时制生产的概念与意义

	具体内容
准时制生产的概念	将必要的零件以必要的数量在必要的时间送到生产线，并且将所需要的零件，只以所需的数量，只在正好需要的时间送到生产线，称为准时制生产（Just In Time，JIT）
准时制生产的意义	在生产系统中，任何两个相邻工序之间都是供需关系。按照传统的生产计划组织生产，物料根据预定的计划时间由需求方逐个工序流动，需求方将上一工序送来的物料进一步加工，需求方接受物料完全是被动的。物料可能提前或延迟到达，延迟到达将使生产中断，提前到达导致库存量上升，从而占用过多的流动资金

【例5-8】将必要的零件以必要的数量在必要的时间送到生产线的生产方式称为（　　　）。（2009年单选题）

A. DRP　　　　　B. CAD　　　　　C. JIT　　　　　D. IPO

【解析】C　JIT即准时制生产，是指将必要的零件以必要的数量在必要的时间送到生产线的生产方式。

（二）准时制生产的目标

准时制生产的目标如表5-5所示。

表5-5　准时制生产的目标

准时制生产的目标	具体内容
最终目标	获取最大利润
基本目标	降低成本
配套目标	①降低库存，最终降为零库存。 库存过多造成资源的闲置，且占用空间，增加系统成本。准时制生产方式就是要通过不断减少各种库存来暴露出管理中存在的问题，以不断消除浪费，进行永无休止地改进。 ②减少换产时间与生产提前期。 换产时间和生产提前期延长了整个生产过程，对产品价值却没有任何增值作用，另外，较长的换产时间和生产提前期还会对系统的柔性产生负面影响。因此，减少换产时间和生产提前期是准时制生产方式中要求不断改进的目标之一。 ③消除浪费实现最大的节约。 浪费表现的是非生产性资源，消除浪费现象能够解放资源，提高生产率。准时制生产方式的出发点是最大限度降低浪费，进行不断改善

【例5-9】准时制生产方式总目标下的配套目标是（　　　）。（2010年单选题）

A. 降低库存　　　　　B. 获取最大利润　　　　C. 降低成本　　　　D. 生产过程尽可能短

【解析】A　准时制生产方式总目标的配套目标具体包括：降低库存、减少换产时间与生产提前期、消除浪费，A选项正确。

准时制生产方式定义了七种类型的浪费：

（1）过量生产的浪费，制造过量的产品会增加工位器具和堆放场地造成的浪费。

（2）搬运的浪费，由于工序相互分离，发生搬运和临时堆放等的浪费。

（3）库存的浪费，为保管库存产品需要库房、工位器具和操作人员等造成的浪费。

（4）等待的浪费，在设备自动加工时或工作量不足时的等工浪费。

（5）过程的浪费，附加值不高的工序造成的浪费。

（6）动作的浪费，零部件、工具定置不合理造成动作浪费。

（7）产品缺陷的浪费，不良产品本身的浪费以及筛选、退修的浪费。

准时制生产方式消除浪费的方式如图5-1所示。

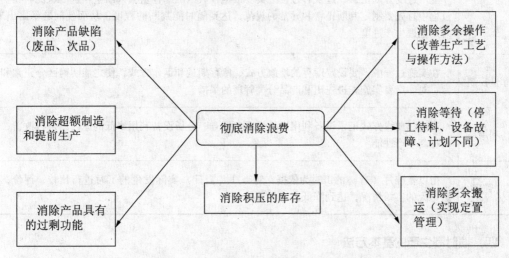

图5-1　准时制生产方式中消除浪费的方式

【例5-10】在准时制生产方式定义的浪费类型中，过程的浪费是指（　　　）。（2009年单选题）

A. 在设备自动加工时或工作量不足时的等工浪费

B. 制造过量产品产生的浪费

C. 不合格产品本身的浪费

D. 附加值不高的工序造成的浪费

【解析】D　过程的浪费是指附加值不高的工序造成的浪费。

（三）准时制生产的管理内容

准时制生产的管理内容如表5-6所示。

表5-6　准时制生产的管理内容

准时制生产的管理内容	具体含义
生产实绩管理	通过记录各工序、生产线每个时间段的计划数量与实际制造数量的差异及异常内容，把握每个时间段的计划与实绩的差异，使异常表面化，使操作人员了解异常内容，问题点共有化，促进问题的改善

（续表）

准时制生产的管理内容	具体含义
改善计划	对改善活动的具体改善项目要明确具体的责任人和完成日期，建立可追溯性的台账，并制订能有效推进改善的明确有效的改善计划
标准作业	制订标准作业表可以使作业规则明确化，以节拍来分配作业内容。该表体现现场管理人员的意志，并对操作人员的操作顺序和每道工序的标准作业时间作出明确的规定
异常显示看板	是指当异常发生时首先显示该工序的异常状况，接着进一步显示生产进度的过快或过慢，对作业进行指示。该看板设置的目的是通过点灯显示异常来通知相关人员，从而达到快速反应
生产进度看板	生产进度分成正常、过快和过慢三类。根据存放区的库存量来判断生产进度状况。在实施过程中首先要制定判断正常和异常的规范，达到随时能判断的程度，从而使问题暴露出来，时刻把握生产进度
在库量控制	在实施过程中，要设定库存的堆放方式、库存期量和运作方式，使之能明确区分正常和异常。对库房要实施先进先出和产品分类管理的举措
设备利用率	通过以曲线方式记录设备利用率的情况，调查、分析设备利用率低的原因，进行改善，从而提高生产性能
工时管理	指以基准月（日）的工时为依据，对当月（当日）实际发生的工时进行比较、评价，把握每天的实绩情况，达到降低工时的目的

（四）准时制生产的基本方法

（1）适时适量生产。即"在需要的时候，按需要的量生产所需的产品"。实现适时适量生产的要求，必须在生产同步化、生产均衡化的前提下才能发挥作用。

【例5－11】以下关于生产同步化说法错误的是（　　　　）。（2010年单选题）

A. 工序间不设置仓库　　　　　　　　B. 总装配线成为生产的出发点

C. 以装配为起点向前工序领取必要的工件　　D. 生产计划不必下达给总装配线

【解析】D　生产同步化下，总装配线成为生产的出发点，生产计划只下达给总装配线，D选项错误。

（2）弹性配置作业人数。"少人化"可以降低劳动费用从而能够降低成本的。所谓"少人化"，是指根据生产量的变动，弹性地增减各生产线的作业人数，以及尽量用较少的人力完成较多的生产。实现"少人化"的具体方法是实施独特的设备布置，以便能够将需求减少时各作业点减少的工作集中起来，以整数削减人员。

（3）质量保证。具体方法是"自动化"，这里的自动化是指融入生产组织中的这样两种机制：第一，使设备或生产线能够自动检测不良产品，一旦发现异常或不良产品，可以自动停止设备的运行机制；第二，生产第一线的设备操作工人一旦发现产品或设备的问题，有权自行停止生产的管理机制。

第四节 企业仓储与库存管理

考点十一 企业仓储管理

（一）仓储管理的概念

根据《中华人民共和国国家标准》（物流术语 GB/T 18354 - 2006），仓储管理是指对仓储设施布局和设计以及仓储作业所进行的计划、组织、协调与控制。

（二）企业仓储管理功能

（1）供需调节功能。

（2）价格调节功能。

（3）调节货物运输能力的功能。

（4）配送和流通加工的功能。

（三）企业仓储管理的主要内容和主要任务

企业仓储管理主要内容和主要任务如表 5 - 7 所示。

表 5 - 7　企业仓储管理主要内容和主要任务

主要内容	主要任务
仓库的选址与建筑问题	仓储设施规划和利用
仓库的机械作业的选择与配置	保管仓储物资
仓库的业务管理问题	合理储备材料
仓库的库存管理问题	降低物料成本
—	重视员工培训
—	确保仓储物资的安全

【例 5 - 12】下列属于企业仓储管理主要任务的有（　　　　）。（多选题）

A. 保管仓储物资　　　　B. 降低物料成本　　　　C. 仓库的业务管理

D. 仓储设施规划和利用　　E. 重视员工培训

【解析】ABDE　企业仓储管理主要任务包括：仓储设施规划和利用；保管仓储物资；合理储备材料；降低物料成本；重视员工培训；确保仓储物资的安全。仓库的业务管理问题属于企业仓储管理的主要内容，C 选项错误。

考点十二 企业仓储管理的主要业务

企业仓储管理是指从商品入库到商品发送的整个仓储管理过程。其业务主要包括入库业务、保管业务、出库业务等内容。企业仓储管理业务作业全过程所包括的内容有：商品验收入库作业、商品保管作业、商品盘点作业、账务处理、安全维护、商品出库作业、资料保管等。

企业仓储管理业务作业流程如图 5 - 2 所示。

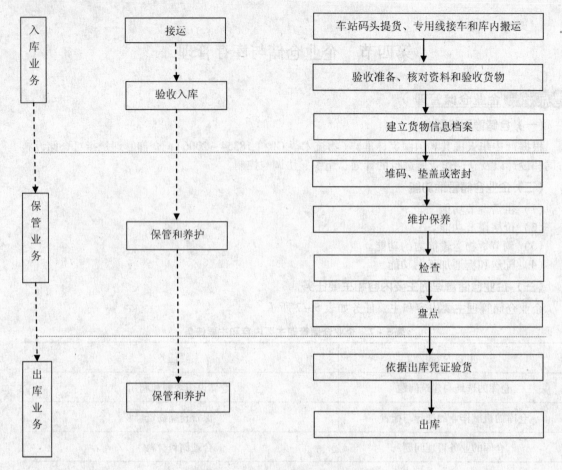

图5-2 企业仓储管理业务作业流程

【例5-13】下面不属于货物保管的主要原则的是（ ）。（单选题）

A. 质量第一原则　　　B. 科学合理原则　　　C. 效率原则　　　　　D. 安全原则

【解析】D　货物保管的主要原则是：质量第一原则、科学合理原则、效率原则、预防为主原则。D选项不属于主要原则，所以选项D项。

考点十三 企业库存管理与控制

（一）库存的含义

根据《中华人民共和国国家标准》（物流术语GB/T 18354-2006），库存是指存储作为今后按预定的目的使用而处于闲置或非生产状态的物品。

（二）库存的分类

库存的分类如表5-8所示。

表5-8 库存的分类

库存的分类	具体分类
按经济用途分类	商品库存、制造业库存和其他库存
按生产过程中不同阶段分类	原材料库存、零部件库存、半成品库存和成品库存

（续表）

库存的分类	具体分类
按库存的目的分类	①经常库存。指企业在正常的经营环境下为满足日常的需要而建立的库存。这种库存随着每日的需要不断减少，当库存降低到某一水平时（如订货点），就要进行订货来补充库存。对这种库存的补充是按一定的规则反复地进行。 ②安全库存。指为了防止由于不确定因素（如大量突发性订货、交货期突然延期等）而准备的缓冲库存。 ③生产加工和运输过程的库存。生产加工过程的库存指在处于加工状态以及为了生产的需要暂时处于储存状态的零部件、半成品或制成品。运输过程的库存指处于运输状态或为了运输的目的而暂时处于储存状态的物品。 ④季节性库存。指为了满足特定季节中出现的特定需要（如夏季对空调机的需要）而建立的库存，或指季节性出产的原材料（如大米、棉花、水果等农产品）在出产的季节大量收购所建立的库存
按存放地点分类	库存存货、在途库存、委托加工库存和委托代销库存

【例 5-14】下面库存不是按生产过程中的不同阶段分类的是（　　　）。（单选题）

A. 商品库存　　　　　　　　　B. 原材料库存

C. 零部件库存　　　　　　　　D. 半成品库存

【解析】A　按生产过程中的不同阶段分类可以分为原材料库存、零部件库存、半成品库存和成品库存。A 选项是按照经济用途分类，所以 A 选项正确。

（三）企业库存管理的概念和意义

1. 企业库存管理的概念

企业库存管理通常被认为是对库存物料的数量管理，甚至往往认为它的主要内容就是保持一定的库存数量。

2. 企业库存管理的意义

企业库存管理的优点：有利于资金周转；既有利于进行运输管理，也有助于有效地开展仓库管理工作。

考点十四 经济订货批量模型

经济订购批量模型（Economic Order Quantity，简称 EOQ 模型）是由确定性存储模型推出的，进货时间间隔和进货数量是两个最主要的变量。运用这种方法，可以取得存储费用与进货费用之间的平衡，确定最佳进货数量和进货时间。

基本经济订货批量模型在上述前提假定的基础上假定：产品价格和运费不会因数量不同而有折扣。

现假设：

Q——在每个订购点所要订购的数量；

c_0——单次订货费；

D——货物的年需求量；

c_1——单位货物单位时间的保管费；

P——货物单价；

H——单位保管费率，即单位物料单位时间保管费与单位购买价格的比率；

n——年工作日；

T——订货提前期。

则，此时有：

单位货物单位时间的保管费 $c_1 = PH$

年订货成本 $= Dc_0/Q$

年存储成本 $= Qc_1/2 = QPH/2$

年购买成本 $= PD$

年总成本（TC）是由年订货成本、年存储成本、年购买成本构成的，即：

年总成本 $TC = Dc_0/Q + Qc_1/2 + PD = Dc_0/Q + QPH/2 + PD$

经济订货批量 $EOQ = \sqrt{\dfrac{2D\,c_0}{c_1}} = \sqrt{\dfrac{2Dc_0}{PH}}$

依据经济订货批量进行订货的情况下：

年订货次数 $= D/EOQ = \sqrt{\dfrac{D\,c_1}{2c_0}} = \sqrt{\dfrac{DPH}{2c_0}}$

订货点的库存储备量 $= DT/n$

第五节　企业销售物流管理

考点十五　企业销售物流概述

（一）企业销售物流概念

企业销售物流是指企业在销售过程中，将产品的所有权转移给用户的物流活动，是产品从生产地到用户的空间转移。企业销售物流以实现企业销售利润为目的，是包装、运输、仓储等环节的统一。

（二）企业销售物流的特征和意义

1. 企业销售物流的特征

（1）一体化；

（2）服务性强。

2. 企业销售物流的意义

（1）企业销售物流是连接生产企业和终端需求的桥梁；

（2）企业销售物流是企业获取利润的源泉。

【例5－15】以下属于企业销售物流特征的有（　　　）

A. 一体化　　　　　B. 服务性强　　　　　C. 高效性　　　　　D. 规范化

【解析】AB　企业销售物流的特征：一体化；服务性强。

考点十六　企业销售物流的组织

（一）企业销售物流的组织结构形式

企业销售物流的组织结构形式如图5－3所示。

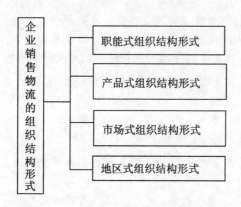

图5-3　企业销售物流的组织结构形式

（二）企业销售物流的组织内容

为了保证销售物流的顺利完成，实现企业以最小的物流成本满足客户需要的目的，企业需要合理组织销售物流。销售物流的组织主要包括产品包装、成品储存、销售渠道选择、产品发送、信息处理几个方面。具体如图5-4所示。

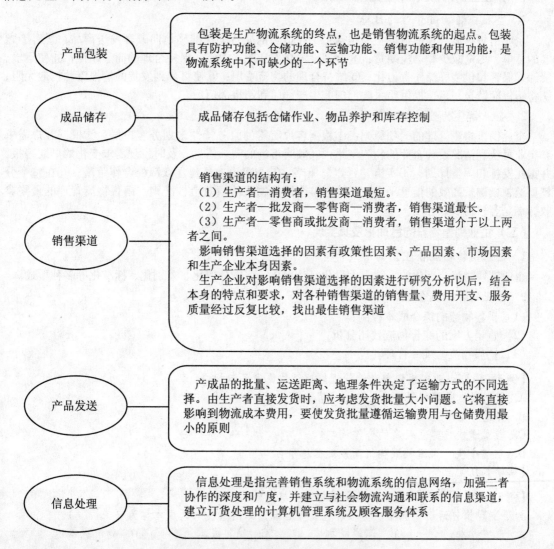

图5-4　企业销售物流的组织内容

【例 5-16】既是生产物流的终点，又是社会物流的起点的是（   ）。（2010 年单选题）

A. 产品包装　　　　B. 成品储存　　　　C. 销售渠道　　　　D. 产品发送

【解析】A　产品包装可视为生产物流系统的终点，也是销售物流系统的起点，A 选项正确。

【例 5-17】销售物流系统中具有防护功能、仓储功能、运输功能、销售功能和使用功能的环节是（   ）。（2009 年单选题）

A. 仓储　　　　　　B. 包装　　　　　　C. 废弃　　　　　　D. 回收

【解析】B　包装具有防护功能、仓储功能、运输功能、销售功能和使用功能。

【例 5-18】成品储存的作业内容除仓储作业和物品养护外，还应包括（   ）。（2009 年单选题）

A. 包装加固　　　　B. 库存控制　　　　C. 产品检验　　　　D. 合理分类

【解析】B　成品储存包括仓储作业、物品养护和库存控制。本题考核销售物流中的成品储存。

考点十七 企业销售物流管理

（一）企业销售物流管理的目标及原则

1. 企业销售物流管理的目标

企业销售物流管理的目标主要包括：①在适当的交货期，准确地向顾客发送商品；②对于顾客的订单，尽量减少和避免缺货；③合理设置仓库和配送中心，保持合理的商品库存；④使运输、装卸、保管和包装等操作省力化；⑤维持合理的物流费用；⑥使订单到发货的情报流动畅通无阻；⑦将销售额情报，迅速提供给采购部门、生产部门和销售部门。

2. 企业销售物流管理的原则

企业销售物流管理的七项原则：①根据客户所需的服务特性来划分客户群；②根据客户需求和企业可获利情况设计企业的物流网络；③倾听市场的需求信息，及时发现需求变化的早期警报，并据此安排和调整计划；④实施"延迟"策略；⑤与渠道成员建立双赢的合作策略；⑥在整个分销渠道领域构筑高效的信息平台；⑦建立整个销售物流的绩效考核准则，销售物流管理的最终验收标准是客户的满意程度。

（二）企业销售物流的合理化及其实现

1. 企业销售物流合理化的形式

企业销售物流合理化的形式有大量化、计划化、商物分离化、差别化、标准化等多种形式。

2. 企业销售物流合理化的实现

（1）销售物流的综合成本控制；

（2）直销方案的综合物流费用分析；

（3）销售物流的统一管理。

【例 5-19】企业实施销售物流管理应遵循的原则不包括（   ）。

A. 根据客户所需的服务特性来划分客户群

B. 实施"延迟"策略

C. 与渠道成员建立双赢的合作策略

D. 在整个生产渠道领域构筑高效的信息平台

【解析】D

【例 5-20】应该是在整个分销渠道领域构筑高效的信息平台。

为了实现销售活动，仓储、运输、包装等各职能部门所投入的成本称为（   ）。

A. 系统成本　　　　B. 职能成本　　　　C. 销售成本　　　　D. 物流成本

【解析】B　为了实现销售活动，仓储、运输、包装等各职能部门所投入的成本称为职能成本。系统成本则是整个销售物流活动过程中各职能成本的总和。

考点十八 企业销售物流管理效果的评价

企业销售物流是把商品送到客户手中的最后一个环节，它对企业经营和发展的作用至关重要，必须加强对销售物流工作的管理，并能准确评价管理效果。对企业销售物流管理效果的评价可以从效率、成本、综合绩效等方面进行。具体如图 5-5 所示。

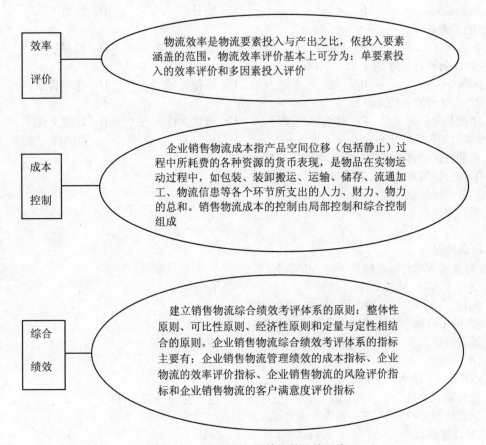

效率评价　物流效率是物流要素投入与产出之比，依投入要素涵盖的范围，物流效率评价基本上可分为：单要素投入的效率评价和多因素投入评价

成本控制　企业销售物流成本指产品空间位移（包括静止）过程中所耗费的各种资源的货币表现，是物品在实物运动过程中，如包装、装卸搬运、运输、储存、流通加工、物流信息等各个环节所支出的人力、财力、物力的总和。销售物流成本的控制由局部控制和综合控制组成

综合绩效　建立销售物流综合绩效考评体系的原则：整体性原则、可比性原则、经济性原则和定量与定性相结合的原则。企业销售物流综合绩效考评体系的指标主要有：企业销售物流管理绩效的成本指标、企业物流的效率评价指标、企业销售物流的风险评价指标和企业销售物流的客户满意度评价指标

图 5-5　企业销售物流管理效果的评价

【例 5-21】下面不是建立销售物流综合绩效考评体系原则的是（　　　）。

A. 整体性原则　　　　　　　　　　B. 安全性原则

C. 经济性原则　　　　　　　　　　D. 定量与定性相结合的原则

【解析】B　建立销售物流综合绩效考评体系的原则：整体性原则、可比性原则、经济性原则和定量与定性相结合的原则。

 同步自测

一、单项选择题

1. 制造商自找车队运输的情况称为（　　　）。

　　A. 第一方物流　　　　B. 第二方物流　　　　C. 第三方物流　　　　D. 第四方物流

2. 从供应者手中接受多种大量的货物，进行倒装、分类、保管、流通加工和情报处理等作业，然后按照众多需要者的订货要求备齐货物，以令人满意的服务水平进行配送的设施是（　　　）。

A. 物流管理部门　　　B. 综合物流管理部门 C. 配送中心　　　　　D. 综合配送中心

3. 物流配送的总体趋势是（　　　）。

A. 协同配送　　　　　　　　　　　　B. 专业化的配送中心

C. 配送中心占主导　　　　　　　　　D. 电子商务下的物流配送

4. 为了便于运输、保管，提高装卸效率和装载率的包装称为（　　　）。

A. 商业包装　　　　B. 销售包装　　　　C. 大包装　　　　D. 小包装

5. 物流的本质是（　　　）。

A. 信息处理　　　　B. 运输　　　　　　C. 服务　　　　　D. 流通

6. 物流的关键是（　　　）。

A. 流通加工　　　　B. 物流信息　　　　C. 运输　　　　　D. 储存

7. 供应物流的核心部分是（　　　）。

A. 采购　　　　　　B. 供应　　　　　　C. 库存管理　　　D. 仓库管理

8. 分销需求计划输入的文件是（　　　）。

A. 生产企业资源文件　B. 社会供应文件　　C. 送货文件　　　D. 订货文件

9. 流通部门最典型的废弃物是（　　　）。

A. 被捆包的物体解捆以后所产生的废弃捆包材料

B. 装备、设施和劳动工具的报废

C. 工艺性排放物

D. 办公室废纸

二、多项选择题

1. 配送的主体活动与一般物流不同，其具有（　　　）的独特要求。

A. 分拣　　　　　　B. 运货　　　　　　C. 保管

D. 配货　　　　　　E. 海陆空运多种方式

2. 下列选项中，属于物流配送中心基本功能的有（　　　）。

A. 拣选功能　　　　B. 集货功能　　　　C. 客服功能

D. 储存功能　　　　E. 审查功能

3. 实施 DRP 时，输入的文件包括（　　　）。

A. 社会需求文件　　B. 库存文件　　　　C. 生产企业资源文件

D. 送货计划文件　　E. 销售企业资源文件

4. 物流装卸搬运具有（　　　）等特点。

A. 伴生性　　　　　B. 支持性　　　　　C. 独立性

D. 主动性　　　　　E. 附属性

5. 物流管理的发展经历了（　　　）。

A. 产成品配送阶段　　　　　　　　　B. 物流管理阶段

C. 自主物流管理阶段　　　　　　　　D. 外包物流管理阶段

E. 综合物流管理阶段

6. 与运输相比，配送的特点有（　　　）。

A. 单一的送货作业　　　　　　　　　B. 公路运输，以汽车为主要工具

C. 多为大批量、少品种货物　　　　　D. 配货与送货的系列作业

E. 发生在小范围内，距离较短，直接面向客户

7. 装卸搬运按作业特点分类，可分成（　　　）。

A. 散装货物装卸　　　　　　　　　　B. 单件货物装卸

C. 集装货物装卸　　　　　　　　　　D. 连续装卸

E. 间歇装卸

8. 第三方物流除了具有信息化的特征外，还有（ ）。
   A. 关系契约化   B. 服务个性化
   C. 功能产业化   D. 管理系统化
   E. 运输方式多元化

9. 下列选项对于第三方物流产生和发展的原因叙述正确的有（ ）。
   A. 第三方物流是新型管理理念的要求
   B. 第三方物流的产生是社会分工的结果
   C. 第三方物流的出现是物流领域的竞争激化导致综合物流业务发展的必然结果
   D. 第三方物流的产生表现了资源优化配置的需要
   E. 信息技术的发展促进了第三方物流的发展

三、案例分析题

某玻璃制造厂每月某原材料的需求量是 30 吨，每次订货的订购费用为 500 元，每吨该原材料的保管费用为单价的 5%，假设每吨的单价为 600 元。

根据以上资料，回答下列问题：

1. 该玻璃厂订购该原材料的经济订购批量为（ ）吨。
   A. 37.9   B. 31.6   C. 26.8   D. 22.4

2. 在生产过程中产生的碎玻璃，其处理方式是（ ）。
   A. 以废纸为代表的收集货物流系统   B. 以废玻璃瓶为代表的回送复用物流系统
   C. 以粉煤灰为代表的联产供应物流系统   D. 以废玻璃为代表的原厂复用物流系统

3. 下列可回收物品中可以采取上述回收物流的物流方式的是（ ）。
   A. 包装箱   B. 碎废布   C. 冶金矿渣   D. 陶瓷工业的泥料

 同步自测解析

一、单项选择题

1. 【解析】B 第一方物流是由制造商自建运输，第二方物流是由制造商自找车队运输，第三方物流是制造商将物流职能外包给物流企业，第四方物流是指为综合供应链解决方案的整合和作业的组织者。

2. 【解析】C 配送中心的定义是：从供应者手中接受多种大量的货物，进行倒装、分类、保管、流通加工和情报处理等作业，然后按照众多需要者的订货要求备齐货物，以令人满意的服务水平进行配送的设施。

3. 【解析】A 协同配送是物流配送的总体趋势；专业化的配送中心是未来发展趋势；配送中心将形成区域性布局的趋势；电子商务下的物流配送是发展趋势。

4. 【解析】C 包装分为：工业包装（运输包装、大包装），包装的对象是大宗生产资料，属于物流的范畴，目的是为了便于运输、保管、提高装卸效率。商业包装（销售包装、小包装），属于营销学的范畴，目的是促进销售。

5. 【解析】C 《物流术语》对物流定义如下：物品从供应地向接收地的实体流动过程。根据实际需要，将运输、储存、装卸、搬运、包装、流通加工、配送、信息处理等基本功能实施有机结合。从该定义可以看出，物流是一个物品的实体流动过程，在流通过程中创造价值、满足顾客及社会性需求，也就是说物流的本质是服务。

6. 【解析】C 运输是物流各环节中最重要的部分，是物流的关键，也有人将运输作为物流的代名词。

7. 【解析】C 库存管理是供应物流的核心部分，依据企业生产计划的要求和库存状况制订采购计划，并负责制订库存控制策略和计划及反馈修改。

8.【解析】A DRP的原理是，输入三个文件，输出两个计划。输入的文件是：①社会需求文件。②库存文件。对自有库存物资进行统计列表，以便针对社会需求量确定必要的进货量。③生产企业资源文件。

9.【解析】A 流通部门最典型的废弃物是被捆包的物体解捆以后所产生的废弃捆包材料，如木箱、编织袋、纸箱、纸带、捆带、捆绳等。有的可以直接回收使用，有的要进入物资大循环再生利用。

二、多项选择题

1.【解析】AD 配送具有实现物流活动合理化、实现资源有效配置、开发应用新技术、降低物流成本和有效解决交通问题等方面的作用。配送的本质是送货，是一种小范围的综合物流，是一种专业化的分工形式，需要现代技术和设备的保证。集货、分拣、配货、配装、配送运输、送达服务以及配送加工等是配送最基本的构成单元。

2.【解析】ABD 物流配送中心的基本功能有：①集货功能；②储存功能；③拣选功能；④加工功能；⑤配送功能；⑥信息处理功能。

3.【解析】ABC DRP系统输入的三个文件是社会需求文件、库存文件、生产企业资源文件；输出的两个计划是订货进货计划、送货计划。

4.【解析】ABE 物流装卸搬运的特点有：①物流装卸搬运是附属性、伴生性活动；②物流装卸搬运是支持、保障性活动；③物流装卸搬运是衔接性活动。

5.【解析】ABE 从世界范围的物流发展来看，物流管理的发展经历了以下三个阶段：
（1）产成品配送阶段：这一阶段只要考虑如何将产成品送到顾客手中，满足客户需求，而同时用最低的成本来达到这一目的。这一阶段物流管理处于萌芽阶段。
（2）物流管理阶段：这一阶段物流管理的范围从产成品配送扩展到采购和生产阶段。企业设立物流管理部门，开始整体考虑物流，考虑各功能之间的联系，寻求合理化对策，优化整体物流方案。
（3）综合物流管理阶段：这一阶段的物流管理内容从企业内部延伸到企业外部。

6.【解析】BDE 配送是指按照客户对于货物的品种和数量要求，在物流节点（仓库、商店、货运站、配送中心等），对货物进行分拣、加工和配货等作业，根据客户对于送达时间的要求，将配好的货物送达收货人的整个过程。

7.【解析】BE 装卸搬运按作业特点分类，可分成连续装卸与间歇装卸两类。连续装卸主要是同种大批量散装或小件杂货通过连续输送机械连续不断地进行作业。间歇装卸有较强地机动性，主要适用于货流不固定的各种货物，尤其适于包装货物、大件货物。

8.【解析】ABCD 第三方物流的基本特征是：①关系契约化；②服务个性化；③功能专业化；④管理系统化；⑤信息网络化。

9.【解析】ABCE 第三方物流产生和发展的原因有：①第三方物流的产生是社会分工的结果；②第三方物流是新型管理理念的要求；③第三方物流的出现是物流领域的竞争激化导致综合物流业务发展的必然结果；④信息技术的发展促进了第三方物流的发展。

三、案例分析题

1.【解析】该厂订购原材料的经济订购批量 $= \sqrt{\dfrac{2C_2U}{C_1}} = \sqrt{\dfrac{2 \times 500 \times 30}{600 \times 5\%}} = 31.6$（吨）。

2.【解析】D 玻璃厂中的碎玻璃物流系统，是原厂复用型，即无论哪个工序产生的碎破璃，都可回运至配料端。这种系统的物流设备大体有两种：一种是料斗与传送带配合，各工序碎玻璃扔于料斗中，通过料斗漏置于传送带上，再由传送带直送投料处的废玻璃堆场；另一种是采用作业车辆完成物流，各工序碎玻璃投入带斗车辆中，定期用车辆运至投料端待再熔化。

3.【解析】D 略。

第六章 技术创新管理

 考情分析

第六章主要讲述了技术创新的含义、技术创新组织的管理、技术转移与技术交易、知识产权管理等重要内容。本章主要多以单选题、多选题、案例题出现。

最近三年本章考试题型及分值

年　份	单项选择题	多项选择题	案例分析题	合　计
2008 年	8 题 8 分	2 题 4 分	4 题 8 分	14 题 20 分
2009 年	2 题 2 分	2 题 4 分	4 题 8 分	8 题 14 分
2010 年	7 题 7 分	3 题 6 分	5 题 10 分	15 题 23 分

 考点精讲与真题解析

第一节　技术创新的含义、类型与过程

考点一 技术创新的含义

技术创新是指企业家抓住市场潜在盈利机会，以获取经济利益为目的，重组生产条件和要素，不断研制推出新产品、新工艺、新技术，以获得市场认同的一个综合性过程。

特点：

（1）技术创新不是技术行为，而是一种经济行为。技术创新的产出成果是新产品和新工艺等，其目的是获取潜在的利润。创新者不是发明家，而是能够发现潜在利润、敢于冒风险并具备组织能力的企业家。

（2）技术创新是一项高风险活动。技术创新过程中各未知因素往往难以预测，其努力的结果普遍呈随机现象，再加上未来市场的不确定性，给创新带来了极大的风险。技术创新活动最终有三种可能的结果：一是创新成功，实现了预期的目标；二是创新失败，未能实现预期目标，甚至无法收回前期投入的资金；三是技术创新没有达到理想的效果，仅使投入与收益基本持平。所以在风险类型上，技术创新风险属于投机风险。

（3）技术创新时间的差异性。大部分技术创新需要 2～10 年的时间；工厂企业开发部门从事发展性开发属于短期创新，一般需要 2～3 年；应用性技术开发属于中期创新，大概需要 5 年左右。另外，基础性开发由于是技术原理的发现和新技术的发明，所以需要的时间可能较长，为 8～10 年。

（4）外部性。对于技术创新活动来说，外部性是指由于技术的非自愿扩散，促进了周围的技术和生产力水平提高的现象，如对于创新成果的无偿模仿等。

（5）一体化与国际化。技术创新的一体化主要体现在两个方面：一是在企业外部，即产、学、研形成一体化，实现优势互补，保证技术开发的倾力进行；二是在企业内部，即技术开发部门与生产现场及质量管理和销售部门形成一体化。技术创新的国际化也表现在两个方面：一是国际性、地区性机构的作用及国家间的技术创新合作趋势正逐渐加强；二是技术开发机构的多国籍化，即跨国公司技术开发或技术创新的崛起。

考点二 技术创新的类型

（一）产品创新和工艺创新

根据技术创新的对象来划分，可以将技术创新分为产品创新和工艺创新。

1. 产品创新

产品创新是指为了给产品用户提供新的或更好的服务而发生的产品技术变化，是建立在产品整体概念基础上以市场为导向的系统工程，是功能创新、形式创新、服务创新多维交织的组合创新。按照技术变化量的大小，产品创新可分成重大（全新）的产品创新和渐进（改进）的产品创新。产品用途及其应用原理有显著变化者可称为重大产品创新。渐进（改进）的产品创新是指在技术原理没有重大变化的情况下，基于市场需要对现有产品所作的功能上的扩展和技术上的改进。

2. 工艺创新（过程创新）

工艺创新是指产品的生产技术变革，包括新工艺、新设备和新组织管理方式。工艺过程创新同样也有重大和渐进之分。工艺创新往往伴有重大的技术变化，与采用新的技术原理相联系。

3. 产品创新与工艺创新的关系

产品创新与工艺创新的关系如表 6-1 所示。

表 6-1　产品创新与工艺创新的关系

产品创新与工艺创新的差异	产品创新和工艺创新存在着一定的依赖性和交互性
①产品创新能制造产品的差异化，工艺创新可以降低企业的成本； ②产品创新相对更独立，工艺创新相对系统； ③产品创新一般是独立于组织系统实施的，工艺创新通常伴随着组织结构和管理系统的重大变革； ④产品创新主要是向市场提供产品，工艺创新只在少数情况下向市场提供； ⑤产品创新的成本费用通常通过产品的销售收入很快得到价值补偿，工艺创新的成本费用多数情况下是通过折旧、生产率提高后得到价值补偿； ⑥在产品随生命周期的成长变化中，二者的作用呈现规律性的变化不同：产品创新频率由高到低递减，工艺创新频率呈峰状延伸	①工艺创新需在一定条件下依赖产品创新需求，因为一种新的市场需求首先表现为产品的需求，在产品需求不断提高的情况下，容易引致工艺创新的需求； ②同时，先进的生产设备、生产工艺在降低生产成本、提高劳动生产率时，又有利于提高产品的质量并能更好地推动产品创新成果的产业化和商品化；反之，落后的生产设备、生产工艺会增加生产成本，降低劳动生产率，降低产品质量，使产品缺乏市场竞争力，甚至导致企业被淘汰

（二）原始创新、集成创新和引进消化吸收再创新

根据创新模式的不同，可分为原始创新、集成创新和引进消化吸收再创新。创新类型如表 6-2 所示。

表6-2 创新类型

创新类型	具体情况
原始创新	原始创新活动主要集中在基础科学和前沿技术领域。原始创新是为未来发展奠定坚实基础的创新，其本质属性是原创性和第一性
集成创新	集成创新的主体是企业。企业利用各种信息技术、管理技术与工具，对各个创新要素和创新内容进行选择、优化和系统集成，以此更多地占有市场份额，创造更大的经济效益
引进、消化吸收再创新	引进、消化吸收再创新是最常见、最基本的创新形式，其核心概念是利用各种引进的技术资源，在消化吸收基础上完成重大创新。 原始创新、集成创新和引进消化吸收再创新之间的关系：原始创新不断地发现新规律，创造新知识，为科技创新提供不竭的动力源泉；集成创新、引进消化吸收再创新利用别人的原始创新成果，使自己的创新能力借势成长。 原始创新、集成创新和引进消化吸收再创新三者资金投入、创新周期、创新风险以及对技术能力和技术积累的要求，都是不同的

【例6-1】 集中在基础科学和前沿技术领域的创新主要是（   ）。（2009年单选题）
A. 原始创新   B. 集成创新
C. 技术引进   D. 引进、消化吸收再创新
【解析】 A 原始创新活动主要集中在基础科学和前沿技术领域。原始创新是为未来发展奠定坚实基础的创新，其本质属性是原创性和第一性。

考点三 技术创新的过程

技术创新是企业持续创新的根本竞争力，是企业把科技进步和市场需求结合起来以提高企业效益的过程。20世纪60年代以来，国际上出现了六代具有代表性的创新过程模型（或程序），有关对应时期见表6-3所示。

表6-3 六代具有代表性的创新过程模型

新过程模型（或程序）	创新过程模型	时期
第一代	技术推动	1950—1960年
第二代	需求拉动	1960—1970年
第三代	交互作用	1970—1980年
第四代	一体化	1980—1990年
第五代	系统集成和网络模型（5IN）	1990—2000年
第六代	国家创新系统	21世纪

（一）技术推动的创新过程模型

这种模型的基本观点是，研究开发是创新构思的主要来源，因而，这种观点被称作创新的技术推动或发现推动模型。研究开发是创新构思的主要来源，因而，这种观点被称作创新的技术推动或发现推动模型。科技推动的创新是一种简单的线性关系，从基础研究开始通过应用研究与制造，直到商业化的新产品在市场上销售，如图6-1所示。在这一阶段，市场只是被动地接受研究开发成果。

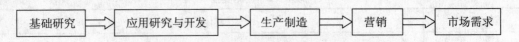

图6-1　技术推动的创新过程模型

技术推动的创新过程模型代表了一种极端的情形。对于计算机这类根本性的创新，技术推动模型具有较好的解释力，然而对大多数创新来说并非如此。

【**例6-2**】技术推动型创新模式的特征是（　　　　）。（2010年单选题）

A．创新周期更长　　　　　　　　　　B．研究开发投入越多，所产生的创新越多
C．创新难度更大　　　　　　　　　　D．经济效益更好

【**解析**】B　技术推动型创新认为：研究开发是创新构思的主要来源。因而只有研究开发投入增加，才能产生更多的创新。B选项正确。

（二）需求拉动的创新过程模型

需求拉动模式，指明市场需求信息是技术创新活动的出发点。它对产品和技术提出了明确的要求，通过技术创新活动，创造出适合这一需求的适销产品或服务，这样的需求就会得到满足。需求拉动的创新过程模型如图6-2所示。

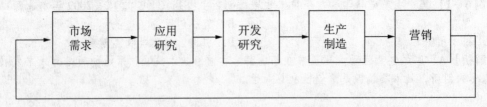

图6-2　需求拉动的创新过程模型

从理论上讲，这种方法能让创新适于某一特定的市场需求，但它毕竟只考虑了一种因素。将企业所有资源全部投向单纯依靠来自市场需求的项目而未考虑潜在的技术机会，有失偏颇。

（三）创新过程的交互作用模型

该模型表明，技术创新是技术和市场交互作用共同引发的，技术推动和需求拉动的相对重要性在产业及产品生命周期的不同阶段可能有着显著的不同。单纯的技术推动和需求拉动创新过程模型只是技术和市场交互作用模型的特例。但是，尽管该模型内各要素之间存在着交互作用，但却忽略了要素随着时间经过具有连续变化的特性。交互作用模型如图6-3所示。

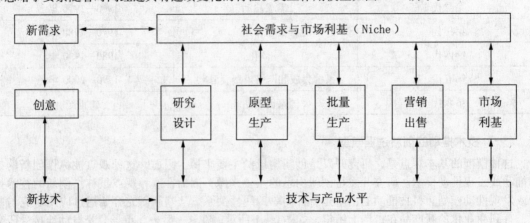

图6-3　交互作用模型

以上三种技术创新模式是最常见的，也是企业愿意采用的技术创新模式。三种创新模式的特点如表6-4所示。

表6-4 技术推动、需求拉动和交互作用创新模式的特点

指标 类型	技术推动模式	需求拉动模式	交互作用模式
创新动力	发明创造	市场需求	技术和需求合成
技术与需求的关系	技术创造需求	需求促进技术发明	技术和需求交互作用
创新难度	难	较难	较易
创新周期	长	较短	短
创新成功的关键人物	科学家	企业家	拥有一定技术能力的企业家
研发组织	企业研究实验室	业务单元	开发研发项目
管理方式	激发科研前沿发现选择定位引导竞争	服务内部客户从市场上收集创意	研发流程结构化，评估长期技术战略，集成研发与营销
创新成果应用	难	易	易
创新效果	一旦采用会使技术体系发生根本性变化，导致新产品形成	易于商品化，很快能产生效益	易于商品化，技术和经济发展相互
过程特点	线性过程：科学发现、研究开发、生产制造，到产品销售	线性过程：从市场需求开始，经过研究开发，生产制造，到产品销售	具有交流和反馈的序列过程，市场和技术双重因素为创新的出发点
过程中的企业战略	研发新产品，新产品导入和扩散更多研发活动导致更多的新产品	强调市场营销企业发展和多样化主要考虑经济规模等因素，通过并购形成企业集团	企业合并侧重控制生产成本强调规模与效益平衡研发与营销部门
投资的侧重点	新产品及相关的扩张性技术变革	使技术变革带来经济效益	会计和金融问题
模式的缺陷	对于技术转化和市场的作用不够重视，对于技术水平较低的企业创新门槛太高	忽视长期研发项目；局限于技术的自然变革；具有失去技术突变能力的风险	没有考虑技术、需求等要素因时间变化所发生的改变

（四）一体化创新过程模型

这一模式所强调的是，创新模型内各要素应该具有平行且整合发展的特性，模型如表6-5所示。一体化创新过程模型的特点，一是在过程中联合供应商及公司内部的横向合作，广泛进行交流与沟通；二是实行全球战略，联合供应商及用户，整合及协调不同部门在项目中的工作；三是将投资的侧重点放在核心业务和核心技术上面。其主要缺点是，未注意信息系统的作用，基于大

批量生产产品，不能用于复杂产品系统。

表 6 - 5　一体化创新过程模型

市场营销	
研究与开发（R&D）	
产品开发	技术创新
原型生产	
生产制造	

【例 6 - 3】一体化技术创新特点主要包括（　　　　）。（2010 年多选题）

A．实行区域化战略　　　　　　　B．加强供应商与企业的横向合作

C．实行全球战略　　　　　　　　D．加强销售商与企业的横向合作

E．侧重投资核心技术

【解析】BCE　一体化创新过程模型的特点，一是在过程中联合供应商及公司内部的横向合作，广泛进行交流与沟通；二是实行全球战略，联合供应商及用户，整合及协调不同部门在项目中的工作；三是将投资的侧重点放在核心业务和核心技术上面，BCE 选项正确。

（五）系统集成和网络模型

系统集成和网络模型是第五代创新过程模型（5IN），是一体化模型的理想化发展。5IN 表明，在创新的过程中，除了需要内部系统整合外，还需要与企业以外的其他公司建立良好的网络关系，透过策略联盟或联合开发形式，达到快速且低成本的创新。5IN 最为显著的特征是它代表了创新的电子化和信息化过程，更多地使用专家系统来辅助开发工作，仿真模型技术部分替代了实物原型。

5IN 已经具有国家创新系统的雏形了，其强调企业需要注意内、外在环境的变化，采取适当的经营策略。但是仍然没有明确指出企业在建立竞争优势的过程中，所不可缺少的关键环境——"国家"。当国家环境有助于某些产业发展时，国家便会随着产业而兴盛。企业的竞争更与国家息息相关，如企业能否自由运作、特定技术人才的供应、本地市场需求、本地投资者的目标等因素，都与国家息息相关。

（六）国家创新体系

国家创新体系是指由公共机构和私有机构组成的网络系统，强调系统中各行为主体的制度安排及相互作用。该网络系统中各个行为主体的活动及其相互作用旨在创造、引入、改进和扩散新的知识和技术，使一国的创新取得更好的绩效。它是政府、企业、大学、研究院所、中介机构之间寻求一系列共同的社会和经济目标而建设性地相互作用，并将创新作为变革和发展关键的动力系统。国家创新体系的主要功能是优化创新资源配置，协调国家的创新活动。

我国国家创新体系的组织安排应包括六个系统和四个基础平台。

六个系统是：①以政府为主导的管理调控体系；②以企业为主体，产学研互动的技术创新体系；③以科研机构和大学为主体的科学创新体系；④以各种中介机构为纽带的科技服务体系；⑤军民结合的科技创新体系；⑥具有地域特色的区域创新体系。

四个基础是：①科技信息、公共数据、技术交互与军民共享平台基础；②适应创新发展的人才基础；③有利于创新的政策法规基础；④激发创新活力的文化基础。

【例 6 - 4】技术推动的创新过程模型采用的是（　　　　）。（2010 年单选题）

A．技术推动的创新　　B．需求拉动的创新　　C．需求拉动的创新　　D．国家创新

【解析】A　技术推动的创新过程模型的基本观点是，研究开发是创新构思的主要来源，A 选项正确。

第二节 技术创新组织与管理

考点四 技术创新与企业组织结构的互动

从历史上看，伴随着技术创新和进步的历程而引起企业组织结构先后经历了直线制、事业部制、矩阵结构形态的演化。技术创新与企业组织结构如表6-6所示。

表6-6 技术创新与企业组织结构

企业组织结构	含义	优缺点
技术创新与直线制	直线制是以工作为原则而形成的组织结构，各部门按其所负责的职能进行设置，各职能将工厂分为供应、生产、销售和R&D部门	优点： ①可以增加各部门的专业化和标准化程度，有利于企业积累经验，有利于较小规模的工艺创新的发生。 ②由于这种创新紧密结合本企业特点，因此企业特征性较强。 ③将R&D部门独立于其他部门之外，有利于对R&D部门的统一管理，提高R&D的工作效率，也有利于技术开发经验的积累，有利于创新成果在企业内的长期应用。 缺点： 这种结构缺乏横向联系、权力过分集中，变化反应慢，不利于产品创新
技术创新与事业部制	事业部组织结构是针对直线职能式结构将一个产品的生产分解为多个职能部门，而减少了对产品整体性考虑的不足而设立的，是依据对象原则建立起来的组织结构，其中每一个事业部由一个产品或项目组成	优点： 这种组织结构在进行产品创新、开拓新市场时，体现出其自身的优势，更适宜于产品创新而不适宜工业创新。 缺点： 这种组织结构将创新过多地分散于各个事业部中，这样将不利于创新经验的积累不适宜工艺创新
技术创新与矩阵组织结构	是在直线职能制垂直形态组织系统的基础上，再增加一种横向的领导系统	优点： ①它通过组成项目小组而达到事业部的效果，使一个项目小组内的信息流及物流都更加畅通，而项目小组之间的信息流动则可以通过统一职能部门中人员的相互交流来达到； ②这种组织结构能够充分利用已有的创新，有利于创新经验累积度的提高，使创新发挥其最大效用，因此，矩阵式组织结构既有利于产品创新，也适宜开展工艺创新。 缺点： 这种组织结构联系太多，层次复杂，只要企业规模稍有扩大，对企业经营者的要求将大大提高，一旦管理不善，组织效率将会大大下降

企业组织结构是影响企业技术创新的主要因素，不同的组织结构对技术创新的影响又是不同的，表6-7所示。

表6-7　组织结构对技术创新的影响

组织类型	技术状况	组织优点	组织缺点	适应企业类型	适应的技术创新
直线制	简单技术	①命令统一。 ②职责明确。 ③组织稳定	①缺乏横向联系。 ②权力过分集中。 ③变化反应慢	小型企业简单环境	工艺创新
事业部制	复杂技术	①利于回避风险。 ②利于内部控制。 ③利于内部竞争。 ④利于专业管理	①管理人员多。 ②内部合作沟通差。 ③资源利用效率较低	大中型、特大型企业	产品创新
矩阵结构	高新技术	①密切配合。 ②反应灵敏。 ③节约资源。 ④高效工作	①双重性领导。 ②素质要求高。 ③组织不稳定	协作性组织复杂性组织	产品创新工艺创新

考点五　企业内部的技术创新组织模式

（一）内企业家

内企业家是指企业为了鼓励创新，允许自己的员工在一定限度的时间内离开本岗位工作，从事自己感兴趣的创新活动，并且可以利用企业的现有条件，如资金、设备等。由于这些员工的创新行为颇具企业家的特征，但是创新的风险和收益均在所在企业内，因此称这些从事创新活动的员工为"内企业家"，由内企业家创建的企业称为"内企业"。

如果企业的资金比较充足，实力雄厚，企业内部又有较多的技术人员，可以采用这种组织形式。

（二）技术创新小组

定义：是指为完成某一创新项目临时从各部门抽调若干专业人员而成立的一种创新组织。

特点：

（1）创新小组是针对复杂的技术创新项目中的技术难题或较简单小型的技术项目而成立的，组成人员少，但工作效率却很高；

（2）一般情况下，创新小组可由企业研究开发、生产、营销和财务等部门人员组成；

（3）技术创新小组是一个开放性组织，小组成员随着技术项目的需要增加或减少；

（4）创新小组具有明确的创新目标和任务，企业高层主管对创新小组充分授权，完全由创新小组成员自主决定工作方式；

（5）创新小组成员既要接受原部门的领导，又要接受技术创新小组领导的管理，其组织形式是一种典型的简单矩阵式结构；

（6）技术创新小组成员之间不存在严格意义的上下级关系，而是工作中的协作与合作关系，多为扁平型。

（三）新事业发展部

新事业发展部是大企业为了开创全新事业而单独设立的组织形式，是独立于现有企业运行体系之外的分权组织。

新事业发展部拥有很大的决策权，只接受企业最高主管的领导。这类组织是一种固定性的组织，多数由若干部门抽调专人组成，是企业进入新的技术领域和产业领域的重要方式之一。

（四）企业技术中心

企业技术中心在本企业（行业）的科技开发活动中，起着主导和牵头作用，具有权威性，处于核心和中心地位。技术中心并不仅仅从事研究开发，同时还是企业的试验检测中心、情报信息中心、数据处理中心和教育培训中心。

主要职责：

（1）开展有市场的新产品、新工艺、新技术、新材料的储备性研究，促进其产生经济效益；

（2）开展企业重大产品和关键技术的研究开发，对引进的新技术进行消化吸收，并进行二次开发；

（3）开展将科技成果转化为生产技术和商品的中间试验；

（4）参与企业重大技术引进项目，技术改造项目的技术审定以及企业技术进步发展规划的制订和执行；

（5）积极推进产学研相结合和国内外技术交流与合作。

【例6－5】　在技术创新中，内企业家区别于企业家的根本之处是（　　　　）。（2007年单选题）

A．内企业家可自主决策

B．内企业家活动局限在企业内部，受多因素制约

C．内企业家不需征得所在企业的认同和许可

D．内企业家可选择自己认为有价值的机会

【解析】　B　所谓内企业家，最早由美国学者吉福德·平肖第三在其著作《创业者与企业革命》一书中提出，内企业家也往往被译为"内部企业者"。内企业家是指企业为了鼓励创新，允许自己的员工在一定限度的时间内离开本岗位工作，从事自己感兴趣的创新活动，并且可以利用企业的现有条件，如资金、设备等。由于这些员工的创新行为颇具企业家的特征，但是创新的风险和收益均在所在企业内，因此称这些从事创新活动的员工为"内企业家"，由内企业家创建的企业称为"内企业"。

内企业家与企业家其根本的不同在于，内企业家的活动局限在企业内部，其行动受到企业的规定、政策和制度以及其他因素的限制。内企业家不能像企业家那样自主决策，选择自己认为有价值的机会。在进行任何创业活动之前，内企业家必须征得所在企业的认同和许可。

考点六　企业外部的技术创新组织模式

（一）"产""学""研"联盟模式

"产""学""研"联盟主要模式有：

（1）高等院校、科研机构把科技成果（包括联合开发的成果）有偿转让给企业。

高等院校、科研机构把科技成果有偿转让给企业之后，帮助企业将技术投入生产，形成生产能力，直接生产出首批合格产品，以达到科技成果产业化的目的。科技成果转化途径在实践中有两类组织形式：一是工程承包型，二是技术生产"联合体"。

（2）高等院校或科研机构和企业组建共担风险的技术经济组织。

该方式的特点是：合作各方依靠契约和经济利益的纽带联系起来，共同投资（包括技术作价入股），合同期内共同经营，共担风险，共享利润。合作内容从技术、生产方面扩大到资金、设备、人才、管理、销售等多个方面；合作过程由技术协作延伸到技术—生产—经济合作的全过程；合作功能表现为"科研、设计、中间试验、生产、销售一体化"；合作的组织形式实行董事会领导下的经理负责制，经理作为合作企业的法定代表人，负责企业的生产、经营及日常业务工作。这种方式是我国目前产学研结合的最主要形式。

（3）高等院校、科研机构自办企业或将两个或两个以上产学研单位重组为一个规模更大、结构更加合理、功能更加全面的法人单位。

（二）企业—政府模式

主要有三种组织运行模式：

（1）政府承担大部分技术所需的资金，企业组织人才，技术创新成果归政府所有；

（2）政府投资，企业组织人才，进行技术开发，开发出来的先进技术转卖给企业；

（3）政府帮助企业技术创新融资等。

（三）企业联盟（企业—企业模式）

指的是两个或两个以上对等经济实体，为了共同的战略目标，通过各种协议而结成的利益共享、风险共担、要素水平式双向或多向流动的松散型网络组织体。企业联盟的主要形式是技术联盟。企业联盟的主要特点，如表6-8所示。

表6-8　企业联盟的主要特点

企业联盟的主要特点	含义
目标产品性	企业联盟进行一个机遇产品的开发、生产经营，以产品创新为目标，这也是动态联盟最基本的特征
优势性	企业联盟集中各个企业在新产品开发中的部分优势，使原有的企业技术创新的累积经验在新产品开发中发挥更大的作用
动态性	任何企业联盟的存在时间都只是其生产经营的产品的生命周期，联盟将随着产品退出市场而最终解体
连接的虚拟性	企业联盟由相关企业构成的组织网络所形成，是建立在某种共同协定基础上的由潜在合作伙伴组成的无边界性的技术创新集合体，能够适应市场快速变化的动态的、虚拟的、网络化的要求
组织的柔性	柔性组织能应付许多诸如集权与分权、稳定与变化、统一与多样等成对出现的压力，并具有调和的功能，而信息时代要求技术创新组织具有稳定性、灵活性、多面性和持续的创新能力等优势
结构的扁平性	为了提高技术创新效率和组织应变能力，进入信息时代的企业组织要求组织结构尽可能扁平化

一般而言，企业联盟的组织运行模式有主要有三种：星形模式（Star-like Mode）、平行模式（Parallel Mode）和联邦模式（Federation Mode）。这三种模式对比总结如表6-9所示。

表6-9　企业联盟的组织运行模式对比

模式类型	联盟核心	联盟伙伴	协调机制	适用情形
星形模式	联盟核心盟主	相对固定的伙伴（如供应商）	由盟主负责协调和冲突仲裁	垂直供应链的企业适宜采用该模式
平行模式	无盟主、无核心	伙伴地位平等、独立	自发性协调	适用于某一市场机会的产品联合开发及长远战略合作
联邦模式	核心团队（由具备最重要核心能力的企业联合组成）	外围伙伴与核心层伙伴间的关系一般是技术外包或标准件供应关系	联盟协调委员会ASC	可用于高新技术产品的快速联合开发

【例 6 – 6】 企业联盟有若干组织运行模式，适用于快速开发高新技术产品的模式是（　　　）。（2009 年单选题）

A. 星形模式　　　　B. 链形模式　　　　C. 平行模式　　　　D. 联邦模式

【解析】 D　本题考核企业联盟的组织运行模式。一般而言，企业联盟的组织运行模式有星形模式（Star-like Mode）、平行模式（Parallel Mode）和联邦模式（Federation Mode）三种类型。联邦模式可用于高新技术的快速联合开发，垂直供应链型的企业适宜采用星形模式，平行模式则适用于某一市场机会的产品联合开发及长远战略合作。

【例 6 – 7】 企业联盟作为企业外部技术创新组织的一种模式，其特点有（　　　）。（2009 年多选题）

A. 组织的刚性　　　B. 结构的扁平性　　　C. 组织的柔性

D. 联盟的永久性　　E. 连接的虚拟性

【解析】 BCE　企业联盟的主要特点有：①目标产品性（以产品创新为目标）；②优势性（集中各个企业在新产品开发中的部分优势）；③动态性（临时性）；④连接的虚拟性（建立在某种共同协定基础上的由潜在合作伙伴组成的无边界性的技术创新集合体）；⑤组织的柔性（要求灵活性与多样性的统一，要求具有创新和弹性机制）；⑥结构的扁平性。

【例 6 – 8】 产学研联盟是一种重要的技术转移方式，其优点主要有（　　　）。（2009 年多选题）

A. 联盟中各组织的目标高度一致　　　B. 能充分利用合作伙伴的知识、技能和资源

C. 利益分配关系不会出现矛盾　　　　D. 有利于发挥各自的优势、弥补各自的不足

E. 可以减少成本和降低风险

【解析】 BDE　产学研联盟的主要缺点是组织之间的目标不同，有时难以形成良好的合作关系，管理过程和利益分配有时会出现矛盾。所以选项 AC 错误。本题考核技术转移途径。

【例 6 – 9】 技术创新中产学研联盟的主要模式有（　　　）。（2007 年多选题）

A. 高等院校、科研机构把科技成果有偿转让给企业

B. 高等院校、科研机构自办企业

C. 企业与企业进行联盟

D. 政府投资、企业组织人才，进行技术开发，将研发出的先进技术转卖给企业

E. 高等院校或科研机构和企业组建共担风险的技术经济组织

【解析】 ABE　产学研联盟的主要模式有：①高等院校、科研机构把科技成果（包括联合开发的成果）有偿转让给企业；②高等院校或科研机构和企业组建共担风险的技术经济组织；③高等院校、科研机构自办企业或将两个或两个以上产学研单位重组为一个规模更大、结构更加合理、功能更加全面的法人单位。

考点七 企业R&D管理

企业 R&D（Research and Development）（研发）管理是一个完整的管理体系，主要由组织结构、项目管理、工作流程、绩效管理等内容构成其基本构架。但所有的 R&D 管理必须是在 R&D 管理战略的指导下进行的，所有的工作必须符合企业的发展战略和 R&D 管理战略。

（一）R&D 管理战略

R&D 技术战略必须与企业发展战略紧密地联系在一起，必须与企业的发展战略保持高度的一致，企业发展战略决定技术战略。不论是在两个战略层面，还是在具体操作层面，R&D 部门都必须增强与企业其他部门的集成度，与其他部门协同配合。

（二）R&D 人员的选择与激励

要顺利完成一个 R&D 项目，需要六种人，即：创新思想家、技术"看门人"、市场"看门

人"、项目拥护人、项目管理者和项目协调者。倘若在项目进行过程中的某个阶段缺乏有关重要角色，将会严重影响创新的成功率。R&D 项目所需要的六种人的作用如表 6-10 所示。

表 6-10 R&D 项目所需要的六种人的作用

R&D 项目所需要的六种人	作用
创新思想家	具有专业特长，擅长解决问题，富有个性，是发明家，但创新思想的提出往往并不是某个人的事，而是小组共同努力的结果
技术"看门人"	时刻关注企业外的技术发展动向，及时为研发部门提供信息
市场"看门人"	作用与技术"看门人"相似，但其提供的信息是市场信息、营销信息
项目拥护人	为研发小组提供信誉保证，解决各种困难，此人声望高，是真正的企业家
项目管理者	管理项目的日常事务
项目协调者	为项目开发提供指导和信息，激励项目成员努力工作，帮助项目研发小组解决各种困难，是项目的"保护者"，一般来自企业的领导层

企业管理者主要根据 R&D 人员的技术创新项目计划完成进度、项目完成质量、出勤率和团队协作精神等几个方面进行绩效评估。根据绩效评估的情况，选择适当的精神激励和物质激励。要加强包括奖励股权（份）、股权（份）出售、技术折股等产权激励。

（三）R&D 项目管理

R&D 项目可分为国家级 R&D 项目、省级 R&D 项目和企业级 R&D 项目。R&D 项目的分类与管理如表 6-11 所示。

表 6-11 R&D 项目的分类与管理

分类	负责管理方	立项程序
国家级 R&D 项目	由国家有关部委立项、管理	包括项目申请、项目评审、行政决策、签订合同四个基本程序
省级 R&D 项目	由省、自治区、直辖市政府有关部门立项、管理	
企业级 R&D 项目	由企业立项和管理	①根据企业市场部及销售部门在市场收集到的消费者信息、市场信息及竞争者信息，由营销人员与技术部门人员共同确立项目方向和内容，再由技术部门做出完整的项目计划与详细的可行性研究报告；②经决策机构审批后，由技术部门成立技术创新项目小组，拟订项目进度和财务预算，并对项目计划进行具体实施

项目管理的方式是目标管理；项目的组织通常是临时性、柔性、扁平化的组织；管理过程贯穿着系统工程的思想；管理的方法、工具和手段具有先进性和开放性，用到多学科的知识和工具。项目管理实施过程分为以下四个阶段：

1. 概念阶段

提出并论证项目是否可行。这个阶段需要投入的人力、物力不多，但对后期的影响很大。在概念阶段就是要将有价值的需求策划成项目，将价值不大的项目及时中止。

2. 开发阶段

对可行项目做好开工前的人、财、物及一切软硬件准备，对项目进行总体策划。开发阶段的主要任务是对项目任务和资源进行详尽计划和配置，包括确定范围和目标、确立项目组主要成员、确立技术路线、工作分解、确定主计划、转项计划（费用、质量保证、风险控制、沟通）等工作。

3．实施阶段

是项目生命周期中时间最长、完成的工作量最大、资源消耗最多的阶段。这个阶段要根据项目的工作分解结构（WBS）和网络计划来组织协调，确保各项任务保质量、按时间完成。这个阶段管理的重点是指导、监督、预测、控制。

4．结束阶段

项目结束，最终产品成型。项目组织者要对项目进行财务清算、文档总结、评估验收、最终交付客户使用和对项目总结评价。

（四）绩效管理

R&D 的绩效指标应涵盖效率、质量、柔性、创新。绩效指标内涵的扩展，使得企业的 R&D 活动从一个技术支撑环节向重要的企业经营环节转变，在新技术产业以及强有力的市场竞争环境下，管理者越来越依靠 R&D 增加企业的竞争力。为了提高企业的 R&D 绩效，越来越多的企业（或组织）实施了比较正式的程序，控制新产品的开发。质量功能部署（QFD）、客户评价法、关键路径法（CPM）、集成产品设计（1PD）等大量的管理工具、技术和组织模式应用于企业的 R&D 活动，帮助改善企业 R&D 绩效水平。

【例 6－10】对研究开发工作进行科学管理的通行做法是实行（　　　　）。（2010 年单选题）

A．绩效管理　　　　　　　　　　　B．R&D 管理战略

C．R&D 人员的选择与激励　　　　　D．R&D 项目管理

【解析】D　对研究开发实行项目管理，是目前的一种通行做法，有利于研发项目在更高的水准上进行，D 选项正确。

第三节　技术转移与技术交易

考点八 技术转移

（一）技术转移的含义及特征

1．技术的含义与特征

广义：技术是人类在为自身生存和社会发展所进行的实践活动中，为了达到预期的目的而根据客观规律对自然、社会进行调节、控制、改造的知识、技能、手段、规则、方法的总和。

狭义：技术是指制造一种产品或提供一项服务的系统的知识。

技术的特征如表 6－12 所示。

表 6－12　技术的特征

技术的特征	含义
无形性	技术是一种看不见摸不着的知识性的东西，有些技术可用语言来表达，有些技术只存在于"能人"的经验中
系统性	只有关于产品的生产原理、设计，生产操作，设备安装调试，管理，销售等各个环节的知识、经验和技艺的综合，才能称之为技术
商品属性	技术是无形的特殊商品，不仅有使用价值，而且也有交换价值，所以它才能充当技术贸易的交易标的

2. 技术转移的含义与特征

技术在国家、地区、行业内部或之间以及技术自身系统内输出与输入的活动过程，包括技术成果、信息、能力的转让、移植、引进、交流和推广普及，简称"技术转移"。

特征：

（1）技术转移是一种知识的传播与扩散，但技术转移的主要形式是有偿转移，和一般商品交换有很大差别。当一个企业获得新技术并加以利用时，通常要通过供受双方的长期合作才能实现。同时，当新技术发明后，可以同时向多个方向发散式转移，使更多的需要者获得它，因而，技术转移必然和知识产权的管理与经营密不可分。

（2）技术转移跨越技术、经贸、政策和国际合作诸领域，是一个复杂的过程，具有综合性。

（3）技术转移具有产业特征，有利于促进产学研结合，有效促进产业集群和区域经济发展。

（4）技术转移体系是国家创新体系中决定知识流动的关键网络机制，是创新体系各要素之间联系的纽带和桥梁，兼有技术创新和制度创新的双重特点。同时，技术转移致力于资源的优化组合，致力于国家科技计划与经济目标的实现。

（二）技术转移与技术扩散、技术转让、技术引进的关系

1. 技术转移与技术扩散

技术扩散最简单的描述是技术从一个地方运动到另一个地方，或从一个使用者手中传到另一个使用者手中的过程。

联系：二者都是指技术通过一定的渠道发生不同领域或地域之间的移动。

区别：

（1）技术转移更强调国际间流动，而技术扩散主要强调在一国范围内；

（2）技术转移不仅为技术创新提供技术资源上的保证，而且通过技术转移的桥梁和纽带作用使技术创新充满活力，而技术扩散作为技术创新中的一个阶段，使技术创新活动更为完整有效；

（3）技术转移所适用的技术往往是已有技术而非新技术，这也正是技术创新与技术转移作为两大对应范畴的主要原因；

（4）技术扩散是一个纯技术的概念，扩散的对象就是纯粹的新技术，而技术转移则不仅仅包括纯技术，而且还包括与技术有关的各种知识信息等。

【例6-11】关于技术转移与技术扩散的说法正确的是（　　　）。（2010年多选题）

A. 技术转移强调国家间流动　　　　B. 技术扩散是一种纯技术的概念

C. 技术转移是一种知识的传播与扩散　D. 技术扩散主要强调在国际范围内

E. 技术转移所适用的技术是非新技术

【解析】ABC　技术扩散主要强调在一国范围内，D选项错误。技术转移所适用的技术往往是已技术而非新技术，E选项错误。

2. 技术转移与技术转让

技术转让是技术转移的一种特殊形式，是指有目的、有意识的技术转移活动，是一种有偿的技术转移活动，常被称之为技术贸易或许可证贸易。

技术转移这一概念所涉及的内容要宽泛得多。客观上，技术人员的移动、技术设备的移动，甚至某些商品的移动，都会导致技术和知识的转移。而技术转让是指拥有技术的一方通过某种方式将其技术出让给另一方使用的行为。技术转让是技术转移的一种特殊形式。技术转让有时也会带来一些与技术内涵相关的知识和文化信息的转移，而这些信息的转移，又应归于技术转移活动范畴。

3. 技术转移与技术引进

技术引进是技术转移的一个方面，是指一个国家或企业引入国外的技术知识和经验，以及所必需附带的设备、仪器和器材，用以发展本国经济和推动科技进步的做法。技术引进是技术转移的一个方面。

（三）技术转移的基本活动途径

技术转移的基本活动途径如表6-13所示。

表6-13　技术转移的基本活动途径

技术转移的基本活动途径	具体含义	优缺点
技术许可证	以许可证转让方式所进行的技术转移，通常称之为"技术转让"。这是一种有偿的转移方式，技术以商品的形式在技术市场中进行交易	—
"产""学""研"联盟	这是技术转移中效果较好和最有前景的途径之一，包括合作研究、合作开发、合资生产等形式	优点：能充分利用合作伙伴的知识技能和资源，发挥自己的优势，补充自己的不足，有利于迅速获取技术，可以减少成本和风险。 缺点：组织之间的目标不同，有时难以形成良好的合作关系，管理过程和利益分配有时会出现矛盾
设备和软件购置	通过购置设备和软件，获取所需要的技术	优点：能最快地获取现有的技术，卖方可能会提供培训，投产获利较快，风险较小； 缺点：新设备可能不适应企业现有的环境，企业需要在组织上进行变化，成本较高，不能从根本上提高技术能力，随着技术的变化需要不断地购买
信息传播	信息传播的方式是通过获取所需的技术，包括文献信息、数据库信息，也包括参加各种技术会议、参观展览和演示获取技术	优点：成本低、速度快、简单易行； 缺点：无法获取较完整的、系统的技术知识，特别是难以获得技术诀窍，要求企业自身具有较强的技术能力或模仿能力
技术帮助	指大学和科研机构对企业提供技术援助，包括派员指导、解决技术问题等	优点：能在关键时刻满足企业的特殊需要，可减少企业获取技术的成本，能促进人员之间的技术交流； 缺点：难以找到合适的专家参与，管理较为困难，政府要给予财政支持等
技术交流和人员流动	企业与高校科研机构互派人员访问或学习、工作，技术知识随着这种人员的交流得到转移	优点：这是一种比较直接的技术转移方式，转移中的问题较容易解决，成功率较大，成本也不高；人员交流也有利于增进相互了解，建立更好的合作关系。 缺点：在人员交流中，有可能干扰单位内部正在进行的活动，或造成不希望有的信息和技术诀窍的转移。此外，关键人才的流动对流出单位可能造成损失或出现知识产权的纠纷
创办新企业	由成果拥有单位或由科技人员自己创办企业，是技术转移最为直接的方式	优点：转化速度较快，易于成功，技术拥有单位或个人可能获取更大的收益。 缺点：风险大，难以获得风险投资，不易形成规模经济
技术并购	是指一个大公司为了获取R&D资源，通过一定的渠道和支付手段，将另一创新公司的整个资产或足以行使经营控制权的股份买下来	缺点：这种方式对弱小企业难以实施

【例6－12】目前技术转移中最受关注和最为重要的方式是（　　　　）。(2010年单选题)

A. 产、学、研联盟　　B. 设备和软件购置　　C. 技术许可证　　　　D. 信息传播

【解析】C　以技术许可证转让方式（包括专利和非专利科技成果）所进行的技术转移，是目前技术转移中最受关注和最为重要的方式，C选项正确。

【例6－13】创办新企业是技术转移的一种重要形式，其优点主要是（　　　　）。（2010年多选题）

A. 可获得风险投资　　B. 能形成规模经济　　C. 转化速度快

D. 易于成功　　　　　E. 可能获得更大收益

【解析】CDE　创办新企业的风险大，难以获得风险投资，不易形成规模经济，AB选项错误。

【例6－14】创办新企业是技术转移的一种重要形式，其优点主要是（　　　　）。（2010年多选题）

A. 可获得风险投资　　B. 能形成规模经济　　C. 转化速度快

D. 易于成功　　　　　E. 可能获得更大收益

【解析】CDE　创办新企业的风险大，难以获得风险投资，不易形成规模经济，AB选项错误。

（四）技术转移规律

1. 技术转移的梯度最小律

接受方与转让方的知识和技术水平相差越小，就越容易掌握这种知识或技术，转移也就越快越顺利。

2. 技术转移的信息传递律

技术转移过程就是信息传递过程。无论传递的方式如何，没有技术信息的传递和传播，就没有技术转移。技术或技术成果转移到新的主体，或为新的主体所掌握，原技术或技术成果的持有者或完成者仍掌握这项技术，只是这种技术的权利有所变化。这是技术转移的根本性特点。

3. 技术转移的人才载体律

人才是知识、技术最充分的载体，人才的转移是知识、技术最有效的转移。人才是知识转移更为直接、有效、可靠的转移，拥有了人才就拥有了知识和技术。

4. 技术转移的适用律

技术转移的成功要受技术状况、市场状况和其他周边环境的影响。所以需要为适应环境作一些改动，如在原材料、试样、管理水平、气候等自然条件而进行的改动等。

5. 技术转移的引力最大律

新的知识与技术对于潜在的接受方既有吸引力，也有排斥力。吸引力来自激烈的市场竞争，迫使企业不断地进行知识更新，以在竞争中生存和发展。而对新知识新技术的排斥力则来自很多方面，如企业领导人过于保守、竞争意识不强、采用新技术后可能产生的暂时资金困难等。只有在吸引力超过排斥力的领域才可以实现技术转移，而且超过的越多，转移速度就越快。

6. 技术转移的创新发展律

技术转移的真正成功，在于结合本身的发展及市场的需要而有所创新发展，使之更适合环境，更适合科技进步的要求。

7. 技术转移的风险律

转移的风险主要是受让方所承受的风险。从签订技术转让合同开始，受让方就开始进行物质和资金条件的准备，直到把合格产品推向市场，其间的风险很多，如技术选择不当的风险、技术消化吸收的风险、市场风险等等。

8. 技术转移的保密与传播矛盾律

所有技术发明人为了自身利益总是实行技术保密。但从社会利益看，总希望在最短时间让更多的人掌握先进技术，共享发明利益。这对矛盾，通过专制制度得到了妥善解决。

9．技术转移的加速律

技术转移的速度随时间变化按加速度规律进行转移。事实上，知识增长、知识积累与沉淀、技术转移的方式与速度都在不断增加。所以，条件成熟的企业应该尽快建设自己的技术转移系统，因为在技术转移系统的帮助下可以取得更好的业绩、更快的发展速度，保持自己的领先优势。

【例 6－15】 技术在不同国家、地区、行业之间，或在同一国家、地区、行业以及技术自身系统内输出与输入的活动过程是（　　　）。（2009 年单选题）

A．技术扩散　　　　　B．技术转让　　　　　C．技术引进　　　　　D．技术转移

【解析】 D　技术转移是指技术在国家、地区、行业内部或之间以及技术自身系统内输出与输入的活动过程。

技术扩散最简单的描述是技术从一个地方运动到另一个地方，或从一个使用者手中传到另一个使用者手中的过程。

技术转让是指有目的、有意识的技术转移活动，是一种有偿的技术转移活动，常被称之为技术贸易或许可证贸易。

技术引进是指一个国家或企业引入国外的技术知识和经验，以及所必需附带的设备、仪器和器材，用以发展本国经济和推动科技进步的做法。技术引进是技术转移的一个方面。技术引进是一种跨国行为。

【例 6－16】 下列关于技术转移与技术扩散、技术转让、技术引进之间关系的表述中。说法正确的有（　　　）。（2007 年多选题）

A．技术转移、技术扩散都是纯技术概念　　　B．技术转让包括技术转移

C．技术转移包括技术引进　　　　　　　　　D．技术转让是技术转移的特殊形式

E．技术转移与技术扩散是两个相互关联又有区别的范畴

【解析】 CDE　教材中"技术转移与技术扩散的区别"一段中提到：技术扩散是一个纯技术的概念，扩散的对象就是纯粹的新技术，而技术转移则不仅仅包括纯技术，而且还包括与技术有关的各种知识信息等。A 选项不正确。

B 选项不正确，正确描述应为"技术转移这一概念所涉及的内容要宽泛得多。客观上，技术人员的移动、技术设备的移动，甚至某些商品的移动，都会导致技术和知识的转移。而技术转让是指拥有技术的一方通过某种方式将其技术出让给另一方使用的行为。显然，技术转让是技术转移的一种特殊形式。"

考点九　技术交易

（一）技术交易的含义与特点

含义：指技术供需双方对技术所有权、使用权和收益权进行转移的契约行为。

特点：

（1）技术买卖的标的不是有形的商品，而是无形的技术知识；

（2）技术交易转让的是技术的使用权，而不能转让技术的所有权；

（3）技术出口不是企业的直接目的，企业生产商品的直接目的是向市场销售产品，企业研制技术的直接目的是为了利用这种技术生产更先进的技术产品，只有当企业认为出售技术会比利用这种技术生产产品带来的利润更大时，才会出口这种技术；

（4）技术贸易比一般商品贸易复杂，尤其是国际技术贸易。

（二）技术交易的方式

技术交易买卖双方可以直接交易，也可以通过中介方交易，还可以采取招标、投标、拍卖等方式进行。以政府财政投入为主的科技计划项目适宜招标的，应当招标。技术交易可以通过互联网进行。

（三）技术交易的基本程序

技术交易的基本程序和表6－14所示。

表6－14　技术交易的基本程序

买者技术交易的程序	卖者技术交易的程序
①在选择技术之前先弄清楚本企业的资源优势、现有设备和销售渠道，明白应该寻找什么类型的技术； ②进入卖方成果库，查找符合本企业要求的技术； ③签订技术合同； ④如果有必要，可以向无形资产评估机构或者向技术市场咨询机构进行资产评估； ⑤如果存在资金困难，可以向风险投资机构寻求帮助； ⑥如若向银行贷款，可以向投资担保公司寻求帮助，也可以咨询融资服务机构； ⑦在资金管理方面需要帮助，可以找会计师事务所； ⑧如果需要法律援助，可以找律师事务所	①根据市场需求和经营机构的客观情况来确定经营目标； ②收集情报信息； ③交易项目的论证； ④采取适当的经营和促销策略； ⑤技术交易的双向选择； ⑥技术交易的谈判和技术合同的签订； ⑦交易项目的组织实施

【例6－17】买者技术交易的程序第一步是（　　　　）。（2010年单选题）

A. 进入卖方成果库，查找符合本企业要求的技术

B. 签订技术合同

C. 明白清楚本企业的资源优势、现有设备和销售渠道，明白应该寻找什么样类型的技术。

D. 如果有必要，可以向无形资产评估机构或者向技术市场咨询机构进行资产评估

【解析】C　A选项是买者技术交易程序的第二步，B选项是买者技术交易的程序的第三步，D选项是买者技术交易的程序的第四步，C选项正确。

【例6－18】技术供需双方对技术所有权、使用权和收益权进行的契约行为是（　　　　）。（2009年单选题）

A. 技术交易　　　　B. 技术转移　　　　C. 技术合作　　　　D. 技术开发

【解析】A　技术交易是指技术供需双方对技术所有权、使用权和收益权进行转移的契约行为。一切有益于经济建设、社会发展和科技进步的技术、技术信息，均可以进行交易。技术交易不受地区、行业、隶属关系以及经济性质和专业范围的限制。

考点十　国际技术贸易

（一）国际技术贸易的含义

国际技术贸易是指不同国家的企业、经济组织或个人之间，按照一般商业条件，向对方出售或从对方购买软件技术使用权的一种国际贸易行为。它由技术出口和技术引进这两方面组成。

（二）国际技术贸易的内容

国际技术贸易的内容如表6－15所示。

表6－15　国际技术贸易的内容

国际技术贸易的内容	具体含义
专利	三层含义：一是指专利证书这种专利文件；二是指专利机关给发明本身授予的特定法律地位，技术发明获得了这种法律地位就成了专利发明或专利技术；三是指专利权，即获得法律地位的发明的发明人所获得的使用专利发明的独占权利，它包括专有权（所有权）、实施权（包括制造权和使用权）、许可使用权、销售进口权和放弃权

（续表）

国际技术贸易的内容	具体含义
商标	是商品生产者或经营者为了使自己的商品同他人的商品相区别而在其商品上所加的一种具有显著性特征的标记。大体上可分为三类：制造商标、商业商标和服务商标
工业产权	是指法律赋予产业活动中的知识产品所有人对其创造性的智力成果所享有的一种专有权。专利权和商标权均属工业产权。工业产权和版权合称为知识产权。它们都受到各国的国内法和相关国际公约的保护
专有技术	是指在实践中已使用过了的没有专门的法律保护的具有秘密性质的技术知识、经验和技巧。在实际中，专有技术是援引合同法、防止侵权行为法、反不正当竞争法和刑法取得保护的。但专有技术受法律保护的力度远比专利技术受到专利法保护的力度小

（三）国际技术贸易的基本方式

1. 许可贸易

有时称为"许可证贸易"，是指知识产权或专有技术的所有人作为许可方，通过与被许可方（引进方）签订许可合同，将其所拥有的技术授予被许可方，允许被许可方按照合同约定的条件使用该项技术，制造或销售合同产品，并由被许可方支付一定数额的技术使用费的技术交易行为。

根据其标的内容可分为专利许可、商标许可、计算机软件许可和专有技术许可等形式。

根据其授权程度大小，许可贸易可分为独占许可、排他许可、普通许可、可转让许可、互换许可等五种形式。

2. 特许专营

是指由一家已经取得成功经验的企业，将其商标、商号名称、服务标志、专利、专有技术以及经营管理的方式或经验等全盘地转让给另一家企业使用，由被特许人向特许人支付一定金额的特许费的技术贸易行为。

特许专营的被特许方与特许方之间仅是一种买卖关系。各个特许专营企业并不是由一个企业主营的，它们都是独立经营、自负盈亏的企业。特许专营合同是一种长期合同，它可以适用于商业和服务业，也可以适用于工业。

3. 技术服务和咨询

是指独立的专家或专家小组或咨询机构作为服务方应委托方的要求，就某一个具体的技术课题向委托方提供高知识性服务，并由委托方支付一定数额的技术服务费的活动。技术服务和咨询的范围和内容相当广泛，包括产品开发、成果推广、技术改造、工程建设、科技管理等方面，大到大型工程项目的工程设计、可行性研究，小到对某个设备的改进和产品质量的控制等。

4. 合作生产

从国际技术贸易的角度来看，合作生产是指分属不同国家的企业根据它们签订的合同，由一方提供有关生产技术或各方提供不同的有关生产技术，共同生产某种合同产品，并在生产过程中实现国际技术转让的一种经济合作方式。这种技术贸易的目的与单纯的技术贸易不同，它是为各方的合作生产服务的。

5. 含有知识产权和专有技术转让的设备买卖

在国际贸易实际业务中，在购买设备特别是关键设备时，有时也会含有知识产权或专有技术的转让内容。不含知识产权和专有技术许可的设备的买卖，属于普通商品贸易，不是技术贸易。含有知识产权和专有技术转让的设备买卖，其交易标的包含两方面的内容：一是硬件技术，即设备本身；二是软件技术，即设备中所含有的或与设备有关的技术知识。

第四节 技术创新与知识产权管理

考点十一 知识产权的含义与特征

含义：指人们对其智力劳动成果所享有的民事权利。

知识产权的内容主要有：①关于文学、艺术和科学作品的权利；②关于表演艺术家的表演以及唱片和广播节目的权利；③关于人类一切活动领域的发明的权利；④关于科学发现的权利；⑤关于工业品外观设计的权利；⑥关于商标、服务标记以及商业名称和标志的权利；⑦关于制止不正当竞争的权利；⑧在工业、科学、文学艺术领域内由于智力创造活动而产生的一切其他权利。

我国承认并以法律形式加以保护的主要知识产权为：①著作权；②专利权；③商标权；④商业秘密；⑤其他有关知识产权。知识产权的主要特征如表6-16所示。

表6-16 知识产权的主要特征

知识产权的特征	含义
专有性	也称垄断或独占性，是指知识产权的所有人对其权利的客体（如专利、注册商标）享有实施、占有、收益和处分的权利，别人要享有这种权利，必须经知识产权所有人同意。这种专有性是通过法律来保证的
地域性	是对权利人的一种限制。它表示任何一个国家和地区所授予的知识产权，仅在那个国家和地区具有专有性，而在其他国家和地区不具有专有性，即不受到法律保护
时间性	知识产权的保护受到时间的限制，超过规定的时间，就不再得到法律的保护
知识产权的获得需要法定的程序	知识产权的取得，需要取得政府相关部门出具证书
知识产权主体权利具有财产和人身双重权利	创造者依法享受署名权、发明权、转让权，知识产权在有效期、有效域、有效权内只属于知识产权所有人，不得更改

【例6-19】以下各项知识产权的保护费用最高的是（　　）。（2010年单选题）

A. 商标　　　　　　　B. 专利　　　　　　　C. 技术措施　　　　　D. 商业秘密保护

【解析】B 在知识产权实施的过程中，专利的保护费用最高，其次是商标、技术措施、商业秘密保护，B选项正确。

考点十二 技术创新与知识产权制度的关系

（一）技术创新对知识产权的作用

1. 技术创新促成了知识产权制度的产生

技术创新成果由于其无形性和低成本的传播费用导致极易被扩散和被他人无偿使用，使技术创新主体蒙受巨大损失，因而也无法收回其预期的投资利润，从而严重挫伤其进行技术再创新的积极性。因此，在客观上要求人们寻求一种知识产权制度安排，依法保护技术创新主体的创造性智力成果。

2. 技术创新也推动了知识产权制度的发展

技术创新推动知识产权制度的发展主要体现在以下几个方面：一是技术创新扩大了知识产权的保护范围。二是技术创新也拓展了知识产权的内涵。三是技术创新还延伸了知识产权保护的区域，目前已有并生效的知识产权方面的国际条约共 20 多个。1967 年，世界知识产权组织（WIPO）的建立，表明知识产权保护已经国际化和国际规范化。

（二）知识产权对技术创新的作用

1. 知识产权保护制度激励企业技术创新

如果企业被授予相应的知识产权后，可凭借技术上的垄断地位，在市场竞争中获取合法的高额垄断利润，收回投资成本。既能确保企业技术创新的顺利进行，又可促进企业投入更多的资金进行技术创新，从而形成一种良性循环。

2. 知识产权保护制度为企业技术创新提供法律保护

知识产权保护制度的本质是鼓励建立在技术创新基础上的公平竞争。它通过《专利法》、《商标法》、《著作权法》、《反不正当竞争法》等建立了公平竞争的规则，为企业技术创新提供了有力的法律保护。

3. 知识产权保护制度加速了企业技术创新的过程

知识产权保护制度也为合理配置技术创新资源，正确选择技术创新的方向和途径提供了科学的依据。

4. 知识产权保护制度促使企业技术创新成果的公开和交流

任何一家企业不可能长期拥有某项技术的垄断权，所以对企业来说，最好的办法就是及时与国内外相关企业进行技术交流，或者在公开领域技术成果的基础上推陈出新，以技术的公开和交流为依托，实现技术垄断。

考点十三 企业知识产权保护策略

（一）企业知识产权保护的法律选择策略

知识产权的法律法规主要由《专利法》、《商标法》、《著作权法》、《反不正当竞争法》、《合同法》等构成。企业必须确定采用何种法律法规保护自己的知识产权。

1. 考虑取得技术权利的排他性程度

知识产权的排他性，又称垄断性、独占性，是法律赋予知识产权权利人专有的权利。考虑取得技术权利的排他性程度时，企业选择法律的优先顺序是：《专利法》、《技术秘密保护》、《版权法》、《合同法》、《物理技术保护》、《商标法》。

2. 考虑知识产权费用的因素

知识产权费用是指取得、维持、保护知识产权的费用，即采取保护措施的费用，以及相关的申请费、维持费、审查费、诉讼费等等。若考虑知识产权费用的因素，法律选择的顺序是《版权法》、《技术秘密保护》、《合同法》、《物理技术保护》、《专利法》、《商标法》。

3. 考虑知识产权的保护期限

我国《商标法》规定，注册商标的有效期为 10 年，但期满前可以续展 10 年，并且也可以一直续展下去。如果期满前不办理续展手续，注册商标权也就自动失效了。我国《专利法》规定，发明专利权保护期限为 20 年，实用新型和外观设计专利权保护期限均为 10 年。著作权等其他知识产权的保护期限参照有关规定。

4. 考虑知识产权的风险因素

知识产权的风险，是指技术成果被竞争对手取得并在市场上竞争的可能性。若以减少风险为目标，法律选择的顺序是：《专利法》、《技术秘密保护》、《合同法》、《版权法》、《商标法》、《物理技术保护》。

企业在寻求知识产权保护时，力图在最佳的排他性、费用、保护期、风险决策基础上（见表），采用最佳方案，以加大知识产权保护力度。知识产权法保护科技成果如表6-17所示。

表6-17 知识产权法保护科技成果属性比较

	排他性	费用	保护期	风险
专利法	强	高	中	无
版权法	弱	低	长	中
技术秘密	中	中	长	低
合同法	弱	中	长	低
商标法	无	高	长	高

（二）企业知识产权保护的阶段策略

1. 创意的形成阶段

由于这一阶段的成果属于思想的范畴，因其缺少工业实用性，故不可获得《专利法》的保护，但可作为技术秘密予以保护或得到《版权法》的保护（仅限于思想表达部分）。

2. 开发中试阶段

这一阶段又可分为两个方面：一是技术开发，二是应用开发。这一阶段的成果表现为技术或产品模型。这一阶段的成果有重要的工业应用价值和固定的表现形式，因而可能具有专利性、版权性、技术秘密性。

3. 应用开发与市场化

应用开发的目的是批量生产产品，广泛推广工艺、方法，目的是占领市场。这一阶段的成果具有商品属性，因而，可以申请商标注册。

【例6-20】根据我国专利法，发明专利权的保护期为（　　　）年。（2009年单选题）

A. 5　　　　　　　B. 10　　　　　　　C. 20　　　　　　　D. 25

【解析】C　我国《专利法》规定，发明专利权的保护期为20年。该题属记忆类题型。

考点十四 技术合同的类型

技术合同是当事人就技术开发、转让、咨询或者服务订立的确立相互之间权利和义务的合同。技术合同实际上是知识形态商品生产和交换的法律形式。它是法律主体就科学研究和技术开发项目，科技成果推广、应用和咨询服务项目所达成的设立、变更、终止民事权利义务关系的协议。

目前我国技术合同主要有技术开发合同、技术转让合同、技术咨询合同、技术服务合同四种类型。技术合同类型如表6-18所示。

表6-18 技术合同类型

技术合同类型	含义	分类
技术开发合同	是指当事人之间就新技术、新产品、新工艺或者新材料及其系统的研究开发所订立的合同	委托开发合同：当事人之间共同就新技术、新产品、新工艺或者新材料及其系统的研究开发所订立的合同
		合作开发合同：由两个或两个以上的公民、法人或其他组织，共同出资、共同参与、共同研究开发完成同一研究开发项目，共同享受效益、共同承担风险的合同

技术合同类型	含义	分类
技术转让合同	是指合同一方当事人将一定的技术成果交给另一方当事人，而另一方当事人接受这一成果并为此支付约定的价款或费用的合同	专利权转让合同：一方当事人（让与方）将其发明创造专利权转让受让方，受让方支付相应价款而订立的合同
		专利申请权转让合同：一方当事人（让与方）将其特定的发明创造申请专利的权利转让受让方，受让方支付相应价款而订立的合同
		专利实施许可合同：专利权人或者专利权人的授权人作为转让人，许可他人在支付一定的价款后，在规定的范围内实施其专利而订立的合同
		技术秘密转让合同：一方当事人（让与方）将其拥有的技术秘密提供给受让方，明确相互之间技术秘密使用权和转让权，受让方支付相应使用费而订立的合同
技术咨询合同	一方当事人（受托方）为另一方（委托方）就特定技术项目提供可行性论证、技术预测、专题技术调查、分析评价所订立的合同。其最主要的特点就在于其履行的结果具有不确定性	
技术服务合同	主要包括技术服务合同、技术培训合同和技术中介合同	技术服务合同：一方当事人（受托方）以技术知识为另一方（委托方）解决特定技术问题所订立的合同，其主要特征在于解决特定技术问题
		技术培训合同：当事人一方委托另一方对指定的专业技术人员进行特定项目的技术指导和业务训练所订立的合同，其合同标的是围绕特定项目的技术培训课题
		技术中介合同是当事人一方（中介方）以知识、技术、经验和信息为另一方与第三方订立技术合同、实现技术创新和科技成果产业化进行联系、介绍、组织工业化开发并对履行合同提供专门服务所订立的合同

【例6-21】 当事人之间就新技术、新产品、新工艺或者新材料机器系统的研究开发所订立的合同是（　　）。（2010年单选题）

A. 技术开发合同　　B. 技术转让合同　　C. 技术咨询合同　　D. 技术服务合同

【解析】 A 技术转让合同是指合同一方当事人将一定的技术成果交给另一方当事人，而另一方当事人接受这一成果并为此支付约定的价款或费用的合同，B选项错误。技术咨询合同是一方当事人（受托方）为另一方（委托方）就特定技术项目提供可行性论证、技术预测、专题技术调查、分析评价所订立的合同，C选项错误。技术服务合同包括技术服务合同、技术培训合同、技术中介合同，D选项错误。

【例6-22】 一方当事人（受托方）以技术知识为另一方（委托方）解决特定技术问题所订立的合同是（　　）。（2009年单选题）

A. 技术咨询合同　　B. 技术服务合同　　C. 技术转让合同　　D. 技术开发合同

【解析】 B 技术服务合同是一方当事人（受托方）以技术知识为另一方（委托方）解决特

定技术问题所订立的合同，其主要特征在于解决特定技术问题。

【例6-23】某专利权人同意他人在支付一定的价款后，在规定的范围内使用其专利并订立了合同，此合同称为（　　　）。（2007年单选题）

A. 专利权转让合同　　　　　　B. 专利申请权转让合同

C. 专利实施许可合同　　　　　D. 技术秘密转让合同

【解析】C　专利实施许可合同，是专利权人或者专利权人的授权人作为转让人，许可他人在支付一定的价款后，在规定的范围内实施其专利而订立的合同。

考点十五 技术合同管理

（一）合同准备阶段的管理

合同的准备阶段也称"合同的前期工作阶段"，主要工作和要求是：

（1）做好对方的资信调查。

①要了解对方是否具有签订技术合同的主体资格。

②要了解对方有无承担技术项目的资质和技术实力

③要了解对方的支付能力和信誉程度。

（2）做好所有权的审核。

要了解对方对其所提供的技术成果是否拥有自主知识产权，免得以后发生侵权纠纷。

（3）要对对方提供的产品、技术、设备的质量、性能、品种、规格等进行调查。

（4）了解法规政策。

①要了解合同项目的实施是否符合相关法律、法规和政策规定，或者有无限制；

②要了解国家和当地政府对该项目的实施有无优惠政策。

（二）合同签订过程中的管理

（1）签订技术合同必须符合《合同法》的一般原则，不得有《合同法》规定的无效合同的情形，合同当事人的法律地位必须是平等的，合同的签订是自愿的，合同条款经双方协商一致并符合公平、诚信和公序良俗等原则。

（2）签订技术合同，必须符合《合同法》对技术合同的要求。

（3）签订技术合同，还必须符合其他相关的法律和法规要求。凡是国家相关法律和法规禁止生产、经营的产品和项目，其技术合同也是无效合同。

（三）合同履行阶段的管理

合同依法签订后，即具有法律约束力。签约双方或多方必须认真履行合同。

（1）在履行过程中，对对方当事人的违约行为，应当立即查明情况，认真、稳妥地收集证据，及时、合理、准确地向对方提出索赔报告。

（2）当企业接到对方当事人的索赔报告后，企业应当立即通知公司法务部，共同商定应对措施。

（3）在履行过程中一旦发生不可抗力和第三人干扰及意外事件，企业应立即通知对方当事人，查明原因，及时化解，并收集好相关证据。同时，根据约定或协商，做好合同的变更、评估、验收和质量管理工作。

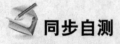

同步自测

一、单项选择题

1. 在产品随生命周期的成长变化中，产品创新和工艺创新频率的变化规律是（　　　）。

A. 产品创新频率由低到高递增，工艺创新频率呈谷状延伸

B. 产品创新频率由高到低递减，工艺创新频率呈峰状延伸

C. 产品创新频率呈峰状延伸，工艺创新频率由高到低递减

D. 产品创新频率呈谷状延伸，工艺创新频率由低到高递增

2. 在2006年我国颁布的《国家中长期科学和技术发展规划纲要》中，明确指出（ ）是技术创新体系的主体。

A. 中介机构   B. 政府   C. 科研机构   D. 企业

3. 技术转移方式中最为重要和最受关注的是（ ）。

A. 技术帮助   B. 信息传播   C. 技术并购   D. 技术许可证

4. 在技术交易程序中，买者技术交易程序的首要步骤是（ ）。

A. 根据市场需求和经营机构的客观情况来确定经营目标

B. 进入卖方成果库，查找本企业要求的技术

C. 弄清本企业资源优势、现有设备和销售渠道，明白所需技术

D. 寻求法律援助，找律师事务所

5. 知识产权制度的本质是通过法律手段把智力成果当作财产来保护，因而，知识产权制度（ ）。

A. 限制了企业技术创新成果的公开   B. 限制了企业技术创新成果的转移与交流

C. 加速了企业技术创新过程   D. 延长了知识产权的保护时间

6. 20世纪60年代以来，国际上出现了若干种具有代表性的技术创新过程模型，图6-4表示的是（ ）的技术创新过程模型。

市场需求 → 应用研究 → 开发研究 → 生产制造 → 销售

图6-4 技术创新过程模型

A. 需求拉动   B. 技术推动

C. 一体化创新   D. 系统集成与网络相结合

7. 在企业技术创新的组织类型中，被称为"开放的灵活反应组织"的组织形式是（ ）。

A. 技术创新小组   B. 新事业发展部   C. 技术中心   D. 动态联盟

8. 由收音机发展到组合音响是（ ）。

A. 资本节约型技术创新   B. 劳动节约型技术创新

C. 产品创新   D. 工艺创新

9. 由火柴盒包装箱发展起来的集装箱是（ ）。

A. 产品创新   B. 工艺创新

C. 资本节约型技术创新   D. 劳动节约型技术创新

10. 在常见的企业技术创新组织形式中，非正式程度最高的是（ ）。

A. 内企业   B. 创新小组   C. 技术中心   D. 新事业发展部

11. 我国著作权法规定，著作的修改权、署名权以及保护作品的完整性的权利均不受时间限制，但作品的使用权、发表权、获得报酬的权利为作者终生及死后（ ）年。

A. 10   B. 20   C. 30   D. 50

12. 流通创新的核心是（ ）创新。

A. 观念   B. 组织   C. 技术   D. 制度

13. 既是产业发展链的开端，又是自主知识产权产业化的前提的是（ ）。

A. 技术创新   B. 产品创新   C. 管理创新   D. 思维创新

14. 在企业知识产权保护阶段，成果有重要的工业应用价值和固定的表现形式的阶段是（ ）。

A. 创意的形成阶段　　　　　　　　　　B. 开发中试阶段

C. 应用开发与市场化阶段　　　　　　　D. 反馈与修改阶段

15. 当事人之间就新技术、新产品、新工艺或者新材料及其系统的研究开发所订立的合同是(　　　)。

　　A. 技术开发合同　　B. 技术转让合同　　C. 技术服务合同　　D. 技术创新合同

16. (　　　) 企业组织结构特别适用于创新性和开发性的工作项目。

　　A. 直线制　　　　　B. 矩阵式　　　　　C. 直线职能制　　　D. 事业部制

17. 第二次世界大战以来，为了迎接技术创新的挑战，大企业内部推行了权变制组织，其中最典型、最常运用的组织形式是 (　　　)。

　　A. 项目小组　　　　B. 自我管理小组　　C. 矩阵组织　　　　D. 战略经营单位

18. 技术创新的原动力是 (　　　)。

　　A. 科学技术的重大突破　　　　　　　B. 市场需求的明显增长

　　C. 市场竞争的巨大压力　　　　　　　D. 国家政策的有效激励

19. 动态联盟是在新的市场环境下产生的适应敏捷竞争的新型组织形式，其成员企业之间的联结纽带是 (　　　)。

　　A. 成员企业互补的核心竞争力　　　　B. 机关企业构成的组织网络

　　C. 能用于技术开发的资本　　　　　　D. 成员企业的无形资产

20. 动态联盟最基本的特征是 (　　　)。

　　A. 目标产品性　　　B. 优势性　　　　　C. 动态性　　　　　D. 连接的虚拟性

21. 下列技术创新类型中，各国尤其是发展中国家普遍采取的方式是 (　　　)。

　　A. 原始创新　　　　　　　　　　　　B. 集成创新

　　C. 产品创新　　　　　　　　　　　　D. 引进、消化吸收再创新

22. 既适宜于产品创新而适宜于工艺创新的组织结构是 (　　　)。

　　A. 规划—目标结构组织　　　　　　　B. 事业部制组织结构

　　C. 矩阵制组织结构　　　　　　　　　D. 直线制组织结构

23. 炼钢用的氧气顶吹转炉是 (　　　)。

　　A. 重大的产品创新　　B. 渐进的产品创新　　C. 重大的工艺创新　　D. 渐进的工艺创新

24. 内企业家实质上是 (　　　)。

　　A. 企业家聘请的专职顾问　　　　　　B. 正在崛起中的企业家

　　C. 企业的员工　　　　　　　　　　　D. 企业家的社会关系

25. 在 R&D 项目管理过程中，(　　　) 阶段需要投入的人力、物力不多，但对后期的影响很大。

　　A. 概念　　　　　　B. 开发　　　　　　C. 实施　　　　　　D. 完善

26. 标志着从将创新过程看做主要是序列式的、从一个职能到另一个职能的开发活动过程，到将创新看做是同时涉及市场营销、R&D（研究开发）、原型开发、制造等因素的并行过程的观念转变的模型是 (　　　)。

　　A. 需求拉动创新过程模型　　　　　　B. 创新过程的交互作用模型

　　C. 一体化创新过程模型　　　　　　　D. 系统集成和网络模型

27. 不同国家的企业、经济组织或个人之间，按照一般商业条件，向对方出售或从对方购买软件技术使用权的一种国际贸易行为是 (　　　)。

　　A. 技术使用权贸易　　　　　　　　　B. 技术商品化贸易

　　C. 国际技术流通　　　　　　　　　　D. 国际技术贸易

28. 我国《专利法》规定，实用新型和外观设计专利权保护期限均为 (　　　) 年。

　　A. 10　　　　　　　B. 15　　　　　　　C. 20　　　　　　　D. 25

29. 最常见、最基本的创新形式是 (　　　)。

　　A. 原始创新　　　　　　　　　　　　B. 集成创新

　　C. 引进、消化吸收再创新　　　　　　D. 产品创新

30. 国家创新体系最早由英国著名技术创新研究专家（ ）于 1982 年提出。

    A. 熊彼特　　　　　　B. 弗里曼　　　　　C. 琼·伍德沃德　　　D. 泰罗

31. 企业内部的一次根本性创新，迅速成为发达国家企业内部组织的"流行结构"是（ ）。

    A. 事业部制组织　　　B. 矩阵组织　　　　C. 直线制组织　　　D. 非正式组织

32. 一方当事人（受托方）以技术知识为另一方当事人（委托方）解决特定技术问题所订立的合同称为（ ）。

    A. 技术转让合同　　　B. 技术服务合同　　C. 技术咨询合同　　D. 技术开发合同

33. 事业部制组织结构的优点是（ ）。

    A. 命令统一，职责明确，组织稳定　　　B. 有利于回避风险、内部控制和专业管理
    C. 创新过程的信息化和网络化　　　　　D. 密切配合、反应灵敏、节约资源和高效工作

34. "产""学""研"联盟的主要优点是（ ）。

    A. 管理过程和利益分配效率高
    B. 组织目标一致，能形成良好的合作关系
    C. 能最快地获取现有的技术，可以获得对方提供的培训
    D. 能充分利用合作伙伴的知识技能和资源，发挥自己的优势，减少成本和风险

35. 目前，技术转移中最受关注和最为重要的方式是（ ）。

    A. 技术转让　　　　　B. 产、学、研联盟　　C. 设备和软件配置　　D. 信息传播

二、多项选择题

1. 关于技术转移与技术扩散、技术转让、技术引进之间关系的说法，正确的有（ ）。

    A. 技术转移、技术扩散都是纯技术概念　　　B. 技术转让包括技术转移
    C. 技术转移包括技术引进　　　　　　　　　D. 技术转让是技术转移的特殊形式
    E. 技术转移与技术扩散是两个互相关联又有区别的范畴

2. 技术中心是企业技术创新体系的重要组成部分，其特征表现为（ ）。

    A. 具有较完备的研究开发条件　　　　　　B. 有知识结构合理、素质较高的技术人员队伍
    C. 其成员大多数自愿参加　　　　　　　　D. 具有较高技术水平的研究开发项目
    E. 它是独立于现有运行体系之外的分权组织

3. 技术创新小组的显著特征是（ ）。

    A. 创新职能一般不完备　　　　　　　　　B. 成员自愿加盟
    C. 成员由专业人员组成　　　　　　　　　D. 具有明确的目标和任务
    E. 管理松散

4. 下列选项中，属于我国国家创新体系的组织安排的基础平台的有（ ）。

    A. 有利于创新的政策法规基础平台
    B. 科技信息、公共数据、技术交换与军民共享基础平台
    C. 激发创新活力的文化基础平台
    D. 国家管理调控基础平台
    E. 适应创新发展的人才基础平台

5. 下列关于技术创新特点的表述正确的有（ ）。

    A. 技术创新是一种技术行为　　　　　　　B. 技术创新是一项高风险活动
    C. 技术创新具有时间的差异性　　　　　　D. 技术创新具有一体化与国际化
    E. 技术创新具有外部性

6. 我国新时期国家创新体系的系统包括（ ）。

    A. 技术创新体系　　　　　　　　　　　　B. 科学创新体系
    C. 科技服务体系　　　　　　　　　　　　D. 管理调控体系
    E. 科技信息体系

7. 企业联盟的主要特点有（ ）。

A. 目标产品性　　　　B. 优势性　　　　C. 临时性

D. 结构的高耸性　　　E. 组织的柔性

8. 设备和软件购置是最常见的技术转移方式之一，其优点有（　　　　）。

A. 能最快的获取现有的技术　　　　B. 卖方可能会提供培训

C. 成本较低　　　　D. 风险较小

E. 投产获利较快

9. 知识产权的特征有（　　　　）。

A. 永久性　　　　B. 专有性

C. 地域性　　　　D. 知识产权的获得需要法定的程序

E. 知识产权主体权利具有财产和人身双重权利

10. 企业和政府联盟的主要模式有（　　　　）。

A. 政府承担大部分技术所需的资金，企业组织人才，技术创新成果归政府所有

B. 政府和企业组建共担风险的技术经济组织

C. 政府投资、企业组织人才，进行技术开发，开发出来的先进技术转卖给企业

D. 政府帮助企业技术创新融资

E. 企业承担大部分技术所需的资金，技术创新成果归企业所有

11. 从历史上看，伴随技术创新历程而出现的组织结构等各种结构变革，先后经历了（　　　　）形态。

A. 技术创新小组　　　B. 直线制　　　　C. 事业部制

D. 矩阵结构　　　　E. 动态联盟

12. 影响技术转移成功的客观规律主要有（　　　　）。

A. 技术转移的梯度最小律　　　　B. 技术转移的信息传递律

C. 技术转移的人才载体律　　　　D. 技术转移的适用律

E. 技术转移的系统律

13. 企业技术创新过程的系统集成和网络模型最显著的特征有（　　　　）。

A. 强调企业内部的创新构思、研究与开发、设计制造和市场营销等紧密配合

B. 强调合作企业之间密切的战略联系

C. 重视借助于专家系统进行研究开发

D. 重视技术推动和需求推动在产品生产周期不同阶段的不同作用

E. 利用仿真模型替代实物原型

14. 技术交易的主要特点有（　　　　）。

A. 技术买卖的标的是有形的商品　　　B. 技术买卖的标的是无形的技术知识

C. 技术贸易转让的是技术的使用权　　　D. 技术贸易转让的是技术的所有权

E. 企业研制技术的直接目的是为了利用这种技术生产更先进的技术产品

15. 单纯的技术贸易有（　　　　）。

A. 许可贸易　　　　B. 专有技术转让　　　C. 技术协助法

D. 合资经营　　　　E. 租赁贸易

16. 特许经营对受方的要求是（　　　　）。

A. 生产和出售的产品和供方完全相同

B. 提供的服务和供方完全相同

C. 使用的商号名称和商标（或服务标志）和供方完全相同

D. 产品的制作方法和供方完全相同

E. 使用的人员和供方完全相同

17. 企业技术中心的主要职责是（　　　　）。

A. 开展有市场的新产品、新工艺、新技术、新材料的储备性研究，促进其产生经济效益

B. 开展将科技成果转化为生产技术和商品的中间试验

C. 参与企业重大技术引进项目，技术改造项目的技术审定以及企业技术进步发展规划的制订和执行

D. 开展企业重大产品和关键技术的研究开发，对引进的新技术进行消化吸收，并进行二次开发

E. 积极推进产学研相结合和国内外技术交流与合作

18. 含有知识产权和专有技术转让的设备买卖，其交易标的包含（   ）。

A. 设备

B. 一般技术知识

C. 设备中所含有的或与设备有关的一般技术知识

D. 后续的设备升级及维护的服务

E. 专有技术

19. 技术转让合同包括（   ）。

A. 专利权转让合同   B. 专利申请权转让合同

C. 技术秘密转让合同   D. 专利实施许可转让合同

E. 技术中介合同

三、案例分析题

著名美籍奥地利经济学家熊彼特于1912年首次提出"创新"这一概念。他认为，"创新"就是把生产要素和生产条件的新组合引入生产体系，即"建立一种新的生产函数"，其目的是为了获取潜在的利润。之后，索罗、缪尔塞、傅家骥等著名学者、专家、教授均对有关技术创新概念和定义做了不同程度的研究和论述，丰富和发展了技术创新的概念。

根据上述材料，回答以下问题：

1. 下列属于技术创新的推动者的是（   ）。

A. 企业家   B. 专家   C. 消费者   D. 企业员工

2. 熊彼特认为，创新活动可以是（   ）。

A. 引进新的产品   B. 采用一种新的生产方法

C. 开拓一个新的市场   D. 开辟和利用新的原材料

3. 我国学术界对技术创新公认的定义是：技术创新是企业家抓住市场潜在盈利机会，以（   ）为目的，重组生产条件和要素，不断研制推出新产品、新工艺、新技术，以获得市场认同的一个综合性过程。

A. 获取经济利益   B. 推出新产品   C. 击败竞争对手   D. 开拓新市场

4. 技术创新的经济意义往往取决于（   ）。

A. 工艺创新   B. 产品创新   C. 它的资金优势   D. 它的应用范围

5. 由于技术的非自愿扩散，促进了周围的技术和生产力水平的提高，比如对于创新成果的无偿模仿等，这是（   ）的体现。

A. 创造性   B. 经济性   C. 外部性   D. 风险性

6. 技术创新的核心是（   ）。

A. 企业家   B. 新产品和新工艺   C. 获得潜在的利润   D. 市场实现

 同步自测解析

一、单项选择题

1.【解析】B 在产品随生命周期的成长变化中，二者的作用呈现规律性的变化不同：产品创新频率由高到低递减，工艺创新频率呈峰状延伸。在开发初期，以何种原理、结构、样式去实现用户需要的功能，主要通过产品创新来完成，因此产品创新频率大大高于工艺创新频率；当批

量化生产后，面临的是工艺路线、设备、工艺规程等制造工程问题，因而工艺创新成为主导，并依靠工艺创新局部改进产品，从而推动同一类型下产品的多样化、专用化。

2. 【解析】D　2006 年我国颁布的《国家中长期科学和技术发展规划纲要》明确提出了建设有中国特色的国家创新体系的任务。我国新时期的国家创新体系主要体现为，在国家层次上推动持续创新、提升国际竞争力的组织与制度安排。我国国家创新体系的组织安排应包括六个系统和四个基础平台。其中六个系统是：以政府为主导的管理调控体系；以企业为主体，产学研互动的技术创新体系；以科研机构和大学为主体的科学创新体系；以各种中介机构为纽带的科技服务体系；军民结合的科技创新体系；具有地域特色的区域创新体系。

3. 【解析】D　以许可证转让方式（包括专利和非专利科技成果）所进行的技术转移，是目前技术转移中最受关注和最为重要的方式，通常称之为"技术转让"。这是一种有偿的转移方式，技术以商品的形式在技术市场中进行交易。

4. 【解析】C　买者技术交易的程序：①在选择技术之前先弄清楚本企业的资源优势、现有设备和销售渠道，明白应该寻找什么样类型的技术；②进入卖方成果库，查找符合本企业要求的技术；③签订技术合同；④如果有必要，可以向无形资产评估机构或者向技术市场咨询机构进行资产评估；⑤如果存在资金困难，可以向风险投资机构寻求帮助；⑥如若向银行贷款，可以向投资担保公司寻求帮助，也可以咨询融资服务机构；⑦在资金管理方面需要帮助，可以找会计师事务所；⑧如果需要法律援助，可以找律师事务所。

5. 【解析】C　知识产权保护制度是随着技术创新的发生而产生，又随着技术创新的发展而不断地发展和完善。知识产权保护制度激励企业技术创新。随着市场经济的发展，技术创新成本加大，风险不断增加。如果企业被授予相应的知识产权后，可凭借技术上的垄断地位，在市场竞争中获取合法的高额垄断利润，收回投资成本。既能确保企业技术创新的顺利进行，又可促进企业投入更多的资金进行技术创新，从而形成一种良性循环，并且在知识产权的有效保护期内，企业可通过技术转让和使用许可，获取可观的利润，从经济上，技术上不断激励企业技术创新。

6. 【解析】A　此图代表的是需求拉动的创新过程模型。本题考核六代具有代表性的创新过程模型。

7. 【解析】A　技术创新小组产生于第二次世界大战期间，是指为完成某一创新项目临时从各部门抽调若干专业人员而成立的一种创新组织。技术创新小组是一个自由联合体，可以消除由于职能部门分工不同而造成的跨部门的效率损失，而且体制灵活，被称为"开放的灵活反应组织"，是最适合中小企业的一种技术创新组织形式之一。

8. 【解析】C　产品创新是建立在产品整体概念基础上以市场为导向的系统工程，是功能创新、形式创新、服务创新多维交织的组合创新。按照技术变化量的大小，产品创新可以分成重大的产品创新和渐进的产品创新。其中，渐进的产品创新是指在技术原理没有重大变化的情况下，基于市场需要对现有产品所作的功能上的扩展和技术上的改进。如由收音机发展起来的组合音响。

9. 【解析】A　产品创新是建立在产品整体概念基础上以市场为导向的系统工程，是功能创新、形式创新、服务创新多维交织的组合创新。工艺创新，也称过程创新。它是产品的生产技术变革，包括新工艺、新设备和新组织管理方式。

10. 【解析】A　内企业家是指企业为了鼓励创新，允许自己的员工在一定限度的时间内离开本岗位工作，从事自己感兴趣的创新活动，并且可以利用企业的现有条件。由于这些员工的创新行为具有企业家的特征，但是创新的风险和收益均在企业内，因此称这些从事创新活动的员工为内企业家，由内企业家创建的企业为内企业。这是常见的企业技术创新组织形式中，非正式程度最高的一种。

11. 【解析】D　我国著作权法规定，著作的修改权、署名权以及保护作品的完整性的权利均不受时间限制，但作品的使用权、发表权、获得报酬的权利为作者终生及死后 50 年。

12. 【解析】C　流通创新以技术创新为核心。

13. 【解析】A　技术创新是产业发展链的开端，是自主知识产权产业化的前提。

14. 【解析】B　开发中试阶段可分为两个方面：一是技术开发，二是应用开发。这一阶段的成果有重要的工业应用价值和固定的表现形式。

15. 【解析】A　技术开发合同是当事人之间就新技术、新产品、新工艺或者新材料及其系统的研究开发所订立的合同，包括委托开发合同和合作开发合同。

16. 【解析】B　矩阵式组织结构既可以根据某一产品生产、设计、销售的需要设置项目小组来对该产品对象进行统一管理，又可以对各项职能进行分类管理。这种结构的优点是显而易见的：首先，它通过组成项目小组而达到事业部的效果，使一个项目小组内的信息流及物流都更加畅通，而项目小组之间的信息流动则可以通过统一职能部门中人员的相互交流来达到；其次，这种组织结构能够充分利用已有的创新，有利于创新经验累积度的提高，使创新发挥其最大效用。因此，矩阵式组织结构既有利于产品创新，也适宜开展工艺创新。

17. 【解析】C　矩阵组织为企业提供了更大的灵活性，通过建立产品或项目的有关信息流而与具有各类专业知识的人员密切合作，不仅能够使企业协调，而且还能及时发现问题并予以解决，矩阵组织也提高了企业的长期应变能力并集中体现在提高创新能力上，是一种"有目的争执"，对技术创新的意念起到激励作用。

18. 【解析】A　西方国家的技术发展的历程表明，出现在20世纪中叶以前的技术创新多是由科学技术的突破与发展推动的。

19. 【解析】A　动态联盟是能够适应市场快速变化的、动态的、虚拟的、网络化的企业联盟。成员企业间在法律上可以是合伙关系、合资关系、发包和承包的关系、委托代理关系、母子公司关系等等，关键是要将不同成员企业互补的核心竞争力联合起来，形成一个有机的整体。

20. 【解析】A　目标产品性是指企业联盟进行一个机遇产品的开发、生产经营，以产品创新为目标，这是动态联盟最基本的特征。

21. 【解析】D　引进、消化吸收再创新是最常见、最基本的创新形式，其核心概念是利用各种引进的技术资源，在消化吸收基础上完成重大创新。它与集成创新的相同点，都是利用已经存在的单项技术为基础；不同点在于，集成创新的结果是一个全新产品，而引进、消化吸收再创新的结果，是产品价值链某个或者某些重要环节的重大创新。引进消化吸收再创新是各国尤其是发展中国家普遍采取的方式，在当今经济全球化步伐加快的情况下尤为重要。

22. 【解析】C　矩阵式组织结构既可以根据某一产品生产、设计、销售的需要设置项目小组来对该产品对象进行统一管理，又可以对各项职能进行分类管理。这种结构的优点是显而易见的：首先，它通过组成项目小组而达到事业部的效果，使一个项目小组内的信息流及物流都更加畅通，而项目小组之间的信息流动则可以通过统一职能部门中人员的相互交流来达到；其次，这种组织结构能够充分利用已有的创新，有利于创新经验累积度的提高，使创新发挥其最大效用。因此，矩阵式组织结构既有利于产品创新，也适宜开展工艺创新。

23. 【解析】C　工艺创新，也称过程创新，是产品的生产技术变革。包括新工艺、新设备和新组织管理方式。炼钢用的氧气顶吹转炉、钢铁生产中的连铸系统、早期福特公司采用的流水作业以及现代的计算机集成制造系统等，都是重大的工艺创新。

24. 【解析】C　内企业家是指企业为了鼓励创新，允许自己的员工在一定限度的时间内离开本岗位工作，从事自己感兴趣的创新活动，并可以利用企业的现有条件，如资金、设备等。由于这些员工的创新行为具有企业家的特征，但创新的风险和收益均在所在企业内，因此称这些从事创新活动的员工为内企业家。

25. 【解析】A　项目管理实施过程分为以下四个阶段：
(1) 概念阶段，提出并论证项目是否可行。
(2) 开发阶段，对可行项目做好开工前的人、财、物及一切软硬件准备，对项目进行总体策划。
(3) 实施阶段，是项目生命周期中时间最长、完成的工作量最大、资源消耗最多的阶段。
(4) 结束阶段，项目结束，最终产品成型。

26.【解析】C　第四代创新过程模型即一体化创新过程模型标志着观念的转变，即从将创新过程看做主要是序列式的、从一个职能到另一个职能的开发活动过程，到将创新看做是同时涉及市场营销、R&D（研究开发）、原型开发、制造等因素的并行过程的转变。

27.【解析】D　国际技术贸易是指不同国家的企业、经济组织或个人之间，按照一般商业条件，向对方出售或从对方购买软件技术使用权的一种国际贸易行为，由技术出口和技术引进两方面组成。

28.【解析】A　我国《专利法》规定，发明专利权保护期限为20年，实用新型和外观设计专利权保护期限均为10年。超过各自规定的年限，就不再称为专利了，也不再受到《专利法》的保护，从而成为公用物品。我国《商标法》规定，注册商标的有效期为10年，但期满前可以续展10年，并且也可以一直续展下去。如果期满前不办理续展手续，注册商标权也就自动失效了。

29.【解析】C　引进、消化吸收再创新是最常见、最基本的创新形式。其核心概念是利用各种引进的技术资源，在消化吸收基础上完成重大创新。

30.【解析】B　最早提出国家创新体系的专家是弗里曼。

31.【解析】A　事业部制组织结构顺应了生产和销售的扩大，以及市场竞争日益加剧的要求，灵活地调动了各部门的积极性，赋予各部门充分的自主权，从而有利于技术创新的开展和实现。

32.【解析】B　技术服务合同包括技术服务合同、技术培训合同、技术中介合同。技术服务合同是一方当事人（受托方）以技术知识为另一方（委托方）解决特定技术问题所订立的合同，其主要特征在于解决特定技术问题；技术培训合同是当事人一方委托另一方对指定的专业技术人员进行特定项目的技术指导和业务训练所订立的合同，其合同标的是围绕特定项目的技术培训课题，培训的对象是指定的专业技术人员；技术中介合同是当事人一方（中介方）以知识、技术、经验和信息为另一方与第三方订立技术合同、实现技术创新和科技成果产业化进行联系、介绍、组织工业化开发并对履行合同提供专门服务所订立的合同。

33.【解析】B　事业部制组织结构是针对直线职能式结构将一个产品的生产分解为多个职能部门，而减少了对产品整体性考虑的不足而设立的，是依据对象原则建立起来的组织结构，其中每一个事业部由一个产品或项目组成。这种结构有利于回避风险、内部控制和专业管理，但不利于创新经验的积累。

34.【解析】D　《国家长期科学和技术发展规划纲要》明确指出，要把建立以企业为主体、以市场为导向、产学研相结合的技术创新体系作为突破口，建立国家创新体系。"产""学""研"联盟的主要优点是能充分利用合作伙伴的知识技能和资源，发挥自己的优势，减少成本和风险。

35.【解析】A　以技术许可证转让方式所进行的技术转移，是目前技术转移中最受关注和最为重要的方式，通常称之为技术转让。这是一种有偿的转移方式，技术以商品的形式在技术市场中进行交易。

二、多项选择题

1.【解析】CDE　技术扩散是一个纯技术的概念，而技术转移不仅仅包括纯技术，而且还包括与技术有关的各种知识信息等。所以选项A错误。技术转让是技术转移的一种特殊形式。所以选项B错误。本题考核技术转移与技术扩散、技术转让、技术引进的关系。

2.【解析】ABD　企业技术中心也称技术研发中心或企业科技中心，是企业特别是大中型企业，实施高度集中管理的科技开发组织，在本企业（行业）的科技开发活动中，起着主导和牵头作用，具有权威性，处于核心和中心地位。技术中心是企业技术创新体系的重要组成部分，其特征主要有：①具有较完备的研究开发条件；②有知识结构合理、素质较高的技术人员队伍；③具有较高技术水平的研究开发项目。

3.【解析】BCD　创新小组是指为完成某一创新项目临时从各部门抽调若干专业人员而成立的一种创新组织，其主要特点是：

（1）创新小组是针对复杂的技术创新项目中的技术难题或较简单小型的技术项目而成立的，组成人员少，但工作效率却很高；

（2）一般情况下，创新小组可由企业研究开发、生产、营销和财务等部门人员组成，这些人员在一定时期内脱离原部门工作，完成创新任务之后就随之解散；

（3）技术创新小组是一个开放式组织，小组成员随着技术项目的需要增加或减少；

（4）创新小组具有明确的创新目标和任务，企业高层主管对创新小组充分授权，完全由创新小组成员自主决定工作方式；

（5）创新小组成员既要接受原部门的领导，又要接受技术创新小组领导的管理，其组织形式是一种典型的简单矩阵式结构；

（6）技术创新小组成员之间不存在严格意义上的上下级关系，而是工作中的协作与合作关系，多为扁平型。

4. 【解析】ABCE　我国国家创新体系的组织安排包括的四个基础平台是：①科技信息、公共数据、技术交换与军民共享基础平台；②适应创新发展的人才基础平台；③有利于创新的政策法规基础平台；④激发创新活力的文化基础平台。

5. 【解析】BCDE　技术创新的特点主要是：①技术创新不是技术行为，而是一种经济行为；②技术创新是一项高风险活动；③技术创新时间的差异性；④外部性；⑤一体化与国际化。

6. 【解析】ABCD　我国国家创新体系的组织安排应包括六个系统和四个基础平台。其中，六个系统是：以政府为主导的管理调控体系；以企业为主体，产学研互动的技术创新体系；以科研机构和大学为主体的科学创新体系；以各种中介机构为纽带的科技服务体系；军民结合的科技创新体系；具有地域特色的区域创新体系。

7. 【解析】ABCE　企业联盟的主要特点有：①目标产品性；②优势性；③动态性，又称临时性；④连接的虚拟性；⑤组织的柔性；⑥结构的扁平性。

8. 【解析】ABDE　通过购置设备和软件，获取所需要的技术，是最常见的技术转移方式之一。这种方式的优点是：能最快地获取现有的技术，卖方可能会提供培训，投产获利较快，风险较小。缺点是：新设备可能不适应企业现有的环境，企业需要在组织上进行变化，成本较高，不能从根本上提高技术能力，随着技术的变化需要不断地购买。

9. 【解析】BCDE　知识产权的特征主要有：

（1）专有性。专有性也称垄断或独占性。

（2）地域性。知识产权的地域性是对权利人的一种限制。

（3）时间性。知识产权的保护受到时间的限制。超过规定的时间，就不再得到法律的保护。

（4）知识产权的获得需要法定的程序。

（5）知识产权主体权利具有财产和人身双重权利。创造者依法享受署名权、发明权、转让权，知识产权在有效期、有效域、有效权内只属于知识产权所有人，不得更改。

10. 【解析】ACD　企业和政府联盟主要有三种模式：一是政府承担大部分技术所需的资金，企业组织人才，技术创新成果归政府所有；二是政府投资、企业组织人才，进行技术开发，开发出来的先进技术转卖给企业；三是政府帮助企业技术创新融资等。

11. 【解析】BCD　技术创新对企业组织结构演进有着重要的影响，它促使企业组织结构进行适应性变革。从历史上看，伴随技术创新历程而出现的组织结构等各种结构变革，先后经历了直线制、事业部制、矩阵结构形态，这一演变历程是对技术进步和市场环境变动的适应性变革。

12. 【解析】ABCD　影响技术转移成功的客观规律主要有以下几个方面：①技术转移的梯度最小律；②技术转移的信息传递律；③技术转移的人才载体律；④技术转移的适用律；⑤技术转移的引力最大律；⑥技术转移的创新发展律；⑦技术转移的风险律；⑧技术转移的保密与传播矛盾律；⑨技术转移的加速律。

13. 【解析】BCE　系统集成和网络模型是第五代创新过程模型（5IN），是一体化模型的理想化发展。5IN表明，在创新的过程中，除了需要内部系统整合外，还需要与企业以外的其他公司建立良好的网络关系，透过策略联盟或联合开发形式，达到快速且低成本的创新。也就是说，企业必须考虑实际环境中所有存在的因素和结构，以使公司任何部门都能更有效率地发展。5IN 最为显著的特征是它代表了创新的电子化和信息化过程，更多地使用专家系统来辅助开发工作，仿真模型技术部分替代了实物原型。

14. 【解析】BCE　技术交易的主要特点有：

（1）技术买卖的标的不是有形的商品，而是无形的技术知识。

（2）技术贸易转让的是技术的使用权，而不能转让技术的所有权。

（3）技术出口不是企业的直接目的，企业生产商品的直接目的是向市场销售产品，企业研制技术的直接目的是为了利用这种技术生产更先进的技术产品，只是当企业认为出售技术会比利用这种技术生产产品带来的利润更大时，他才会出口这种技术。

（4）技术贸易比一般商品贸易复杂，尤其是国际技术贸易。

15. 【解析】ABC　国际技术贸易采用单纯的技术贸易与混合的技术贸易两种方式或途径。单纯的技术贸易有：许可贸易、专有技术转让、技术协助；混合的技术贸易主要有：合作生产、合资经营、补偿贸易、工程承包、装配生产、交钥匙工程（引进成套设备、技术转让）、租赁贸易、特许专营等。

16. 【解析】ABCD　特许经营的受方与供方经营的行业，生产和出售的产品，提供的服务，使用的商号名称和商标（或服务标志）都完全相同，甚至商店门面的装潢、用具、职工的工作服、产品的制作方法、提供服务的方式也都完全一样。

17. 【解析】ABCDE　企业技术中心的主要职责：①开展有市场的新产品、新工艺、新技术、新材料的储备性研究，促进其产生经济效益；②开展企业重大产品和关键技术的研究开发，对引进的新技术进行消化吸收，并进行二次开发；③开展将科技成果转化为生产技术和商品的中间试验；④参与企业重大技术引进项目，技术改造项目的技术审定以及企业技术进步发展规划的制订和执行；⑤积极推进产学研相结合和国内外技术交流与合作。

18. 【解析】ABCE　含有知识产权和专有技术转让的设备买卖，其交易标的包含两方面的内容：一是硬件技术，即设备本身；二是软件技术，即设备中所含有的或与设备有关的技术知识。这些技术知识又分为两部分：一部分属于一般的技术知识，另一部分是专利技术和专有技术。

19. 【解析】ABCD　技术转让合同是指合同一方当事人将一定的技术成果交给另一方当事人，而另一方当事人接受这一成果并为此支付约定的价款或费用的合同。技术转让合同包含专利权转让合同、专利申请权转让合同、技术秘密转让合同、专利实施许可转让合同四种。

三、案例分析题

1. 【解析】A　熊彼特认为"创新"就是"企业家把生产要素和生产条件的新组合引入生产体系"。技术创新的含义表明：企业家是技术创新的推动者。

2. 【解析】ABC　熊彼特认为，这种"创新"或生产要素的新组合包括五种情况：①引进新的产品；②采用一种新的生产方法；③开拓一个新的市场；④开发新的资源；⑤实行一种新的企业组织形式。

3. 【解析】A　我国学术界对技术创新公认的定义是：技术创新是企业家抓住市场潜在盈利机会，以获取经济利益为目的，重组生产条件和要素，不断研制推出新产品、新工艺、新技术，以获得市场认同的一个综合性过程。

4. 【解析】D　技术创新的经济意义往往取决于它的应用范围，而不完全取决于是产品创新还是工艺创新。一般来说，具有广泛应用范围的技术创新必然给企业带来巨大的经济效益。

5. 【解析】C　外部性是指一件事对于他人产生有利（正外部性）或不利（负外部性）的影响，但不需要他人对此支付报酬或进行补偿。对于技术创新活动来说，外部性是指由于技术的非自愿扩散，促进了周围的技术和生产力水平提高的现象。

6. 【解析】A　创新是一种经济行为，技术创新的核心是企业家，技术创新的产出成果是新产品和新工艺等，其目的是获取潜在的利润，市场实现是检验创新成功与否的标准。

第七章　人力资源规划与薪酬管理

 考情分析

　　第七章涵盖了人力资源管理中的人力资源规划、员工招聘、薪酬管理、员工流动管理等基础知识。本章主要多以单选题、多选题、案例题出现。

最近三年本章考试题型及分值

年　份	单项选择题	多项选择题	案例分析题	合　计
2008 年	5 题 5 分	2 题 4 分	5 题 10 分	12 题 19 分
2009 年	6 题 6 分	2 题 4 分	4 题 8 分	12 题 18 分
2010 年	5 题 5 分	2 题 4 分	2 题 4 分	9 题 13 分

 考点精讲与真题解析

第一节　人力资源规划

考点一 人力资源规划的含义与内容

（一）人力资源规划的含义

　　人力资源规划是指企业根据发展战略、目标和任务的要求，科学地预测与分析企业在不断变化的环境中人力资源的需求和供给状况，并据此制定必要的人力资源政策和措施，以确保企业的人力资源与企业的发展战略、目标和任务在数量、质量、结构等方面保持动态平衡的过程。

　　人力资源规划主要包括以下四个方面的含义：

　　（1）人力资源规划谋求企业人力资源与企业发展战略、目标和任务保持动态平衡，它既要以企业发展战略、目标和任务为依据，又要为它们服务。

　　（2）企业所处的外部环境是不断变化的，这种变化使得企业的发展战略、目标和任务也处于不断的调整之中，从而使企业的人力资源需求与供给也处于不断变动之中，寻求人力资源需求与供给的动态平衡是人力资源规划的基点。

　　（3）企业人力资源规划是一个依据企业发展战略、目标和任务对企业人力资源的数量、质量、结构进行规划的过程，因此，需要相应的人力资源政策和措施相配合，以确保人力资源规划的实施与实现。

　　（4）企业人力资源规划是要保障企业组织和企业员工都得到长期的利益，但更多的是保障企业组织的利益得到实现。保障员工利益主要是由企业人力资源管理的其他系统实现的。

（二）人力资源规划的内容

人力资源规划的内容如表7-1所示。

表7-1　人力资源规划的内容

划分标准	分类	含义
按照规划时间的长短	短期规划	是指1年或1年内的规划
	中期规划	一般为1~5年的时间跨度
	长期规划	是指时间跨度为5年或5年以上的规划
按照规划的性质	总体规划	指根据企业发展战略、目标和任务，对规划期内企业人力资源开发和利用的总目标和配套政策的总体谋划与安排
	具体计划	是指为实现企业人力资源的总体规划，而对企业人力资源各方面具体工作制订工作方案与措施，具体包括人员补充计划、配备计划、使用计划、培训开发计划、薪酬计划等

【例7-1】企业人力资源规划按照性质划分为（　　　　）。（2010年单选题）

A. 总体规划和具体计划　　　　　　　　B. 中期规划和长期规划

C. 短期规划和中期规划　　　　　　　　D. 短期规划和长期规划

【解析】A　按照规划的性质，企业的人力资源规划又可分为总体规划和具体计划，A选项正确。

考点二　人力资源规划的制定程序

（一）收集信息，分析企业经营战略对人力资源的要求

人力资源信息可以分为企业内部信息和外部环境信息两大类：

（1）企业内部信息包括企业发展战略、经营计划，人力资源现状（包括员工数量和构成、员工使用情况、教育培训情况、离职率和流动性等）。

（2）企业外部环境信息包括宏观经济形势和行业经济形势、技术发展趋势、产品市场竞争状况、劳动力市场供求状况、人口和社会发展趋势以及政府管制情况等。在收集到充分的信息后，还要对这些信息进行全面的分析、整理，便于预测时使用。

（二）进行人力资源需求与供给预测

人力资源需求预测主要是根据企业的发展战略规划和本企业的内外部条件选择预测技术，然后对人力资源需求的数量、质量和结构进行预测。人力资源供给预测包括两个内容：一是内部供给预测，即根据现有人力资源及其未来变动情况，确定未来所能提供的人员数量和质量；另一种是对外部人力资源供给进行预测，确定未来可能的各类人员供给状况。

（三）制定人力资源总体规划和各项具体计划

制定人力资源总体规划主要体现在三个方面：人力资源数量规划、人力资源素质规划和人力资源结构规划，这三方面的内容为企业人力资源管理提供了指导方针和政策。在此基础上，要制定企业人力资源的各项具体计划，以确保企业人力资源总体规划的实施与实现。

（四）人力资源规划实施与效果评价

在实施过程中，要加强监督、检查和控制，在外部环境和内部条件没有明显变化的情况下，要保证人力资源规划得到有效的实施，发现不严格执行规划等问题要及时加以纠正。规划实施后，还要对结果进行汇总和评价，积累经验，以指导以后的人力资源规划工作。在评价人力资源规划

时，需要将执行结果与规划的内容进行比较，找出两者的差距，并分析产生差距的原因，是规划本身的问题还是执行中的问题。针对问题采取有效的解决措施，以使下一轮的人力资源规划工作水平得到提高。

考点三　人力资源需求与供给预测

（一）人力资源需求预测

人力资源需求预测是指以企业的战略目标和工作任务为出发点，综合考虑各种因素的影响，从而对企业未来某个时期人力资源需求的数量、质量和结构等进行估计的活动。在进行企业人力资源需求预测时，应充分考虑以下影响因素：①企业未来某个时期的生产经营任务及其对人力资源的需求；②预期的员工流动率及由此引起的职位空缺规模；③企业生产技术水平的提高和组织管理方式的变革对人力资源需求的影响；④企业提高产品或服务质量或进入新市场的决策对人力资源需求的影响；⑤企业的财务资源对人力资源需求的约束。

企业可以采用的人力资源需求预测方法有：

1. 管理人员判断法

这种方法是由企业的各级管理人员，根据自己工作中的经验和对企业未来业务量增减情况的直觉考虑，自下而上地确定未来所需人员的方法。这是一种粗略的、简便易行的人力资源需求预测方法，主要适用于短期预测。

2. 德尔菲法

这种方法是由有经验的专家依赖自己的知识、经验和分析判断能力，对企业的人力资源需求进行直觉判断与预测。

具体操作步骤为：

（1）选择20个左右熟悉人力资源问题的专家组成一个预测小组，并为他们提供相关的背景资料。

（2）提出一系列有关人力资源预测的具体问题，以匿名问卷的形式请专家们以书面形式回答，使专家们在背靠背、互不通气的情况下回答问题。

（3）进行第一轮预测，并将各位专家的预测意见集中归纳，把归纳的结果反馈给各位专家，请他们修改并提出预测意见；然后再将修改后的意见进行归纳，经过三到四次的重复，直至专家们的意见趋于稳定。

（4）汇总专家们的意见，经过数据处理，得出最终结果。

在运用德尔菲法进行人力资源需求预测时，企业应注意以下几个问题：

（1）为专家提供详尽且完善的有关企业生产经营状况的信息，使他们能够准确判断企业的生产经营状况。

（2）保证所有专家能够从同一角度去理解有关人力资源管理方面的术语和概念，避免造成误解和歧义。

（3）问题的回答不要求太精确，但要说明原因。

（4）提问过程尽可能简化，所提问题必须是与预测有关的问题。

（5）向高层管理人员和专家讲明预测对企业及下属单位的益处，以争取他们对德尔菲法的支持。

3. 转换比率分析法

这种方法是根据历史数据，把企业未来的业务活动量转化为人力资源需求的预测方法。

转换比率分析法的关键点是找出企业业务增量与人力资源增量和企业主体人员与辅助人员的比例关系，由此，推断出企业各类人员的需求量。

4. 一元回归分析法

这一方法的关键在于找出与人力资源需求高度相关的变量。使用这一方法时，这些变量的历史必须是全面的。企业人力资源的需求水平通常总是和某个或某些因素具有高度确定的相关关系，这样就可以用数理统计的方法定量地把这种关系表示出来，从而得到一个回归方程，并用此方程预测人力资源需求量。

（二）人力资源供给预测

人力资源供给预测包括内部供给预测和外部供给预测两方面。最常用的内部供给预测方法有三种：人员核查法、管理人员接续计划法和马尔可夫模型法。

1. 人员核查法

人员核查法是通过对现有企业内部人力资源数量、质量、结构和在各职位上的分布状况进行核查，确切掌握人力资源拥有量及其利用潜力，在此基础上，评价当前不同种类员工的供应状况，确定晋升和岗位轮换的人选，确定员工特定的培训或发展项目的需求，帮助员工确定职业开发计划与职业设计。

当企业规模较小时，进行人员核查相对容易；而如果企业的规模较大、组织结构复杂时，人员核查就应建立人力资源信息系统。人员核查法是一种静态的方法，不能反映未来人力资源拥有量的变化，因此，多用于短期的人力资源拥有量预测。

2. 管理人员接续计划法

这种预测技术主要是对某一职务可能的人员流入量和流出量进行估计。这种预测方法主要适用于对管理人员和工程技术人员的供给预测。

管理人员接续计划模型如图 7-1 所示。

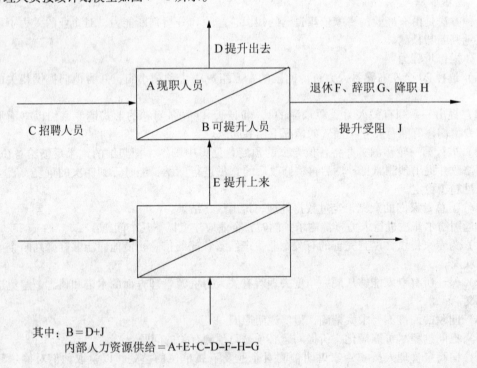

其中：B＝D＋J
内部人力资源供给＝A＋E＋C－D－F－H－G

图 7-1 管理人员接续计划模型

3. 马尔可夫模型法

马尔可夫模型是用来预测具有时间间隔（如一年）的时间点上，各类人员分布状况的方法。该方法的基本思路是：找出企业过去在某两个职务或岗位之间的人事变动的规律，以此推测未来企业中这些职务或岗位的人员状况。

当企业内部供给无法满足人力资源需求时，就需要考虑从外部招募。人力资源外部供给预测同内部供给预测一样，也需要分析潜在员工的数量和能力等。

（1）本地区的人口总量与人力资源供给率。这一比率决定了该地区可提供的人力资源总量。当地人口数量越大，人力资源供给率越高，企业外部人力资源的供给就越充裕。

（2）本地区的人力资源的总体构成。该指标决定了在年龄、性别、教育、技能、经验等层次与类别上可提供的人力资源的数量与质量。

（3）宏观经济形势和失业率预期。一般来说，国家经济低迷，失业率上升，劳动力供给就会比较充足，企业进行外部招聘比较容易；而国家经济发展迅速，失业率低，劳动力供给就会相对紧张，招聘工作的困难将增大。

（4）本地区劳动力市场的供求状况。国家短缺或地方性的有关政策会对地方劳动力市场的供求状况产生影响。在我国，可参考各地劳动人事部门、规划部门和行业管理部门等公布的统计资料。

（5）行业劳动力市场供求状况。包括本行业劳动力的平均价格、与外地市场比较的相对价格、当地的物价指数等，都会对企业的人力资源外部供给产生影响。

（6）职业市场状况。企业在考虑外部人力资源供给时，必须收集一些关于企业所需人才的信息，这些信息一般来自职业市场。

【例7-2】某企业将20名专家组成小组，根据专家的知识、经验，对企业的人力资源管理需求进行多轮的直觉判断与预测。这种人力资源需求预测方法是（　　　　）。（2009年单选题）

A．管理人员判断法 　　　　　　　　B．线性回归分析法

C．德尔菲法 　　　　　　　　　　　D．管理人员接续计划法

【解析】C　德尔菲法是由有经验的专家依赖自己的知识、经验和分析判断能力，对企业的人力资源需求进行直觉判断与预测。专家可以是来自基层的管理人员或有经验的员工，也可以是中高层管理者；既可以是企业内部的，也可以是企业外请的。专家的选择基于他们对所研究问题的了解程度对人力资源需求进行直觉判断与预测。

第二节　绩效考核

考点四　绩效与绩效考核的含义

绩效和绩效考核如表7-2所示。

表7-2　绩效和绩效考核

绩效	概念	绩效就其范围而言，可以分为企业的绩效、部门的绩效和员工个人的绩效三种，这里主要研究的是员工个人绩效及其相关的问题
	特点	①多因性。 ②多维性。 ③变动性
绩效考核	含义	绩效考核是指组织根据既定的员工绩效目标，收集与员工绩效相关的各种信息，借助一定的方法，定期对员工完成绩效目标的情况进行考查、评价和反馈，从而促进员工绩效目标的实现，并促进组织整体绩效目标的实现的管理活动
	功能	①管理功能。 ②激励功能。 ③学习和导向功能。 ④沟通功能。 ⑤监控功能。 ⑥增进绩效的功能

【例7-3】 下面不属于绩效的特点的是（   ）。（单选题）

A. 多因性   B. 多维性   C. 平衡性   D. 变动性

【解析】C   绩效作为一种工作结果和工作行为具有多因性、多维性和变动性的特点。因此答案选C。直觉判断与预测。

考点五 绩效考核的内容和标准

（一）绩效考核的内容

绩效考核内容是对企业员工工作任务的界定，它明确回答了企业员工在绩效考核期内应该完成什么样的工作，具体包括绩效考核项目和绩效考核指标两个部分。

（二）绩效考核标准

绩效考核标准是关于企业员工工作任务在数量和质量方面的要求，它明确回答了应该把绩效考核内容所界定的工作任务做到什么程度或应该使之达到什么标准，是绩效考核指标的进一步量化或具体描述。绩效考核标准的设计和确定，必须符合科学、理性的原则。

【例7-4】 绩效考核标准的设计和确定，必须符合的原则有（   ）。（多选题）

A. 科学   B. 合理   C. 准确   D. 完备

【解析】AB   绩效考核标准的设计和确定，必须符合科学、理性的原则。因此AB选项正确。

考点六 绩效考核的步骤和方法

（一）绩效考核的步骤

绩效考核的步骤如图7-2所示。

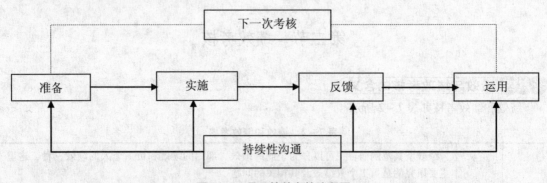

图7-2   员工绩效考核流程图

（1）绩效考核的准备阶段。这一阶段的主要任务是制订绩效考核计划和做好技术准备工作。

（2）绩效考核的实施阶段。这一阶段的主要任务是绩效沟通与绩效考核评价。

（3）绩效考核结果的反馈。这一阶段的主要任务是上级领导就绩效考核的结果与考核对象沟通，具体指出员工在绩效方面存在的问题，指导员工制定出绩效改进的计划，还要对该计划的执行效果进行跟踪并给予指导。

（4）绩效考核结果的运用。这一阶段的主要任务是将考核结果的大量信息、资料进行分析整理，把这些结果合理地运用到人力资源开发与管理工作的各个环节上去，使之成为人力资源开发与管理各个环节工作的重要依据，而这也正是绩效考核工作的归宿。

（二）绩效考核方法

常用的绩效考核方法主要有：

（1）民主评议法。

（2）书面鉴定法。

（3）关键事件法。

（4）比较法。该类方法最常用的形式有以下三种：直接排序法、交替排序法和一一对比法。

（5）量表法（评级量表法和行为锚定评价法）。

第三节 薪酬管理

考点七 薪酬的概念与构成

薪酬是指员工从事企业所需要的劳动而得到的各种形式的经济收入、福利、服务和待遇。从最宽泛的角度观察，薪酬由经济性薪酬和非经济性薪酬构成，如图7-3所示。

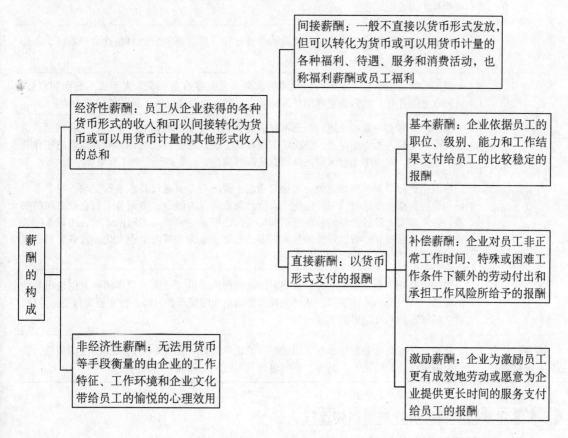

图7-3 薪酬的构成

【例7-5】非经济性薪酬包括（ ）。（2010年多选题）

A．工作本身　　　B．工作环境　　　C．企业文化

D．带薪休假　　　E．公费进修培训

【解析】ABC 带薪休假、公费进修培训是间接薪酬，是经济性薪酬，DE选项不选。

【例7-6】企业给员工发放的加班费属于（ ）。（2009年单选题）

A．基本薪酬　　　B．补偿薪酬　　　C．激励薪酬　　　D．间接薪酬

【解析】B 加班费属于补偿薪酬。补偿薪酬是企业对员工非正常工作时间、特殊或困难工作条件下额外的劳动付出和承担工作风险所给予的报酬，主要包括加班费、津贴、补贴等形式。比如夜班工作津贴、出差补贴、特殊工作条件补贴等。

考点八 薪酬的功能

薪酬的功能可以从员工、企业和社会三方面进行考察，如表7-3所示。

表7-3 薪酬的功能

考察角度	功能
薪酬对员工的功能	保障功能：薪酬对员工的保障不仅体现在它要满足员工及其家庭的吃、穿、住、用等各方面的基本生存需要，同时还体现在它要满足员工及其家庭的娱乐、教育、培训等方面的发展需要
	激励功能：薪酬不仅仅是员工的一种获取物质及休闲需要的手段，而且还是满足员工的价值实现和被尊重的需要的手段。因此，薪酬会在很大程度上影响一个人的情绪、积极性和能力发挥
	调节功能：是指薪酬作为一种重要的经济杠杆，可以调节劳动力在社会各地区、各部门和各企业之间的流动
薪酬对企业的功能	增值功能：薪酬是企业购买劳动力的成本，它能够给企业带来大于成本的预期收益。这种收益的存在，成为企业聘用员工的动力机制，也明确反映了薪酬的增值功能
	改善用人活动功效的功能：薪酬不仅决定了企业可以招聘到的员工的数量和质量，也决定了企业的人力资源存量，还决定了现有员工受到激励的状况，影响到他们的工作效率、出勤率、归属感和忠诚度，从而直接影响到企业的生产能力和工作效率
	协调企业内部关系和塑造企业文化的功能：薪酬一方面通过其水平的变动，将企业目标和管理者意图传递给员工，促使个人行为与企业行为融合，协调员工与企业之间的关系；另一方面，通过合理的薪酬差别和结构，化解企业和员工之间的矛盾，协调人际关系。同时，合理和富有激励性的薪酬制度会有助于塑造良好的企业文化，或者是对已经存在的企业文化起到积极的强化作用
	促进企业变革和发展的功能：薪酬可以通过作用于员工个人、工作团队来创造出与变革相适应的内部和外部氛围，从而有效地推动企业的变革和发展，使企业变得更加灵活，对市场和客户的反应更为迅速有效
薪酬对社会的功能	薪酬水平的高低会直接影响到国民经济的正常运行，也会影响到人民的生活质量，还会影响到社会的稳定等。另外，薪酬也调节人们择业和就业的流向

考点九 企业薪酬制度设计的原则和流程

（一）企业薪酬制度设计的原则

企业薪酬制度设计的原则如表7-4所示。

表7-4 企业薪酬制度设计的原则

企业薪酬制度设计的原则	具体含义
公平原则	指企业向员工提供的薪酬应该与员工对企业的贡献保持平衡。这里的公平包括外部公平、内部公平和员工个人公平。外部公平是指同一行业或同一地区或同等规模企业中类似职务的薪酬水平应当基本相同；内部公平是指同一企业中不同职务之间的薪酬水平应该相互协调；员工个人公平是指同一企业中从事相同工作的员工的报酬要与其绩效相匹配

（续表）

企业薪酬制度设计的原则	具体含义
竞争原则	指应高于同一地区或同一行业其他企业同种职位的薪酬标准，以使自己的企业具有吸引力和竞争力，对关键职位的薪酬标准尤其应如此
激励原则	指企业内部各类、各级职位之间的薪酬标准要适当拉开距离，避免平均化，利用薪酬的激励功能提高员工的工作积极性
量力而行原则	指企业在设计薪酬制度时必须考虑自身的经济实力，避免薪酬过高或薪酬过低的情况出现，以避免使企业成本过高或缺乏吸引力和竞争力
合法原则	指企业进行薪酬制度设计时，应遵循国家有关法律法规和政策的要求，做到合法合理付酬

（二）影响企业薪酬制度的因素

影响企业薪酬制度的因素有外在因素和内在因素两个方面，具体如图7-4所示。

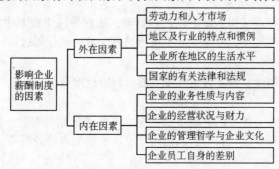

图7-4　影响企业薪酬制度的因素

（三）企业薪酬制度设计的流程

薪酬设计一般流程如图7-5所示。

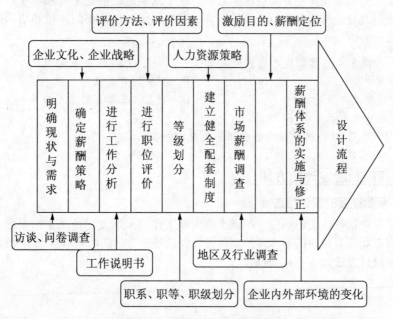

图7-5　薪酬设计的一般流程

1．明确现状和需求

通过访谈与问卷调查，要明确企业薪酬制度对员工绩效和企业绩效的影响状况，了解企业薪酬制度存在的问题及其原因，了解员工对薪酬各部分内容的需求顺序和程度。

2．确定员工薪酬策略

确定薪酬策略的工作主要包括对员工需求结构、员工激励的重点、本企业在本地区或同行业中的地位与实力的分析论证，在此基础上对本企业薪酬水平进行定位，确定薪酬发放的原则、各职级薪酬的差距、薪酬各组成部分的比例等。

3．工作分析

工作分析是分析每一职位对员工知识、技能、心理和生理素质以及其他任职资格的要求，是重要的影响付酬的因素，工作分析的结果是编制出每一职位的说明书。

4．职位评价

职位评价是对企业中各类职位的相对价值进行排序，为实现各类职位员工薪酬的内部公平奠定坚实的基础。

5．等级划分

职位等级的划分通常与企业采用的薪酬模式相对应，如在等级工资制中，职位等级的划分较细；而在宽泛式的职位薪酬制度中，一个企业中可能只有少量的职位等级。

6．建立健全配套制度

配套制度包括绩效考核制度、技术评价标准、能力评价标准等。

7．市场薪酬调查

薪酬调查的数据包括企业上年度的薪酬增长状况、不同薪酬结构对比、不同职位和不同级别的职位薪酬数据、奖金和福利状况、长期激励措施以及未来薪酬走势分析等。

8．确定薪酬结构与水平

为了简化薪酬制定工作，确定薪酬水平时可以先确定不同职等职级的薪酬水平、薪酬幅度和薪酬差距，在确定了薪酬的总体水平和结构之后，再确定每一个职位的具体薪酬水平。

9．薪酬制定的实施与修正

薪酬制度设计完成并获得企业高层批准之后，在正式实施之前还需要和员工，尤其是企业的中层管理人员进行充分地沟通并进行必要的培训。及时的沟通、必要的宣传和培训是保证薪酬改革成功的因素之一。

【例7-7】影响企业酬薪制度的内在因素有（　　　　）。（2009年多选题）

A．劳动力市场状况　　　　　　　　　B．国家的有关法律

C．企业的经营状况与财力　　　　　　D．企业员工知识技能的差别

E．企业所在地的生活水平

【解析】CD　选项ABE属于影响企业酬薪制度的外在因素。

考点十　企业薪酬制度设计的方法

（一）基本薪酬制度的设计方法

基本薪酬是企业依据员工的职位、职级、能力和工作结果所支付给员工的报酬，因此，基本薪酬制度主要有以职位为导向的基本薪酬制度设计和以技能为导向的基本薪酬制度设计两种方法。基本薪酬制度的设计方法如表7-5所示。

表7-5 基本薪酬制度的设计方法

基本薪酬制度的设计方法	分类	含义
以职位为导向的基本薪酬制度的设计	职位等级法	将员工的职位划分为若干级别（即职级），按其所处的职级确定其基本薪酬的水平和数额。 优点：简单易行，成本较低。缺点：不能有效地激励员工，尤其是当许多职位不能简单地划分等级时其缺点更加明显。 适用于规模较小、职位类型较少而且员工对本企业各职位都较为了解的小型企业
	职位分类法	将企业中的所有职位划分为若干类型，然后根据各类职位对企业的重要程度和贡献，确定每一类职位中所有员工的薪酬水平。 优点：简单易行，可做到同职同薪，且能较好地发挥薪酬对员工在企业内部流动的调节作用。 缺点：将各职位划分到某一类职位中时，有的科学依据不足，容易造成内部不公平。 适用于专业化程度较高、分工较细、工作目标较为明确的企业
	计点法	将各种职位划分为若干种职位类型，找出各类职位中所包含的共同的"付酬因素"。 优点：较为客观地找出了各类职位中的"付酬因素"，并进行较为科学的分级，这就使得企业员工的基本薪酬与其职位、职级、承担工作的重要性和难度以及对企业的价值更加吻合，能够更好地体现出内部公平性的原则。 缺点：其操作较为复杂，而且在进行"付酬因素"等级划分和指派分数时一般需要聘请人力资源管理专家帮助，因而成本较高。 适用于国外企业
	因素比较法	首先找出各类职位共同的"付酬因素"，用相应的具体薪金值来表示各职务的价值。包括六个环节：①选择付酬因素；②确定关键职位；③依次按所选各付酬因素，将各关键职务从相对价值最高到最低排出顺序；④为各关键职位按各付酬因素分配薪金值；⑤比较按薪额及按因素价值排出的两种顺序；⑥对照因素比较表对非关键待评职位进行职位评价。 优点：既较为全面地考虑了各职位的价值，又具有较强的灵活性。 缺点：复杂且难度大，需要人力资源管理专家指导才能完成，且不易被员工完全理解，对其公平性常有质疑
以技能为导向的基本薪酬制度设计	以知识为基础	理论依据是具有较高文凭的员工工作效果会更好，而且还可以承担更高要求的工作。这种方法比较适用于企业职能管理人员基本薪酬的确定
	以技能为基础	根据员工技能的广度来确定其基本薪酬，较适用于工作在生产和业务一线员工的基本薪酬的确定

（二）激励薪酬制度的设计方法

由于激励薪酬包括奖金、员工持股、员工分红等，因此，其设计方法主要包括资金制度设计、员工持股制度设计和员工分红制度设计。激励薪酬制度的设计方法如表7-6所示。

表7－6　激励薪酬制度的设计方法

激励薪酬制度的设计方法	分类	含义
奖金制度的设计	绩效奖金	员工达到某一规定的绩效时，企业为了激励、表彰员工而支付的奖金
	建议奖金	企业为了提高员工的主动性和主人翁精神，为企业多提有用的意见、建议而设立的奖金
	特殊贡献奖金	企业为了奖励员工作出的特殊贡献而设立的奖金
	节约奖金	企业为了鼓励员工节约资源、降低成本而设立的奖金
员工持股制度的设计		是一种企业向内部员工提供公司股票所有权的制度，是利润分享的重要形式。股票期权是员工持股制度的一种重要表现形式。它是指允许员工以某一基期的价格来购买未来某一年份的同等面额的本公司股票，员工所得报酬就是股票的基期价格与未来市场价格的差额
员工分红制度的设计		也称"利润分享计划"，指的是用盈利状况的变化来对整个企业的业绩进行衡量，把超过目标利润的部分在企业全体员工之间进行分配的制度

【例7－8】企业为了表彰员工达到某一规定的绩效而支付奖励80万元属于（　　　）。（2010年单选题）

　　A．特殊贡献奖金　　　　B．绩效奖金　　　　C．建议奖金　　　　D．节约奖金

【解析】B　特殊贡献奖金是指企业为了奖励员工作出的特殊贡献而设立的奖金，A选项错误。建议奖金是指企业为了提高员工的主动性和主人翁精神，为企业多提有用的意见、建议而设立的奖金，C选项错误。节约奖金是指企业为了鼓励员工节约资源、降低成本而设立的奖金，D选项错误。

（三）员工福利制度

1．福利制度的含义和作用

福利是企业通过福利设置建立各种补贴、为员工生活提供方便、减轻员工经济负担的一种非直接支付。福利的提供与员工的工作绩效及贡献无关。

福利具有维持劳动力再生产、激励员工和促使员工忠实于企业的作用。

2．福利的构成

福利的形式多种多样，既有货币形式的，又有实物形式的。企业福利形式如表7－7所示。

表7－7　企业福利形式

企业福利形式	含义
安全福利	主要是对职工的劳动安全的保护措施和相关制度、技术标准。包括：安全生产的管理制度、安全卫生标准和安全技术标准、劳动保护用品的供应制度、对女工的特殊保护制度等
保险福利	主要包括：职工因工负伤、伤残、死亡保险，职工公费医疗保险，职工退职退休保险，职工失业保险等
各种津贴	主要包括：交通津贴、洗理津贴、服装津贴、节日津贴、住房津贴、子女入托补助、困难补助等
带薪休假	主要有带薪假日、法定节日、年休假、事假、探亲假等
其他福利	如班车、幼儿园、体育锻炼设施、文化娱乐设施、集体旅游、礼物馈赠、食堂和卫生设施等

（四）非经济性薪酬

员工的非经济性薪酬主要包括三个方面，一是工作本身，二是工作环境，三是企业文化。非

经济性薪酬如表7-8所示。

表7-8　非经济性薪酬

非经济性薪酬的内容	含义
工作	工作本身对员工是一种回报，是一种对其学习知识和掌握技能的投资的回报。如果员工所处的职位和所从事的工作与其所学的专业、所具备的技能、所具有的个性特征相吻合，无疑是对其的一种奖赏。否则，员工可能还会有被惩罚的感觉
工作环境	宽敞的工作空间、舒适的工作条件、弹性的工作时间等都能给员工以鼓励，使员工具有工作的愿望和激情
企业文化	积极向上的企业文化可以使员工树立崇高的理想和正确的价值观，可以使员工获得归属感、尊重感和成就感，这些对员工来说无疑都是一种薪酬

【例7-9】　张某发明了一项专利为公司带来了巨大的经济效益，公司遂向张某发放100万元奖金，该项奖金属于（　　　）。(2009年单选题)

A. 绩效奖金　　　　B. 建议奖金　　　　C. 节约资金　　　　D. 特殊贡献奖金

【解析】　D　特殊贡献奖金是指企业为了奖励员工作出的特殊贡献而设立的奖金，例如重大技术改进、创新项目等可以为企业节约大量资源或带来巨大效益的贡献。

第四节　企业劳动合同管理与劳动争议处理

考点十一　企业劳动合同管理

（一）企业劳动合同的概念和种类

1. 企业劳动合同的概念

企业劳动合同是企业劳动者和企业之间确立、变更和终止劳动权利和义务的协议。《中华人民共和国劳动合同法》（以下简称《劳动合同法》）第10条规定："建立劳动关系，应当订立书面劳动合同。已建立劳动关系，未同时订立书面劳动合同的，应当自用工之日起一个月内订立书面劳动合同。用人单位与劳动者在用工前订立劳动合同的，劳动关系自用工之日起建立。"

企业劳动合同是确立劳动关系的凭证，是建立劳动关系的法律形式，是维护双方合法权益的法律保障。

2. 企业劳动合同的种类

企业劳动合同的种类如表7-9所示。

表7-9　企业劳动合同的种类

分类标准	规定	内容
1. 按照劳动合同的期限划分	《劳动合同法》第12条	分为固定期限劳动合同、无固定期限劳动合同和以完成一定工作任务为期限的劳动合同
（1）固定期限劳动合同	《劳动合同法》第13条	固定期限劳动合同，是指用人单位与劳动者约定合同终止时间的劳动合同。用人单位与劳动者协商一致，可以订立固定期限劳动合同。劳动合同期限可以是长期的，如5年或10年；也可以是短期的，如1年或3年

（续表）

分类标准	规定	内容
（2）无固定期限劳动合同	《劳动合同法》第14条	无固定期限劳动合同，是指用人单位与劳动者约定无确定终止时间的劳动合同。 《劳动合同法》规定： 用人单位与劳动者协商一致，可以订立无固定期限劳动合同。有下列情形之一，劳动者提出或者同意续订、订立劳动合同的，除劳动者提出订立固定期限劳动合同外，应当订立无固定期限劳动合同。 第一，劳动者在该用人单位连续工作满十年的； 第二，用人单位初次实行劳动合同制度或者国有企业改制重新订立劳动合同时，劳动者在该用人单位连续工作满十年且距法定退休年龄不足十年的； 第三，连续订立二次固定期限劳动合同，且劳动者没有《劳动合同法》第39条、第40条第一项、第二项规定的情形，续订劳动合同的。 用人单位自用工之日起满一年不与劳动者订立书面劳动合同的，视为用人单位与劳动者已订立无固定期限劳动合同
2. 按劳动时间分类	《劳动合同法》第14条	分为全日制劳动合同和非全日制劳动合同
（1）全日制劳动合同	《劳动合同法》第14条	是从事全时工作的劳动者与用人单位签订的书面劳动合同，即以日计酬、在同一用人单位每日工作时间在4小时以上、8小时以下，每周工作时间不超过40小时
（2）非全日制劳动合同	《劳动合同法》第14条	是以小时计酬为主，劳动者在同一用人单位一般平均每日工作时间不超过4小时，每周工作时间累计不超过24小时的用工形式。双方当事人可以订立口头协议
3. 以完成一定工作为期限的劳动合同	《劳动合同法》第15条	是指用人单位与劳动者约定以某项工作的完成为合同期限的劳动合同。用人单位与劳动者协商一致可以订立以完成一定工作任务为期限的劳动合同。这类合同多适用子建筑业、铁路交通和水利工程等

（二）企业劳动合同的订立

1. 订立企业劳动合同的原则

《劳动合同法》第3条规定："订立劳动合同，应当遵循合法、公平、平等自愿、协商一致、诚实信用的原则。"如表7－10所示。

表 7－10　订立企业劳动合同的原则

合法原则	合法，即要求劳动合同依法订立，不得违反法律、法规的规定。这是企业劳动合同有效并受法律保护的前提，也是把企业劳动关系纳入法制轨道的根本途径
公平原则	公平原则是指企业在与劳动者订立劳动合同时，应该给予全体劳动者公平的劳动待遇，不得因民族、种族、年龄、性别等的不同而区别对待

（续表）

平等自愿原则	所谓平等，指企业与劳动者在签订劳动合同时的法律地位是平等的，不存在任何依附关系，任何一方不得歧视、欺压对方。 所谓自愿，指企业与劳动者应完全出于自己的意愿签订劳动合同。 自愿原则是指是否订立劳动合同、与谁订立劳动合同以及劳动合同的内容等由双方自愿约定。凡是采取强迫欺诈、威胁或乘人之危等手段，把自己的意志强加给对方，或者所订条款与双方当事人的真实意愿不一致，都不符合自愿原则
协商一致原则	协商一致，指企业与劳动者对所发生的一切分歧要充分地协商，在双方意思表示一致的基础上，再签订劳动合同。协商一致是平等自愿唯一的表达形式
诚实信用原则	诚实信用，即企业与劳动者在订立劳动合同时，应诚实、守信，如实告知各自的实际情况，以善意的方式履行义务，不得滥用权利及规避法律义务。 《劳动合同法》第8条规定："用人单位招用劳动者时，应当如实告知劳动者工作内容、工作条件、工作地点、职业危害、安全生产状况、劳动报酬，以及劳动者要求了解的其他情况；用人单位有权了解劳动者与劳动合同直接相关的基本情况，劳动者应当如实说明。" 第9条规定："用人单位招用劳动者，不得扣押劳动者的居民身份证和其他证件，不得要求劳动者提供担保或者以其他名义向劳动者收取财物。" 《劳动合同法》同时规定，违法扣押证件和收取财物的，不但要退还，还将受到处罚或罚款；给劳动者造成损害的，要承担赔偿责任。将诚信规定为一种法定义务，实际上是将道德准则法律化，使其具有法律约束力，从而更好地约束双方当事人

2. 订立企业劳动合同的程序

根据《劳动合同法》的有关规定以及订立劳动合同的实践，签订劳动合同的程序一般为：

（1）提议。在签订劳动合同前，劳动者或企业提出签订劳动合同的建议，称为要约。

（2）协商。企业与劳动者双方对签订劳动合同的内容进行认真磋商，包括工作任务、劳动报酬、劳动条件、内部规章、合同期限、保险福利待遇等。协商的内容必须做到明示、清楚、具体、可行，充分表达双方的意愿和要求。经过讨论、研究，相互让步，最后达成一致意见。要约方的要约经过双方反复提出不同意见，最后在新要约的基础上表示新的承诺。双方协商一致后，协商即告结束。

（3）签约。在认真审阅合同文书，确认没有分歧后，企业的法定代表人或者其书面委托代理人代表企业与劳动者签订劳动合同。劳动合同由双方分别签字或者盖章，并加盖企业印章。《劳动合同法》规定，用人单位与劳动者在用工前订立劳动合同的，劳动关系自用工之日起建立。

（三）企业劳动合同的内容和条款

1. 企业劳动合同的内容

企业劳动合同的内容如表7-11所示。

表7-11　企业劳动合同的内容

劳功合同的内容	指企业劳动关系双方的权利和义务，由于权利义务是相互对应的，一方的权利即为对方的义务，因此劳动合同往往从义务方面表述双方的权利义务关系
劳动者的主要义务	①劳动给付的义务包括劳动给付的范围、时间和地点。 ②忠诚的义务。包括保守用人单位在技术、经营、管理、工艺等方面的秘密；在合同规定的时间和地点，服从企业及代理人的合理指挥和安排；爱护所使用的原材料和机器设备。 ③附随的义务。由于劳动者怠工或个人责任，使劳动合同义务不能履行或不能完全履行时，应负赔偿责任

（续表）

企业的主要义务	①劳动报酬给付的义务。即按照劳动合同的约定的支付标准、支付时间和支付方式按时足额支付劳动者工资，不得违背国家有关最低工资的法律规定及集体协议规定的最低标准。 ②照料的义务。企业企业应为劳动者停工保险福利待遇，提供休息，休假等。 ③提供劳动条件的义务。企业有义务提供符合法律规定的生产、工作条件和保护措施等

2. 企业劳动合同的条款

合同的条款分为法定条款和约定条款，如表 7 – 12 所示。

表 7 – 12　企业劳动合同的条款

	定义	《劳动合同法规定》企业和劳动者双方当事人签订劳动合同必须具备的条款
法定条款	内容	①用人单位的名称、住所和法定代表人或者主要负责人；②劳动者的姓名、住址和居民身份证或者其他有效身份证件号码；③劳动合同期限；④工作内容和工作地点；⑤工作时间和休息休假；⑥劳动报酬；⑦社会保险。凡是法律、法规规定范围内的劳动者和企业都应当依法参加国家强制性保险；⑧劳动保护、劳动条件和职业危害防护；⑨法律、法规规定应当纳入劳动合同的其他事项
约定条款		企业和劳动者双方当事人在必备条款之外，根据具体情况，经协商可以约定的条款主要有： ①试用期。在试用期内，劳动者享有合同期内法律赋予劳动者的一切权利，包括社会保险权利和住房公积金权利。在试用期内，劳动者不符合录用条件的，企业可以解除劳动合同。劳动者在试用期内可以解除合同，但需提前 3 天通知用人单位。劳动合同试用期超过规定期限的，企业对超过的期限，按照非试用期工资标准支付工资。 ②培训。培训条款是企业出资对劳动者培训后所签订的协议，属合同双方自主约定的条款。 《劳动合同法》第 22 条规定："用人单位为劳动者提供专项培训费用，对其进行专业技术培训的，可以与该劳动者订立协议，约定服务期。劳动者违反服务期约定的，应当按照约定向用人单位支付违约金。违约金的数额不得超过用人单位提供的培训费用。用人单位要求劳动者支付的违约金不得超过服务期尚未履行部分所应分摊的培训费用。用人单位与劳动者约定服务期的，不影响按照正常的工资调整机制提高劳动者在服务期期间的劳动报酬。" ③保守商业秘密和竞业限制条款。 《劳动合同法》第 23 规定："用人单位与劳动者可以在劳动合同中约定保守用人单位的商业秘密和与知识产权相关的保密事项。对负有保密义务的劳动者，用人单位可以在劳动合同或者保密协议中与劳动者约定竞业限制条款，并约定在解除或者终止劳动合同后，在竞业限制期限内按月给予劳动者经济补偿。劳动者违反竞业限制约定的，应当按照约定向用人单位支付违约金。" 第 24 条规定："竞业限制的人员限于用人单位的高级管理人员、高级技术人员和其他负有保密义务的人员。竞业限制的范围、地域、期限由用人单位与劳动者约定，竞业限制的约定不得违反法律、法规的规定。在解除或者终止劳动合同后，前款规定的人员到与本单位生产或者经营同类产品、从事同类业务的有竞争关系的其他用人单位，或者自己开业生产或者经营同类产品、从事同类业务的竞业限制期限，不得超过二年。 ④补充保险和福利待遇。企业和劳动者除应当依法参加社会保险外，可以协商约定补充医疗、补充养老和人身意外伤害等条款，明确有关福利，如给员工提供的住房、通勤班车、带薪年休假、托儿所、幼儿园、子女入学等条件。 ⑤其他事项。企业与劳动者双方认为需要约定的其他内容，如对第二职业的限制等

（四）企业劳动合同的形式

我国法律对劳动合同的形式作了严格规定，《劳动合同法》第 10 条规定："建立劳动关系，应当订立书面劳动合同。"

书面劳动合同是用文字形式将双方当事人达成的协议记载下来，作为劳动法律关系存在的凭证，它有利于在劳动争议处理过程中举证责任的承担，有利于维护双方的合法权益。同时，对非全日制用工，由于用工形式的灵活性、临时性，劳动合同作了除外规定。

《劳动合同法》规定非全日制用工双方当事人可以订立口头协议。

（五）无效企业劳动合同的确认和处理

1. 无效企业劳动合同的确认

无效企业劳动合同的确认如表 7 - 13 所示。

表 7 - 13　无效企业劳动合同的确认

劳动合同有效的四个要件	劳动合同签订的主体、内容、形式和订立程序合法
劳动合同的无效 或者部分无效	指劳动合同不具备或不完全具备劳动合同的法定有效要件，不能产生当事人预期的法律后果
	根据《劳动合同法》的规定，无效劳动合同主要有三类：一是以欺诈、胁迫的手段或者乘人之危，使对方在违背真实意思的情况下订立或者变更的劳动合同；二是企业免除自己的法定责任、排除劳动者权利订立的劳动合同；三是违反法律、行政法规强制性规定的劳动合同

2. 无效企业劳动合同的处理

对无效企业劳动合同的处理主要包括以下两部分：

（1）确认劳动合同是全部无效还是部分无效。对全部无效的劳动合同，制作无效劳动合同确认书，终止仲裁审理程序；对部分无效的劳动合同，以裁定方式终止仲裁程序，有效部分按仲裁程序审理。

（2）分清造成无效劳动合同的责任。对无效劳动合同造成的损失，应分清责任轻重，分别采取返还财产、赔偿损失的责任方式处理。《劳动合同法》第 86 条规定："劳动合同被确认无效，给对方造成损害的，有过错的一方应当承担赔偿责任。"劳动者已经付出劳动的，用人单位应支付相应的劳动报酬。第 28 条规定："劳动合同被确认无效，劳动者已付出劳动的，用人单位应当向劳动者支付劳动报酬。劳动报酬的数额，参照本单位相同或者相近岗位劳动者的劳动报酬确定。"

（六）企业劳动合同的履行和变更

企业劳动合同的履行和变更如表 7 - 14 所示。

表 7 - 14　企业劳动合同的履行和变更

企业劳动合同的履行	是指企业劳动合同双方当事人履行劳动合同所规定的义务，实现劳动过程的法律行为
	法律规定劳动合同履行应当遵循全面履行的原则，《劳动合同法》第 29 条规定："用人单位与劳动者应当按照劳动合同的约定，全面履行各自的义务。" 全面履行，是指双方当事人应当按照约定的时间和方式、亲自、全部履行各自的义务。如劳动者履行劳动给付义务，原则上以合同约定的范围为限，企业一般不得要求其从事约定以外的工作，而且强调当事人亲自履行，未经对方同意，不能由第三人替代

（续表）

企业劳动合同的变更	指企业劳动合同在履行过程中，经企业和劳动者双方协商一致，对合同条款进行的修改或补充，具体包括工作内容、工作地点、工资福利的变更等。劳动合同的变更，其实质是双方的权利义务发生改变
	劳动合同的变更，其实质是双方的权利义务发生改变。 合同变更的前提是双方原已存在着合法的合同关系。 变更的原因主要是客观情况发生变化。 变更的目的是为了继续履行合同

（七）企业劳动合同的解除和终止

1. 企业劳动合同的解除

企业劳动合同的解除如表 7－15 所示。

表 7－15　企业劳动合同的解除

企业劳动合同解除	是企业劳动合同在期限届满之前，企业和劳动者双方或单方提前终止劳动合同效力的法律行为。分为法定解除和协商解除	
	法定解除	是指法律、法规或劳动合同规定可以提前终止劳动合同的情况
	协商解除	指双方经协商一致而提前终止劳动合同的法律效力
双方协商解除合同	《劳动合同法》第 36 条规定："用人单位与劳动者协商一致，可以解除劳动合同。"如果劳动者提出解除合同，企业一般不支付经济补偿金。如果企业提出解除合同，劳动者同意，企业一般要向劳动者支付经济补偿金	
劳动者单方解除合同	为了保障劳动者择业自主权，促进人才合理流动，《劳动合同法》明确规定了劳动者享有解除劳动合同的权利。劳动者单方解除劳动合同有以下几种情形： ①一般情形下提前 30 天通知解除合同； ②试用期内提前 3 天通知解除合同； ③企业违法，劳动者可以解除合同。 《劳动合同法》第 38 条规定，用人单位有下列情形之一的，劳动者可以解除劳动合同： ①未按照劳动合同约定提供劳动保护或者劳动条件的； ②未及时足额支付劳动报酬的； ③未依法为劳动者缴纳社会保险费的； ④用人单位的规章制度违反法律、法规的规定，损害劳动者权益的； ⑤用人单位采用欺诈、胁迫的手段或者乘人之危，使劳动者在违背真实意思的情况下订立或者变更劳动合同，致使劳动合同无效的； ⑥法律，行政法规规定劳动者可以解除劳动合同的其他情形。 上述六种情况的共同特点是用人单位违法，侵害了劳动者的合法权益，因而法律规定劳动者可以解除合同，并可以要求用人单位支付经济补偿。 非常情况下，劳动者解除合同无须提前通知。《劳动合同法》第 38 条还规定，用人单位以暴力、威胁或者非法限制人身自由的手段强迫劳动者劳动的，或者用人单位违章指挥、强令冒险作业危及劳动者人身安全的，劳动者可以立即解除劳动合同，不需事先告知用人单位。即出现强迫劳动、冒险作业这些非常情况时，劳动者的合法权益受到了严重侵害，直接危及其身体健康和生命安全，因而法律规定可以立即解除劳动合同，没有时间上的限制	

企业单方解除合同	《劳动合同法》第 39 条规定，劳动者有下列情形之一的，用人单位可以解除劳动合同： ①在试用期间被证明不符合录用条件的； ②严重违反用人单位的规章制度的； ③严重失职，营私舞弊，给用人单位造成重大损害的； ④劳动者同时与其他用人单位建立劳动关系，对完成本单位的工作任务造成严重影响，或者经用人单位提出，拒不改正的； ⑤采用欺诈、胁迫的手段或者乘人之危，使用人单位在违背真实意思的情况下订立或者变更劳动合同，致使劳动合同无效的； ⑥被依法追究刑事责任的。 上述六种情形的共同特点是，劳动者主观上均有严重过失，因而企业有权随时解除合同。企业在这种情形下解除合同，不受提前通知期的限制，不受企业不得解除劳动合同的法律限制，而且解除合同不需要支付经济补偿。 劳动者无过失，企业可以解除合同的情形。《劳动合同法》第 40 条规定，有下列情形之一的，企业提前 30 日以书面形式通知劳动者本人或者额外支付劳动者 1 个月工资后，可以解除劳动合同： ①劳动者患病或者非因工负伤，在规定的医疗期满后不能从事原工作，也不能从事由企业另行安排的工作的； ②劳动者不能胜任工作，经过培训或者调整工作岗位，仍不能胜任工作的； ③劳动合同订立时所依据的客观情况发生重大变化，致使劳动合同无法履行，经企业与劳动者协商，未能就变更劳动合同内容达成协议的。 上述三种情况，劳动者主观上并无重大过错，主要是客观情况发生重大变化、劳动者身体不好或能力较差，致使劳动合同无法履行。企业可以解除劳动合同，但要提前 30 天以书面形式通知劳动者本人或者额外支付劳动者 1 个月工资，且要依法给予劳动者经济补偿。 《劳动合同法》对经济原因或技术革新引发的裁员作了规定，对裁员的适用情形、人数限制和裁员程序等方面进行了详细的规定。这对于规范企业的裁员制度、保障劳动者的就业权具有重要意义
企业不得解除合同的情形	《劳动合同法》第 42 条规定，劳动者有下列情形之一的，用人单位不得依照上述"劳动者无过失解除合同"或"裁员"的规定解除劳动合同： ①从事接触职业病危害作业的劳动者未进行高岗前职业健康检查，或者疑似职业病病人在诊断或者医学观察期间的； ②在本单位患职业病或者因工负伤并被确认丧失或者部分丧失劳动能力的； ③患病或者非因工负伤，在规定的医疗期内的； ④女职工在孕期、产期、哺乳期的； ⑤在本单位连续工作满 15 年，且距法定退休年龄不足 5 年的； ⑥法律、行政法规规定的其他情形。 上述是企业不得解除劳动合同的 6 种情形，但若劳动者有过失，企业仍然可以依法解除劳动合同
解除企业劳动合同的程序	指企业和劳动者双方当事人在解除劳动合同时，应当依法办理的手续或者遵循的步骤： ①提前书面通知。我国劳动法律要求企业与劳动者解除劳动合同，需要提前 30 日以书面形式通知对方； ②征求工会意见。我国劳动法律规定，企业单方解除劳动合同，应当事先将理由通知工会，企业违反法律、行政法规规定或者劳动合同约定的，工会有权要求企业纠正。企业应当研究工会的意见，并将处理结果书面通知工会； ③经济补偿。经济补偿是企业解除和终止劳动合同而给劳动者的一次性经济补偿金。经济补偿金的标准，主要取决于劳动者在本企业的工作年限和劳动者解除劳动合同前 12 个月的平均工资水平

2. 企业劳动合同的终止

企业劳动合同的终止如表 7 – 16 所示。

表 7 – 16　企业劳动合同的解除

企业劳动合同终止	定义	是指劳动合同期限届满或双方当事人主体资格消失，合同规定的权利义务即行消灭的制度
	条件	《劳动合同法》第 44 条规定，有下列情形之一的，劳动合同终止： ①劳动合同期满的； ②劳动者开始依法享受基本养老保险待遇的； ③劳动者死亡，或者被人民法院宣告死亡或者宣告失踪的； ④企业被依法宣告破产的； ⑤企业被吊销营业执照、责令关闭、撤销或者用人单位决定提前解散的； ⑥法律、行政法规规定的其他情形
	程序	①提前通知。终止合同应在合同期满日提出，而不是期满后一段时间才提出。根据我国动法律的相关规定，终止劳动合同，企业应提前 30 日通知劳动者。劳动合同期满后，劳动者仍在原企业工作，原企业未表示异议的，视为双方同意以原条件继续履行劳动合同。双方形成事实劳动关系。 ②终止合同应当支付经济补偿。根据《劳动合同法》第 46 条规定，除企业维持或者提高劳动合同约定条件续订劳动合同，劳动者不同意续订的情形外，合同期满终止固定期限劳动合同的，企业都要支付经济补偿。即双方终止劳动合同，企业应当支付经济补偿金。如果劳动合同期满，企业维持或者提高原有劳动合同条件续订合同，劳动者不同意续订，则企业无须支付经济补偿。但若企业降低条件续订劳动合同，劳动者不同意续订，企业仍须支付经济补偿。 ③终止合同应办理相关手续。企业终止劳动合同酌，应当办理相关手续，包括出具证明、转移社会保险、办理工作交接、支付经济补偿以及保存档案备查。《劳动合同法》第 50 条规定，企业应当在终止劳动合同时出具终止劳动合同的证明，并在 15 日内为劳动者办理档案和社会保险关系转移手续。劳动者应当按照双方约定，办理工作交接。企业依照有关规定应当向劳动者支付经济补偿，在办结工作交接时支付。企业对已经终止的劳动合同的文本，至少保存 2 年备查。 另外，《劳动合同法》还规定，在本企业患职业病或者因工负伤被确认丧失或者部分丧失劳动能力劳动者，劳动合同的终止应按照国家有关工伤保险的规定执行

3. 企业劳动合同的续订

根据《劳动合同法》的规定，企业劳动合同期满，双方可以续订劳动合同，续订劳动合同包括下列情形：

一是双方协商一致续订劳动合同。

二是有下列情形之一的，必须续订劳动合同：

①从事接触职业病危害作业的劳动者未进行离岗前职业健康检查，或者疑似职业病人在诊断或者医学观察期间的。

②在本企业患职业病或者因工负伤并被确认丧失或者部分丧失劳动能力的，应按照国家有关工伤保险的规定执行。《工伤保险条例》第 33 条规定，职工因工致残被鉴定为一级至四级伤残的，保留劳动关系，退出工作岗位。第 34 条规定，职工因工致残被鉴定为五级、六级伤残的，除工伤职工本人提出可以与企业终止劳动关系以外，应保留与企业的劳动关系，由企业安排适当工作。

③劳动者患病或者非因工负伤，在规定的医疗期内的。

④女职工在孕期、产期、哺乳期的。

⑤劳动者在本企业连续工作满 15 年，且距法定退休年龄不足 5 年的。

⑥法律、行政法规规定的其他情形。

考点十二 企业劳动争议处理

(一) 企业劳动争议概述

企业劳动争议概述如表 7 – 17 所示。

表 7 – 17　企业劳动争议概述

企业劳动争议	概念	是指企业劳动关系当事人之间因劳动权利与义务发生的争执。在我国具体指劳动者与企业之间，在劳动法调整范围内，因适用国家法律、法规和订立、履行、变更、终止和解除劳动合同以及其他与劳动关系直接相联系的问题而引起的纠纷
	种类	1993 年生效的《企业劳动争议处理条例》第 5 条规定："发生劳动争议的职工在 3 人以上，并有共同理由的，应当推举代表参加调解或者仲裁活动。" 　　根据这一规定，在劳动法理论和实践中，以及目前劳动争议的统计口径上，一般把劳动者人数的多少（是否 3 人以上）作为是否属于集体争议的标准，因而认为个别争议是劳动者一方不足法定集体争议人数，争议标的不同的劳动争议。 　　而集体争议则是劳动者一方达到法定集体争议人数，争议标的相同，并通过集体选出的代表提起申诉的劳动争议
	处理的基本原则	一是着重调解、及时处理原则； 二是在查清事实的基础上依法处理原则； 三是当事人在适用法律面前一律平等原则

(二) 企业劳动争议的自主协商和调解

我国法律规定：企业劳动争议发生后，当事人应当协商解决；不愿协商或者协商不成的，可以向本企业劳动争议调解委员会申请调解；调解不成的，可以向劳动争议仲裁委员会申请仲裁。当事人也可以直接向劳动争议仲裁委员会申请仲裁。对仲裁裁决不服的，可以向人民法院起诉。我国现行劳动争议处理制度的基本体制是自愿选择企业内部调解（即自主协商调解机制），仲裁是劳动争议诉讼的前置程序，诉讼是处理劳动争议的最终程序。如表 7 – 18 所示。

表 7 – 18　企业劳动争议的自主协商和调解

企业内部调解	是指调解委员会对企业与劳动者之间发生的劳动争议，在查明事实、分清是非、明确责任的基础上，依照国家劳动法律法规，以及依法制定的企业规章和劳动合同，通过民主协商的方式，推动双方互谅互让，达成协议，消除纷争的一种活动
内部调解机构	调解委员会是进行调解工作的机构。根据《劳动法》第 80 条以及《企业劳动争议处理条例》第 7 条的规定，企业可以设立劳动争议调解委员会，负责调解本企业发生的劳动争议。调解委员会由下列人员组成：①职工代表；②企业代表；③企业工会代表。 　　职工代表由职工代表大会或者职工大会推举产生； 　　企业代表由企业领导指定； 　　工会代表由企业工会委员会指定。 　　调解委员会组成人员的具体人数，由职工代表大会提出并与企业领导协商确定，企业代表人数不得超过调解委员会成员总数的 1/3。调解委员会主任由工会代表担任，调解委员会的办事机构设在企业工会委员会，没有成立工会组织的企业，调解委员会的设立及其组成由职工代表与企业代表协商决定

（续表）

劳动争议调解原则	调解企业劳动争议必须遵循自愿原则和民主说服原则
调解的程序和期限	调解委员会调解劳动争议，无严格程序要求，一般包括调解准备、调解开始、实施调解、调解终止等几个阶段。 　　当事人申请调解，应当自知道或应当知道其权利被侵害之日起 30 日内，以口头或书面形式向调解委员会提出申请，并填写《劳动争议调解申请书》。 　　调解委员会接到调解申请后，应征询对方当事人的意见，对方当事人不愿调解的，应做好记录，在 3 日内以书面形式通知申请人。调解委员会应在 4 日内做出受理或不受理申请的决定，对不受理的，应向申请人说明理由。调解的步骤包括调查核实、召开调解会议、听取陈述、公正调解。 　　调解达成协议的，制作调解协议书；调解不成的，应做好记录。调解委员会调解劳动争议，应当自当事人申请调解之日起 30 日内结束；到期未结束的，视为调解不成。企业调解委员会调解劳动争议未达成协议的，当事人可以自劳动争议发生之日起 60 日内，向劳动争议仲裁委员会申请仲裁

（三）企业劳动争议的仲裁

企业劳动争议的仲裁如表 7-19 所示。

表 7-19　企业劳动争议的仲裁

1. 企业劳动争议仲裁的概念		指劳动争议仲裁委员会对企业与劳动者之间发生的劳动争议，在查明事实、明确是非、分清责任的基础上，依法做出裁决的活动。在我国，仲裁是处理劳动争议的中间环节，也是劳动争议诉讼的前置程序
2. 企业劳动争议仲裁的机构		根据《劳动法》第 81 条、《企业劳动争议处理条例》第 12 条的规定：县、市、市辖区应当设立劳动争议仲裁委员会。省、自治区、直辖市是否设立劳动争议仲裁委员会，由省、自治区、直辖市人民政府根据实际情况自行决定。 　　劳动争议仲裁机构主要包括劳动争议仲裁委员会、仲裁委员会办事机构以及仲裁庭。 　　仲裁委员会是国家授权依法独立处理劳动争议的专门机构，负责处理本仲裁委员会管辖范围内的劳动争议案件，聘任专职和兼职仲裁员，并对仲裁员进行管理。 　　仲裁委员会由下列人员组成：①劳动行政主管部门的代表；②同级工会的代表；③企业方面的代表。仲裁委员会组成实行"三方原则"，劳动行政主管部门代表政府，工会代表劳动者，企业联合会（协会）/企业家协会代表企业。仲裁委员会组成人员必须是单数，主任由劳动行政主管部门的负责担任，实行少数服从多数的原则。 　　劳动行政主管部门的劳动争议处理机构为仲裁委员会的办事机构，负责办理仲裁委员会的日常事务
3. 企业劳动争议仲裁的当事人和参加人		发生劳动争议的劳动者和企业双方为劳动仲裁案件的当事人。 　　法人分离、合并的，变更后的法人为当事人。 　　与劳动争议案件的处理结果有利害关系的第三人，可以申请参加仲裁活动或者由劳动争议处理机构通知其参加仲裁活动。 　　劳动力派遣机构和用工者与劳动者发生争议的，劳动力派遣机构与用工单位为共同当事人
4. 企业劳动争议仲裁案件的管辖	管辖	指确定各个仲裁机构审理劳动争议案件的权限，明确当事人应向哪一个仲裁机关申请仲裁，由哪一个仲裁机关受理的法律制度，其实质是仲裁机关审理案件的内部分工
	原则	仲裁管辖实行地域管辖为主，级别管辖为辅的原则

（续表）

（1）地域管辖	指同级仲裁委员会之间对于审理劳动争议案件的职权划分 根据《企业劳动争议处理条例》的规定：县、市、市辖区仲裁委员会负责本行政区域内发生的劳动争议。 设区、市的仲裁委员会和市辖区的仲裁委员会受理劳动争议案件的范围由省、自治区人民政府规定。 发生劳动争议的双方不在同一个仲裁委员会管辖地区的，由劳动者工资关系所在地的仲裁委员会处理

（2）级别管辖	指上下级仲裁委员会之间，受理劳动争议案件的分工和权限。其实质是由哪一家仲裁委员会审理什么样的劳动争议案件	
	划分依据	案件的性质、重大与复杂程度，在劳动争议仲裁实践中还依据企业的类型等
	管辖方法	一是直辖市与其所辖区审理案件的权限划分。 二是省、自治区仲裁委员会与其所属的地、市一级的仲裁委员会的权限划分

5. 企业劳动争议仲裁的回避制度	裁员有下列情形之一的，应当回避，当事人也有权提出回避申请： ①是本案当事人或者当事人、代理人的近亲属； ②与本案有利害关系； ③与本案当事人、代理人有其他关系，可能影响公正仲裁的； ④私自会见当事人、代理人，或者接受当事人、代理人的请客送礼的
6. 企业劳动争议仲裁的时效规定	企业劳动争议仲裁时效是指在规定的期限内，劳动争议当事人不行使申诉权，申诉权因期满而归于消灭的制度。 当事人应当从知道或者应当知道其权利被侵害之日起60日内，以书面形式向仲裁委员会申请仲裁，如期限届满，即丧失请求保护其权利的申诉权，仲裁委员会对其仲裁申请不予受理。时效的规定，是针对正常情况下做出的，如果当事人因不可抗力或者有其他正当理由超过时效的，仲裁委员会应当受理
7. 企业劳动争议的仲裁调解	企业劳动争议仲裁裁决是仲裁庭做出的、对当事人具有约束力的、具体解决争议的决定。 仲裁庭处理劳动争议案件应当先行调解，调解达成协议的，制作调解书，调解书自送达之日起具有法律效力。调解未达成协议或者调解书送达前当事人反悔的，仲裁庭应当及时裁决
8. 企业劳动争议仲裁裁决的效力	企业劳动争议当事人对仲裁裁决不服的，自收到裁决书之日起15日内，可以向人民法院起诉；期满不起诉的，裁决书即发生法律效力，当事人对发生法律效力的调解书和裁决书，应当依照规定的期限履行。 一方当事人逾期不履行的，另一方当事人可以申请人民法院强制执行。劳动争议仲裁委员会作出仲裁裁决后，当事人对裁决中的部分事项不服，依法向人民法院起诉的，劳动争议仲裁裁决不发生法律效力。 劳动争议仲裁委员会对多个劳动者的劳动争议做出仲裁裁决后，部分劳动者对仲裁裁决不服，依法向人民法院起诉的，仲裁裁决对提出起诉的劳动者不发生法律效力；对未提出起诉的部分劳动者，发生法律效力，如其申请执行的，人民法院应当受理
9. 企业劳动争议仲裁的程序和期限	企业劳动争议仲裁主要包括三个步骤：立案、裁决和结案。 仲裁庭处理企业劳动争议，应当自组成仲裁庭之日起60日内结束。案情复杂需要延期的，经报仲裁委员会批准，可以适当延期，但是延长的期限不超过30天。仲裁庭应当严格执行时限的规定。《劳动争议仲裁会办案规则》第30条规定了仲裁时效中止的内容：对于请示待批，工伤鉴定，当事人因故不能参加仲裁活动，以及其他妨碍仲裁办案进行的客观情况，应视为仲裁时效中止，并报仲裁委员会审批同意。仲裁时效中止不应计入仲裁办案时效内

（四）企业劳动争议的诉讼

企业劳动争议的诉讼如表 7 - 20 所示。

表 7 - 20　企业劳动争议的诉讼

企业劳动争议诉讼的概念	指劳动争议当事人不服劳动争议仲裁委员会的裁决，在规定的期限内向人民法院起诉，人民法院依照民事诉讼程序，依法对劳动争议案件进行审理的活动。 我国《劳动法》第 83 条规定："劳动争议当事人对仲裁裁决不服的，可以自收到仲裁裁决书之日起 15 日内向人民法院提起诉讼。一方当事人在法定期限内不起诉又不履行仲裁裁决的，另一方当事人可以申请人民法院强制执行。"劳动争议诉讼是处理劳动争议的最终程序，它通过司法程序保证了劳动争议的最终彻底解决
人民法院受理的劳动争议案件范围	《最高人民法院关于审理劳动争议案件适用法律若干问题的解释》规定，劳动者与企业之间发生的劳动纠纷，当事人不服劳动争议仲裁委员会做出的裁决、依法向人民法院起诉的，人民法院应当受理，具体包括： ①劳动者与企业在履行劳动合同过程中发生的纠纷。 ②劳动者与企业之间没有订立书面劳动合同.但已形成劳动关系后发生的纠纷。 ③劳动者退休后，与尚未参加社会保险统筹的原企业因追索养老金、医疗费、工伤保险待遇和其他社会保险费而发生的纠纷。 ④企业和劳动者因劳动关系是否已经解除或者终止，以及应否支付解除或终止劳动关系经济补偿金产生的争议，经劳动争议仲裁委员会仲裁后，当事人依法起诉的，人民法院应予受理。 ⑤劳动者与企业解除或者终止劳动关系后，请求企业返还其收取的劳动合同定金、保证金、抵押金、抵押物产生的争议，或者办理劳动者的人事档案、社会保险关系等移转手续产生的争议，经劳动争议仲裁委员会仲裁后，当事人依法起诉的，人民法院应予受理。 ⑥劳动者因为工伤、职业病，请求企业依法承担给予工伤保险待遇的争议，经劳动争议仲裁委员会仲裁后，当事人依法起诉的，人民法院应予受理。 同时，《最高人民法院关于审理劳动争议案件适用法律若干问题的解释》明确规定，下列纠纷不属于劳动争议： ①劳动者请求社会保险经办机构发放社会保险金的纠纷； ②劳动者与企业因住房制度改革产生的公有住房转让纠纷； ③劳动者对劳动能力鉴定委员会的伤残等级鉴定结论或者对职业病诊断鉴定委员会的职业病诊断鉴定结论的异议纠纷； ④家庭或者个人与家政服务人员之间的纠纷； ⑤个体工匠与帮工、学徒之间的纠纷； ⑥农村承包经营户与受雇人之间的纠纷
企业劳动争议诉讼案件的管辖	是指各级法院之间以及同级法院之间受理第一审劳动争议案件的分工和权限。 劳动争议案件由企业所在地或者劳动合同履行地的基层人民法院管辖。 劳动合同履行地不明确的，由企业所在地的基层人民法院管辖。 通常劳动争议当事人不服仲裁裁决可向仲裁委员会所在地的人民法院提起诉讼。 当事人双方就同一仲裁裁决分别向有管辖权的人民法院起诉的，后受理的人民法院应当将案件移送给先受理的人民法院
企业劳动争议诉讼案件的当事人	当事人双方不服劳动争议仲裁委员会作出的同一仲裁裁决，均向同一人民法院起诉的，先起诉的一方当事人为原告，但对双方的诉讼请求，人民法院应当一并作出裁决。 企业与其他单位合并的，合并前发生的劳动争议，由合并后的单位为当事人；企业分立为若干单位的，其分立前发生的劳动争议，由分立后的实际企业为当事人。 企业分立为若干单位后，对承担劳动权利义务的单位不明确的，分立后的单位均为当事人。企业招用尚未解除劳动合同的劳动者，原企业与劳动者发生的劳动争议，可以列新的企业为第三人，原企业以新的企业侵权为由向人民法院起诉的，可以列劳动者为第三人。 原企业以新的企业和劳动者共同侵权为由向人民法院起诉的，新的企业和劳动者列为共同被告。 劳动者在企业与其他平等主体之间的承包经营期间，与发包方和承包方双方或者一方发生劳动争议，依法向人民法院起诉的，应当将承包方和发包方作为当事人

（续表）

企业劳动争议诉讼的时效	根据《劳动法》和《企业劳动争议处理条例》的规定，劳动争议当事人对仲裁裁决不服的，自收到裁决书之日起 15 日内，可以向人民法院起诉。当事人在法定期限内既不起诉、又不履行仲裁裁决的，另一方当事人可以求请人民法院强制执行。 　　人民法院审理劳动争议案件，对下到情形视为"劳动争议发生之日"： 　　①在劳动关系存续期间发生的支付工资争议,企业能够证明已经书面通知劳动者拒付工资的，书面通知送达之日为劳动争议发生之日。企业不能证明的，劳动者主张权利之日，为劳动争议发生之日。 　　②因解除或者终止劳动关系产生的争议,企业不能证明劳动者收到解除或者终止劳动关系书面通知时间的，劳动者主张权利之日，为劳动争议发生之日。 　　③劳动关系解除或者终止后产生的支付工资、经济补偿金、福利待遇等争议，劳动者能够证明企业承诺支付的时间为解除或者终止劳动关系后的具体日期的，企业承诺支付之日为劳动争议发生之日。劳动者不能证明的，解除或者终止劳动关系之日为劳动争议发生之日。 　　拖欠工资争议,劳动者申请仲裁时劳动关系仍然存续，企业以劳动者申请仲裁超过 60 日为由主张不再支付的，人民法院不予支持。但企业能够证明劳动者已经收到拒付工资的书面通知的除外
企业劳动争议诉讼案件的证据	2001 年 12 月，最高人民法院公布了《关于民事诉讼证据的若干规定》（以下简称《证据规定》），共 83 条，极大地丰富了民事审判的证据规则，对公民参加诉讼和法官审理案件都具有非同寻常的意义。在这些规定中，对劳动争议而言，应特别注意以下几个方面： 　　①举证责任。举证责任是指当事人在诉讼中对自己的主张加以证明，并在自己的主张最终不能得到证明时承担不利的法律后果的责任。 　　在《证据规定》中，对举证不能的后果，进行了明确规定，"没有证据或者证据不足以证明当事人的事实主张的，由负有举证责任的当事人承担不利的法律后果"。同时还规定了因证据的证明力无法判断导致争议事实难以认定的，人民法院应当依据举证责任分配的规则做出裁判。在劳动争议案件的举证问题上，《证据规定》免除了劳动者的一些举证责任，规定："因用人单位作出的开除、除名、辞退、解除劳动合同、减少劳动报酬、计算劳动者工作年限等决定而发生的劳动争议，用人单位负举证责任。" 　　②举证时限制度。《证据规定》明确规定了举证时限制度，人民法院应当根据案情确定举证期限，举证期限不得少于 30 日，自当事人收到案件受理通知书和应诉通知书的次日起算，举证期限也可由当事人协商并经法院认可。人民法院应当向当事人说明举证的要求及法律后果，促使当事人在合理期限内积极、全面、正确诚实地完成举证，对逾期举证，法院将不组织质证，也就是不能作为定案的依据，并且逾期举证提供的证据不能作为推翻原判决的新证据。举证期内提交证据材料有困难的，须由当事人提出申请并经法院决定。 　　③证据交换制度。双方当事人在开庭审理前互相交换证据，证据交换可以由当事人申请，也可以由法院依职权决定。证据交换的主持人是审判员。 　　④界定了非法取证的范围。《证据规定》明确规定："以侵犯他人合法权益或者违反法律禁止性规定的方法取得的证据，不能作为认定案件事实的依据"。规定还对"非法"的范围进行了限定，电视暗访、私自录音、录像，不一定就是非法证据，只有侵犯了他人隐私权、侵犯了国家秘密、企业商业秘密等非法方法取得的证据才成为非法取证。 　　⑤被告的答辩义务。《证据规定》规定："被告应当在答辩期届满前提出书面答辩，阐明其对原告诉讼请求及所依据的事实和理由的意见"
企业劳动争议诉讼案件的审理	人民法院受理劳动争议案件后，当事人增加诉讼请求的，如该诉讼请求与讼争的劳动争议具有不可分性，应当合并审理，如属独立的劳动争议，应当告知当事人向劳动争议仲裁委员会申请仲裁
企业劳动争议诉讼案件的执行	当事人申请人民法院执行劳动争议仲裁机构做出的发生法律效力的裁决书、调解书，被申请人提出证据证明劳动争议仲裁裁决书、调解书有下列情形之一，并经审查核实的，人民法院可以根据《民事诉讼法》第 217 条之规定，裁定不予执行： 　　①裁决的事项不属于劳动争议仲裁范围，或者劳动争议仲裁机构无权仲裁的； 　　②适用法律确有错误的； 　　③仲裁员仲裁该案时，有徇私舞弊、枉法裁决行为的； 　　④人民法院认定执行该劳动争议仲裁裁决违背社会公共利益的。 　　人民法院在不予执行的裁定书中，应当告知当事人在收到裁定书之次日起 30 日内，可以就该劳动争议事项自人民法院起诉

（五）企业劳动集体争议处理制度

因履行集体协议而发生的争议如表7－21所示。

表7－21　因履行集体协议而发生的争议

概念	是指在履行集体协议过程中当事人双方就如何将协议条款付诸实现所发生的争议
标的	其标的是实现协议中已经设定并表现为权利义务的劳动者利益
规定	根据我国《劳动法》的规定，因履行集体合同发生的争议，当事人协商解决不成的，可以向劳动争议仲裁委员会申请仲裁，对仲裁裁决不服的可以在法定期限内向人民法院提起诉讼
特点	因履行集体协议发生的争议，是以工会作为主体的、以既存权利义务为标的的争议，在处理程序上适用法律规定的个别劳交争议处理程序，有其自身特点： ①不适用基层调解。因履行集体协议产生的争议，不适用企业基层调解程序，当事人双方不能自行协商解决的，就可以向仲裁机构申请仲裁。 ②适用我国劳动争议处理程序中关于集体争议仲裁的特别规定。 在管辖方面，县级仲裁委员会认为有必要。可以将争议报请上级仲裁委员会处理。 在受理方面，仲裁委员会应当自收到申诉书之日起3日内作出受理或不予受理的决定。受理通知书送达或受理布告公布后，当事人不得有激化矛盾的行为。 在仲裁组织方面，仲裁委员会应当在做出受理决定的同时，组成特别仲裁庭。 在仲裁方式方面，仲裁庭应按照就地、就近的原则进行处理。 在仲裁期限方面，仲裁庭处理争议，应当自组成仲裁庭之日起15日内结束。案情复杂需要延期的，经报仲裁委员会批准可适当延期，但延长的期限不得超过15日。 在其他方面，仲裁委员会对受理的争议及其处理结果，应及时向当地政府汇报

 同步自测

一、单项选择题

1. 企业依据员工的岗位、职级、能力和工作结果支付给员工的比较稳定的报酬是（　　　）。
   　A. 基本薪酬　　　　　　B. 激励薪酬　　　　　　C. 间接薪酬　　　　　　D. 补偿薪酬

2. 下列各项中，影响企业薪酬制度制定的外在因素是（　　　）。
   　A. 企业的业务性质　　　　　　　　　　B. 企业所在地区的生活水平
   　C. 企业的经营状况　　　　　　　　　　D. 企业所在地区的宗教信仰

3. 企业制定薪酬制度的过程中，当工作分析完成后，紧接着应进行（　　　）。
   　A. 确定员工薪酬策略　　　　　　　　　B. 等级划分
   　C. 市场薪酬调查　　　　　　　　　　　D. 职位评价

4. 某企业现有业务员120人，业务主管10人，销售经理4人，销售总监1人，该企业人员变动矩阵如表7－22所示：

表7－22　企业人员变动矩阵表

职员	人员调动概率				离职率
	销售总监	销售经理	业务主管	业务员	
销售总监	0.8				0.2
销售经理	0.1	0.7			0.2
业务主管		0.1	0.7		0.2
业务员			0.1	0.6	0.3

由此，可以预测该企业一年后业务主管内部供给量为（　　）人。

 A. 12   B. 19   C. 60   D. 72

5. 随着管理层次的上升，在管理人员应具备的各种能力中，（　　）所占比重会上升。

 A. 语言表达能力 B. 技术能力   C. 组织协调能力 D. 规划决策能力

6. 能够集中更多专家意见进行人力资源需求变化趋势预测的方法是（　　）。

 A. 移动平均法   B. 指数平滑法 C. 回归分析法   D. 德尔菲法

7. 某超市根据过去的经验，在一年中每增加100万元的销售额，需增加3人，预计一年后销售额将增加5 000万元，如果管理人员、销售人员和后勤服务人员的比例是1∶7∶2，则新增加人员中，管理人员应为（　　）人。

 A. 15   B. 30   C. 105   D. 150

8. 在解决非自愿性员工流动问题时，采用建设性争议解决技术的最后阶段是（　　）。

 A. 开放式协商   B. 同事审查   C. 仲裁   D. 法庭诉讼

9. 企业从外部招聘到专业技术人员的可能性主要与（　　）有关。

 A. 行业劳动力市场供求状况   B. 企业员工人数

 C. 企业所在地经理人市场供求状况 D. 企业技术水平

10. 在人力资源内部供给预测的方法中，主要针对某一职务可能的人员流入量和流出量进行估计进而确定内部人力资源供给量的方法是（　　）。

 A. 管理人员接续计划法   B. 人员核查法

 C. 马尔可夫模型法   D. 一元回归分析法

11. （　　）是进行人力资源规划的依据，并且其质量在很大程度上决定了人力资源规划的有效性。

 A. 人力资源需求 B. 人力资源供给 C. 人力资源信息 D. 人力资源总体规划

12. 外部招聘中，企业最常见的招聘方式是（　　）。

 A. 校园招聘   B. 中介机构招聘 C. 媒体广告招聘 D. 人才招聘会招聘

13. 企业的各级管理人员，根据自己工作中的经验和对企业未来业务量增减情况的直觉考虑，自下而上地确定未来所需人员的方法是（　　）。

 A. 管理人员判断法 B. 德尔菲法   C. 转换比率分析法 D. 一元回归分析法

14. 人力资源规划必然要受到企业（　　）的制约和影响。

 A. 经营战略   B. 整体计划   C. 经营计划   D. 总目标

15. 在员工招聘中，主要针对求职者明显的行为以及实际操作的测试方法是（　　）。

 A. 心理测验   B. 知识考试   C. 情景模拟考试 D. 面试

16. 某企业为员工发放奖金，这种薪酬属于（　　）。

 A. 基本薪酬   B. 激励薪酬   C. 补偿薪酬   D. 间接薪酬

17. （　　）直接决定人力资源规划的效果和成败。

 A. 信息收集   B. 人力资源需求与供给预测

 C. 制定人力资源总体规划和业务计划 D. 人力资源规划实施与效果评价

18. 通过对现有企业内部人力资源数量、质量、结构和在各职位上的分布状况进行核查，确切掌握人力资源拥有量及其利用潜力，在此基础上确定员工特定的培训或发展项目的需求。这种方法是（　　）。

 A. 管理人员判断法   B. 管理人员接续计划法

 C. 人员核查法   D. 马尔可夫模型法

19. 从心理学角度来说，薪酬是个人和企业之间的一种心理契约，这种契约通过员工对于薪酬状况的感知而影响员工的行为、工作态度以及工作绩效，这属于薪酬的（　　）。

 A. 调节功能   B. 增值功能   C. 保障功能   D. 激励功能

20. （　　）的基本思路就是：找出企业过去在某两个职务或岗位之间的人事变动的规律，以此推测未来企业中这些职务或岗位的人员状况。

 A. 管理人员判断法   B. 管理人员接续计划法

  C. 人员核查法   D. 马尔可夫模型法

21. 按照员工流动的主动性与否，员工流动可以分为（　　　　）。
  A. 自愿性流动和非自愿性流动
  B. 地区流动、层级流动和专业流动
  C. 员工流入、员工内部流动和员工流出
  D. 人事不适流动、人际不适流动和生活不适流动

22. 员工流动的基本理论中，强调将流出作为一个选择过程，并对把工作满足与流出的关系直接作为员工流出原因的论点提出质疑的模型是（　　　　）。
  A. 库克模型   B. 普莱斯模型   C. 莫布雷中介链模型   D. 马奇和西蒙模型

23. 企业在招聘中，根据不同的招聘要求灵活选择适当的招聘形式，用尽可能低的招聘成本吸引高素质的员工，这遵循的原则是（　　　　）。
  A. 信息公开原则   B. 公正平等原则   C. 效率优先原则   D. 双向选择原则

24. 企业为员工提供的免费工作午餐、免费体检、集体组织旅游等活动，属于（　　　　）。
  A. 基本薪酬   B. 补偿薪酬   C. 直接薪酬   D. 间接薪酬

25. 下列有关人力资源描述不正确的是（　　　　）。
  A. 商品流通企业的人力资源是指在一定时期内，能够推动企业和社会发展的具有智力劳动和体力劳动能力的人们的总称，包括数量和质量两个目标
  B. 人力资源是指在一定时期内，能够推动企业和社会发展的所有人们的总称
  C. 人力资源的构成包括数量和质量两个目标
  D. 人力资源的总量表现为人力资源数量与人力资源质量的乘积

26. 当一个人在不同企业可能获得的薪酬水平差距足够大时，（　　　　）实际上构成了劳动力在地区、部门和企业间流动的主要原因。
  A. 工作环境   B. 薪酬因素   C. 尊重的需求   D. 自我实现的可能性

27. 仅适用于规模较小、职位类型较少而且员工对本企业务职位都较为了解的小型企业的薪酬制度的设计方法是（　　　　）。
  A. 职位等级法   B. 职位分类法   C. 计点法   D. 比较因素法

28. 人才招聘会的优点是（　　　　）。
  A. 双方直接见面，可信程度较高   B. 介绍书牍较快，费用较低
  C. 挑选范围和方法集中，效率较高   D. 用人较为可靠，招募费用较低

29. 需要人力资源专家指导才能完成，成本较高，而且不易被员工完全理解，对其公平性也常有怀疑的薪酬设计方法是（　　　　）。
  A. 职位等级法   B. 职位分类法   C. 计点法   D. 因素比较法

30. 普莱斯模型指出，可以用来反映企业内员工对企业持有好感的程度的是（　　　　）。
  A. 工作满意度   B. 薪酬的满意度   C. 得到工作的机会   D. 自我实现的程度

31. 可以在企业面临大量裁员抉择时缓解裁员压力，也可以为年轻员工的晋升打开通道的员工流出形式是（　　　　）。
  A. 解聘   B. 人员精简   C. 提前退休   D. 辞职

32. 能丰富培训对象的工作经历，并能较好的识别培训对象的长处和短处的培训方法是（　　　　）。
  A. 行动学习   B. 师带徒   C. 教练   D. 工作轮换

二、多项选择题

1. 企业内部招聘的形式主要有（　　　　）。
  A. 晋升   B. 职位轮换   C. 媒体广告招聘
  D. 校园招聘   E. 人才招聘会招聘

2. 在作出惩戒员工的决策时，必须贯彻公平原则。公平原则的表现形式有（　　　　）。
  A. 外部公平   B. 结果公平   C. 程序公平
  D. 人际公平   E. 内部公平

3. 影响人力资源需求预测的因素主要有（　　　　）。

    A. 本地区的人口总量与人力资源供给率

    B. 企业未来某个时期的生产经营任务及其对人力资源的需求

    C. 企业生产技术水平的提高对人力资源需求的影响

    D. 企业的财务资源对人力资源需求的约束

    E. 预期的员工流动率及由此引起的职位空缺规模

4. 员工的非经济性薪酬主要包括（　　　　）。

    A. 法定节日　　　　　　B. 失业保险　　　　　　C. 工作本身

    D. 工作环境　　　　　　E. 企业文化

5. 企业外部人力资源供给预测主要包括（　　　　）。

    A. 可提升职务的员工　　　　　　　　　　B. 宏观经济形势

    C. 本地区劳动力市场供求状况　　　　　　D. 扩大生产规模人员流入量

    E. 行业劳动力市场供求状况

6. 在人力资源需求预测过程中，用德尔菲法预测要注意的问题有（　　　　）。

    A. 所提出的预测问题应尽可能复杂

    B. 为专家提供详尽且完善的有关企业生产经营状况的信息

    C. 保证所有专家能够从同一角度去理解有关人力资源管理方面的术语和概念

    D. 问题的回答不要求太精确，但要说明原因

    E. 向高层管理人员和专家讲明预测对企业及下属单位的益处，以争取他们对德尔菲法的支持

7. 运用德尔菲法对企业人力资源需求进行预测时，专家可以是（　　　　）。

    A. 企业基层管理人员　　　　　　　　　　B. 企业有经验的员工

    C. 企业中高层管理人员　　　　　　　　　D. 企业外的专家学者

    E. 社会保障机关的公职人员

8. 企业外部招聘的优点有（　　　　）。

    A. 能够为企业带来新鲜空气　　　　　　　B. 可能招聘到更优秀的人才

    C. 为员工提供了晋升的机会和空间　　　　D. 有助于企业挑选和培养管理者和接班人

    E. 能够使企业快速招聘到所需要的人才

9. 员工招聘中常用的测试方法主要有（　　　　）。

    A. 心理测验　　　　　　B. 知识考试　　　　　　C. 情景模拟考试

    D. 面试　　　　　　　　E. 申请人自荐

10. 企业在进行薪酬制度设计时，应该遵循的原则主要有（　　　　）。

    A. 公平原则　　　　　　B. 效率优先原则　　　　C. 竞争原则

    D. 量力而行原则　　　　E. 合法原则

11. 奖金是企业以现金的形式给予付出超额劳动的员工的薪酬，其类型主要有（　　　　）。

    A. 绩效奖金　　　　　　B. 建议奖金　　　　　　C. 员工股票期权

    D. 特殊贡献奖金　　　　E. 节约奖金

12. 薪酬对企业的功能主要有（　　　　）。

    A. 保障功能　　　　　　　　　　　　　　B. 增值功能

    C. 改善用人活动功效的功能　　　　　　　D. 协调企业内部关系和塑造企业文化的功能

    E. 促进企业改革和发展的功能

13. 职务轮换的优点有（　　　　）。

    A. 能丰富培训对象的工作经历

    B. 能对员工起到良好的激励作用

    C. 能帮助员工提高自身的素质和能力，从而提高企业的效益

    D. 能较好地识别培训对象的长处和短处

    E. 能增强培训对象对各部门管理工作的了解

14. 影响员工流失的企业因素主要有（　　　　）。

A. 职位满足程度   B. 对企业的忠诚度
C. 工资水平   D. 职位的工作内容
E. 企业对员工流失的态度

三、案例分析题

（一）某企业正在对自己的销售部门人力资源供给进行分析与预测，通过对 2001～2008 年销售部门人力资源人员变动情况的分析，得到销售部门人员变动矩阵如表 7－23 所示。

表 7－23　某企业销售部门人员变动矩阵表

职员	人员调动概率				离职率
	销售总监	销售经理	业务主管	业务员	
销售总监	0.6				0.4
销售经理	0.1	0.7			0.2
业务主管		0.1	0.6	0.2	0.1
业务员			0.2	0.5	0.3

该企业 2008 年有业务员 40 人，业务主管 15 人，销售经理 3 人，销售总监 1 人。

根据上述资料，回答下列问题：

1. 在案例中，该企业采用的人力资源供给预测方法是（   ）。
   A. 人员核查法   B. 转换比率分析
   C. 马尔可夫模型   D. 管理人员接续计划法
2. 该企业 2009 年业务员的内部供给量预计为（   ）人。
   A. 9   B. 17   C. 20   D. 23
3. 该企业如果采取内部招聘的方式招聘销售总监，该方法的优点有（   ）。
   A. 有助于调动员工的工作积极性和进取精神   B. 可以降低误用或错用率
   C. 有利于企业扩展视野   D. 可以提高员工对企业的忠诚度
4. 如果该企业采用外部招聘的方式补充相关人员，可以采用的方式有（   ）。
   A. 中介机构招聘   B. 人才招聘会招聘   C. 校园招聘   D. 职位转换

（二）某企业进行人力资源需求与供给预测。经过调查研究与分析，确认本企业的销售额（单位：万元）和所需销售人员数（单位：人）成一元线性正相关关系，并根据过去 10 年的统计资料建立了一元线性回归预测模型 $Y = a + bX$，其中：X 代表销售额，Y 代表销售人员数，回归系数 $a = 20$，$b = 0.03$。同时，该企业预计 2010 年销售额将达到 1 000 万元，2011 年销售额将达到 1 500 万元。通过统计研究发现，销售额每增加 500 万元，需增加管理人员、销售人员和客服人员共 40 人；新增人员中，管理人员、销售人员和客服人员的比例是 1:6:3。根据人力资源需求与供给情况，该企业制定了总体规划及相关计划。

根据上述资料，回答下列问题：

5. 根据一元回归分析法计算，该企业 2010 年需要销售人员（   ）人。
   A. 20   B. 30   C. 50   D. 64
6. 根据转换比率分析法计算，该企业 2011 年需要增加管理人员（   ）人。
   A. 4   B. 12   C. 24   D. 32
7. 影响该企业外部人力资源供给的因素是（   ）。
   A. 宏观经济形势   B. 该企业的组织制度
   C. 该企业的人才流失率   D. 该企业所在地区的人口总量
8. 该企业进行人力资源供给预测时可以采用的方法是（   ）。
   A. 转换比率法   B. 因素比较法
   C. 管理人员接续计划法   D. 马尔可夫模型法
9. 该企业应以（   ）为编制员工招聘计划的内容。

　　A. 员工数量　　　　　　B. 员工类型　　　　C. 员工知识技能的改善　　　D. 员工结构

（三）某大型百货商场因扩大经营规模，需要招聘营业员和选拔值班经理。根据历史数据分析得知，营业员数量（y）与商场营业额（x）成线性相关关系（y = a + bx），a、b 分别为 115、12.5。去年商场实现营业额 8 亿元，有营业员 215 名。今年商场计划实现营业额 12 亿元。

根据上述资料，回答下列问题：

10. 在去年基础上，今年该商场需要招聘营业员（　　　）名。
　　A. 13　　　　　　　　B. 50　　　　　　　　C. 150　　　　　　　　D. 215

11. 如果值班经理与营业员的比例关系为1：30，那么该商场今年共需要（　　　）名值班经理。
　　A. 4　　　　　　　B. 6　　　　　　　C. 7　　　　　　　D. 9

12. 该商场招聘值班经理时，首先要明确（　　　）。
　　A. 选拔依据和标准　　B. 招聘渠道　　　　C. 选拔方法　　　　D. 岗位工资

13. 该商场拟从现有营业员中提拔一名值班经理，其好处是（　　　）。
　　A. 有利于缓和内部竞争者之间的紧张关系
　　B. 有助于调动现有营业员的工作积极性和上进心
　　C. 被选拔者能够较快地胜任工作
　　D. 风险小、成本低

（四）某民营企业正在进行主管人员的选拔考评与培训工作，试对他们的做法进行研究分析。试回答下列问题：

14. 假设该企业拟通过央视"智联招聘"采取外部招聘，这种方法的优点有（　　　）。
　　A. 人力资源充分，有利于招到一流人才
　　B. 能缓和企业内部竞争者之间的紧张关系
　　C. 有利于企业创新
　　D. 风险小，成本低

15. 对于管理人员来说，最有效的选拔技术是（　　　）。
　　A. 测评　　　　　　　B. 面试　　　　　　C. 评价中心技术　　　D. 笔试

16. 采取外部招聘存在的缺点是（　　　）。
　　A. 影响内部员工的积极性　　　　　　B. 招聘风险大和成本高
　　C. 招聘范围大小受影响　　　　　　　D. 不一定招聘到优秀人员

17. 这种从内部选拔的不足在于（　　　）。
　　A. 容易产生攀比　　B. 招聘范围小　　　C. 不利于企业创新　　D. 风险高、成本大

18. 管理人员从企业内部提升的优点主要包括（　　　）。
　　A. 有利于被选拔者较快地胜任工作
　　B. 风险小，成本低
　　C. 能缓和企业内部竞争者之间的紧张关系
　　D. 有助于调动企业成员的工作积极性和上进心

同步自测解析

一、单项选择题

1.【解析】A　基本薪酬是企业依据员工的职位、级别、能力和工作结果支付给员工的比较稳定的报酬。基本薪酬是员工工作收入的主要部分，也是其他薪酬设置或变动的主要依据。

2.【解析】B　影响企业薪酬制度制定的因素主要有两大类，即外在因素和内在因素。其中外在因素主要包括：①劳动力和人才市场；②地区及行业的特点和惯例；③企业所在地区的生活水平；④国家的有关法律和法规。

3.【解析】D　企业薪酬制度设计的流程：①明确现状和需求；②确定员工薪酬策略；③工作分析；④职位评价；⑤等级划分；⑥建立健全配套制度；⑦市场薪酬调查；⑧确定薪酬结构与水

平；⑨薪酬制定的实施与修正。

4. 【解析】B　本题考核马尔科夫模型。一年后业务主管内部供给量 $= 10 \times 0.7 + 120 \times 0.1 = 19$（人）。

5. 【解析】D　随着管理层次的上升，在管理人员应具备的各种能力中，规划决策的能力所占的比重会逐步上升。在最底层管理者所应具备的各种能力中，技术能力所占的比重是最大的。

6. 【解析】D　德尔菲法通过综合专家们各自的意见来预测某一领域的发展趋势，它比较适合于对人力需求的长期趋势预测。

7. 【解析】A　（1）新增加的人员 $= 5\,000 / 100 \times 3 = 150$（人）。

（2）计算分配率：$150 / (1 + 7 + 2) = 150 / 10 = 15$。

（3）分配：管理人员为 $1 \times 15 = 15$（人），销售人员约 $7 \times 15 = 105$（人），后勤服务人员约为 $2 \times 15 = 30$（人）。

8. 【解析】C　建设性争议解决技术通常包含四个阶段，这些阶段呈递进式发展，最后阶段是仲裁。仲裁即由来自外部的专业仲裁人员按照一定的法律程序，对争议的事实进行认定，对双方当事人的责任作出裁决，从而解决劳动争议的一项法律制度。

9. 【解析】D　企业技术水平能决定一个企业的成败。外部招聘能从企业外部吸引、选拔符合要求的求职者，来充实本企业空缺的管理职位。招聘范围广，人才来源充分，有利于企业招聘到一流的管理人才，可以缓和内部竞争者之间的紧张关系，避免企业"近亲繁殖"带来的思想僵化，促进企业创新。

10. 【解析】A　管理人员接续计划法主要是对某一职务可能的人员流入量和流出量进行估计，该职务可能的人员流入量主要包括可提升的人员和新招聘的人员，该职务可能的人员流出量包括提升、退休、辞职、解聘、降职等。用该职务的现职人员数加上可能的人员流入量，再减去可能的流出量，就可以得出该职务的内部人力资源供给量。这种预测方法主要适用于对管理人员和工程技术人员的供给预测。

11. 【解析】C　人力资源信息在收集到以后，要对这些信息进行全面的分析、整理，便于预测时使用。为了提高信息收集的效率，企业有必要建立自己的人力资源信息系统。

12. 【解析】C　招聘方法是指让潜在的求职者获知企业招聘信息的方式和途径。招聘方法的选择应与招聘渠道相适应。如果企业选择内部招聘渠道，那么可采用的招聘方法有工作公告法和档案记录法。如果企业选择外部招聘渠道，则可使用广告招聘、外出招聘、借助职业中介机构招聘、推荐招聘、委托各类学校的毕业生分配部门招聘等方法等。媒体广告招聘是企业最常见的招聘方式。

13. 【解析】A　管理人员判断法是指由企业的各级管理人员，根据自己工作中的经验和对企业未来业务量增减情况的直觉考虑，自下而上地确定未来所需人员的方法。具体做法是：先由各业务经营和职能管理等部门的基层管理人员根据本部门在未来各时期业务量或工作量增减情况和自己的经验提出本部门各类人员的需求量，再由上一级管理人员估算平衡，最终由该部门的负责人对本部门的人力资源需求进行总体预测和决策。然后由企业的人力资源部门根据企业的发展战略目标、任务和最高管理层有关人力资源工作的决策和政策，综合考虑各部门的人力资源需求情况，制订出具体的执行方案。

14. 【解析】B　人力资源作为企业整体计划工作的一部分，必然要受到企业整体计划的制约和影响。具体而言，企业的经营战略制约和影响人力资源总体规划的制订，企业的经营计划制约和影响人力资源业务计划的制订和实施，企业的总体预算也制约着人力资源的预算。人力资源规划只有与企业其他规划或计划协调一致，才能取得好的效果。

15. 【解析】C　情景模拟考试是指根据求职者可能进入的职位，编制一套与该职位实际工作相似的测试项目，将求职者安排在模拟的、逼真的工作环境中，要求求职者处理可能出现的各种问题，用多种方法来测评其心理素质、潜在能力的一系列方法。情景模拟考试主要针对的是求职者明显的行为以及实际的操作，其主要测试内容是公文处理、角色扮演和即席发言等。

16. 【解析】B　直接薪酬是以货币形式支付的报酬，它可以分为基本薪酬、补偿薪酬和激励薪酬。激励薪酬是企业为激励员工更有成效地劳动或愿意为企业提供更长时间的服务支付给员工的报酬，主要指奖金、员工持股、员工分红、经营者年薪制与股权激励等形式。相对于基本薪酬和补偿薪酬的稳定性特点而言，激励薪酬，特别是其中的奖金，具有可变和浮动的特点。一些专家和管理者将其称为可变薪酬。

17.【解析】B　在收集、分析人力资源需求和供给影响因素的基础上，采用以定量为主，结合定性分析的科学预测方法，对企业人力资源需求与供给进行预测。这一步是人力资源规划中技术性很强的工作，其准确性直接决定了规划的效果和成败。

18.【解析】C　人员核查法是通过对现有企业内部人力资源数量、质量、结构和在各职位上的分布状况进行核查，确切掌握人力资源拥有量及其利用潜力，在此基础上，评价当前不同种类员工的供应状况，确定晋升和岗位轮换的人选，确定员工特定的培训或发展项目的需求，帮助员工确定职业开发计划与职业设计。为此，在日常的人力资源管理工作过程中，需要做好员工工作能力、潜力、培训和需求等方面的客观记录。

19.【解析】D　从心理学角度来说，薪酬是个人和企业之间的一种心理契约，这种契约通过员工对于薪酬状况的感知而影响员工的工作行为、工作态度以及工作绩效，即产生激励作用。现实生活中，员工一方面要追求实在的利益以提高自己的生活水平，另一方面还重视追求自身的价值、主人翁感和认同感。员工对薪酬的需要在其生理需要、安全需要、归属需要、尊重需要和自我价值实现需要五个层次上都有所表现。所以薪酬不仅仅是员工的一种获取物质及休闲需要的手段，而且还是满足员工的价值实现和被尊重的需要的手段。因此，薪酬会在很大程度上影响一个人的情绪、积极性和能力发挥。

20.【解析】D　马尔可夫模型是用来预测具有时间间隔（如一年）的时间点上，各类人员分布状况的方法。该方法的基本思路是：找出企业过去在某两个职务或岗位之间的人事变动的规律，以此推测未来企业中这些职务或岗位的人员状况。

21.【解析】A　员工流动的类型：
(1) 按照员工流动的主动性与否，通常分为自愿性流动和非自愿性流动。
(2) 按照员工流动的边界是否跨越企业可分为员工流入、员工内部流动和员工流出三种形式。
(3) 按照员工流动的走向可以分为地区流动、层级流动和专业流动。
(4) 按照员工流动个人主观原因分为人事不适流动、人际不适流动和生活不适流动。
另外，按照流动的范围划分，可分为国际流动和国内流动；按流动的方向可以分为单向流动、双向流动和多向流动；按流动的规模可以分为个体流动、批量流动、集团流动等。

22.【解析】C　莫布雷在马奇和西蒙模型的研究基础上进一步提出，由于不同类型的员工所面对的劳动力市场不同，他们对劳动力市场的认识也不同，因而劳动力市场对其流失的影响也就不同，从而建立了自己的关于员工流出选择的理论模型。这一模型强调将流出作为一个选择过程，并对把工作满足与流出的关系直接作为员工流出原因的论点提出质疑。许多研究都发现工作满意度和人员流出之间呈负相关关系，而且，两者的负相关性是一贯的。但是两者之间的相关性不是特别强。莫布雷认为，应该研究发生在员工工作满意度与实际流出之间的行为和认知过程，并用这种研究来代替对工作满意度与流出关系的简单复制。

23.【解析】C　企业在进行员工招聘工作时应该遵循以下原则：
(1) 信息公开原则。是指企业在招聘员工时应该将招聘的职位、数量、任职资格与条件、基本待遇、考试的方法和科目及时间等相关信息事先向社会公开。
(2) 公正平等原则。是指企业要对所有应聘者一视同仁，使招聘者能公开地参与竞争。
(3) 效率优先原则。是指企业应根据不同地招聘要求灵活选择恰当地招聘形式，用尽可能低地招聘成本吸引高素质地员工。
(4) 双向选择原则。是指企业在招聘员工时，要充分尊重求职者地选择权，以与求职者平等地姿态对待求职者。

24.【解析】D　间接薪酬是企业对员工给予的一般不直接以货币形式发放，但可以转化为货币或可以用货币计量的各种福利、待遇、服务和消费活动，也称福利薪酬或员工福利。如企业为员工缴纳的各种社会保险、免费工作午餐、班车接送、免费体检、公费进修培训、带薪休假、集体组织旅游等。

25.【解析】B 商品流通企业的人力资源是指在一定时期内，能够推动企业和社会发展的具有智力劳动和体力劳动能力的人们的总称，包括数量和质量两个目标。根据 A 的表述可以判断 B 是错误的。

26.【解析】B 薪酬对员工有一种调节功能，是指薪酬作为一种重要的经济杠杆，可以调节劳动力在社会各地区、各部门和各企业之间的流动。在企业内部，员工的相对薪酬水平高低往往也代表了员工在企业内部的地位和层次，从而成为对员工的个人价值和成就进行识别的一种信号。因此，当一个人在不同企业可能获得的薪酬水平差距足够大时，薪酬因素实际上构成了劳动力在地区、部门和企业间流动的主要原因。

27.【解析】A 职位等级法是将员工的职位划分为若干级别（即职级），按其所处的职级确定其基本薪酬的水平和数额。这种方法的优点是简单易行，成本较低；缺点是不能有效地激励员工，尤其是当许多职位不能简单地划分等级时其缺点更加明显。因此，这种方法仅适用于规模较小、职位类型较少而且员工对本企业各职位都较为了解的小型企业。

28.【解析】A 双方直接见面，可信程度较高，当时可确定初选意向，费用低廉。

29.【解析】D 因素比较法与计点法有相同之处，也是需要首先找出各类职位共同的"付酬因素"。但是因素比较法的不同之处是它舍弃了代表职位相对价值的抽象分数，而直接用相应的具体薪金值来表示各职务的价值。这种方法的优点是既较为全面地考虑了各职位地价值，又具有较强地灵活性，是一种较为完善地基本薪酬设计方法。但是这种方法复杂且难度大，需要人力资源管理专家指导才能完成，成本较高，而且不易被员工完全理解，对其公平性也常有怀疑。因而，其使用范围受到一定的影响。

30.【解析】A 普莱斯是美国对员工流失问题研究卓有成就的专家，他建立了有关员工流出的决定因素和干扰变量的模型。普莱斯模型指出，工作满意度和调换工作的机会是员工流失和其决定因素之间的中介变量。工作满意度可以用来反映企业内员工对企业持有好感的程度，得到的工作机会显示出员工在外部环境中角色转换的可行性。

31.【解析】C 提前退休是指员工在没有达到国家或企业规定的年龄或服务期限时就退休的行为。提前退休常常是由企业提出来的，以提高企业的运营效率。提前退休是当今许多企业在面临市场激烈竞争时，使自身重现活力而采取的用于管理员工流出的一种很流行的方法。提前退休可以在企业面临大量裁员抉择时缓解裁员压力，也可以为年轻员工的晋升打开通道。

32.【解析】D 工作轮换又称轮岗，能丰富培训对象的工作经历，并能较好的识别培训对象的长处和短处，还能增强培训对象各部门管理工作的了解并增进各部门之间的合作。注意掌握工作轮换的概念、优缺点。

二、多项选择题

1.【解析】AB 企业员工内部招聘的形式主要有内部晋升和职位转换。CDE 选项指的是外部招聘的形式。

2.【解析】BCD 公平有三种基本表现形式，即结果公平、程序公平和人际公平。结果公平的关注点是最终结果，程序公平和人际公平所关注的则是过程和手段。

3.【解析】BCDE 在进行企业人力资源需求预测时，应充分考虑以下影响因素：①企业未来某个时期的生产经营任务及其对人力资源的需求；②预期的员工流动率及由此引起的职位空缺规模；③企业生产技术水平的提高和组织管理方式的变革对人力资源需求的影响；④企业提高产品或服务质量或进入新市场的决策对人力资源需求的影响；⑤企业的财务资源对人力资源需求的约束。

4.【解析】CDE 非经济性薪酬是指无法用货币等手段衡量的由企业的工作特征、工作环境和企业文化带给员工的愉悦的心理效用。如工作本身的趣味性和挑战性、个人才能的发挥和发展的可能、团体的表扬、舒适的工作条件以及团结和谐的同事关系等。非经济性薪酬之所以成为薪酬，是因为这些非经济性的心理效用也是影响人们职业选择和进行工作的重要因素，并和经济性薪酬结合在一起成为企业吸引人才、保留人才的重要手段。同时，非经济性薪酬各个组成部分也是源于企业有目的的投入或长期投入的积累。

5.【解析】BCE　外部人力资源供给预测主要包括三个方面：第一，宏观经济形势，主要掌握劳动力市场的总体供求情况，判断可能的失业率。一般来说，经济形势越好，失业率越低，劳动力供给越紧张，招聘员工的难度越大。第二，企业当地劳动力市场的供求情况，包括大专院校毕业生、技校毕业生等。第三，行业劳动力市场供求情况，据此可以了解招聘专业技术人员的潜在可能性。

6.【解析】BCDE　在运用德尔菲法进行人力资源需求预测时，企业应注意以下几个问题：第一，为专家提供详尽且完善的有关企业生产经营状况的信息，使他们能够准确判断企业的生产经营状况；第二，保证所有专家能够从同一角度去理解有关人力资源管理方面的术语和概念，避免造成误解和歧义；第三，问题的回答不要求太精确，但要说明原因；第四，提问过程尽可能简化，所提问题必须是与预测有关的问题；第五，向高层管理人员和专家讲明预测对企业及下属单位的益处，以争取他们对德尔菲法的支持。

7.【解析】ABCD　德尔菲法是由有经验的专家依赖自己的知识、经验和分析判断能力，对企业的人力资源管理需求进行直觉判断与预测。专家可以是来自基层的管理人员或有经验的员工，也可以是中高层管理者；既可以是企业内部的，也可以是企业外请的。

8.【解析】ABE　外部招聘具有如下优点：①能够为企业带来新鲜空气，注入新鲜血液，有利于企业拓展视野。外部人员较少受企业陈规旧俗的限制，能大胆地引入新的管理方法和经营理念；②可能招聘到更优秀的人才。外部招聘面向的受众范围广，招聘方式也很灵活，可以为企业招到优秀的人才；③能够使企业快速招聘到所需要的人才。当企业在外部招聘专业技术人才和管理人才时，能够比企业招聘自身人员时间短、速度快。

9.【解析】ABCD　员工招聘中常用的测试方法有：①心理测验；②知识考试；③情景模拟考试；④面试。

10.【解析】ACDE　企业在进行薪酬制度设计时应遵循以下原则：①公平原则；②竞争原则；③激励原则；④量力而行原则；⑤合法原则。

11.【解析】ABDE　奖金是企业以现金的形式给予付出超额劳动的员工的薪酬，具有单一性、灵活性、及时性和荣誉性等优点。企业可以根据自身的需要设立各种奖金，奖金的类型主要有绩效奖金、建议奖金、特殊贡献奖金、节约奖金。

12.【解析】BCDE　薪酬对企业的功能主要有：①增值功能；②改善用人活动功效的功能；③协调企业内部关系和塑造企业文化的功能；④促进企业改革和发展的功能。

13.【解析】ADE　职务轮换又称轮岗，指根据工作要求安排新员工或具有潜力的管理人员在不同的工作部门工作一段时间，时间通常为一到两年，以丰富新员工或管理人员的工作经验。职务轮换的优点是：能丰富培训对象的工作经历，也能较好地识别培训对象的长处和短处，还能增强培训对象对各部门管理工作的了解，并增进各部门之间的合作。

14.【解析】CDE　员工的流失是多种因素综合作用的结果，一般可以分为外部宏观因素、企业因素和个人因素三种。其中，影响员工流失的企业因素主要包括工资水平、职位的工作内容、企业管理模式和企业对员工流失的态度。

三、案例分析题

（一）

1.【解析】C　最常用的内部供给预测方法有三种：人员核查法、管理人员接续计划法和马尔可夫模型法。马尔可夫模型法的基本思路是：找出企业过去在某两个职务或岗位之间的人事变动的规律，以此推测未来企业中这些职务或岗位的人员状况。

2.【解析】D　通过表格可知每年留在业务员职务的人有0.5人，2008年有业务员40人，所以留在此职务的有 $40 \times 0.5 = 20$（人）。并且每年有0.2的业务主管会降职为业务员，即 $15 \times 0.2 = 3$（人），所以2009年业务员的内部供给量预计为 $20 + 3 = 23$（人）。

3.【解析】ABD　内部招聘的优点：①给员工提供了晋升的机会和空间，不仅有助于调动员工的工作积极性和进取精神，还有助于员工安心工作，防止和减少企业人才的流失；②由于被聘任员工在企业中有着较长时间的工作经历，管理者对其才能和品质有较准确和深入的了解，能降低误用或错用率；③不仅能减少招聘工作的宣传费用和差旅费用，而且由于内部员工对企业文化和企业相关制度有着深刻的理解，并能更好地理解职位的要求，减少了企业的培训费用；④可以提高员工对企业的忠诚度，减少因人才流失导致的各种风险，有助于企业更好地开展研发、营销等各项工作；⑤有助于企业挑选和培养各层次的管理者和未来的接班人。

4.【解析】ABC　如果企业选择外部招聘渠道，则可使用广告招聘、外出招聘、借助职业中介机构招聘、推荐招聘、委托各类学校的毕业生分配部门招聘等方法。

（二）

5.【解析】C　该企业预计2010年销售额将达到1 000万元，所以2010年需要销售人员 $Y = 20 + 0.03X = 20 + 0.03 \times 1\,000 = 50$（人）。

6.【解析】A　销售额每增加500万元，需增加管理人员、销售人员和客服人员共40人，该企业预计2010年销售额将达到1 000万元，2011年销售额将达到1 500万元，则相比2010年，2011年的销售增加额 $= 1\,500 - 1\,000 = 500$（万元），所以需增加管理人员、销售人员和客服人员共40人。在新增人员中，管理人员、销售人员和客服人员的比例是1:6:3。根据转换比率分析法，第一步计算分配比率 $= 40/(1 + 6 + 3) = 4$，第二步计算分配管理人员 $= 1 \times 4 = 4$（人）。

7.【解析】AD　选项BC属于影响企业内部人力资源供给的因素。

8.【解析】CD　选项A属于人力资源需求预测方法。选项B属于薪酬制度设计方法。

9.【解析】ABD　该企业应以员工数量、类型和结构为编制员工招聘计划的内容。

（三）

10.【解析】B　共需营业员数量 $y = 115 + 12.5 \times 12 = 265$（人），新招聘营业员数量应为：$265 - 215 = 50$（人）。

11.【解析】D　根据题意，可知值班经理与营业员的比例关系为1:30，那么需要的值班经理的人数就是：$265/30 \approx 9$（名）。

12.【解析】A　招聘是企业为了填补职位空缺、改善员工结构，在招聘时首先要明确的就是招聘的依据和标准。

13.【解析】BCD　当企业出现空缺的管理职位时，大多数企业赞同从内部提升，内部提升的优点包括：①相互了解；②有利于被选拔者较快地胜任工作；③有助于调动企业内部成员的工作积极性和上进心，提高其士气和绩效；④从内部选拔的风险小，成本低。

（四）

14.【解析】ABC　外部招聘，即从企业外部吸引、选拔符合要求的求职者，来充实本企业空缺的管理职位。一般情况下，外部招聘要经过拟订招聘计划、落实招聘组织、吸引求职者、遴选及录用等环节，外部招聘的优点包括：①招聘范围广，人才来源充分，有利于企业招聘到一流的管理人才；②可以避免"近亲繁殖"给企业带来的思想僵化，促进企业创新；③有利于缓和内部竞争者之间的紧张关系。

15.【解析】C　对于管理人员来说，最有效的选拔技术应是评价中心技术，也称模拟情景训练。评价中心技术的基本工作方法是：由直线管理人员、监督者和受过训练的心理学专家组成一个测试小组，由该小组模拟性地设计出实际工作中可能面对的一些现实问题，然后让应聘者在模拟的工作环境下处理设定的各种问题，并根据其处理方法和效果来评价其心理素质和潜在能力。

16.【解析】AB　外部招聘的缺点是：①如果企业内就有可以胜任空缺职位的人，但没有从内部选拔而是从外部选拔，这可能会使内部人员感到不公平，对自己的前途失去信心，影响他们的士气和积极性，甚至产生跳槽现象。②外来者对企业的历史、文化、经营现状及问题了解甚少，往往需要有一个熟悉的过程，才能胜任工作。③外部招聘的风险大，成本高。

17.【解析】ABC　内部提升其不足之处是：①招聘范围狭小，仅着眼于企业内部，往往会使企业失去得到更优秀人才的机会。②不利于企业创新，由于企业内部的人员习惯了既定的思维和做法，不易产生新的观念和方法，甚至会反对变革。③容易产生攀比心理，因为提升的人员数量毕竟有限，若大家条件相当，有的被提升，有的没有被提升，没有被提升的人员的积极性可能会受到一定程度的挫伤。

18. 【解析】ABD 内部提升的优点包括：①相互了解，即企业对候选人的脾气禀性、长处短处都比较清楚，而候选人对空缺职位也有相当的认识。②企业内部成员对企业历史、文化、目标、现状及存在的问题有比较充分的了解，这有利于被选拔者较快地胜任工作。③有助于调动企业内部成员的工作积极性和上进心，提高其士气和干劲。④从内部选拔的风险小，成本低。

第八章 企业投融资决策及重组

 考情分析

第八章是主要讲述了企业的筹资决策、投资决策和企业重组的相关基础知识。本章主要多以单选题、多选题、案例题出现。

最近三年本章考试题型及分值

年 份	单项选择题	多项选择题	案例分析题	合 计
2008 年	3 题 3 分	2 题 4 分	3 题 6 分	8 题 13 分
2009 年	6 题 6 分	2 题 4 分	5 题 10 分	13 题 20 分
2010 年	6 题 6 分	2 题 4 分	3 题 6 分	11 题 16 分

 考点精讲与真题解析

第一节 筹资决策

考点一 资本成本

资本成本的相关内容如表 8-1 所示。

表 8-1 资本成本

	具体内容
资本成本的概念	资本成本是企业筹资和使用资本而承付的代价。此处的资本是指企业所筹集的长期资本，包括股权资本和长期债权资本。从投资者的角度看，资本成本也是投资者要求的必要报酬或最低报酬
资本成本的内容	①用资费用，是指企业在生产经营和投资活动中因使用资本而承付的费用。用资费用是资本成本的主要内容。长期资本的用资费用是经常性的，并随使用资本数量的多少和时期的长短而变动，因而属于变动性资本成本。 ②筹资费用，是指企业在筹集资本活动中为获得资本而付出的费用。通常是在筹资时一次全部支付的，在获得资本后的用资过程中不再发生，因而属于固定性的资本成本
资本成本的属性	资本成本是企业的一种耗费，需由企业的收益补偿，但它是为获得和使用资本而付出的代价，通常并不直接表现为生产成本，且资本成本一般只需计算预测数或估计数，用于投融资决策。 资本成本与货币的时间价值既有联系又有区别。货币的时间价值是资本成本的基础，而资本成本既包括货币的时间价值又包括投资的风险价值。在有风险的条件下，资本成本率也是投资者要求的必要回报率

（续表）

	具体内容
资本成本的作用	（1）资本成本是选择筹资方式、进行资本结构决策和选择追加筹资方案的依据。 ①个别资本成本率是企业选择筹资方式的依据； ②综合资本成本率是企业进行资本结构和追加筹资决策的依据。 （2）资本成本是评价投资项目，比较投资方案和进行投资决策的经济标准。 （3）资本成本可以作为评价企业整个经营业绩的基准。企业的整个经营业绩可以用企业全部投资的利润率来衡量，并可与企业全部资本的成本率相比较。如果利润率高于资本成本率，可以认为经营有利；反之，可以认为经营不利，业绩不佳

考点二 个别资本成本率的计算

个别资本成本率是某一项筹资的用资费用与净筹资额的比率。其测算公式如下：

$$K = \frac{D}{P-f} \quad 或 \quad K = \frac{D}{p(1-F)}$$

式中 　K——资本成本率，用百分率表示；

　　　D——用资费用额；

　　　P——筹资额；

　　　f——筹资费用额；

　　　F——筹资费用率，即筹资费用与筹资额的比率。

个别资本成本率的高低取决于三个因素，即用资费用、筹资费用和筹资额。

1. 长期债权资本成本率的测算

（1）长期借款资本成本率的测算公式如下：

$$K_l = \frac{I_l(1-T)}{L(1-F_l)}$$

式中 　K_l——长期借款资本成本率；

　　　I_l——长期借款年利息额；

　　　L——长期借款筹资额，即借款本金；

　　　F_l——长期借款筹资费用率，即借款手续费率；

　　　T——企业所得税。

相对而言，企业借款的筹资费用很少，可以忽略不计。当借款合同附加补偿性余额条款的情况下，企业可动用的借款筹资额应扣除补偿性余额，此时借款的实际利率和资本成本率将会上升。

（2）长期债券资本成本率的测算公式如下：

$$K_b = \frac{I_b(1-T)}{B(1-F_b)}$$

式中 　K_b——债券资本成本率；

　　　B——债券筹资额，按发行价格确定；

　　　F_b——债券筹资费用率；

　　　I_b——债券每年支付的利息。

企业债券资本成本中的利息费用亦在所得税税前列支，但发行债券的筹资费用一般较高。债券的筹资费用即发行费用，包括申请费、注册费、印刷费和上市费以及推销费等。

2. 股权资本成本率的测算

（1）普通股资本成本率的测算。

普通股资本成本率的测算有两种主要思路：

①利用股利折现模型测算：

$$P_0 = \sum_{t=1}^{\infty} \frac{D_t}{(1 + k_c)^t}$$

式中　P_0——普通股融资净额，即发行价格扣除发行费用；

　　　D_t——普通股第 t 年的股利；

　　　K_c——普通股投资必要报酬率，即普通股资本成本率。

运用上列模型测算普通股资本成本率，因具体的股利政策不同而有所不同：

如果公司采用固定股利政策，即每年分派现金股利 D 元，则资本成本率可按下式测算：

$$K_c = \frac{D}{P_0}$$

如果公司采用固定增长股利的政策，股利固定增长率为 G，则资本成本率可按下式测算：

$$K_c = \frac{D_1}{P_0} + G$$

式中　D_1——第一年股利。

②利用资本资产定价模型测算：

$$K_c = R_f + \beta (R_m - R_f)$$

式中　R_f——无风险报酬率；

　　　R_m——市场平均报酬率；

　　　β——风险系数。

（2）优先股资本成本率的测算。

优先股通常每年支付的股利相等，在持续经营假设下，可将优先股的资本成本视为求永续年金现值。优先股资本成本率的测算公式为：

$$K_p = \frac{D}{p_0}$$

式中　K_p——优先股资本成本率；

　　　D——优先股每年股利；

　　　P_0——优先股筹资净额，即发行价格扣除发行费用。

（3）留用利润资本成本率的测算

公司的留用利润（或留存收益）是由公司税后利润形成的，属于股权资本。留用利润的资本成本，是一种机会成本。留用利润资本成本率的测算方法与普通股基本相同，只是不考虑筹资费用。

【例 8 - 1】在测算不同筹资方式的资本成本时，应考虑税收抵扣因素的筹资方式有（　　　　）。（2009 年多选题）

A. 长期借款　　　　　B. 长期债券　　　　　C. 普通股

D. 留存收益　　　　　E. 优先股

【解析】AB　选项 CDE 都不考虑税收抵扣因素，这通过它们各自计算资本成本率的公式可以看出。本题考核资本成本率。

考点三　综合资本成本率的测算

1. 决定综合资本成本率的因素

综合资本成本率是指一个企业全部长期资本的成本率，通常是以各种长期资本的比例为权重，对个别资本成本率进行加权平均测算，故又称加权平均资本成本率。个别资本成本率和各种资本结构两个因素决定综合资本成本率。各种长期资本结构是指一个企业各种长期资本分别占企业全部长期资本的比例，即狭义的资本结构。在个别资本成本率既定的情况下，企业综合资本成本率的高低是由资本结构所决定的，这是资本结构决策的一个原理。

【例 8 - 2】综合资本成本率的高低由个别资本成本率和（　　　　）决定。（2010 年单选题）

A. 筹资方式　　　　　B. 筹资渠道　　　　　C. 资金用途　　　　　　D. 各种资本结构

【解析】D　个别资本成本率和各种资本结构两个因素决定综合资本成本率，D选项正确。

2. 综合资本成本率的测算方法

综合资本成本率的测算公式如下：

$$K_w = \sum_{j=1}^{n} K_j W_j \quad (公式中：\sum_{j=1}^{n} W_j = 1)$$

式中　K_w——综合资本成本率；

　　　K_j——第j种资本成本率；

　　　W_j——第j种资本比例。

【例8-3】在个别资本成本率一定的情况下，企业综合资本成本率高低的决定因素是企业的（　　）。(2007年单选题)

A. 资产结构　　　　B. 股权结构　　　　C. 债务结构　　　　D. 资本结构

【解析】D　决定综合资本成本率的因素：综合资本成本率是指一个企业全部长期资本的成本率，通常是以各种长期资本的比例为权重，对个别资本成本率进行加权平均测算，故又称加权平均资本成本率。个别资本成本率和各种资本结构两个因素决定综合资本成本率。各种长期资本结构是指一个企业各种长期资本分别占企业全部长期资本的比例，即狭义的资本结构。在个别资本成本率既定的情况下，企业综合资本成本率的高低是由资本结构所决定的，这是资本结构决策的一个原理。

【例8-4】某公司贷款5 000万元，期限3年，年利率为7%。每年付息，到期还本，企业所得税率为25%，筹资费用忽略不计，则该笔资金的资本成本率为（　　）。(2009年单选题)

A. 5.20%　　　　B. 5.25%　　　　C. 6.55%　　　　D. 7.00%

【解析】B　$K_b = \dfrac{I_b(1-T)}{B(1-F_b)} = [5\,000 \times 7\% \times (1-25\%)]/[5\,000(1-0)] = 5.25\%$。本题考核长期借款资本成本率的计算。

考点四　杠杆理论

杠杆理论具体内容如表8-2所示。

表8-2　杠杆理论

杠杆理论		具体内容
营业杠杆	营业杠杆概念	又称经营杠杆或营运杠杆，是指在某一固定成本比重下，销售量变动对息税前利润产生的作用
	营业杠杆利益	是指在扩大销售额（营业额）的条件下，由于单位经营成本中固定成本相对降低，所带来的增长程度更大的息税前利润
	营业杠杆风险	也称经营风险，是指与企业经营相关的风险，尤其是指利用营业杠杆而导致息税前利润变动的风险。影响营业风险的因素主要有：产品需求的变动、产品售价的变动、单位产品变动成本的变动、营业杠杆变动等
	营业杠杆系数（DOL）	也称营业杠杆程度，是息税前利润的变动率相当于销售额（营业额）变动率的倍数。计算公式：$DOL = \dfrac{\triangle EBIT/EBIT}{\triangle S/S}$　式中 DOL——营业杠杆系数；$\triangle EBIT$——息税前利润的变动额；EBIT——息税前利润；$\triangle S$——营业额的变动额；S——营业额
	营业风险分析	由于营业杠杆的作用，当营业额下降时，息税前利润下降得更快，从而给企业带来营业风险，即息税前利润的降低幅度高于营业总额的降低幅度。营业杠杆度越高，表示企业息税前利润对销售量变化的敏感程度越高，经营风险也越大；营业杠杆度越低，表示企业息税前利润受销售量变化的影响越小，经营风险也越小

（续表）

杠杆理论		具体内容
财务杠杆	财务杠杆概念	也称融资杠杆，是指由于固定财务费用的存在，使权益资本净利率（或每股利润）的变动率大于息税前利润变动率的现象。它有两种基本形态：其一，在现有资本与负债结构不变的情况下，由于息税前利润的变动而对所有者权益产生影响；其二，在息税前利润不变的情况下，改变不同的资本与负债的结构比例而对所有者权益产生的影响
	财务杠杆利益	是指利用债务筹资（具有节税功能）给企业所有者带来的额外收益。在资本结构一定、债务利息保持不变的条件下，随着息税前利润的增长，税后利润会以更高的水平增长。与营业杠杆不同，营业杠杆影响息税前利润，财务杠杆影响税后利润
	财务杠杆风险	也称融资风险或筹资风险，是指与企业筹资相关的风险。由于财务杠杆的作用，当息税前利润下降时，税后利润下降得更快，从而给企业带来收益变动甚至导致企业破产的风险。影响财务风险的主要因素有：资本供求关系的变化、利润率水平的变动、获利能力的变化、资本结构的变化，即财务杠杆利用的程度等。财务杠杆对财务风险的影响最为综合
	财务杠杆系数（DFL）	是指普通股每股税后利润（EPS）变动率相当于息税前利润变动率的倍数。其计算公式为：$DFL = \dfrac{\triangle EAT/EAT}{\triangle EBIT/EBIT}$，或 $DFL = \dfrac{\triangle EPS/EPS}{\triangle EBIT/EBIT}$ 式中　DFL——财务杠杆系数；△EAT——税后利润变动额；EAT——税后利润额；△EAT——息税前利润变动额；EBIT——息税前利润额；△EPS——普通股每股税后利润变动额；EPS——普通股每股税后利润额。注意：财务杠杆系数测算公式可变换如下 $DFL = \dfrac{EBIT}{EBIT - I}$，式中：I——债务年利息额；EBIT——息税前利润额
总杠杆	总杠杆概念	是指营业杠杆和财务杠杆的联合作用，也称联合杠杆
	总杠杆的意义	普通股每股税后利润变动率相当于销售额（营业额）变动率的倍数
	总杠杆系数	总杠杆系数是营业杠杆系数和财务杠杆系数的乘积。总杠杆系数 = 营业杠杆系数×财务杠杆系数。$DTL = \dfrac{\triangle EBIT/EBIT}{\triangle S/S} \cdot \dfrac{\triangle EPS/EPS}{\triangle EBIT/EBIT} = \dfrac{\triangle EPS/EPS}{\triangle S/S}$

【例8-5】财务杠杆系数是指（　　　　）的变动率与息税前利率变动率的比值。（2010年单选题）

A. 普通股每股息税前利润　　　　　　B. 普通股每股税前利润

C. 普通股每股税后利润　　　　　　　D. 普通股每股收益

【解析】C　财务杠杆系数（DFL），是指普通股每股税后利润（EPS）变动率相当于息税前利润变动率的倍数，C选项正确。

【例8-6】财务杠杆是由于（　　　　）的存在而产生的效应。（2009年单选题）

A. 折旧　　　　　B. 固定经营费用　　　C. 付现成本　　　D. 固定财务费用

【解析】D　财务杠杆也称融资杠杆，是指由于固定财务费用的存在，使用权益资本净利率（或每股利润）的变动率大于息税前利润变动率的现象。

【例8－7】 某公司的营业杠杆系数和财务杠杆系数为1.2，则该公司总杠杆系数为（　　）。（2009年单选题）

A. 1.00　　　　　B. 1.20　　　　　C. 1.44　　　　　D. 2.40

【解析】 C　总杠杆系数＝营业杠杆系数×财务杠杆系数＝1.2×1.2＝1.44。本题考核总杠杆系数。

考点五　资本结构理论

资本结构是指企业各种资金的构成及其比例关系，其中重要的是负债资金的比率问题。关于资本结构富有成效的理论研究是企业筹资决策的重要基础。

（一）早期资本结构理论

（1）净收益观点。这种观点认为，在公司的资本结构中，债权资本的比例越大，公司的净收益或税后利润就越多，从而公司的价值就越高。由于债权资本成本率一般低于股权资本成本率，因此，公司的债权资本越多，债权资本比例就越高，综合资本成本率就越低，从而公司的价值就越大。

（2）净营业收益观点。这种观点认为，在公司的资本结构中，债权资本的多少、比例的高低，与公司的价值没有关系。决定公司价值的真正因素，应该是公司的净营业收益。

（3）传统观点。按照这种观点，增加债权资本对提高公司价值是有利的，但债权资本规模必须适度。如果公司负债过度，综合资本成本率就会升高，并使公司价值下降。

（二）MM资本结构理论

1. MM资本结构理论的基本观点

MM资本结构理论的基本结论：在符合该理论的假设之下，公司的价值与其资本结构无关。公司的价值取决于其实际资产，而不是其各类债权和股权的市场价值。MM资本结构理论得出的重要命题有两个：

命题一：无论公司有无债权资本，其价值（普通股资本与长期债权资本的市场价值之和）等于公司所有资产的预期收益额（息税前利润）按适合该公司风险等级的必要报酬率（综合资本成本率）予以折现。

命题二：利用财务杠杆的公司，其股权资本成本率随筹资额的增加而增加，因此公司的市场价值不会随债权资本比例的上升而增加。资本成本较低的债务给公司带来的财务杠杆利益会被股权资本成本率的上升而抵销，最后使有债务公司的综合资本成本率等于无债务公司的综合资本成本率，所以公司的价值与其资本结构无关。

2. MM资本结构理论的修正观点

该观点也有两个重要命题：

命题一：MM资本结构理论的公司所得税观点，即有债务公司的价值等于有相同风险但无债务公司的价值加上债务的节税利益。按照修正的MM资本结构理论，公司债权比例与公司价值成正相关关系。

命题二：MM资本结构理论的权衡理论观点，即随着公司债权比例的提高，公司的风险也会上升，因而公司陷入财务危机甚至破产的可能性也就越大，由此会增加公司的额外成本，降低公司的价值。因此，公司最佳资本结构应当是节税利益和债权资本比例上升而带来的财务危机成本或破产成本之间的平衡点。财务危机成本取决于公司发生危机的概率与危机的严重程度。

（三）新的资本结构理论

1. 代理成本理论

代理成本理论指出，公司债务的违约风险是财务杠杆系数的增函数；随着公司债权资本的增加，债权人的监督成本随之提升，债权人会要求更高的利率。这种代理成本最终由股东承担，公司资本结构中债权比率过高会导致股东价值的降低。这种资本结构的代理成本理论仅限于债务的代理成本。

2. 信号传递理论

信号传递理论认为，公司可以通过调整资本结构来传递有关获利能力和风险方面的消息，以及公司如何看待股票市场的信息。按照这种理论，公司被低估会增加债权资本。反之，公司价值被高估时会增加股权资本。

3. 啄序理论

资本结构的啄序理论认为，公司倾向于首先采用内部筹资，因而不会传递任何可能对股价不利的信息；如果需要外部筹资，公司将先选择债权筹资，再选择其他外部股权筹资，这种筹资顺序的选择也不会传递对公司股价产生不利影响的信息。按照啄序理论，不存在明显的目标资本结构。

考点六 筹资决策的定性分析方法

筹资决策的定性分析如表8-3所示。

表8-3 筹资决策的定性分析方法

筹资决策的定性分析方法		具体内容
企业财务目标的影响分析	利润最大化目标的影响分析	作为企业财务目标的利润应当是企业的净利润额即企业所得税税后利润额。在以利润最大化作为企业财务目标的情况下，企业应当在资本结构决策中，在财务风险适当的情况下合理地安排债权资本比例，尽可能地降低资本成本，以提高企业的净利润水平
	每股盈余最大化目标的影响分析	应把企业的利润和股东投入的资本联系起来考察，用每股利润来概括企业的财务目标，以避免利润最大化目标的缺陷
	公司价值最大化目标的影响分析	公司在资本结构决策中以公司价值最大化为目标，应当在适度财务风险条件下合理确定债权资本比例，尽可能地提高公司的总价值
投资者动机的影响分析		债权投资者对企业投资的动机主要是在按期收回投资本金的条件下获取一定的利息收益。股权投资者的基本动机是在保证投资本金的基础上获得一定的股利收益并使投资价值不断增值
债权人态度的影响分析		如果企业过高地安排债务融资，贷款银行未必会接受大额贷款的要求，或者只有在担保抵押或较高利率的前提下才同意增加贷款
经营者行为的影响分析		如果企业的经营者不愿让企业的控制权旁落他人，则可能尽量采用债务融资的方式来增加资本，而不发行新股增资
企业财务状况和发展能力的影响分析		在其他因素相同的条件下，企业的财务状况和发展能力较差，则可以主要通过留存收益来补充资本；而企业的财务状况和发展能力越强，越会更多地进行外部融资，倾向于使用更多的债权资本
税收政策的影响分析		通常企业所得税税率越高，借款举债的好处越大。税收政策对企业债权资本的安排产生一种刺激作用
资本结构的行业差别分析		在资本结构决策中，应掌握本企业所处行业的特点以及该行业资本结构的一般水准，并以此作为确定企业资本结构的参照

考点七　筹资决策的定量分析方法

企业资本结构决策即确定最佳资本结构。最佳资本结构是指企业在适度财务风险的条件下，使其预期的综合资本成本率最低，同时使企业价值最大的资本结构。筹资决策的定量分析方法如表8-4所示。

表8-4　筹资决策的定量分析方法

筹资决策的定量分析方法	具体内容
资本成本比较法	是指在适度财务风险的条件下，测算可供选择的不同资本结构或筹资组合方案的综合资本成本率，并以此为标准相互比较确定最佳资本结构的方法。 资本成本比较法的测算原理容易理解，测算过程简单，但仅以资本成本率最低为决策标准，没有具体测算财务风险因素，其决策目标实质上是利润最大化而不是公司价值最大化，一般适用于资本规模较小、资本结构较为简单的非股份制企业
每股利润分析法	是利用每股利润无差别点进行资本结构决策的方法。每股利润无差别点是指两种或两种以上筹资方案下普通股每股利润相等时的息税前利润点。根据每股利润无差别点，可以分析判断什么情况下可以利用债权筹资来安排及调整资本结构，进行资本结构决策

考点八　公司上市筹资

公司上市筹资概述如表8-5所示。

表8-5　公司上市筹资概述

公司上市筹资	具体内容
公司上市动机	①可获取巨大股权融资的平台； ②提高股权流动性； ③提高公司的并购活动能力； ④丰富员工激励机制； ⑤提高公司估值水平； ⑥完善公司法人治理结构； ⑦如境外上市，可满足公司对不同外汇资金的需求，提升公司国际形象和信誉，增加国际商业机会
公司上市方式	（1）自主上市，是指企业依法改造为股份有限公司或依法新组建起股份有限公司后，经中国证监会核准，公开发行股票，从而成为上市公司的上市模式。 优点： ①改制和上市重组过程，能够使公司获得一个"产权清晰、权责明确、政企分开、管理科学"的平台，并能够优化公司治理结构，明确业务发展方向，为公司日后健康发展打下良好基础； ②改制、建制、上市重组通常发生在企业内部或关联企业，整合起来相对容易； ③在公开发行股票上市环节会筹集到大量资金，并获得大量的溢价收入； ④上市过程不存在大量现金流支出，因为不存在购买其他企业股权的行为； ⑤大股东的控股比例通常较高，容易实现绝对控股。 缺点： ①改制、建制、上市重组、待批、辅导等过程繁杂，需要时间较长，费用较高； ②自主上市门槛较高； ③整个公司的保密性差

（续表）

公司上市筹资	具体内容
公司上市方式	（2）买壳上市，是指非上市公司通过并购一上市公司的股份来取得上市地位，然后利用反向收购方式注入自己的相关资产，最后通过合法的公司变更手续，使非上市公司成为上市公司。 优点： ①速度快； ②不需经过改制、待批、辅导等过程，程序相对简单； ③保密性好于直接上市； ④有巨大的广告效应； ⑤借亏损公司的"壳"可合理避税； ⑥可作为战略转移或扩张（产业转型、产业扩张）的实施途经。 缺点： ①整合难度大，特别是人事整合和文化整合； ②不能同时实现筹资功能； ③可能有大量现金流流出； ④由于实施绝对控股难度大，成本高，入主后通常只能达到相对控股； ⑤可能面临"反收购"等一些变数
公司上市地选择	可选择在境内上市，也可选择在境外上市，若选择在海外上市，主要好处体现在： ①有利于打造国际化公司； ②有利于改善公司经营机制和公司治理； ③有利于实施股票期权； ④上市核准过程透明，上市与否及时间安排清楚； ⑤融资额大，没有相应再融资约束； ⑥能够筹集外币

第二节　投资决策

考点九 现金流量的内容及估算

现金流量的内容及估算如表 8 - 6 所示。

表 8 - 6　现金流量的内容及估算

现金流量	具体内容
现金流量的概念	投资中的现金流量是指一定时间内由投资引起各项现金流入量、现金流出量及现金净流量的统称
现金流量的分类	（1）初始现金流量（开始投资时发生的现金流量），包括： ①固定资产投资。包括固定资产的购入或建造成本、运输成本和安装成本等。 ②流动资产投资。包括对材料、在产品、产成品和现金等流动资产的投资。 ③其他投资费用。指与长期投资有关的职工培训费、谈判费、注册费用等。 ④原有固定资产的变价收入。指固定资产更新时原有固定资产的变卖所得的现金收入

（续表）

现金流量	具体内容
现金流量的分类	（2）营业现金流量（投资项目投入使用后，在其寿命周期内由于生产经营所带来的现金流入和流出的数量。一般按年度进行计算）。 现金流入一般是指营业现金收入，现金流出是营业现金支出和缴纳的税金 （3）终结现金流量（投资项目完结时所发生的现金流量）包括： ①固定资产的残值收入或变价收入； ②原来垫支在各种流动资产上的资金的收回； ③停止使用的土地的变价收入等
现金流量的估算	估算投资方案的现金流量应遵循的最基本的原则是：只有增量现金流量才是与项目相关的现金流量。所谓增量现金流量，是指接受或拒绝某个投资方案后，企业总现金流量因此发生的变动。只有那些由于采纳某个项目引起的现金支出的增加额，才能算做该项目的现金流出；只有那些由于采纳某个项目引起的现金流入增加额，才能算做该项目的现金流入

【例8-8】进行投资项目的营业现金量估算，现金流出量包括（　　　　）。（2010年多选题）

A. 折旧 　　　　　　　　　　　B. 所得税

C. 折扣 　　　　　　　　　　　D. 固定资产投资

E. 流动资产投资

【解析】BC　现金流出是指营业现金支出和缴纳的税金，BC选项正确。

【例8-9】在估算每年营业现金流量时，将折旧视为现金流入量的原因是（　　　　）。（2009年单选题）

A. 折旧是非付现成本 　　　　　B. 折旧可抵税

C. 折旧是付现成本 　　　　　　D. 折旧不可抵税

【解析】A　在估算每年营业现金流量时，将折旧视为现金流入量的原因是折旧是非付现成本。本题考核营业现金流量。

考点十　项目投资决策评价指标

项目投资决策评价指标如表8-7所示。

表8-7　项目投资决策评价指标

项目投资决策评价指标	具体内容
非贴现现金流量指标（不考虑资金时间价值的各种指标）	投资回收期（回收初始投资所需要的时间，一般以年为单位） 计算方法： （1）如果每年的营业净现金流量（NCF）相等，则投资回收期可按下列公式计算： 投资回收期=原始投资额/每年NCF。 （2）如果每年NCF不相等，则计算投资回收期要根据每年年末尚未回收的投资额加以确定 平均报酬率（ARR，投资项目寿命周期内平均的年投资报酬率）计算公式： 平均报酬率=平均现金流量/初始投资额×100%

（续表）

项目投资 决策评价指标	具体内容
贴现现金流量指标	（1）净现值（NPV），是指投资项目投入使用后的净现金流量，按资本成本或企业要求达到的报酬率折算为现值，减去初始投资以后的余额。其计算公式为： $$NPV = \sum_{t=1}^{n} \frac{NCF_t}{(1+k)^t} - C$$ 式中　NPV——净现值；NCF_t——第 t 年的净现金流量；k——贴现率（资本成本或企业要求的报酬率）；n——项目预计年限；C——初始投资额。 　　计算净现值的另外一种方法：即净现值是从投资开始至项目寿命终结时所有一切现金流量（包括现金流入和现金流出）的现值之和。 　　净现值的计算过程： 　　第一步：计算每年的营业净现金流量； 　　第二步：计算未来报酬的总现值： 　　①将每年的营业净现金流量折算为现值； 　　②将终结现金流量折算为现值； 　　③计算未来报酬的总现值。 　　第三步：计算净现值。净现值＝未来报酬的总现值－初始投资
	（2）内部报酬率（IRR），是使投资项目的净现值等于零的贴现率。内部报酬率实际上反映了投资项目的真实报酬。内部报酬率的计算公式： $$\sum_{t=1}^{n} \frac{NCF_t}{(1+r)^t} - C = 0$$ 式中　NCF_t——第 t 年的现金净流量；r——内部报酬率，即 IRR； 　　　　n——项目年限；C——初始投资额。 　　内部报酬率的计算过程： 　　①如果每年的 NCF 相等，按下列步骤计算： 　　第一步：计算年金现值系数。年金现值系数＝年初投资额/每年 NCF； 　　第二步：查年金现值系数表，在相同的期数内，找出与上述年金现值系数相邻近的较大和较小的两个贴现率； 　　第三步：根据上述两个邻近的贴现率和已求得的年金现值系数，采用插值法计算出该投资方案的内部报酬率。 　　②如果每年的 NCF 不相等，按下列步骤计算： 　　第一步：先预估一个贴现率，并按此贴现率计算净现值； 　　第二步：根据上述两个邻近的贴现率再使用插值法，计算出方案的实际内部报酬率。 　　内部报酬率的决策规则： 　　在只有一个备选方案的采纳与否决策中，如果计算出的内部报酬率大于或等于企业的资本成本或必要报酬率就采纳；反之，则拒绝。在有多个备选方案的互斥选择决策中，应选用内部报酬率超过资本成本或必要报酬率最多的投资项目。 　　内部报酬率法的优缺点： 　　内部报酬率考虑了资金的时间价值，反映了投资项目的真实报酬率，且概念易于理解。但这种方法的计算过程比较复杂，特别是每年的 NCF 不相等的投资项目，一般要经过多次测算才能求得
	（3）获利指数。 　　获利指数又称利润指数（PI），是投资项目未来报酬的总现值与初始投资额的现值之比。其优点在于考虑了资金的时间价值，能够真实地反映投资项目的盈亏程度。由于获利指数是用相对数表示，所以有利于在初始投资额不同的投资方案之间进行对比。获利指数的计算公式： $$PI = \left[\sum_{t=1}^{n} \frac{NCF_t}{(1+k)^t} \right] / C$$ 　　获利指数的计算过程： 　　第一步：计算未来报酬的总现值； 　　第二步：计算获利指数，即根据未来报酬的总现值和初始投资额的之比计算获利指数。 　　获利指数法的决策规则： 　　在只有一个备选方案的采纳与否决策中，获利指数大于或等于 1 则采纳，否则就拒绝。在有多个方案的互斥选择决策中，应采用利润指数超过 1 最多的投资项目

（续表）

项目投资决策评价指标	具体内容
项目投资决策评价指标的运用	在进行投资决策时，主要使用的是贴现指标，是因为贴现指标考虑了资金的时间价值，指标含义反映了投资的实质目的。在互斥选择决策中，使用三个贴现指标时，当选择结论不一致时，在无资本限量的情况下，以净现值法为选择标准

　　【例8-10】 投资决策时的结论不一致时，在无资本限量的情况下，以（　　　　）为选择标准。（2010年单选题）

　　A. 内部报酬率　　　　B. 获利指数　　　　C. 投资回收期　　　　D. 净现值

　　【解析】 D　在进行投资决策时，当选择结论不一致时，在无资本限量的情况下，以净现值法为选择标准，D选项正确。

　　【例8-11】 如果某一项目的项目期为5年，项目总投资额为800万元，每年现金净流量分别为100万元、180万元、200万元、200万元、220万元，则该项目不考虑资金时间价值时的平均报酬率为（　　　　）。（2007年单选题）

　　A. 12.5%　　　　　B. 22.5%　　　　　C. 33.3%　　　　　D. 35.5%

　　【解析】 B　平均报酬率（ARR）是投资项目寿命周期内平均的年投资报酬率。平均报酬率计算公式：平均报酬率＝平均现金流量/初始投资额×100%＝（100+180+200+200+220）/5/800×100%＝22.5%。

　　【例8-12】 在使用内部报酬率法进行固定资产投资决策时，选择可行方案的标准是内部报酬率要（　　　　）。（2009年单选题）

　　A. 高于资本成本率　　B. 低于资本成本率　　C. 高于标准离差率　　D. 低于标准离差率

　　【解析】 A　在只有一个备选方案的采纳与否决策中，如果计算出的内部报酬率大于或等于企业的资本成本或必要报酬率就采纳；反之，则拒绝。

第三节　企业重组

考点十一 企业重组的含义

　　广义：包括企业的所有权、资产、负债、人员、业务等要素的重新组合和配置。从经济学角度看，企业重组是一个稀缺资源的优化配置过程。对企业来说，通过对企业自身拥有的各种要素资源的再调整和再组合，提高企业自身的运行效率，同时实现社会资源在不同企业间的优化组合，提高经济整体运行效率。从法律角度看，是企业为降低交易成本而构建的一系列契约的联结。在市场经济条件下，这些契约关系以法律形式体现，因此企业的重组在实际运作中又表现为这些法律关系的调整。

　　狭义：指企业以资本保值增值为目标，运用资产重组、负债重组和产权重组方式，优化企业资产结构、负债结构和产权结构，以充分利用现有资源，实现资源优化配置。

　　根据企业改制和资本营运总战略及企业自身特点，企业重组可采取原续型企业重组模式、并购型企业重组模式和分立型企业重组模式。具体途径或方式包括资产置换、资产注入、债转股、收购、吸收合并、新设合并、股票回购、分立、分析、资产剥离等。

考点十二 收购与兼并的含义与类型

（一）收购与兼并的含义

企业收购与兼并的相关内容如表8－8所示。

表8－8　企业收购与兼并

企业兼并与收购	具体内容
企业兼并的含义	一个企业购买其他企业的产权，并使其他企业失去法人资格的一种经济行为
企业收购的含义	一个企业用现金、有价证券等方式购买另一家企业的资产或股权，以获得对该企业控制权的一种经济行为
二者的区别	①在兼并中，被兼并企业丧失法人资格；而在企业收购中，被收购企业的法人地位仍可继续存在； ②兼并后，兼并企业成为被兼并企业债权债务的承担者，是资产和债权、债务的一同转让；而在收购后，收购企业是被收购企业新的所有者，以收购出资的股本为限承担被收购企业的风险； ③兼并多发生在被兼并企业财务状况不佳、生产经营停滞或半停滞之时，兼并后一般需要调整其生产经营、重新组合资产；而收购则一般发生在被收购企业正常经营的情况下
二者的联系	两者所涉及的财务问题并无差异。因此可以将二者混用，统称"企业并购"。兼并也称吸收合并，吸收合并与新设合并统称为合并

（二）企业并购的类型

企业并购的类型如表8－9所示。

表8－9　企业并购的类型

划分标准	具体内容
按照并购双方的业务性质	纵向并购，即处于同类产品且不同产销阶段的两个或多个企业所进行的并购。 横向并购，处于同一行业的两个或多个企业所进行的并购。 混合并购，处于不相关行业的企业所进行的并购
按并购双方是否友好协商	善意并购，即并购企业与被并购企业双方通过友好协商来确定相关事宜的并购。 敌意并购，即在友好协商遭到拒绝时，并购企业不顾被并购企业的意愿而采取非协商性并购的手段，强行并购被并购企业
按照并购的支付方式	承担债务式并购，即在被并购企业资不抵债或资产与债务相等的情况下，并购企业以承担被并购企业全部或部分债务为条件，取得被并购企业的资产所有权和经营权。 现金购买式并购，即并购企业用现金购买被并购企业的资产或股权（股票）。 股权交易式并购，即并购企业用其股权换取被并购企业的股权或资产
按涉及被并购企业的范围	整体并购，即将被并购企业的资产和产权整体转让的并购。 部分并购，即将被并购企业的资产和产权分割成若干部分进行交易而实现的并购

（续表）

划分标准	具体内容
按照是否利用被并购企业本身资产来支付并购资金	杠杆并购，即并购企业利用被并购企业资产的经营收入，来支付并购价款或作为此种支付的担保。 非杠杆并购，即并购企业不用被并购企业资金及营运所得来支付或担保并购价格的并购方式
按并购的实现方式	协议并购，买卖双方经过一系列谈判后达成共识，通过签署股权转让、受让协议实现并购的方式。 要约并购，买方向目标公司的股东就收购股票的数量、价格、期限、支付方式等发布公开要约，以实现并购目标公司的并购方式。 二级市场并购，买方通过股票二级市场并购目标公司的股权，从而实现并购目标公司的并购方式

【例8－13】　两家食品企业合并属于（　　　　）。（2010年单选题）

A．横向并购　　　　　B．纵向并购　　　　　C．混合并购　　　　　D．多元并购

【解析】　A　横向并购即处于同一行业的两个或多个企业所进行的并购，A选项正确。

考点十三　并购动机

1. 谋求管理协同效应

如果某企业有一支高效率的管理队伍，其管理能力超出管理该企业的需要，但这批人才只能集体实现其效率，企业不能通过解聘释放能量，那么该企业就可并购那些由于缺乏管理人才而效率低下的企业，利用这支管理队伍通过提高整体效率水平而获利。

2. 谋求经营协同效应

由于经济的互补性及规模经济，两个或两个以上的企业合并后可提高其生产经营活动的效率，这就是所谓的经营协同效应。获取经营协同效应的一个重要前提是产业中的确存在规模经济，且在并购前尚未达到规模经济。规模经济效益具体表现在两个层次：其一，生产规模经济。其二，企业规模经济。

3. 谋求财务协同效应

企业并购不仅可因经营效率提高而获利，而且还可在财务方面给企业带来如下收益：①财务能力提高；②合理避税；③预期效应

4. 实现战略重组，开展多元化经营

企业通过经营相关程度较低的不同行业可以分散风险、稳定收入来源、增强企业资产的安全性。多元化经营可以通过内部积累和外部并购两种途径实现，但在多数情况下并购途径更为有利。尤其是当企业面临变化了的环境而调整战略时，并购可以使企业以低成本迅速进入被并购企业所在的增长相对较快的行业，并在很大程度上保持被并购企业的市场份额以及现有的各种资源，从而保证企业持续不断的盈利能力。

5. 获得特殊资产

企图获取某项特殊资产往往是并购的重要动因。特殊资产可能是一些对企业发展至关重要的专门资产。如土地是企业发展的重要资源，一些有实力、有前途的企业往往会由于狭小的空间难以扩展，而另一些经营不善、市场不景气的企业却占有较多的土地和优越的地理位置，这时优势企业就可能并购劣势企业以获取其优越的土地资源。另外，并购还可能是为了得到目标企业所拥有的有效管理队伍、优秀研究人员或专门人才以及专有技术、商标、品牌等无形资产。

6. 降低代理成本

在企业的所有权与经营权相分离的情况下，经理是决策或控制的代理人，而所有者作为委托人成为风险承担者。由此造成的代理成本包括契约成本、监督成本和剩余损失。通过企业内部组织机制安排可以在一定程度上缓解代理问题，降低代理成本。但当这些机制均不足以控制代理问题时，并购机制使得接管的威胁始终存在。通过公开收购或代理权争夺而造成的接管，将会改选现任经理和董事会成员，从而作为最后的外部控制机制解决代理问题，降低代理成本。

另外，跨国并购还可能具有其他多种特殊的动因，如企业增长，技术，产品优势与产品差异，政府政策，汇率，政治和经济稳定性，劳动成本和生产率差异、多样化，确保原材料来源，追随顾客等。

考点十四　并购的财务分析

（一）并购成本效益分析

是否进行并购决策首先取决于并购的成本与效益。广义的成本概念不只是一个普通的财务成本概念，而是由于并购所发生的一系列代价的总和。这些成本既包括并购工作完成的成本，也包括并购以后的整合成本；既包括并购发生的有形成本，也包括并购发生的无形成本。具体来说，企业并购应该分析的成本项目有并购完成成本、整合与营运成本、并购机会成本。并购成本效益分析如表 8-10 所示。

表 8-10　并购成本效益分析

并购成本		效益分析
广义成本	并购完成成本	并购行为本身所发生的并购价款和并购费用。并购价款是支付给被并购企业股东的，具体形式有现金、股票或其他资产等。并购费用是指并购过程中所发生的有关费用，如并购过程中所发生的搜寻、策划、谈判、文本制订、资产评估、法律鉴定、顾问等费用
	整合与营运成本	并购后为使被并购企业健康发展而需支付的营运成本。这些成本包括：①整合改制成本。如支付派遣人员进驻、建立新的董事会和经理班子、安置多余人员、剥离非经营性资产、淘汰无效设备、进行人员培训等有关费用；②注入资金的成本。并购公司要向目标公司注入优质资产，拨入启动资金或开办费、为新企业打开市场而需增加的市场调研费、广告费、网点设置费等
	并购机会成本	实际并购成本费用支出因放弃其他项目投资而丧失的收益
狭义成本		仅仅指并购完成成本。并购收益分析中一般用狭义概念。并购收益是指并购后新公司的价值超过并购前各公司价值之和的差额

（二）企业并购的风险分析

企业并购的风险分析如表 8-11 所示。

表 8-11　企业并购的风险分析

企业并购的风险	企业并购的风险分析
营运风险	是指并购方在并购完成后，可能无法使整个企业集团产生经营协同效应、财务协同效应、市场份额效应，难以实现规模经济和经验共享互补。通过并购形成的新企业因规模过于庞大而产生规模不经济，甚至整个企业集团的经营业绩都为被并购进来的新企业所拖累

（续表）

企业并购的风险	企业并购的风险分析
信息风险	在并购中，信息是非常重要的，知己知彼，百战不殆。真实与及时的信息可以大大提高并购企业行动的成功率。但实际并购中因贸然行动而失败的案例不少，这就是经济学上所称的"信息不对称"的结果
融资风险	企业并购需要大量的资金，所以并购决策会同时对企业资金规模和资本结构产生重大影响。实践中并购动机以及目标企业并购前资本结构的不同，还会造成并购所需的长期资金与短期资金、自有资本与债务资金投入比率的种种差异。与并购相关的融资风险具体包括资金是否可以保证需要（时间上与数量上），融资方式是否适应并购动机（暂时持有或长期拥有），现金支付是否会影响企业正常的生产经营，杠杆收购的偿债风险等
反收购风险	在通常情况下，被收购的企业对收购行为往往持不欢迎和不合作态度，尤其在面临敌意并购时，可能会"宁为玉碎，不为瓦全"，不惜一切代价布置反收购战役，其反收购措施可能是各种各样的。这些反收购行动无疑会对收购方构成相当大的风险
法律风险	各国关于并购、重组的法律法规的细则，一般都通过增加并购成本而提高并购难度。这些法律法规的细则造成的收购成本之高、收购风险之大，收购程度之复杂，足以使收购者气馁，反收购则相对比较轻松
体制风险	在我国国有企业资本经营过程中，相当一部分企业的收购兼并行为，都是由政府部门强行撮合而实现的。尽管大规模的并购活动需要政府的支持和引导，但是并购行为毕竟应是企业基于激烈市场竞争而自主选择的发展策略，是一种市场化行为。政府依靠行政手段对企业并购大包大揽不仅背离市场原则，难以达到预期效果，而且往往还会给并购企业带来风险

【例8-14】一家钢铁公司用自有资金并购了其铁石供应商，此项并购属于（　　　　）。（2009年单选题）

A. 混合并购　　　　B. 杠杆并购　　　　C. 横向并购　　　　D. 纵向并购

【解析】D 纵向并购包括向前并购和向后并购。向后并购是指向其供应商的并购。本题考核企业并购的类型。

考点十五 分立的含义及种类

公司分立的含义及种类如表8-12所示。

表8-12 公司分立的含义及种类

项 目	具体内容
公司分立的含义	与公司合并相对应的行为是公司分立，即一家公司依照法律规定、行政命令或公司自行决策，分解为两家或两家以上的相互独立的新公司，或将公司某部门资产或子公司的股权出售的行为

（续表）

项　目	具体内容
公司分立的种类	标准分立（Spin‑off），是指一个母公司将其在某子公司中所拥有的股份，按母公司股东在母公司中的持股比例分配给现有母公司的股东，从而在法律上和组织上将子公司的经营从母公司的经营中分离出去
	出售，是指将公司的某一部分股权或资产出售给其他企业。表现为减持或全部出售对某一公司的股权或公司的资产，伴随着资产剥离过程
	分拆，也称持股分立（Equity Carve‑out），是将公司的一部分分立为一个独立的新公司的同时，以新公司的名义对外发行股票，而原公司仍持有新公司的部分股票。分拆立与分拆的不同之处在于：分立后的公司相互之间完全独立，可能有共同的股东，但公司间没有控股和持股关系；分拆后的新公司虽然也是独立的法人单位，但同时原公司又是新公司的主要股东之一，原公司与新公司之间存在着持股甚至控股关系，新老公司形成一个由股权联系的集团企业

考点十六　公司分立的动机

公司分立的动机如图 8 - 1 所示。

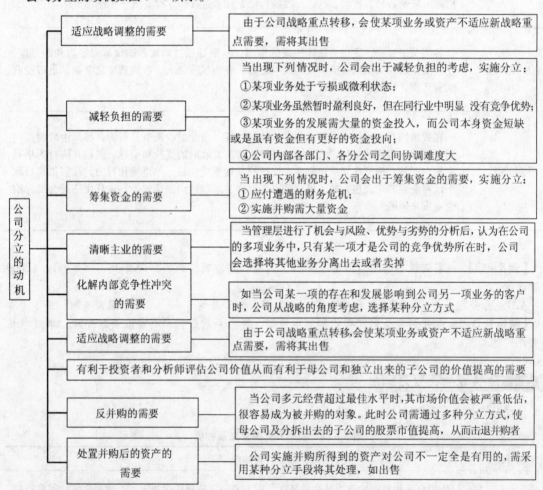

图 8 - 1　公司分立的动机

【例8－15】公司分立的动机有（　　　　　）。（2009年多选题）

A. 扩大原公司资产规模　　　　　　B. 化解内部竞争性冲突

C. 增加业务种类　　　　　　　　　D. 反并购

E. 处置并购后的资产

【解析】BDE　选项AC属于并购的相关内容。公司分立的动机主要包括：①适应战略调整的需要；②减轻负担的需要；③筹集资金的需要；④清晰主业的需要；⑤化解内部竞争性冲突的需要；⑥有利于投资者和分析师评估公司价值从而有利于母公司和独立出来的子公司的价值提高的需要；⑦反并购的需要；⑧处置并购后的资产的需要。

考点十七 公司分立不同手段的优缺点比较

公司分立不同手段的优缺点比较如表8－13所示。

表8－13　公司分立不同手段的优缺点比较

公司分立的手段	优点	缺点
标准分立	①各个独立的公司会全力以赴发挥各自优势，发展各自的主业，无须本着"一盘棋"的思想服从全局利益。 ②使管理者比在一个较大公司的一个部门工作时有更大的自主权、责任和利益，从而会激发他们经营的积极性。 ③上市公司在宣布实施公司标准分立计划后，二级市场对此消息的反应一般较好，该公司的股价在消息宣布后会有一定幅度的涨升。 ④随着标准分立的完成，原来处理庞大企业内部各部门、各分公司之间的协作以及协调相互冲突的主业策略所需的大量时间、人力、资金消耗将被省掉。 ⑤标准分立后的各公司会有更大的资本运作空间。公司可以通过并购、联合寻求更快发展	①随着股权分割的完成，庞大的规模和产品多样化所创造的企业优势将消失。 ②标准分立过程将伴随资源的重新分配过程，也包括债务的分配过程，由此企业将面临动荡和冲突。 ③标准分立不会产生现金流。 ④标准分立后，各公司之间合作的基础将变弱，在共同面对同一市场时，彼此间的竞争将不可避免
出售	①出售不涉及公司股本变动，也不涉及大量现金流出，不会面临股东与债权人的压力。 ②可以直接获得现金或等量的证券收入，这对于企业来说很有吸引力。 ③会计处理最为简单，无论在国外还是国内的会计制度中对资产出售的会计处理有简洁明确的规定。 ④通常不会伴有资产重组过程，所以过程简单且不会造成企业内部动荡和冲突。 ⑤可以直接产生利润。 ⑥通过出售，企业可以把不良投资彻底处理掉，也可以把一项优良投资在合适的时机变现，这是其他分立手段所不能实现的	①出售产生利润，企业须缴纳所得税。 ②出售的易于操作性，使得企业轻易选择这种手段，而后反省时发现，企业很可能是在不合适的时机，以不合适的价格卖出了本不该卖出的资产
分拆	①母公司会分享到分立后的子公司的发展成果。 ②被拆分出去的公司会有一个更好地发展，这是因为子公司可获得自主的融资渠道，可有效激励子公司管理层的积极性。 ③减轻母公司的资金压力。 ④有利于压缩母公司的层阶结构，使企业更灵活地面对挑战	由于母公司对分拆上市的子公司有控股地位，使得母公司对子公司的经营活动会有不少干预和影响。一些分拆后的子公司的高层管理人员要做一些努力以摆脱母公司的更多干预。另外，子公司分拆上市后，资金比较充沛，母公司有可能想让子公司来分担母公司的债务或为母公司贷款提供担保

考点十八　资产置换与资产注入

资产注入与资产置换是狭义资产重组的主要、直接方式，往往发生在关联公司或即将成为关联公司的公司之间。

资产注入是指交易双方中的一方将公司账面上的资产，可以是流动资产、固定资产、无形资产、股权中的某一项或某几项，按评估价或协议价注入对方公司。如果对方支付现金，则意味着资产注入方的资产变现；如果对方出股权，则意味着资产注入方得以资产出资进行投资或并购。

资产置换是指交易者双方按某种约定价格（如谈判价格、评估价格等），在某一时期内相互交换资产的交易。资产置换的双方均出资产，通常意味着业务的互换。资产置换意味着集团内部战略目标、业务结构、资产结构及各公司战略地位的调整。

【例 8－16】交易双方用股份和资金互换是属于（　　　　）。（2010 年单选题）

A．资产注入　　　　　B．资产置换　　　　　C．债转股　　　　　D．以股抵债

【解析】B　资产注入是指交易双方中的一方将公司账面上的资产，按评估价或协议价注入对方公司，A 选项错误。债转股是指将企业的债务资本转成权益资本，出资者身份由债权人转变为股权人，C 选项错误。以股抵债是指公司以其股东"侵占"的资金作为对价，冲减股东持有的本公司股份，被冲减的股份依法注销，D 选项错误。

考点十九　债转股与以股抵债

债转股与以股抵债可视为债务重组行为。债转股与以股抵债的含义及意义如表 8－14 所示。

表 8－14　债转股与以股抵债的含义及意义

	债转股	以股抵债
含义	将企业的债务资本转成权益资本，出资者身份由债权人转变为股权人。但对债务企业而言是责任的转换，是对债权人的责任转向对股东的责任	公司以其股东"侵占"的资金作为对价，冲减股东持有的本公司股份，被冲减的股份依法注销
意义	①使债务企业摆脱破产，并卸下沉重的债务负担，减少利息支出，降低债务比率，提高营利能力，从而使债务企业经营者获得再次创业的机会。②使债权人获得收回全额投资的机会。③使新股东（由于购买债权而变为股权人的股东）可以在企业状况好转时，通过上市、转让或回购形式收回投资。④为更多的人提供就业机会，稳定社会秩序。⑤使原债权人解脱赖账困扰，提高资产质量，改善运营状况。⑥对于未转为股权的债权人来说，由于企业债务负担减轻，使按期足额受偿本息的保证加强	①可以改善公司的股本结构，降低控股股东的持股比例。②能有效提升上市公司的资产质量，提高每股收益水平，提高净资产收益率水平。③避免了"以资抵债"给企业带来的包袱，有利于企业轻装上阵，同时也为企业的进一步发展创造了条件
注意	需注意的是，债转股只能改善公司资本结构，提高公司的偿债能力和抗风险能力。而不断提高公司的营运能力、获利能力、发展能力，才是公司长远发展之本	以股抵债会提高公司的资产负债率水平，当公司缺少资金时，不是一种好方法

【例 8－17】某旅游集团公司以本公司旗下的一个酒楼的资产作为出资，新组建一个有限责任公司，集团公司拥有新公司 54% 的股权，此项重组属于（　　　　）。（2009 年单选题）

A．资产置换　　　　B．以股抵债　　　　C．分拆　　　　D．出售

【解析】C　分拆也称持股分立，是将公司的一部分分立为一个独立的新公司的同时，以新公司的名义对外发行股票，而原公司仍持有新公司的部分股票。

考点二十 价值评估基本方法

所谓价值评估，指买卖双方对标的（股权或资产或企业）作出的价值判断。价值评估基本方法如表 8 - 15 所示。

表 8 - 15　价值评估基本方法

价值评估基本方法	含义		具体内容
资产价值基础法	指通过对目标企业的资产进行估价来评估其价值的方法。 确定目标企业资产的价值，关键是选择合适的资产评估价值标准。目前国际上通行的资产评估价值标准主要有账面价值、市场价值和清算价值	账面价值	是指会计核算中账面记载的资产价值。账面价值取数方便，但是其缺点是只考虑了各种资产在入账时的价值而脱离现实的市场价值
		市场价值	是指把该资产视为一种商品在市场上公开竞争，在供求关系平衡状态下确定的价值。市场价值法通常将股票市场上与企业经营业绩相似的企业最近的平均实际交易价格作为估算参照物，或以企业资产和其市值之间的关系为基础对企业估值。其中最著名的是托宾（Tobin）的 Q 模型
		清算价值	是指在企业出现财务危机破产或歇业清算时，把企业中的实物资产逐个分离而单独出售的资产价值
收益法	根据目标企业的收益和市盈率确定其价值的方法，也可称为市盈率模型。 应用收益法（市盈率模型）对目标企业估值的步骤如下： （1）检查、调整目标企业近期的利润业绩。 （2）选择、计算目标企业估价收益指标。 （3）选择标准市盈率。 （4）计算目标企业的价值。利用选定的估价收益指标和标准市盈率，就可以比较方便地计算出目标企业的价值，公式如下： 　　　　目标企业的价值＝估价收益指标×标准市盈率		
贴现现金流量法	拉巴波特模型（Rappaport Model）由美国西北大学阿尔弗雷德·拉巴波特创立，是用贴现现金流量方法确定最高可接受的并购价格，这就需要估计由并购引起的期望的增量现金流量和贴现率（或资本成本），即企业进行新投资市场所要求的最低的可接受的报酬率。 拉巴波特认为有五个重要因素决定目标企业价值：销售和销售增长率、销售利润、新增固定资产投资、新增营运资本、资本成本率		

【例 8 - 18】股票市值与企业净资产值的比率称为（　　　　）。（2010 年单选题）
A．市盈率　　　　　　B．每股收益　　　　　　C．市净率　　　　　　D．净资产收益率
【解析】C　市净率等于股票市值与企业净资产值的比率，C 选项正确。

【例 8 - 19】目前国际上通行的资产评估价值标准主要有（　　　　）。（2007 年多选题）
A．股票面值　　　　　　　　　　B．账面价值　　　　　　　　　　C．债券面值
D．市场价值　　　　　　　　　　E．清算价值
【解析】BDE　目前国际上通行的资产评估价值标准主要有以下三种：账面价值、市场价值、清算价值。

同步自测

一、单项选择题

1. 在进行投资项目的现金流量估算时，需要估算的是与项目相关的（　　　）。
   A. 增量现金流量　　　B. 企业全部现金流量　C. 投资现金流量　　　D. 经营现金流量

2. 在企业并购中，如并购双方的法人资格均仍然存在，则双方的并购行为可具体称为（　　　）。
   A. 收购　　　　　　　B. 兼并　　　　　　　C. 吸收合并　　　　　D. 新设合并

3. 某公司2005年股本为1 000万元，息税前盈余为20万元，债务利息为9万元，则该公司的财务杠杆系数为（　　　）。
   A. 1.67　　　　　　　B. 1.82　　　　　　　C. 2.23　　　　　　　D. 2.46

4. 资金成本一般用相对数表示，即表示为（　　　）的比率。
   A. 用资费用与筹资数额　　　　　　　　B. 筹资费用与筹资数额
   C. 用资费用与实际筹得资金　　　　　　D. 筹资费用与实际筹得资金

5. 某公司从银行借款500万元，借款的年利率为10%。每年付息，到期一次性还本，筹资费率为2%，企业所得税率为25%，则该项长期投资的资本成本率为（　　　）。
   A. 6.63%　　　　　　B. 7.65%　　　　　　C. 8.67%　　　　　　D. 13%

6. 一家纺织公司并购使用其产品的客户——印刷厂，属于（　　　）。
   A. 向前并购　　　　　B. 向后并购　　　　　C. 善意并购　　　　　D. 敌意并购

7. 两家公司经协商，联合组成一个新公司，原公司均注销的合并方式是（　　　）。
   A. 吸收合并　　　　　B. 新设合并　　　　　C. 协议合并　　　　　D. 联营合并

8. 并购行为本身所发生的并购价款和并购费用是指（　　　）。
   A. 并购过程成本　　　B. 并购完成成本　　　C. 并购整合成本　　　D. 并购机会成本

9. 支付派遣人员进驻、建立新的董事会和经理班子、安置多余人员、剥离非经营性资产、淘汰无效设备、进行人员培训等有关费用的是（　　　）。
   A. 并购完成成本　　　B. 整合改制成本　　　C. 注入资金的成本　　　D. 营运成本

10. 由于政府部门强行对企业并购大包大揽，背离市场原则，使得并购难以达到预期效果而带来的风险是（　　　）。
    A. 营运风险　　　　　B. 法律风险　　　　　C. 体制风险　　　　　D. 信息风险

11. 财务杠杆系数是指普通股每股税后利润的变动率相当于（　　　）变动率的倍数。
    A. 销售额　　　　　　B. 经营费用　　　　　C. 财务费用　　　　　D. 息税前利润

12. 在分立过程中，不存在股权和控制权向母公司和其股东之外第三者转移情况的分立形式是（　　　）。
    A. 持股分立　　　　　B. 标准分立　　　　　C. 出售　　　　　　　D. 分拆

13. 某企业预计全年需要现金720万元，根据现金周转模式确定的最佳现金持有量为160万元，则该企业的现金周转期为（　　　）天。
    A. 45　　　　　　　　B. 60　　　　　　　　C. 72　　　　　　　　D. 80

14. 在各种筹资方式中，资本成本最高的是（　　　）。
    A. 发行债券　　　　　B. 发行优先股　　　　C. 发行普通股　　　　D. 借款

15. 上市公司实施股票回购，会使每股收益（　　　）。
    A. 减少　　　　　　　B. 按固定比例减少　　C. 增加　　　　　　　D. 按固定比例增加

16. 某企业欲购进一台设备，需要支付300万元，该设备使用寿命为4年，无残值，采用直线法计提折旧，预计每年可产生营业净现金流量140万元，若所得税率为33%，则投资回收期为（　　　）年。
    A. 2.1　　　　　　　B. 2.3　　　　　　　C. 2.4　　　　　　　D. 3.2

17. 一个企业全部长期资本的成本率，通常是以各种长期资本的比例为权重的是（ ）。
    A. 个别资本成本率　　　　　　　　B. 综合资本成本率
    C. 整体资本成本率　　　　　　　　D. 长期资本成本率

18. （ ）是企业筹资决策的核心问题。
    A. 资金成本　　　B. 资本结构　　　C. 股票收益　　　D. 资金用途

19. 通过证券二级市场进行并购活动时，尤其适宜采用（ ）来估算目标企业的价值。
    A. 贴现现金流量法　　B. 资产价值基础法　　C. 收益法　　　D. 清算价值法

20. 由于合理利用债务而给企业带来的额外收益是指（ ）。
    A. 债务利润　　　B. 营业杠杆　　　C. 财务杠杆　　　D. 总杠杆

21. 营业杠杆度越高，则（ ）。
    A. 销售量对资本成本的影响越大
    B. 销售量对资本成本的影响越小
    C. 企业营业利润对销售量变化的敏感程度越高
    D. 经营风险越小

22. 某企业发行一笔期限为5年的债券，债券面值为1 500万元，票面利率为12%，每年付息一次，发行费率为3%，所得税率40%，债券按面值发行，则该笔债券的成本为（ ）。
    A. 7.42%　　　B. 3%　　　C. 7%　　　D. 5%

23. 买"壳"上市的非上市公司通过（ ）来取得上市地位。
    A. 公司改制　　　　　　　　　　　B. 并购上市公司的股份
    C. 公司重组　　　　　　　　　　　D. 业绩支持

24. 按照（ ），公司被低估时会增加债权资本；反之，公司价值被高估时会增加股权资本。
    A. 净收益理论　　　B. 代理成本理论　　　C. 信号传递理论　　　D. 啄序理论

25. 某公司2003年度销售收入为5 000万元，销售成本为4 000万元，年初存货为200万元，年末存货为300万元，则该公司2003年的存货周转率为（ ）次。
    A. 5　　　B. 10　　　C. 12　　　D. 16

26. 公司倾向于首先采用内部筹资，因之不会传导任何可能对股价不利的信息；如果需要外部筹资，公司将先选择债权筹资，再选择其他外部债权筹资，这种筹资顺序的选择也不会传递对公司股价产生不利影响的信息。该观点是（ ）。
    A. 净收益理论　　　B. 代理成本理论　　　C. 信号传递理论　　　D. 啄序理论

二、多项选择题

1. 下列投资决策评价指标中，属于贴现现金流量指标的有（ ）。
   A. 投资回收期　　　B. 净现值　　　C. 内部报酬率
   D. 获利指数　　　　E. 平均报酬率

2. 影响营业风险的因素主要有（ ）。
   A. 产品需求的变动　　　　　　　　B. 产品质量的变动
   C. 产品售价的变动　　　　　　　　D. 单位产品变动成本的变动
   E. 营业杠杆的变动

3. 企业筹资决策的定量方法有（ ）。
   A. 利润的影响分析　　　　　　　　B. 资本成本比较法
   C. 每股利润分析法　　　　　　　　D. 净营业收益比较法
   E. 现金流量分析法

4. 个别资本成本率的高低取决于（ ）。
   A. 用资费用　　　B. 筹资费用　　　C. 所得税率
   D. 筹资年限　　　E. 筹资额

5. 自主上市的好处表现在（ ）。

A. 大股东的控股比例通常较高，容易实现绝对控股

B. 上市过程不存在大量现金流支出

C. 速度快

D. 有巨大的广告效应

E. 改制和上市重组过程，能够使公司获得一个"产权清晰、权责明确、政企分开、管理科学"的平台

6. 买"壳"上市的不利之处表现在（　　　）。

A. 上市门槛较高　　　　　　　　　　　B. 整个公司的保密性差

C. 人事整合和文化整合难度大　　　　　D. 通常有大量现金流出

E. 可能面临"反收购"的变数

7. 敌意并购的常见措施有（　　　）。

A. 掌握行业销售渠道　　　　　　　　　B. 获得委托投票权

C. 收购被并购企业的股票　　　　　　　D. 垄断

E. 控制行业供货源

8. 企业并购在财务方面给企业带来的收益主要有（　　　）。

A. 财务能力提高　　　　　　　　　　　B. 合理避税

C. 财务人员能力提高　　　　　　　　　D. 增加利润

E. 预期效应

9. 公司分立的形式有（　　　）。

A. 标准分立　　　　　B. 出售　　　　　C. 资产重组

D. 分拆　　　　　　　E. 资产互换

10. 价值评估的方法包括（　　　）。

A. 收益法　　　　　　B. 贴现现金流量法　　　　　C. 一元线性回归法

D. 资产价值基础法　　E. 投入产出法

11. 公司并购的动机包括（　　　）。

A. 筹集资金　　　　　　　　　　　　　B. 谋求经营协同效应

C. 实现战略重组　　　　　　　　　　　D. 降低代理成本

E. 获得特殊资产

12. 初始现金流量包括（　　　）。

A. 固定资产投资　　　　　　　　　　　B. 流动资产投资

C. 折旧与摊销　　　　　　　　　　　　D. 与长期投资有关的职工培训费

E. 原有固定资产的变价收入

13. 企业外部扩展的主要形式是（　　　）。

A. 兼并　　　　　　　B. 收购　　　　　C. 重组

D. 分立　　　　　　　E. 资产注入

14. 下列各项属于反映企业偿债能力的指标有（　　　）。

A. 人均净利润增长率　　　B. 资产负债率　　　　C. 流动比率

D. 总资产周转率　　　　　E. 产权比率

三、案例分析题

（一）某公司正考虑建设一个新项目。根据市场调查和财务部门测算，项目周期为 5 年，项目现金流量已估算完毕，公司选择的贴现率为 10%，具体数据见表 8—16 及表 8—17。

表8-16 项目现金流量表

（单位：万元）

年份	0	1	2	3	4	5
净现金流量	-1 200	400	400	400	400	300

表8-17 现值系数表

年底系数贴现率	复利现值系数					年金现值系数				
	1	2	3	4	5	1	2	3	4	5
10%	0.909	0824	0.751	0.683	0.621	0.909	1.736	2.487	3.170	3.791

根据上述资料，回答下列问题：

1. 该项目投资回收期是（ ）年。
   A. 2   B. 3   C. 4   D. 5
2. 该项目的净现值为（ ）万元。
   A. 184.50   B. 208.30   C. 254.30   D. 700
3. 该公司选择的贴现率应是下列中的（ ）。
   A. 利率
   B. 标准离差率
   C. 企业要求的报酬率
   D. 资金时间价值率
4. 该公司运用净现值法进行投资项目决策，其优点是（ ）。
   A. 考虑了资金的时间价值
   B. 有利于对初始投资额不同的投资方案进行比较
   C. 能够反映投资方案的真实报酬率
   D. 能够反映投资方案的净收益
5. 投资回收期只能作为投资决策的辅助指标，其缺点是（ ）。
   A. 该指标没有考虑资金的时间价值
   B. 该指标没有考虑收回初始投资所需时间
   C. 该指标没有考虑回收期满后的现金流量状况
   D. 该指标计算繁杂

（二）某公司原有设备一套，购置成本为15万元，预计使用10年，已使用5年，原有设备技术已经落后，预计残值只有原值的10%，该公司用直线法提取折旧。为提高生产率，降低成本，现该公司拟购买一套新设备，新设备购置成本为20万元，使用年限为5年，同样用直线法提取折旧，预计残值也是购置成本的10%。如果购置新设备，公司每年的销售额将能从150万元上升到165万元，每年付现成本将从110万元上升到115万元，旧设备变卖可以得到10万元，该企业的所得税税率为33%，资本成本为10%。

请根据上述资料，为该公司作出正确的决策。

6. 本案例属于互斥选择决策，最好使用（ ）进行决策。
   A. 获利指数法   B. 净现值法   C. 内部报酬率法   D. 投资回收期法
7. 用贴现现金流量指标来对本案例进行决策，其决策规则应该是（ ）。
   A. 如使用内部报酬率法，则应选择超过必要报酬率最多的方案
   B. 如使用利润指数，则应选择获利指数超过1最多的方案
   C. 如使用净现值法，则应选择净现值较小的方案
   D. 如使用净现值法，则应选择净现值较大的方案
8. 贴现现金流量指标的特点有（ ）。
   A. 一般适用于对投资项目的详细可行性研究

　　B. 计算简单，但不能正确地反映投资项目的经济效益

　　C. 考虑了资金的时间价值

　　D. 将未来各年的现金流量统一折算为现时价值再进行分析评析

9. 下列投资决策指标中运用得很久、很广的是（　　　　）。

　　A. 平均报酬率　　　　B. 投资回收期　　　　C. 净现值　　　　D. 内部报酬率

10. 下列不考虑资金的时间价值的指标是（　　　）。

　　A. 平均报酬率　　　B. 内部报酬率　　　C. 获利指数　　　　D. 净现值法

11. 已知 PVIFA(10%, 5) = 3.79，PCIF(10%, 1) = 0.91，PVIF(10%, 2) = 0.83，PVIF(10%, 3) = 0.75，PVIF(10%, 4) = 0.68，PVIF(10%, 5) = 0.62，通过计算，该公司的选择结果应该是（　　　）。

　　A. 更新设备的净现值小于 0，继续使用旧设备的净现值大于 0，因此选择继续使用旧设备

　　B. 更新设备的净现值大于 0，继续使用旧设备的净现值小于 0，因此选择更新设备

　　C. 两种方案的净现值大于 0，但继续使用旧设备的净现值更大，因此选择继续使用旧设备

　　D. 两种方案的净现值都大于 0，但更新设备的净现值更大，因此选择更新设备

　　（三）某公司计划对某一项目进行投资，投资额为 500 万元，期限为 4 年，每年净现金流量分别为 200 万元、260 万元、300 万元、280 万元。假设资本成本率为 10%。该项目的净现金流量及复利现值系数如表 8–18 所示。

表 8–18　项目现金流量与现值系数表

（单位：万元）

年数	0	1	2	3	4
净现金流量	–500	200	260	300	280
复利现值系数	1	0.909	0.826	0.751	0.683

　　根据以上资料，回答下列问题：

12. 如果不考虑资金时间价值，该项目的投资回收期为（　　　　）年。

　　A. 2.13　　　　　B. 2.87　　　　　C. 3.13　　　　　D. 3.87

13. 该项目的净现值为（　　　）万元。

　　A. 313.1　　　　B. 540　　　　　C. 813.1　　　　　D. 1 040

14. 该投资方案的获利指数为（　　　　）。

　　A. 0.6　　　　　B. 1.08　　　　　C. 1.6　　　　　D. 2.08

15. 该企业可以采用的非贴现现金流量指标有（　　　　）。

　　A. 净现值　　　　B. 投资回收期　　　　C. 平均报酬率　　　　D. 内部报酬率

　　（四）某商业企业 2006 年度销售收入为 2 000 万元，销售成本为 1 600 万元，净利润为 200 万元；年初、年末应收账款余额分别为 200 万元和 400 万元；年初、年末存货余额分别为 200 万元和 600 万元；年末流动比率为 2，速动比率为 1.2。假定该企业流动资产由速动资产和存货组成，一年按 360 天计算。

　　根据上述资料，回答下列问题：

16. 2006 年应收账款周转天数为（　　　　）天。

　　A. 35　　　　　B. 47　　　　　C. 54　　　　　D. 67

17. 2006 年存货周转天数为（　　　　）天。

　　A. 70　　　　　B. 60　　　　　C. 90　　　　　D. 80

18. 2006 年营业周期为（　　　）天。

　　A. 107　　　　　B. 144　　　　　C. 147　　　　　D. 124

19. 2006 年年末流动负债余额为（　　　　）万元。

A. 600　　　　　B. 460　　　　　C. 750　　　　　D. 960

20. 2006 年年末销售净利率为（　　　）。

A. 15%　　　　　B. 10%　　　　　C. 8%　　　　　D. 5%

 同步自测解析

一、单项选择题

1. 【解析】A　估算投资方案的现金流量应遵循的最基本的原则是：只有增量现金流量才是与项目相关的现金流量。所谓增量现金流量，是指接受或拒绝某个投资方案后，企业总现金流量因此发生的变动。只有那些由于采纳某个项目引起的现金支出的增加额，才能算作该项目的现金流出；只有那些由于采纳某个项目引起的现金流入增加额，才能算作该项目的现金流入。

2. 【解析】A　教材中企业兼并与收购的区别一段中提到：①在兼并中，被兼并企业丧失法人资格；而在企业收购中，被收购企业的法人地位仍可继续存在；②兼并后，兼并企业成为被兼并企业债权债务的承担者，是资产和债权、债务的一同转让；而在收购后，收购企业是被收购企业新的所有者，以收购出资的股本为限承担被收购企业的风险；③兼并多发生在被兼并企业财务状况不佳、生产经营停滞或半停滞之时，兼并后一般需要调整其生产经营、重新组合资产；而收购则一般发生在被收购企业正常经营的情况下。

3. 【解析】B　财务杠杆系数（DFL）是指普通股每股税后利润（EPS）变动率相当于息税前利润变动率的倍数。其计算公式为：DFL＝EBIT/（EBIT－I）。式中，I 代表债务年利息额，EBIT 是息税前利润额。将题目中的数字带入公式中，可得选项 B。

4. 【解析】C　资本成本从绝对量的构成看，包括用资费用与筹资费用两部分。如果用相对数表示的话，就是表示为用资费用与实际筹得资金的比率。（注：在 2007 年版的《工商管理专业知识与实务》中，用资本成本代替了资金成本）

5. 【解析】B　该项长期投资的资本成本率＝[500×10%×（1－25%）]/[500×（1－2%）] ＝7.65%。

6. 【解析】A　纵向并购即处于同类产品且不同产销阶段的两个或多个企业所进行的并购。这种并购可以是向前并购，也可以是向后并购。所谓向前并购是指向其最终客户的并购，一家纺织公司并购使用其产品的客户——印刷厂就属于这种。所谓向后并购是指向其供应商的并购，比如，一家钢铁公司并购其原材料供应商——铁矿公司。

7. 【解析】B　吸收合并是指一个企业购买其他企业的产权，并使其他企业失去法人资格的一种经济行为。新设合并是两个或两个以上的公司联合组成一个新公司，所有参与合并的公司均消灭。

8. 【解析】B　并购完成成本指并购行为本身所发生的并购价款和并购费用。并购价款是支付给被并购企业股东的，具体形式有现金、股票或其他资产等。并购费用是指并购过程中所发生的有关费用，如并购过程中所发生的搜寻、策划、谈判、文本制订、资产评估、法律鉴定、顾问等费用。

9. 【解析】B　整合与营运成本是指并购后为使并购企业健康发展而需支付的营运成本。这些成本包括：①整合改制成本。如支付派遣人员进驻、建立新的董事会和经理班子、安置多余人员、剥离非经营性资产、淘汰无效设备、进行人员培训等有关费用；②注入资金的成本。并购公司要向目标公司注入优质资产，拨入启动资金或开办费、为新企业打开市场而需增加的市场调研费、广告费、网点设置费。

10. 【解析】C　在我国国有企业资本经营过程中相当一部分企业的收购兼并行为，都是由政府部门强行撮合而实现的。尽管大规模的并购活动需要政府的支持和引导，但是并购行为毕竟应是企业基于激烈市场竞争而自主选择的发展战略，是一种市场化行为。政府依靠行政手段对企业并购大包大揽，不仅背离市场原则，难以达到预期效果，而且往往还会给并购企业带来风险。这种风险就是体制风险。

11.【解析】D　财务杠杆系数（DFL），是指普通股每股税后利润（EPS）变动率相当于息税前利润变动率的倍数。

12.【解析】B　标准分立（Spin-off）是指一个母公司将其在某子公司中所拥有的股份，按母公司股东在母公司中的持股比例分配给现有母公司的股东，从而在法律上和组织上将子公司的经营从母公司的经营中分离出去。这会形成一个与母公司有着相同股东和持股结构的新公司。在分立过程中，不存在股权和控制权向母公司和其股东之外第三者转移的情况，因为现有股东对母公司和分立出来的子公司同样保持着它们的权利。

13.【解析】D　现金周转期＝最佳现金持有量/（年现金需求总量/360）＝160/（720/360）＝80（天）。

14.【解析】C　普通股与留存收益都属于所有者权益，股利的支付不固定。企业破产后，股东的求偿权位于最后，与其他投资者相比，普通股股东所承担的风险最大，因此，普通股的报酬也应最高。所以，在各种资金来源中，普通股的成本最高。

15.【解析】C　公司回购了部分普通股，发行在外的股数就相应减少，每股收益势必提高，从而导致企业股票市价上涨，由股价上涨所得的资本收益就可以代替股利收入，所以股票回购也被认为是支付股利的方式之一。

16.【解析】A　投资回收期＝原始投资额/每年 NCF＝300/140≈2.1（年）。

17.【解析】B　综合资本成本率是指一个企业全部长期资本的成本率，通常是以各种长期资本的比例为权重，对个别资本成本率进行加权平均测算，故又称加权平均资本成本率。

18.【解析】B　资本结构是企业筹资决策的核心问题。企业应综合考虑有关影响因素，运用适当的方法确定最佳资本结构，并在以后追加筹资中继续保持。企业现有资本结构不合理，应通过筹资活动进行调整，使其趋于合理化。

19.【解析】C　采用收益法估算目标企业的价值，以投资为出发点，着眼于未来经营收益，并在测算方面形成了一套较为完整有效的科学方法，因而为各种并购价值评估广泛使用，尤其适用于通过证券二级市场进行并购的情况。

20.【解析】C　财务杠杆也称融资杠杆，是指由于合理利用债务而给企业带来的额外收益。它有两种基本形态。其一，在现有资本与负债结构不变的情况下，由于息税前利润的变动而对所有者权益产生影响；其二，在息税前利润不变的情况下，改变不同的资本与负债的结构比例而对所有者权益产生的影响。

21.【解析】C　营业杠杆度越高，表示企业营业利润对销售量变化的敏感程度越高，经营风险越大；营业杠杆度越低，表示企业营业利润对销售量变化的敏感程度越小，经营风险越小。

22.【解析】A　债券成本＝1 500×12%×（1－40%）/[1 500×（1－3%）]＝7.42%。

23.【解析】B　买"壳"上市是指非上市公司通过并购上市公司的股份来取得上市地位，然后利用反向收购方式注入自己的相关资产，最后通过合法的公司变更手续，使非上市公司成为上市公司。

24.【解析】C　信息传递理论认为，公司可以通过调整资本结构来传递有关获利能力和风险方面的消息，以及公司如何看待股票市场的信息。按照这种理论，公司被低估时会增加债权资本；反之，公司价值被高估时会增加股权资本。

25.【解析】D　存货平均余额＝（200＋300）/2＝250（万元），存货周转率＝4 000/250＝16。

26.【解析】D　啄序理论认为公司倾向于首先采用内部筹资，因之不会传导任何可能对股价不利的信息；如果需要外部筹资，公司将先选择债权筹资，再选择其他外部债权筹资。这种筹资顺序的选择也不会传递对公司股价产生不利影响的信息。按照啄序理论，不存在明显的目标资本结构。

二、多项选择题

1. **【解析】** BCD AE 选项是非贴现现金流量指标。

2. **【解析】** ACDE 营业风险也称经营风险，是指与企业经营相关的风险，尤其是指利用营业杠杆而导致息税前利润变动的风险。影响营业风险的因素主要有：①产品需求的变动；②产品售价的变动；③单位产品变动成本的变动；④营业杠杆的变动。

3. **【解析】** BC 企业筹资决策的定量方法有：①资本成本比较法。是指在适度财务风险的条件下，测算可供选择的不同资本结构或筹资组合方案的综合资本成本率，并以此为标准相互比较确定最佳资本结构的方法。②每股利润分析法。每股利润分析法是利用每股利润无差别点进行资本结构决策的方法。每股利润无差别点是指两种或两种以上筹资方案下普通股每股利润相等时的息税前利润点。根据每股利润无差别点，可以分析判断什么情况下可以利用债权筹资来安排及调整资本结构，进行资本结构决策。

4. **【解析】** ABE 个别资本成本率的高低取决于三个因素，即用资费用、筹资费用和筹资额。

5. **【解析】** ABE 自主上市的好处表现在：①改制和上市重组过程，能够使公司获得一个"产权清晰、权责明确、政企分开、管理科学"的平台，并能够优化公司治理结构，明确业务发展方向，为公司日后健康发展打下良好基础；②改制、建制、上市重组通常发生在企业内部或关联企业，整合起来相对容易；③在公开发行股票上市环节会筹集到大量的溢价收入；④上市过程不存在大量现金流支出，因为不存在购买其他企业股权的行为；⑤大股东的控股比例通常较高，容易实现绝对控股。

6. **【解析】** CDE 买"壳"上市的不利之处表现在：①整合难度大，特别是人事整合和文化整合；②不能同时实现筹资功能；③通常有大量现金流出；④由于实施绝对控股难度大，成本高，入主后通常只能达到相对控股；⑤可能面临"反收购"等一些变数。

7. **【解析】** BC 敌意并购，即在友好协商遭到拒绝时，并购企业不顾被并购企业的意愿而采取非协商性并购的手段，强行收购被并购企业。常见的措施有两种：①获得委托投票权；②收购被并购企业的股票。

8. **【解析】** ABE 企业并购不仅可因经营效率提高而获利，而且还可在财务方面给企业带来如下收益：①财务能力提高；②合理避税；③预期效应。预期效应指因并购使股票市场对企业股票评价发生改变而对股票价格的影响。

9. **【解析】** ABD 公司分立是与公司合并相对应的行为，是指一家公司按照法律规定、行政命令或公司自行决策，分解为两家或两家以上的相互独立的新公司，或将公司某部门或子公司的股权出售的行为。公司分立主要有标准分立、出售和分拆三种形式。

10. **【解析】** ABD 价值评估是指买卖双方对标的（股权或资产或企业）作出的价值判断。对目标企业估价一般可以使用以下方法：①资产价值基础法；②收益法；③贴现现金流量法。

11. **【解析】** BCDE 并购动机主要包括：
    （1）谋求管理协同效应。
    （2）谋求经营协同效应。由于经济的互补性及规模经济，两个或两个以上的企业合并后可提高其生产经营活动的效率，这就是所谓的经营协同效应。
    （3）谋求财务协同效应。企业并购不仅可因经营效率提高而获利，而且还可在财务方面给企业带来财务能力提高及合理避税的收益。
    （4）实现战略重组，开展多元化经营。
    （5）获得特殊资产。企图获取某项特殊资产往往是并购的重要动因。
    （6）降低代理成本。在企业的所有权与经营权相分离的情况下，经理是决策或控制的代理人，而所有者作为委托人成为风险承担者。由此造成的代理成本包括契约成本、监督成本和剩余损失。

    另外，跨国并购还可能具有其他多种特殊的动因，如企业增长、技术、产品优势与产品差异，政府政策，汇率，政治和经济稳定性，劳动成本和生产率差异、多样化，确保原材料来源，追随顾客等。

12.【解析】ABDE 初始现金流量是指开始投资时发生的现金流量，包括：

（1）固定资产投资。包括固定资产的购入或建造成本、运输成本和安装成本等；

（2）流动资产投资。包括对材料、在产品、产成品和现金等流动资产的投资；

（3）其他投资费用。指与长期投资有关的职工培训费、谈判费、注册费用等；

（4）原有固定资产的变价收入。指固定资产更新时原有固定资产的变卖所得的现金收入。

13.【解析】AB 外部扩展是指企业以不同的方式直接与其他企业组合起来，利用其现成设备、技术力量和其他外部条件，实现优势互补，以迅速扩大生产经营规模的行为。兼并和收购是企业外部扩展的主要形式。

14.【解析】BCE A 选项为反映发展能力的指标；D 选项为反映营运能力的指标。

三、案例分析题

（一）

1.【解析】B 新项目的累计净现金流量如表 8 – 19 所示。

表 8 – 19　项目累计净现金流量表

（单位：万元）

净现金流量	（1 200）	400	400	400	400	300
累计净现金流量	– 1 200	– 800	– 400	0	400	700

该项目投资回收期是 3 年。本题考核投资回收期。

2.【解析】C 该项目的净现值 = 400 × 3.17 + 300 × 0.621 - 1 200 = 254.30（万元）。

3.【解析】C 该公司选择的贴现率应是企业要求的报酬率。

4.【解析】AD 净现值法的优点是考虑了资金的时间价值，能够反映各种投资方案的净收益。其缺点是不能揭示各个投资方案本身可能达到的实际报酬率是多少。

5.【解析】AC 投资回收期没有考虑资金的时间价值，没有考虑回收期满后的现金流量状况。

（二）

6.【解析】B 根据本案例所示的现金流量指标考虑了资金的时间价值，并且考虑了投资项目整个寿命期内的报酬情况，属于互斥选择决策，最好使用净现值法进行决策。

7.【解析】ABD 内部报酬率法的决策规则是：在只有一个备选方案的采纳与否决策中，如果计算出的内部报酬率大于或等于企业的资本成本或必要报酬率就采纳；反之，则拒绝。在有多个备选方案的互斥选择决策中，选用内部报酬率超过资本成本或必要报酬率最多的投资项目。

获利指数法的决策规则是：在只有一个备选方案的采纳与否决策中，获利指数大于或等于 1，则采纳；否则就拒绝。在有多个方案互斥选择决策中，应采用利润指数超过 1 最多的投资项目。

净现值法的决策规则是：在只有一个备选方案的采纳与否决策中，净现值为正者则采纳，净现值为负者不采纳；在有多个方案的互斥选择决策中，应选用净现值为正值中的最大者。

8.【解析】ACD 贴现现金流量指标是指考虑了资金的时间价值，并将未来各年的现金流量统一折算为现时价值进行分析评价的指标。这类指标计算精确、全面，并且考虑了投资项目整个寿命期内的报酬情况，但计算方法比较复杂，一般适应于对投资项目的详细可行性研究。

9.【解析】B 投资回收期是指回收初始投资所需要的时间，一般以年为单位，是一种运用很久、很广的投资决策指标。

10.【解析】A 平均报酬率属于非贴现现金流量指标，非贴现现金流量指标是不考虑资金的时间价值，直接根据不同时期的现金流量分析项目的经济效益的各种指标。

11.【解析】D 选择更新设备后每年的营业净现金流量 NCF 为 10 万元，未来报酬现值为：10 × 3.79 - 20 = 17.9（万元），比继续使用旧设备的净现值大，因此选择更新设备。

（三）

12. 【解析】A　由于每年的 NCF 不相等，所以要根据每年年末尚未回收的投资额加以确定。累计净现金流量如表 8-20 所示。

表 8-20　累计净现金流量表

（单位：万元）

年数	0	1	2	3	4
净现金流量	-500	200	260	300	280
累计现金流量	-500	-300	-40	260	540

投资回收期 = 2 + 40/300 = 2.13（年）。

13. 【解析】A　已知每年的净现金流量和复利现值系数，可以根据公式得，200 × 0.909 + 260 × 0.826 + 300 × 0.751 + 280 × 0.683 - 500 = 313.1（万元）。

14. 【解析】C　获利指数又称利润指数（PI），是投资项目未来报酬的总现值与初始投资额的现值之比。即（313.1 + 500）/500 ≈ 1.63。

15. 【解析】BC　非贴现现金流量指标是指不考虑资金时间价值的各种指标。
（1）投资回收期。投资回收期（PP）是指回收初始投资所需要的时间，一般以年为单位。
（2）平均报酬率。平均报酬率（ARR）是投资项目寿命周期内平均的年投资报酬率。平均报酬率计算公式：平均报酬率 = 平均现金流量/初始投资额 × 100%。

（四）

16. 【解析】C　应收账款周转次数 = 2 000/[（200 + 400）/2] = 6.67（次），应收账款周转天数 = 360/6.67 = 53.97 ≈ 54（天）。

17. 【解析】C　存货周转次数 = 1 600/[（200 + 600）/2] = 4（次），存货周转天数 = 360/4 = 90（天）。

18. 【解析】B　营业周期 = 应收账款周转天数 + 存货周转天数 = 54 + 90 = 144（天）。

19. 【解析】C　速动比率 =（流动资产 - 存货）/流动负债 = 1.2，流动比率 = 流动资产/流动负债 = 2，所以：流动资产 = 2 × 流动负债；速动比率 =（2 × 流动负债 - 存货）/流动负债 =（2 × 流动负债 - 600）/流动负债 = 1.2，所以：流动负债 = 750（万元）。

20. 【解析】B　销售净利率 = 净利润/销售收入 × 100% = 200/2 000 × 100% = 10%。

模拟试卷（一）

一、单项选择题（共60题，每题1分，每题的备选项中，只有一个最符合题意）

1. 企业高层领导确定战略后，向管理人员宣布企业战略，然后强制管理人员执行实施，这种战略实施模式为（　　）模式。
   A. 指挥型　　　　　　　B. 转化型　　　　　　　C. 文化型　　　　　　　D. 增长型

2. 企业经营决策的最基本要素是（　　）。
   A. 决策者　　　　　　　B. 决策目标　　　　　　C. 决策方案　　　　　　D. 决策条件

3. 企业在战略实施过程中，深入宣传发动，使所有人员都参与并且支持企业的目标和战略，这是（　　）战略实施模式。
   A. 指挥型　　　　　　　B. 转化型　　　　　　　C. 合作型　　　　　　　D. 文化型

4. 能够成为企业持续竞争优势源泉的经营资源是（　　）。
   A. 先进的机器设备　　　B. 原材料库存　　　　　C. 土地使用权　　　　　D. 研发能力

5. 根据BCG矩阵，"瘦狗"类业务应采取的经营战略是（　　）。
   A. 一体化发展战略　　　B. 扩张型战略　　　　　C. 收缩型战略　　　　　D. 稳定型战略

6. 实施集中化竞争战略有利于企业（　　）。
   A. 实现优势互补　　　　　　　　　　　　　　　B. 充分利用其资源和发挥其能力
   C. 构筑行业进入壁垒　　　　　　　　　　　　　D. 降低经营风险

7. 在制定企业战略过程中，企业内部环境分析的核心内容是（　　）。
   A. 核心能力　　　　　　B. 资金状况　　　　　　C. 核心产品　　　　　　D. 设备状况

8. 根据企业内部资源条件和外部环境，确定企业的经营范围是（　　）要解决的主要问题。
   A. 竞争战略　　　　　　B. 公司层战略　　　　　C. 业务层战略　　　　　D. 职能层战略

9. 在行业生命周期的成熟期，市场需求呈现出多样化、复杂化与个性化的变化趋势，市场竞争更为激烈。这时企业应积极实施（　　）。
   A. 成本领先战略　　　　B. 无差异战略　　　　　C. 集中化战略　　　　　D. 差异化战略

10. 某石油公司对自己开采的原油进行炼化，生产各种石化产品，并自行组织这些产品的销售。该公司实施的是（　　）。
    A. 集中化战略　　　　　B. 前向一体化战略　　　C. 调整性战略　　　　　D. 后向一体化战略

11. 有限责任公司股东会由全体股东组成，股东会是公司的（　　）。
    A. 权力机构　　　　　　B. 决策机构　　　　　　C. 经营机构　　　　　　D. 监督机构

12. 经营者的内部选拔表现出（　　）的特征。
    A. 市场性　　　　　　　B. 弱市场性　　　　　　C. 非市场性　　　　　　D. 调控性

13. 对公司财产占有、使用和依法处分的权利被称为（　　）。
    A. 法人所有权　　　　　B. 原始所有权　　　　　C. 经营权　　　　　　　D. 收益权

14. 母公司与子公司的控制与被控制的关系主要是通过（　　）来建立的。
    A. 资金调拨管理　　　　B. 生产管理　　　　　　C. 利润分配　　　　　　D. 股权拥有

15. 有关跨国公司与企业集团的界定，正确的是（　　）。
    A. 企业集团是由母公司与子公司及分公司组成的企业
    B. 企业集团是由众多的跨国公司组成的企业
    C. 企业集团一般不采用跨国公司的组织形式
    D. 跨国公司是一个企业，而企业集团不是一个企业

16. 公司经理的经营水平和经营能力要接受（　　　　）。
    A. 监事会的监督　　　B. 董事会的监督　　　C. 职工的考核　　　D. 股东会的考察

17. 对经营者激励的形式多种多样，主要有年薪制、薪金与奖金相结合、股票奖励、股票期权等，这些均属于企业家激励约束机制中的（　　　　）。
    A. 报酬激励　　　B. 声誉激励　　　C. 市场竞争机制　　　D. 实物激励

18. 股份有限公司董事的任期由（　　　　）。
    A. 股东会决定　　　B. 董事会决定　　　C. 全体职工决定　　　D. 公司章程规定

19. 从（　　　　）方面认识战略管理对象，战略管理的对象包括影响企业战略制定和实施的各成分及其相互关系，涉及到外部环境、内部各战略层次和各业务部门。
    A. 关键战略要素　　　　　　　　　　B. 战略管理模式
    C. 战略管理过程　　　　　　　　　　D. 战略问题涉及的范围

20. 工作重点是改进一个业务单位在它所从事的行业中，或某一特定的细分市场中所提供的产品和服务的竞争地位的企业战略层次是（　　　　）。
    A. 企业总体战略　　　B. 企业职能战略　　　C. 企业业务战略　　　D. 企业竞争战略

21. 下列属于供应链外部绩效度量指标的是（　　　　）。
    A. 生产率　　　　　　　　　　　　　B. 成本
    C. 用户满意度和最佳实施基准　　　　D. 质量

22. 某车间生产某单一产品，车间共有车床 10 台，全年制度工作日设为 250 天，单班制，日工作时间为 8 小时，设备修理必要停工率为 10%，单台设备每小时产量定额为 100 件，则该设备组的年生产能力为（　　　　）件。
    A. 15 000　　　B. 18 000　　　C. 180 000　　　D. 1 800 000

23. 在企业内部条件中，规定了企业成员在企业内部各自担负的角色及成员之间相互关系的是（　　　　）。
    A. 企业结构　　　B. 企业资源　　　C. 企业文化　　　D. 企业规章

24. 甲公司为了低价获得乙公司的紧俏物资，在账外暗中给予乙公司主要负责人现金 20 万元，甲公司的行为构成了（　　　　）。
    A. 商业诈骗行为　　　B. 商业贿赂行为　　　C. 串通招标行为　　　D. 虚假表示行为

25. 由制造商自建运输部门组织物流，这种物流被称为（　　　　）。
    A. 第一方物流　　　B. 第二方物流　　　C. 第三方物流　　　D. 第四方物流

26. 在现代生产运作方式中，"彻底消除无效劳动和浪费"是（　　　　）的目标。
    A. 准时生产方式 JIT　　　　　　　　B. 计算机集成制造系统 CIMS
    C. 柔性制造系统 FMS　　　　　　　　D. 敏捷制造 AM

27. 在托宾的 Q 模型中，Q 值等于（　　　　）。
    A. 资产重置成本/企业价值　　　　　　B. 企业发行在外的股票市值/资产重置成本
    C. 企业价值/资产重置成本　　　　　　D. 企业价值/企业总股本

28. 在企业内部条件中，综合体现了企业战略实力的是（　　　　）。
    A. 企业结构　　　B. 企业规章　　　C. 企业文化　　　D. 企业资源

29. 在发展战略中，（　　　　）是企业进入现有产品或服务在技术、市场等方面没有任何关联的新行业或新领域的战略。
    A. 关联多元化发展战略　　　　　　　B. 集中型发展战略
    C. 无关联多元化发展战略　　　　　　D. 抽资型发展战略

30. 在竞争战略的制定中，比较适合中小企业采用的竞争战略是（　　　　）。
    A. 稳定战略　　　B. 集中化战略　　　C. 差异化战略　　　D. 成本领先战略

31. 动员企业全体员工充分利用并协调企业内外一切可利用的资源，沿着企业战略的方向和途径，自觉而努力地贯彻战略，以期待更好地达成企业战略目标的过程的是（　　　　）。
    A. 企业战略制定　　　B. 企业战略实施　　　C. 企业战略控制　　　D. 企业战略反馈

32. 把成本分为固定成本和可变成本两部分，然后与总收益进行对比，以确定盈亏平衡时的产量或某一盈利水平的产量的分析方法是（　　　　）。
    A. 线性规划　　　　　B. 回归分析法　　　　C. 盈亏平衡点法　　　D. 决策收益表法

33. 公司法人承担民事责任的限度是（　　　　）。
    A. 全部股东的财产权　　　　　　　　　B. 公司所能控制的全部资金
    C. 公司经营权　　　　　　　　　　　　D. 全部法人财产

34. 当某项事宜的决策权超越了公司经营者的权力范围的时候，应当（　　　　）。
    A. 报董事会决定　　　　　　　　　　　B. 召开全体员工大会决议决定
    C. 直接否决　　　　　　　　　　　　　D. 报股东大会决定

35. 法律确定的公司最高权力机构是（　　　　）。
    A. 董事会　　　　　　B. 股东大会　　　　　C. 经营决策层　　　　D. 监事会

36. 在2006年我国颁布的《国家中长期科学和技术发展规划纲要》中，明确指出（　　　　）是技术创新体系的主体。
    A. 中介机构　　　　　B. 政府　　　　　　　C. 科研机构　　　　　D. 企业

37. 知识产权的组成部分中，保护费用最高的是（　　　　）。
    A. 商标　　　　　　　B. 专利　　　　　　　C. 商业秘密　　　　　D. 技术措施

38. 某专利权人同意他人在支付一定的价款后，在规定的范围内使用其专利并订立了合同，此合同称为（　　　　）。
    A. 专利权转让合同　　　　　　　　　　B. 专利申请权转让合同
    C. 专利实施许可合同　　　　　　　　　D. 技术秘密转让合同

39. 在技术创新组织中，履行对创新组织内的创新活动进行计划、组织与协调职能的人员所扮演的角色是（　　　　）。
    A. 创新倡导者　　　　B. 创新构思产生者　　C. 技术难题解决者　　D. 项目管理者

40. 企业制定技术创新计划时，首先要进行的工作是（　　　　）。
    A. 创新构思的评价　　　　　　　　　　B. 创新对象的选择
    C. 创新组织的组建　　　　　　　　　　D. 创新阶段的整合

41. 第二次世界大战以来，为了迎接技术创新的挑战，大企业内部推行了权变制组织，其中最典型、最常运用的组织形式是（　　　　）。
    A. 项目小组　　　　　B. 自我管理小组　　　C. 矩阵组织　　　　　D. 战略经营单位

42. 技术创新的原动力是（　　　　）。
    A. 科学技术的重大突破　　　　　　　　B. 市场需求的明显增长
    C. 市场竞争的巨大压力　　　　　　　　D. 国家政策的有效激励

43. 在员工招聘中最常见、争议最多的方法是（　　　　）。
    A. 心理测验　　　　　B. 知识面试　　　　　C. 情景模拟测试　　　D. 面试

44. 享有对公司重要事项的最终决定权的是（　　　　）。
    A. 股东大会　　　　　B. 董事会　　　　　　C. 监事会　　　　　　D. 经理人

45. 企业依据员工的岗位、职级、能力和工作结果支付给员工的比较稳定的报酬是（　　　　）。
    A. 基本薪酬　　　　　B. 激励薪酬　　　　　C. 间接薪酬　　　　　D. 补偿薪酬

46. 股份有限公司股东行使股权的重要原则是（　　　　）。
    A. 一人一票　　　　　B. 一股一权　　　　　C. 资本多数权　　　　D. 董事数额多数权

47. 能够集中更多专家意见进行人力资源需求变化趋势预测的方法是（　　　　）。
    A. 移动平均法　　　　B. 指数平滑法　　　　C. 回归分析法　　　　D. 德尔菲法

48. 在解决非自愿性员工流动问题时，采用建设性争议解决技术的最后阶段是（　　　　）。
    A. 开放式协商　　　　B. 同事审查　　　　　C. 仲裁　　　　　　　D. 法庭诉讼

49. 根据资本结构的啄序理论，公司选择筹资方式的顺序依次是（　　　　）。
    A. 股权筹资、债券筹资、内部筹资　　　B. 内部筹资、股权筹资、债券筹资

C. 内部筹资、债券筹资、股权筹资　　　　　D. 股权筹资、内部筹资、债券筹资

50. 综合资本成本率的高低取决于资本结构和（　　　　）两个因素。
　　A. 股利率　　　　　B. 个别资本成本率　　C. 边际资本成本率　　D. 利息率

51. 某公司经过拆分后，公司间形成了持股甚至控股关系，则公司重组采用的是（　　　　）。
　　A. 分拆　　　　　　B. 标准分立　　　　　C. 解散式分立　　　　D. 换股分立

52. 如果某企业的营业杠杆系数为2，则说明（　　　　）。
　　A. 当公司息税前利润增长1倍时，普通股每股收益将增长2倍
　　B. 当公司普通股每股收益增长1倍时，息税前利润应增长2倍
　　C. 当公司营业额增长1倍时，息税前利润将增长2倍
　　D. 当公司息税前利润增长1倍时，营业额应增长2倍

53. 在进行投资项目的现金流量估算时，需要估算的是与项目相关的（　　　　）。
　　A. 增量现金流量　　　　　　　　　　　　B. 企业全部现金流量
　　C. 投资现金流量　　　　　　　　　　　　D. 经营现金流量

54. 如果某一项目的项目期为5年，项目总投资额为800万元，每年现金净流量分别为100万元、180万元、200万元、200万元、220万元，则该项目不考虑资金时间价值时的平均报酬率为（　　　　）。
　　A. 12.5%　　　　　B. 22.5%　　　　　　C. 33.3%　　　　　　D. 35.5%

55. 某公司2005年股本为1 000万元，息税前盈余为20万元，债务利息为9万元，则该公司的财务杠杆系数为（　　　　）。
　　A. 1.67　　　　　　B. 1.82　　　　　　　C. 2.23　　　　　　　D. 2.46

56. 资金成本一般用相对数表示，即表示为（　　　　）的比率。
　　A. 用资费用与筹资数额　　　　　　　　　B. 筹资费用与筹资数额
　　C. 用资费用与实际筹得资金　　　　　　　D. 筹资费用与实际筹得资金

57. 某企业预计全年需要现金720万元，根据现金周转模式确定的最佳现金持有量为160万元，则该企业的现金周转期为（　　　　）天。
　　A. 45　　　　　　　B. 60　　　　　　　　C. 72　　　　　　　　D. 80

58. 以排挤竞争对手为目的，以低于成本的价格进行销售的行为是（　　　　）。
　　A. 不正当竞争行为　　　　　　　　　　　B. 限制竞争行为
　　C. 技术性竞争行为　　　　　　　　　　　D. 正当竞争行为

59. 经营者根据政府价格主管部门或者其他有关部门规定的基准价及其浮动幅度来制定价格的方式是（　　　　）。
　　A. 市场调节价　　　B. 政府指导价　　　　C. 市场指导价　　　　D. 政府定价

60. 某石油化工企业，原来只开采的原油进行炼化，并生产各种石化产品，现在开始收购加油站，组织这些产品的零售。该公司实施的是（　　　　）。
　　A. 集中化战略　　　B. 前向一体化战略　　C. 调整性战略　　　　D. 后向一体化战略

二、多项选择题（共20题，每题2分。每题的备选项中，有2个或2个以上符合题意，至少有1个错项。错选，本题不得分；少选，所选的每个选项得0.5分）

61. 企业战略分若干层次，具体由（　　　　）组成。
　　A. 企业总体战略　　B. 企业业务战略　　　C. 企业发展战略
　　D. 企业职能战略　　E. 企业产品战略

62. 评价和确定企业战略方案时，需遵循的基本原则有（　　　　）。
　　A. 择优原则　　　　B. 民主协调原则　　　C. 综合平衡原则
　　D. 统一指挥原则　　E. 权变原则

63. 一体化战略的缺点主要是（　　　　）。
　　A. 对企业长远发展非常不利

B. 使企业规模扩大，人员和组织机构庞杂，导致管理的难度加大和管理费用大幅度增加

C. 分散企业资源，降低资源配置效率

D. 进入新的经营领域，不仅需要投入大量的资金，而且需要企业掌握更多新的技术和经验

E. 企业一旦进入新的经营领域，再退出就很难

64. 企业实施相关多元化战略时，应符合的条件是（　　　　）。

A. 企业可以将技术、生产能力从一种业务转向另一种业务

B. 企业可以将不同业务的相关活动合并在一起

C. 企业具有进入新产业所需资金和人才

D. 企业在新的业务中可以借用公司品牌的信誉

E. 企业能够创建有价值的竞争能力的协作方式实施相关的价值链活动

65. 应交由有限责任公司股东大会特别决议的事项有（　　　　）。

A. 修改公司章程　　　　　　　　　　　B. 增加或减少注册资本

C. 修改公司投资计划　　　　　　　　　D. 公司的合并、分立、解散

E. 变更公司形式

66. 公司股东的忠诚义务包括（　　　　）。

A. 禁止损害公司利益　　　　　　　　　B. 向董事会负责

C. 考虑其他股东利益　　　　　　　　　D. 按期足额缴纳出资

E. 谨慎负责地行使股东权利及其影响力

67. 公司制企业的产权关系与其组织结构是一一对应的，这种对应主要表现为（　　　　）。

A. 公司法人财产处置权由股东大会行使　　B. 经营决策权由董事会行使

C. 管理人员任免权由人力资源部行使　　　D. 指挥权由执行机构行使

E. 监督权由监事会行使

68. 有下列（　　　　）情形之一的，应当在两个月内召开临时股东大会。

A. 董事人数不足法律规定人数或者公司章程所定人数的三分之一时

B. 董事人数不足法律规定人数或者公司章程所定人数的三分之二时

C. 公司未弥补的亏损达实收股本总额三分之一

D. 单独或者合计持有公司 10% 以上股份的股东请求时

E. 单独或者合计持有公司 20% 以上股份的股东请求时

69. 董事会作为常设机构的性质主要体现在（　　　　）。

A. 董事会成员固定，任期固定且任期内不能无故解除

B. 董事会决议内容多为公司经常性重大事项

C. 董事会负责制定公司的具体规章

D. 董事会通常设置专门工作机构处理日常事务

E. 聘任或者解聘公司副经理、财务负责人

70. 宏观环境分析包括对（　　　　）等要素的分析。

A. 人口要素　　　　B. 法律因素　　　　C. 政治因素

D. 国际环境因素　　E. 经济因素

71. 流水线之间的在制品主要有（　　　　）。

A. 工艺在制品　　　B. 运输在制品　　　C. 周转在制品

D. 保险在制品　　　E. 加工在制品

72. 宏观环境中的社会文化因素主要包括（　　　　）。

A. 人口统计因素　　B. 文化方面的因素　C. 社会经济结构

D. 社会科技水平　　E. 国家政策

73. 在一个行业中，其基本竞争力量的状况和综合强度（　　　　）。

A. 决定着行业中获得利润的最终潜力　　　B. 决定着行业内部竞争的激烈程度

C. 引发行业内经济结构的变化　　　　　　D. 决定行业市场的供求关系

E. 决定行业市场容量

74. 在企业内部条件中，企业结构决定了企业内部的（　　　）。
   A. 企业权力结构　　　B. 相互关系　　　C. 企业运行工作流程
   D. 信息沟通形式　　　E. 企业文化

75. 运用稳定型战略的优点在于（　　　）。
   A. 能够保持战略的稳定性　　　　　　B. 易适应外部环境变化
   C. 风险较小　　　　　　　　　　　　D. 可不断开发市场
   E. 经营目标集中

76. 集中战略的优点包括（　　　）。
   A. 经营目标集中　　　　　　　　　　B. 风险小
   C. 管理简单方便　　　　　　　　　　D. 有利于集中使用企业资源
   E. 实现生产的专业化

77. 科学的经营者选择方式是（　　　）。
   A. 自我推荐　　　　　B. 股东选举　　　C. 内部提拔
   D. 市场招聘　　　　　E. 工会选举

78. 下列有权提议召开董事会临时会议的有（　　　）。
   A. 代表十分之一以上表决权的股东　　B. 董事长
   C. 三分之一以上董事　　　　　　　　D. 工会主席
   E. 监事会

79. 构成科技环境的首要因素是社会科技水平，它包括（　　　）。
   A. 科技研究的领域　　　　　　　　　B. 科技研究成果门类分布及先进程度
   C. 科技体制　　　　　　　　　　　　D. 科技成果的推广和应用
   E. 社会科技力量

80. 技术创新的特点有（　　　）。
   A. 时间差异性　　　　B. 技术性　　　C. 低风险性
   D. 外部性　　　　　　E. 一体化和国际化

三、案例分析题（共20题，每题2分。有单选和多选。错选，本题不得分；少选，所选的每个选项得0.5分）

（一）股东是股份制公司的出资人或投资人。股东是股份公司或者有限责任公司中持有股份的人，有权出席股东大会并拥有表决权。股东是公司存在的基础，是公司的核心要素；没有股东，就不可能有公司的存在。

现有科特先生等七人，欲在我国境内投资，发起设立股份公司。这一行为必须符合我国法律要求的条件，遵照我国相关法律法规的规定来进行。

根据题意，回答下列问题：

81. 科特先生等七人在我国发起设立股份公司，按照我国公司法的规定，科特先生等七人中至少应有（　　　）人在中国有住所。
   A. 2　　　　　　　　B. 3　　　　　　　C. 4　　　　　　　D. 5

82. 同一般股东相比，发起人股东具有（　　　）方面的特点。
   A. 对公司设立承担责任　　　　　　　B. 股份转让受到一定限制
   C. 资格取得受到一定限制　　　　　　D. 在担任公司经营者时受到一定限制

83. 公司经营的最大风险承担者是（　　　）。
   A. 股东　　　　　　　B. 经营者　　　　C. 公司债权人　　　D. 职工

84. 股东最根本的法律特征是股东享有（　　　）。
   A. 股东权　　　　　　B. 法人财产权　　C. 收益权　　　　　D. 使用权

85. 股份公司的最高权力机构是（   ）。
    A. 股东　　　　　B. 董事会　　　　　C. 股东大会　　　　D. 总经理

（二）某公司原有设备一套，购置成本为 15 万元，预计使用 10 年，已使用 5 年，原有设备技术已经落后，预计残值只有原值的 10%，该公司用直线法提取折旧。为提高生产率，降低成本，现该公司拟购买一套新设备，新设备购置成本为 20 万元，使用年限为 5 年，同样用直线法提取折旧，预计残值也是购置成本的 10%。如果购置新设备，公司每年的销售额将能从 150 万元上升到 165 万元，每年付现成本将从 110 万元上升到 115 万元，旧设备变卖可以得到 10 万元，该企业的所得税税率为 33%，资本成本为 10%。

请根据上述资料，为该公司作出正确的决策。

86. 本案例属于互斥选择决策，最好使用（   ）进行决策。
    A. 获利指数法　　B. 净现值法　　　C. 内部报酬率法　　D. 投资回收期法
87. 用贴现现金流量指标来对本案例进行决策，其决策规则应该是（   ）。
    A. 如使用内部报酬率法，则应选择超过必要报酬率最多的方案
    B. 如使用获利指数，则应选择获利指数超过 1 最多的方案
    C. 如使用净现值法，则应选择净现值较小的方案
    D. 如使用净现值法，则应选择净现值较大的方案
88. 贴现现金流量指标的特点有（   ）。
    A. 一般适用于对投资项目的详细可行性研究
    B. 计算简单，但不能正确地反映投资项目的经济效益
    C. 考虑了资金的时间价值
    D. 将未来各年的现金流量统一折算为现时价值再进行分析评价
89. 下列投资决策指标中运用得很久、很广的是（   ）。
    A. 平均报酬率　　B. 投资回收期　　C. 净现值　　　　D. 内部报酬率
90. 下列不考虑资金的时间价值的指标是（   ）。
    A. 平均报酬率　　B. 内部报酬率　　C. 获利指数　　　D. 净现值法

（三）某民营企业正在进行主管人员的选拔考评与培训工作，试对他们的做法进行研究分析。
试回答下列问题：
91. 假设该企业拟通过央视"智联招聘"采取外部招聘，这种方法的优点有（   ）。
    A. 人力资源充分，有利于招到一流人才
    B. 能缓和企业内部竞争者之间的紧张关系
    C. 有利于企业创新
    D. 风险小，成本低
92. 对于管理人员来说，最有效的选拔技术是（   ）。
    A. 测评　　　　　B. 面试　　　　　C. 评价中心技术　D. 笔试
93. 采取外部招聘存在的缺点是（   ）。
    A. 影响内部员工的积极性　　　　　B. 招聘风险大和成本高
    C. 招聘范围大小受影响　　　　　　D. 不一定招聘到优秀人员
94. 这种从内部选拔的不足在于（   ）。
    A. 容易产生攀比　　B. 招聘范围小　　C. 不利于企业创新　D. 风险高、成本大
95. 管理人员从企业内部提升的优点主要包括（   ）。
    A. 有利于被选拔者较快地胜任工作
    B. 风险小，成本低
    C. 能缓和企业内部竞争者之间的紧张关系
    D. 有助于调动企业成员的工作积极性和上进心

（四）某房地产公司2009年正式进军制药行业，成立了药业子公司。该子公司准备生产新药，有甲药、乙药和丙药三种产品方案可供选择。每种新药均存在着市场需求高、市场需求一般、市场需求低三种市场状态。每种方案的市场状态及其概率、损益值如表1所示。

表1 药业子公司三种产品方案的决策损益表

市场状态	市场需求高	市场需求一般	市场需求低
损益值概率方案	0.3	0.5	0.2
生产甲药	45 万元	20 万元	−15 万元
生产乙药	35 万元	15 万元	5 万元
生产丙药	30 万元	16 万元	9 万元

根据上述资料，回答下列问题：

96. 该房地产公司在进行宏观环境分析时，下列要素中，属于经济环境要素的是（　　　）。
    A. 消费者收入水平　　B. 社会科技力量　　C. 社会购买力　　D. 人口质量

97. 该房地产公司实施的战略属于（　　　）。
    A. 纵向一体化战略　　　　　　　　B. 横向一体化战略
    C. 相关多元化战略　　　　　　　　D. 不相关多元化战略

98. 关于该药业子公司所面对的角色状态的说法，正确的是（　　　）。
    A. 该种决策不存在风险
    B. 该种决策存在多种市场状态，各种市场状态发生的概率可以估计
    C. 该种决策可借助数学模型进行准确的决策判断
    D. 该种决策可以采用决策树分析法进行决策

99. 若该药业子公司选择生产甲药方案，则可以获得（　　　）万元收益。
    A. 20.5　　　　　　B. 19.0　　　　　　C. 18.8　　　　　　D. 16.6

100. 该药业子公司采用了决策损益表法进行决策，这种方法的第一步是（　　　）。
    A. 列出决策损益表　　B. 确定决策目标　　C. 预测自然状态　　D. 拟订可行方案

答案速查与精讲解析（一）

答案速查

一、单项选择题

1. A	2. A	3. D	4. D	5. C	6. B	7. A	8. B	9. D
10. B	11. A	12. C	13. C	14. D	15. D	16. B	17. A	18. D
19. B	20. C	21. C	22. D	23. A	24. B	25. A	26. A	27. C
28. D	29. C	30. B	31. B	32. C	33. D	34. A	35. B	36. A
37. B	38. C	39. D	40. B	41. C	42. A	43. D	44. A	45. A
46. B	47. D	48. C	49. C	50. B	51. A	52. C	53. A	54. B
55. B	56. C	57. D	58. A	59. B	60. B			

二、多项选择题

61. ABD	62. DE	63. BDE	64. ABDE	65. ABDE
66. ACE	67. ABDE	68. BCD	69. ABD	70. BCE
71. BCD	72. AB	73. ABC	74. ABCD	75. AC
76. ACDE	77. CD	78. ACE	79. ABD	80. ADE

三、案例分析题

（一）	81. C	82. ABC	83. A	84. A
（二）	86. B	87. ABD	88. ACD	89. B
（三）	91. ABC	92. C	93. AB	94. ABC
（四）	96. AC	97. D	98. BD	99. A

精讲解析

一、单项选择题

1. 【解析】A　指挥型模式的特点是：企业管理者考虑的是如何制定一个最佳战略的问题。在实践中，战略制定者要向企业高层领导提交企业战略的方案，企业高层领导经研究后作出结论确定战略后，向企业管理人员宣布企业战略，然后强制下层管理人员执行。

2. 【解析】A　决策者是企业经营决策的主体，是决策最基本的要素。决策者处在组织的中心，是系统中积极、能动也是最为关键的因素，是决策系统的驾驭者和操纵者。

3. 【解析】D　题干所述是文化型战略实施模式的特点。

4. 【解析】D　研发能力是企业保持优势源泉的经营资源。

5. 【解析】C　瘦狗区的产品有较低的业务增长率和市场占有率。市场占有率低意味着企业或产品的利润较低，使企业用于投资和扩大市场的资金较短缺。一般来讲，最理智的战略是清算战略，如果可能，也可以采取转向或放弃战略。清算战略、转向战略、放弃战略是紧缩战略的三种类型。

6. 【解析】B　集中战略又称专一化战略，是指企业把其经营活动集中于某一特定的购买者群、产品线的某一部分或某一地区市场上的战略。这样，就可以充分利用其资源和发挥其能力。

7. 【解析】A　内部环境分析向企业展示了未来发展的机会和威胁，但企业是否能抓住机会、避开威胁，则取决于公司的内部条件，即公司在资源、能力、公司文化等方面所具有的实力。公司在某一领域的竞争优势就是公司拥有的与众不同的资源或能力。故而内部环境分析的核心是对企业核心能力的分析。

8.【解析】B　公司战略是企业总体的、最高层次的战略，它主要回答两方面的问题：一是根据企业内部资源条件和外部环境，确定企业的经营范围；二是确定每一种业务在企业中的地位，并据此决定在各种业务之间如何分配资源。

9.【解析】D　企业通过实施差异化战略可以建立起稳固的市场竞争地位，使企业获得高于行业平均水平的收益率，制定较高的价格。

10.【解析】B　本题主要考查的是前向一体化战略的概念，以及与后向一体化战略的区别。前向一体化战略是指通过资产纽带或契约方式，企业与输出端企业联合，形成一个统一的经济组织，从而达到降低交易费用及其他成本、提高经济效益目的的战略。后向一体化战略是指通过资产纽带或契约方式，企业与输入端企业联合形成一个统一的经济组织，从而达到降低交易费用及其他成本、提高经济效益目的的战略。

11.【解析】A　有限责任公司股东会由全体股东组成，股东大会是全体股东共同行使其权力的机构，这就决定了股东大会作为公司最高权力机构的性质和法律地位。

12.【解析】C　企业经营者的内部选拔制度具有行政命令的性质，属于企业内部活动，是人力资本进入企业后的岗位安排和工作调整，属于原来契约的履行过程，不是企业家市场上的签约活动，因此具有非市场性的特征。

13.【解析】C　经营权是对公司财产占有、使用和依法处分的权利，是相对于所有权而言的。与法人产权相比，经营权的内涵较小，经营权不包括收益权，而法人产权却包含收益权。

14.【解析】D　母公司与子公司是控制与被控制的关系，这种关系主要是通过股权拥有来建立的。股权拥有关系的建立有两种基本方式，即母公司购买其他公司股票并达到控股程度；母公司自己投资或与其他公司的股权参与，从而达到控股地位而形成的。

15.【解析】D　企业集团的基础和前提是公司，跨国公司是一个企业，而企业集团不是企业。它们的共同点都是经济组织，都直接从事商品经济活动。

16.【解析】B　作为董事会的辅助执行机构，经理的工作受到董事会的监督。

17.【解析】A　题干是对报酬激励的叙述。

18.【解析】D　有限责任公司董事的任期由公司章程规定，但每届任期不得超过3年，任期届满，连选可以连任。

19.【解析】B　从战略管理模式出发，战略管理的对象包括影响企业战略制定和实施的各成分及其相互关系，涉及到外部环境、内部各战略层次和各业务部门。

20.【解析】C　企业业务战略，也称为竞争战略或事业部战略。企业业务战略是企业内部各部门和所属单位在企业总体战略指导下，经营管理某一个特定的经营单位的战略计划。企业业务战略是经营一级的战略，它的重点是要改进一个业务单位在它所从事的行业中，或某一特定的细分市场中所提供的产品和服务的竞争地位。

21.【解析】C　生产率、成本和质量都是供应链内部绩效度量的指标。

22.【解析】D　单一品种生产条件下，设备组的生产能力按下列公式计算：设备组的生产能力＝设备组的设备台数×单位设备的有效工作时间×单位设备单位时间产量定额。式中单位设备有效工作时间＝全年制度工作时间×每日工作小时数×（1－设备修理必要停工率）。将题目中的数字带入公式中，可得：设备组的生产能力＝$10 \times 250 \times 8 \times (1-10\%) \times 100 = 1\,800\,000$（件）。

23.【解析】A　企业内部环境包括企业结构、企业文化、企业资源。其中，企业结构规定了企业成员在企业内部各自担负的角色及成员之间相互关系。

24.【解析】B　依据《反不正当竞争法》，不正当竞争行为有多种表现形式，其中商业贿赂行为主要是指经营者采用财物或者其他手段进行贿赂以销售或者购买商品。

25.【解析】A　第一方物流是由制造商自建运输，第二方物流是由制造商自找车队运输，第三方物流是制造商将物流职能外包给物流企业，第四方物流是指为综合供应链解决方案的整合和作业的组织者。

26. 【解析】A 准时生产方式的简称是 JIT，它的目标是彻底消除无效劳动和浪费。

27. 【解析】C 市场价值指把该资产视为一种商品在市场上公开竞争，在供求关系平衡状态下确定的价值。市场价值法通常将股票市场上与企业经营业绩相似的企业最近的平均实际交易价格作为估算参照物，或以企业资产和其市值之间的关系为基础对企业估值。其中最著名的是托宾（Tobin）的 Q 模型，即一个企业的市值与其资产重置成本的比率。其中：Q = 企业价值/资产重置成本。

28. 【解析】D 企业内部环境包括企业结构、企业文化、企业资源。其中，企业资源包括企业的人、财、物、设备、管理、技术、经验、产品、原材料、信息、甚至市场等多种要素，是企业战略要素的总和，是企业战略实力的综合体现。

29. 【解析】C 本题主要考查的内容是无关联多元化战略的概念，无关联多元化也称为不相关多元化，是指企业进入现有产品或服务在技术、市场等方面没有任何关联的新行业或新领域的战略。在不相关多元化中，不需要寻求与企业其他业务有战略匹配关系的经营领域。

30. 【解析】B 由于集中战略的优势是组织结构简单，便于管理，有利于充分利用企业的资源和能力，故适宜中小企业采用。

31. 【解析】B 企业战略实施是企业战略管理的关键环节，是动员企业全体员工充分利用并协调企业内外一切可利用的资源，沿着企业战略的方向和途径，自觉而努力地贯彻战略，以期待更好地达成企业战略目标的过程。

32. 【解析】C 盈亏平衡点法又称本量利分析法或保本分析法，是进行产量决策常用的方法。该方法基本特点是把成本分为固定成本和可变成本两部分，然后与总收益进行对比，以确定盈亏平衡时的产量或某一盈利水平的产量。

33. 【解析】D 公司法人需要依照法律或公司章程行使法人财产权，依法对法人财产行使各项权能，同时以其全部法人财产承担民事责任。

34. 【解析】A 经营者的权力受董事会委托范围的限制，凡是超越该范围的决策和公司章程规定的董事会职权所辖事宜，都需报董事会决定。

35. 【解析】B 由于需要建立股东与董事会之间的制约与平衡关系，法律将股东大会确定为公司最高权力机构。

36. 【解析】D 2006 年我国颁布的《国家中长期科学和技术发展规划纲要》明确了以政府为主导的管理调控体系；以企业为主体，产、学、研互动的技术创新体系；以科研机构和大学为主体的科学创新体系；以各种中介机构为纽带的科技服务体系；军民结合的科技创新。

37. 【解析】B 专利的保护费用最高，其次是商标、技术措施、商业秘密保护。

38. 【解析】C 题干所述是专利实施许可合同的主要内容。

39. 【解析】D 在技术创新组织中，项目管理者主要是管理项目的日常事务，也就是履行对创新组织内的创新活动进行计划、组织与协调职能。

40. 【解析】B 企业根据自身的特点和所处产业的类型和发展状况，决定是进行产品创新还是工艺创新，这就要求企业在制定创新计划时首要先进行创新对象的选择。

41. 【解析】C 矩阵组织为企业提供了更大的灵活性，通过建立产品或项目的有关信息流而与具有各类专业知识的人员密切合作，不仅能够使企业协调，而且还能及时发现问题并予以解决，矩阵组织也提高了企业的长期应变能力并集中体现在提高创新能力上，是一种"有目的的争执"，对技术创新的意念起到激励作用。

42. 【解析】A 西方国家的技术发展的历程表明，出现在 20 世纪中叶以前的技术创新多是由科学技术的突破与发展推动的。

43. 【解析】D 面试，又称面试测评或专家面试，是一种要求求职者用口头语言来回答主试的提问，以便了解应聘者心理素质和潜在能力的一种测评方法，是员工招聘中最常见、争议最多的方法。

44. 【解析】A 股东大会是股份有限公司的最高权力机构，这是由股东在公司中的地位决定的，股东大会享有对公司重要事项的最终决定权。

45. 【解析】A　题干所述是基本薪酬的概念。

46. 【解析】B　一股一权是股份有限公司股东行使股权的重要原则。但是，公司持有的本公司股份没有表决权。

47. 【解析】D　德尔菲法通过综合专家们各自的意见来预测某一领域的发展趋势，它比较适合对人力需求的长期趋势预测。

48. 【解析】C　建设性争议解决技术通常包含四个阶段，这些阶段呈递进式发展，最后阶段是仲裁。仲裁即由来自外部的专业仲裁人员按照一定的法律程序，对争议的事实进行认定，对双方当事人的责任作出裁决，从而解决劳动争议的一项法律制度。

49. 【解析】C　啄序理论认为公司倾向于首先采用内部筹资，因之不会传导任何可能对股价不利的信息；如果需要外部筹资，公司将先选择债权筹资，再选择其他外部股权筹资。这种筹资顺序的选择也不会传递对公司股价产生不利影响的信息。按照啄序理论，不存在明显的目标资本结构。

50. 【解析】B　综合资本成本率是指一个企业全部长期资本的成本率，通常是以各种长期资本的比例为权重，对个别资本成本率进行加权平均测算，故又称加权平均资本成本率。个别资本成本率和各种资本结构两个因素决定综合资本成本率。

51. 【解析】A　分拆也称为持股分立，是将公司的一部分分立为一个独立的新公司同时，以新公司的名义对外发行股票，而原公司仍持有新公司部分股票的分立方式。

52. 【解析】C　营业杠杆系数 = 息税前利润/营业额。

53. 【解析】A　估算投资方案的现金流量应遵循的最基本的原则是：只有增量现金流量才是与项目有关的现金流量。

54. 【解析】B　平均报酬率 = [（100 + 180 + 200 + 200 + 220）/5]/800 = 22.5%。

55. 【解析】B　财务杠杆系数（DFL）是指普通股每股税后利润（EPS）变动率相当于息税前利润变动率的倍数。其计算公式为：DFL = EBIT/（EBIT − I）。式中，I 代表债务年利息额，EBIT 是息税前利润额。将题目中的数字带入公式中，可得选项 B。

56. 【解析】C　资本成本从绝对量的构成看，包括用资费用与筹资费用两部分。如果用相对数表示的话，就是表示为用资费用与实际筹得资金的比率（注：在 2007 年版的《工商管理专业知识与实务》中，用资本成本代替了资金成本）。

57. 【解析】D　现金周转期 = 最佳现金持有量/（年现金需求总量/360） = 160/（720/360） = 80（天）。

58. 【解析】A　题干所述是不正当竞争的形式之一。

59. 【解析】B　题干所述是政府指导价的概念。

60. 【解析】B　前向一体化战略是指通过资产纽带或契约方式，企业与输出端企业联合，形成一个统一的经济组织，从而达到降低交易费用及其他成本、提高经济效益目的的战略。后向一体化战略是指通过资产纽带或契约方式，企业与输入端企业联合形成一个统一的经济组织，从而达到降低交易费用及其他成本、提高经济效益目的的战略。

二、多项选择

61. 【解析】ABD　企业战略一般分为三个层次：企业总体战略、企业业务战略和企业职能战略。

62. 【解析】DE　企业战略实施的基本原则包括合理性原则、统一指挥原则和权变原则。

63. 【解析】BDE　一体化战略的不足是：①一体化使企业规模扩大，人员和组织机构庞杂，这不可避免地会导致管理的难度加大和管理费用的大幅度增加；②进入新的经营领域，不仅需要投入大量的资金，而且需要企业掌握更多新的技术和经验，如果企业缺乏这些技术和能力，可能会导致效率的下降，使一体化失去应有的作用；③企业一旦进入新的经营领域，再退出就很难，当该产业处于衰退时，企业就可能面临大的风险。

64. 【解析】ABDE　企业实施相关多元化战略时，应符合以下适用条件：①企业可以将技术、生产能力从一种业务转向另一种业务；②企业可以将不同业务的相关活动合并在一起；③企业在新的业务中可以借用公司品牌的信誉；④企业能够创建有价值的竞争能力的协作方式实施相关的价值链活动。

65. 【解析】ABDE　有限责任公司欲修改章程、增加或者减少注册资本，以及公司合并、分立、解散或者变更公司形式，必须交由股东大会特别决议，并经代表三分之二以上表决权的股东通过。

66. 【解析】ACE　股东的义务包括：①禁止损害公司利益；②考虑其他股东利益；③谨慎负责地行使股东权利及其影响力。

67. 【解析】ABDE　股东大会是由全体股东组成的，股东大会是公司的权力机构。股东不仅是公司经营活动物质条件的提供者，而且也是公司经营活动的受益人。公司法人财产从归属意义上讲，是属于出资者（股东）的，因此公司法人财产处置权由股东大会行使。董事会是公司的经营决策机构，股东出于自身利益和公司管理的需要，把大部分权利交给董事会行使，而自己仅保留一部分至关重要的权利。这就决定了董事会不但是公司的执行机关，还是公司的重要决策机关，要对股东会职权以外的公司重大事项进行决策。在现代公司组织机构中，董事会虽为公司的常设机关，但所有的经营业务都由其亲自执行不可能，在公司所有权与经营权进一步分离的情况下，在董事会之下往往另设有专门负责公司日常经营管理的辅助机构，负责公司日常工作。监事会是以检查监督公司的财务及业务执行状况为目的而设立的公司机关，是公司的监督机关，其基本职能是监督公司的一切经营活动，以董事会和总经理为监督对象。

68. 【解析】BCD　有下列情形之一的，应当在两个月内召开临时股东大会：①董事人数不足法律规定人数或者公司章程所定人数的三分之二时；②公司未弥补的亏损达实收股本总额三分之一时；③单独或者合计持有公司10%以上股份的股东请求时；④董事会认为必要时；⑤监事会提议召开时；⑥公司章程规定的其他情形。

69. 【解析】ABD　董事会作为常设机构的性质主要体现在：第一，董事会成员固定，任期固定且任期内不能无故解除；第二，董事会决议内容多为公司经常性重大事项，董事会会议召开次数较多；第三，董事会通常设置专门工作机构（如办公室、秘书室）处理日常事务。

70. 【解析】BCE　宏观环境是指在国家或地区范围内对一切产业部门和企业都将产生影响的各种因素或力量。宏观环境分析包括政治因素、法律因素、经济因素、社会文化因素和科学技术因素分析。

71. 【解析】BCD　流水线之间的在制品包括：运输在制品、周转在制品和保险在制品。

72. 【解析】AB　宏观环境中的社会文化因素主要包括人口统计因素和文化方面的因素。前者有人口出生率、人口的年龄结构、性格结构、劳动力资源结构、教育程度结构、人口质量、人口程式化等。后者有人们的价值观念、工作态度、消费倾向、伦理道德、风俗习惯等。它们对社会经济发展都有巨大影响。

73. 【解析】ABC　产业竞争性分析是企业制定竞争战略最重要的基础。在一个行业里，普遍存在着五种基本竞争力量，即行业内现有企业、新进入者、替代品生产者、供应者和购买者。这五种竞争力量的状况以及综合强度，引发行业内经济结构的变化，从而决定着行业内部竞争的激烈程度，决定着行业中获得利润的最终潜力。

74. 【解析】ABCD　企业内部环境包括企业结构、企业文化、企业资源。其中，企业结构决定了企业内部的相互关系、信息沟通形式、企业的权力结构和企业运行的工作流程。

75. 【解析】AC　稳定型战略的好处就是能够保持战略的稳定性，不会因战略的突然改变而引起在资源分配、组织结构和人员安排上的大变动，进而有助于实现企业的平稳发展。稳定型战略的风险较小，对于那些处于成熟期的行业或稳定环境中的企业来说，不失为一种有效的战略。

76. 【解析】ACDE　本题主要考查的内容是集中战略的优点，主要有经营目标集中，管理简单方便，有利于集中使用企业资源，实现生产的专业化，获取规模经济效益。

77. 【解析】CD　科学的经营者选择方式应该是市场招聘和内部提拔并举。

78. 【解析】ACE　我国公司法对于股份有限公司董事会临时会议作了规定，明确了"代表十分之一以上表决权的股东、三分之一以上董事或监事会，可以提议召开董事会临时会议。董事长应当自接到提议后十日内，召集和主持董事会会议"。

79. 【解析】ABD　社会科技水平，是构成科技环境的首要因素，它包括科技研究的领域。科技研究成果门类分布及先进程度、科技成果的推广和应用三个方面。

80. 【解析】ADE　技术创新的特点主要是：①技术创新不是一种技术行为，而是一种经济行为；②技术创新是一项高风险活动；③技术创新时间的差异性；④外部性；⑤技术创新的一体化与国际化。

三、案例分析题

（一）

81. 【解析】C　发起人股东与非发起人股东的不同点之一就是其资格取得受到一定限制，发起人的国籍和住所受到一定限制。我国公司法规定，设立股份公司，其发起人必须一半以上在中国有住所。

82. 【解析】ABC　同一般股东相比，发起人股东在义务、责任承担及资格限制上有自己的特点：①对公司设立承担责任；②股份转让受到一定限制；③资格取得受到一定限制。

83. 【解析】A　公司股东是公司经营的最大受益人，也是公司经营的最大风险承担者。

84. 【解析】A　股东享有股东权是股东最根本的法律特征，是股东法律地位的集中体现。

85. 【解析】C　股东作为所有者掌握着最终的控制权，他们可以决定董事会的人选，股东大会是公司的最高权力机构。

（二）

86. 【解析】B　根据本案例所示的现金流量指标考虑了资金的时间价值，并且考虑了投资项目整个寿命期内的报酬情况，属于互斥选择决策，最好使用净现值法进行决策。

87. 【解析】ABD　内部报酬率法的决策规则是：在只有一个备选方案的采纳与否决策中，如果计算出的内部报酬率大于或等于企业的资本成本或必要报酬率就采纳；反之，则拒绝。在有多个备选方案的互斥选择决策中，选用内部报酬率超过资本成本或必要报酬率最多的投资项目。

　　获利指数法的决策规则是：在只有一个备选方案的采纳与否决策中，获利指数大于或等于1，则采纳；否则就拒绝。在有多个方案互斥选择决策中，应采用获利指数超过1最多的投资项目。

　　净现值法的决策规则是：在只有一个备选方案的采纳与否决策中，净现值为正者则采纳，净现值为负者不采纳；在有多个备选方案的互斥选择决策中，应选用净现值为正值中的最大者。

88. 【解析】ACD　贴现现金流量指标是指考虑了资金的时间价值，并将未来各年的现金流量统一折算为现时价值进行分析评价的指标。这类指标计算精确、全面，并且考虑了投资项目整个寿命期内的报酬情况，但计算方法比较复杂，一般适宜于对投资项目的详细可行性研究。

89. 【解析】B　投资回收期是指回收初始投资所需要的时间，一般以年为单位，是一种运用很久、很广的投资决策指标。

90. 【解析】A　平均报酬率属于非贴现现金流量指标，非贴现现金流量指标是不考虑资金的时间价值，直接根据不同时期的现金流量分析项目的经济效益的各种指标。

（三）

91. 【解析】ABC　外部招聘，即从企业外部吸引、选拔符合要求的求职者，来充实本企业空缺的管理职位。一般情况下，外部招聘要经过拟订招聘计划、落实招聘组织、吸引求职者、遴选及录用等环节，外部招聘的优点包括：

（1）招聘范围广，人才来源充分，有利于企业招聘到一流的管理人才；

（2）可以避免"近亲繁殖"给企业带来的思想僵化，促进企业创新；

（3）有利于缓和内部竞争者之间的紧张关系。

92.【解析】C　对于管理人员来说，最有效的选拔技术应是评价中心技术，也称模拟情景训练。评价中心技术的基本工作方法是：由直线管理人员、监督者和受过训练的心理学专家组成一个测试小组，由该小组模拟性地设计出实际工作中可能面对的一些现实问题，然后让应聘者在模拟的工作环境下处理设定的各种问题，并根据其处理方法和效果来评价其心理素质和潜在能力。

93.【解析】AB　外部招聘的缺点是：

（1）如果企业内就有可以胜任空缺职位的人，但没有从内部选拔而是从外部选拔，这可能会使内部人员感到不公平，对自己的前途失去信心，影响他们的士气和积极性，甚至产生跳槽现象。

（2）外来者对企业的历史、文化、经营现状及问题了解甚少，往往需要有一个熟悉的过程，才能胜任工作。

（3）外部招聘的风险大，成本高。

94.【解析】ABC　内部提升其不足之处是：

（1）招聘范围狭小，仅着眼于企业内部，往往会使企业失去得到更优秀人才的机会。

（2）不利于企业创新，由于企业内部的人员习惯了既定的思维和做法，不易产生新的观念和方法，甚至会反对变革。

（3）容易产生攀比心理，因为提升的人员数量毕竟有限，若大家条件相当，有的被提升，有的没有被提升，没有被提升的人员的积极性可能会受到一定程度的挫伤。

95.【解析】ABD　内部提升的优点包括：

（1）相互了解，即企业对候选人的脾气禀性、长处短处都比较清楚，而候选人对空缺职位也有相当的认识。

（2）企业内部成员对企业历史、文化、目标、现状及存在的问题有比较充分的了解，这有利于被选拔者较快地胜任工作。

（3）有助于调动企业内部成员的工作积极性和上进心，提高其士气和干劲。

（4）从内部选拔的风险小，成本低。

（四）

96.【解析】AC　选项 B 属于科学技术环境分析，选项 D 属于社会文化环境分析。企业的经济环境主要由社会经济结构、经济发展水平、经济体制、宏观经济政策、社会购买力、消费者收入水平和支出模式等要素构成。

97.【解析】D　房地产与制药行业是不相关的行业，所以该房地产公司实施的是不相关多元化战略。本题考核企业总体战略中的多元化战略。

98.【解析】BD　该公司进行的决策属于风险型决策，其具有一定的风险，所以选项 A 错误。借助数学模型进行判断的是确定性决策，所以选项 C 错误。

99.【解析】A　生产甲药方案的期望值 $=45×0.3+20×0.5+（-15）×0.2=20.5$（万元）。本题考核风险型决策方法中的决策收益表法。

100.【解析】B　运用决策收益表决策的第一步是确定决策目标。具体的步骤如下：

（1）确定决策目标；

（2）根据经营环境对企业的影响，预测自然状态，并估计发生的概率；

（3）根据自然状态的情况，充分考察企业的实力，拟订可行方案；

（4）根据不同可行方案在不同自然状态的资源条件和生产经营状况，计算出损益值；

（5）列出决策收益表；

（6）计算各可行方案的期望值；

（7）比较各方案的期望值，选择最优可行方案。

模拟试卷（二）

一、单项选择题（共60题，每题1分，每题的备选项中，只有一个最符合题意）

1. 根据决策的重要程度，经营决策可分为（　　　）。
   A. 长期决策和短期决策
   B. 战略决策、战术决策和业务决策
   C. 初始决策和追踪决策
   D. 确定型决策、风险型决策和不确定型决策

2. 某驰名空调企业为了进一步扩大生产规模，收购另一品牌空调配套元件生产企业，这属于（　　　）战略。
   A. 横向一体化　　　B. 纵向一体化　　　C. 相关多元化　　　D. 混合一体化

3. 企业经营战略的实质是谋求（　　　）三者之间的动态平衡。
   A. 生产、销售与战略目标
   B. 外部环境、内部资源条件与战略目标
   C. 生产、研究开发与管理体制
   D. 外部环境、内部资源条件与管理体制

4. 对企业外部环境的分析可以分为（　　　）两个层次。
   A. 宏观环境分析和微观环境分析
   B. 宏观环境分析和产业环境分析
   C. 人文社会环境分析和自然环境分析
   D. 政治法律环境分析和自然环境分析

5. 在分析潜在进入者对产业内现有企业的威胁时，应重点分析（　　　）。
   A. 产业进入壁垒
   B. 产业内现有企业数量
   C. 产业生命周期
   D. 买方及卖方集中度

6. 在下列关于稳定型战略特征的表述中，错误的是（　　　）。
   A. 在执行稳定型战略时，企业继续提供相同的产品和服务
   B. 稳定型战略追求的是稳定的、均衡的发展
   C. 稳定型战略可能会使企业丧失一些发展机会
   D. 稳定型战略风险相对较大

7. 在行业生命周期的投入期，为刺激需求，抢占市场，防止潜在进入者的进入，企业应采用（　　　）。
   A. 成本领先战略　　　B. 无差异战略　　　C. 集中化战略　　　D. 差异化战略

8. 某企业生产一种电动按摩器，年销售量100万台，固定成本总额为1 000万元，单位变动成本为55元，该电动按摩器的盈亏临界点价格为（　　　）元/台。
   A. 55　　　B. 65　　　C. 75　　　D. 85

9. 某企业过去长期生产经营家电，今年投入巨资进入汽车行业。该企业实施的新战略属于（　　　）。
   A. 关联多元化战略
   B. 前向一体化战略
   C. 无关联多元化战略
   D. 后向一体化战略

10. 为了提高原材料质量和降低原材料采购成本，某中成药生产企业投资开发了一个属于自己的中药材种植基地。这种战略属于（　　　）。
    A. 后向一体化战略　　　B. 前向一体化战略　　　C. 专业化发展战略　　　D. 集中化发展战略

11. 企业中有些比较重要的职位出现空缺时，从企业内部挑选较为适宜的人员补充职位空缺的招聘形式是（　　　）。
    A. 晋升　　　B. 职位转换　　　C. 职位轮换　　　D. 人才招聘

12. 我国家电行业已进入成熟期，各家电企业要想继续发展，应积极实施（　　　）。
    A. 差异化战略　　　B. 无差异战略　　　C. 集中化战略　　　D. 一体化战略

13. 公司经理选任和解聘的决定权属于公司的（　　　）。
　　A. 股东会　　　　　　B. 董事会　　　　　C. 董事长　　　　　D. 职工大会
14. 股份有限公司的经理机构是（　　　）。
　　A. 公司的辅助机构　　B. 经营决策机构　　C. 公司权力机构　　D. 经营管理机构
15. 在法律上和经济上都没有独立性的公司是（　　　）。
　　A. 母公司　　　　　　B. 子公司　　　　　C. 分公司　　　　　D. 集团公司
16. 有限责任公司的股东应以（　　　）为限对公司债务承担责任。
　　A. 认缴的出资额　　　　　　　　　　　　B. 认购的公司股份
　　C. 个人全部财产　　　　　　　　　　　　D. 个人及家庭成员全部财产
17. 利用计算机软硬件、网络和数据库技术，将企业的经营、管理、计划、产品设计、加工制造、销售及服务等部门和人、财、物集成起来，以便能够高效率、高质量、高柔性地管理企业，提高企业的竞争力的生产方式称为（　　　）。
　　A. 计算机集成制造系统　　　　　　　　　B. 柔性制造系统
　　C. 敏捷制造　　　　　　　　　　　　　　D. 精益生产
18. 股东大会是（　　　）的载体。
　　A. 原始所有权　　　　B. 公司法人产权　　C. 公司经营权　　　D. 金融公司监督权
19. 公司财产权能的第一次分离是指（　　　）。
　　A. 法人产权与经营权的分离　　　　　　　B. 原始所有权与法人产权的分离
　　C. 法人产权与债权的分离　　　　　　　　D. 原始所有权与一般所有权的分离
20. 法律确定的公司最高权力机构是（　　　）。
　　A. 董事会　　　　　　B. 股东大会　　　　C. 经营决策层　　　D. 监事会
21. 在现代生产运作方式中，看板管理是（　　　）的典型方式之一。
　　A. 清洁生产方式　　　B. 准时生产方式　　C. 敏捷制造　　　　D. 柔性制造
22. 某企业生产单一品种产品，生产该产品的设备共 4 台，每件产品台时定额为 10 分钟，单位设备每天有效工作时间为 420 分钟，则该设备组每天的生产能力为（　　　）件。
　　A. 152　　　　　　　B. 164　　　　　　　C. 168　　　　　　　D. 172
23. 采用两种或两种以上的运输方式，将同一批货物运往目的地的运输形式称为（　　　）。
　　A. 集装运输　　　　　B. 联合运输　　　　C. 仓储化运输　　　D. 散装化运输
24. 制造商自找车队运输的情况称为（　　　）。
　　A. 第一方物流　　　　B. 第二方物流　　　C. 第三方物流　　　D. 第四方物流
25. 在现实生产中出现大量在制品积压，这是典型的生产过程没有遵照（　　　）的具体表现。
　　A. 目标性　　　　　　B. 综合性　　　　　C. 连续性　　　　　D. 比例性
26. 某企业生产半导体收音机，年销售量 100 万台，固定总成本为 800 万元，单位变动成本为 25 元，根据盈亏平衡的原则，盈亏临界点价格为（　　　）元/台。
　　A. 29　　　　　　　　B. 30　　　　　　　C. 33　　　　　　　D. 41
27. 生产设备的布置既有按对象原则排列，又有按工艺原则排列的生产类型是（　　　）。
　　A. 大量大批生产　　　B. 成批生产　　　　C. 单件小批生产　　D. 连续生产
28. 根据卡兹曲线，一个科研组织的最佳年龄区是（　　　）。
　　A. 1~3 年　　　　　　B. 1~5 年　　　　　C. 1.5~3 年　　　　D. 1.5~5 年
29. 某工厂生产某种产品所需的原料甲，该种原料的月需求量为 900 吨，单价 4 000 元/吨，每单位原料年储存费用为该原料单价的12%，一次订购费用 2 000 元，则经济订购批量为（　　　）吨。
　　A. 100　　　　　　　B. 200　　　　　　　C. 300　　　　　　　D. 400
30. 全面质量管理是以（　　　）为基础的质量管理。
　　A. 协调部门利益　　　B. 全员参与　　　　C. 规范作业流程　　D. 明确管理职责
31. 从供应者手中接受多种大量的货物，进行倒装、分类、保管、流通加工和情报处理等作业，然后按照众多需要者的订货要求备齐货物，以令人满意的服务水平进行配送的设施是（　　　）。

  A. 物流管理部门   B. 综合物流管理部门

  C. 配送中心   D. 综合配送中心

32. 不断采取改进设计、使用清洁的能源和原料、采用先进的工艺技术于设备、改善管理、综合利用等措施，从源头削减污染，提高资源利用效率，减少或者避免生产、服务和产品使用过程中污染物的产生和排放，以减轻或消除对人类健康和环境的危害的是（　　　）。

  A. 精益生产   B. 准时生产   C. 清洁生产   D. 敏捷制造

33. 不同国家的企业、经济组织或个人之间，按照一般商业条件，向对方出售或从对方购买软件技术使用权的一种国际贸易行为是（　　　）。

  A. 技术使用权贸易   B. 技术商品化贸易   C. 国际技术流通   D. 国际技术贸易

34. （　　　）的英文名称叫"Know – how,"，意为"知道如何制造"。

  A. 专利技术   B. 专有技术   C. 知识产权   D. 工业产权

35. 技术的商品属性来源于其（　　　）。

  A. 交换价值和使用价值   B. 创造利润的能力

  C. 市场需求和市场供给   D. 可转让性

36. 某企业某年计划生产一种产品，该产品单价为500元，单位产品的变动成本为250元，其固定成本为600万元，该企业生产（　　　）件该产品可以达到盈亏平衡点。

  A. 12 000   B. 24 000   C. 36 000   D. 48 000

37. 知识产权保护的国际化和国际规范化是以（　　　）为标志的。

  A. 《关贸总协定知识产权协定》的签订

  B. 世界知识产权组织（WIPO）的建立

  C. 《保护工业产权巴黎公约》的签订

  D. 世界经贸组织成员国通过《保护知识产权公约》

38. 集中在基础科学和前沿技术领域的创新主要是（　　　）。

  A. 原始创新   B. 集成创新

  C. 技术引进   D. 引进，消化吸收再创新

39. 在技术创新中，内企业家区别于企业家的根本之处是（　　　）。

  A. 内企业家可自主决策

  B. 内企业家活动局限在企业内部，受多因素制约

  C. 内企业家不需征得所在企业的认可和许可

  D. 内企业家可选择自己认为有价值的机会

40. 在企业技术创新的组织类型中，被称为"开放的灵活反应组织"的组织形式是（　　　）。

  A. 技术创新小组   B. 新事业发展部   C. 技术中心   D. 动态联盟

41. 由收音机发展到组合音响是（　　　）。

  A. 资本节约型技术创新   B. 劳动节约型技术创新

  C. 产品创新   D. 工艺创新

42. 在常见的企业技术创新组织形式中，非正式程度最高的是（　　　）。

  A. 内企业   B. 创新小组   C. 技术中心   D. 新事业发展部

43. 通过对现有企业内部人力资源数量、质量、结构和在各职位上的分布状况进行核查，确切掌握人力资源拥有量及其利用潜力，在此基础上确定员工特定的培训或发展项目的需求。这种方法是（　　　）。

  A. 管理人员判断法   B. 管理人员接续计划法

  C. 人员核查法   D. 马尔可夫模型法

44. 对采用技术创新成果过程的管理，实际上是根据企业自身的需要，以最合理的方式和最合理的价格选择最（　　　）的技术。

  A. 先进   B. 实用   C. 相关   D. 通用

45. 由包装箱发展为集装箱属于（　　　）。

　　A. 工艺创新　　　　　　　　　　　　　　B. 产品创新

　　C. 渐进性技术创新　　　　　　　　　　　D. 根本性技术创新

46. 企业从外部招聘到专业技术人员的可能性主要与（　　　）有关。

　　A. 行业劳动力市场供求状况　　　　　　　B. 企业员工人数

　　C. 企业所在地经理人市场供求状况　　　　D. 企业技术水平

47. 能够满足公司领导者个人发展需要和尊重需要的激励机制是（　　　）。

　　A. 声誉激励机制　　　B. 报酬激励机制　　　C. 控制权激励机制　　　D. 股票期权

48. 战略性国际人力资源管理首先要解决的问题是（　　　）。

　　A. 人员培训　　　　　　　　　　　　　　B. 关键岗位的人员招聘来源

　　C. 外派人员的收入报酬　　　　　　　　　D. 子公司的考评机制

49. 随着管理层次的上升，在管理人员应具备的各种能力中，（　　　）所占比重会上升。

　　A. 技术能力　　　　B. 分析问题能力　　　C. 人事能力　　　　D. 规划决策能力

50. 下列各项中，影响企业薪酬制度制定的外在因素是（　　　）。

　　A. 企业的业务性质　　　　　　　　　　　B. 企业所在地区的生活水平

　　C. 企业的经营状况　　　　　　　　　　　D. 企业所在地区的宗教信仰

51. 知识产权制度的本质是通过法律手段把智力成果当作财产来保护，因而，知识产权制
　　度（　　　）。

　　A. 限制了企业技术创新成果的公开　　　　B. 限制了企业技术创新成果的转移与交流

　　C. 加速了企业技术创新过程　　　　　　　D. 延长了知识产权的保护时间

52. 认为工作满意度和调换工作的机会是员工流失和其决定因素之间的中介变量的模型是（　　　）。

　　A. 马奇和西蒙模型　　B. 普莱斯模型　　　C. 勒温模型　　　　D. 库克模型

53. 按照员工流动的个人主观原因，员工流动可以分为（　　　）。

　　A. 自愿性流动和非自愿性流动

　　B. 地区流动、层级流动和专业流动

　　C. 员工流入、员工内部流动和员工流出

　　D. 人事不适流动、人际不适流动和生活不适流动

54. 在各种筹资方式中，资金成本最高的是（　　　）。

　　A. 发行债券　　　　B. 发行优先股　　　　C. 发行普通股　　　D. 借款

55. 某投资方案贴现率为15%时，净现值为 -4.13，贴现率为12%时，净现值为5.16，则该方案
　　的内部报酬率为（　　　）。

　　A. 12.85%　　　　　B. 13.67%　　　　　　C. 14.69%　　　　　D. 16.72%

56. 上市公司实施股票回购，会使每股收益（　　　）。

　　A. 减少　　　　　　B. 按固定比例减少　　C. 增加　　　　　　D. 按固定比例增加

57. 烟草广告中必须标明的忠告语是（　　　）。

　　A. 吸烟有害　　　　B. 吸烟缓解疲劳　　　C. 吸烟有害健康　　D. 吸烟不利身体

58. 在下列竞争形式中，属于部门间竞争的是（　　　）。

　　A. 满足同类需要的代用品生产者之间的竞争

　　B. 生产一组密切替代的同类商品的企业之间的竞争

　　C. 生产质量性能、品种几乎完全相同的物质产品的企业之间的竞争

　　D. 生产同属一类但是品质、性能、外观、型号各不相同的差异产品的企业之间的竞争

59. 防御商标是指商标所有人在（　　　）商品上分别注册的同一商标。

　　A. 非类似　　　　　B. 类似　　　　　　　C. 重要　　　　　　D. 出口

60. 甲乙两人签订了一份合同，约定甲以自己的名义为乙从事贸易活动，乙向甲支付报酬，这种
　　合同从性质上属于（　　　）。

　　A. 承揽合同　　　　B. 委托合同　　　　　C. 行纪合同　　　　D. 居间合同

二、多项选择题（共20题。每题2分。每题的备选项中，有2个或2个以上符合题意，至少有1个错项。错选，本题不得分；少选，所选的每个选项得0.5分）

61. 实施差异化竞争战略应具备的条件有（　　　　）。
    - A. 较强的研究与开发能力
    - B. 产品质量好或技术领先的声望
    - C. 强大的市场营销能力
    - D. 大规模生产制造系统
    - E. 全面的成本控制体系

62. 进行行业竞争性分析时除了要考虑产业内现有企业之间的竞争程度外，还要考虑（　　　　）。
    - A. 潜在进入者的威胁
    - B. 替代品的威胁
    - C. 市场价格水平
    - D. 供方讨价还价能力
    - E. 买方讨价还价能力

63. 企业实施不相关多元化战略时，应符合的条件是（　　　　）。
    - A. 企业可以将技术、生产能力从一种业务转向另一种业务
    - B. 当企业所在行业逐渐失去吸引力，企业销售额和利润下降
    - C. 企业具有进入新产业所需的资金和人才
    - D. 企业没有能力进入相邻产业
    - E. 企业有机会收购一个良好投资机会的企业

64. 在人力资源需求预测过程中，用德尔菲法预测要注意的问题有（　　　　）。
    - A. 所提出的预测问题应尽可能复杂
    - B. 为专家提供详尽且完善的有关企业生产经营状况的信息
    - C. 保证所有专家能够从同一角度去理解有关人力资源管理方面的术语和概念
    - D. 问题的回答不要求太精确，但要说明原因
    - E. 向高层管理人员和专家讲明预测对企业及下属单位的益处，以争取他们对德尔菲法的支持

65. 股份有限公司董事的忠实义务包括（　　　　）。
    - A. 禁止自我交易
    - B. 禁止关联交易
    - C. 竞业禁止
    - D. 禁止泄漏商业秘密
    - E. 禁止滥用公司财产

66. 下列关于董事会性质的认识，正确的有（　　　　）。
    - A. 董事会是公司的最高权力机构
    - B. 董事会是公司法人的对外代表机构
    - C. 董事会是公司的法定常设机构
    - D. 董事会是代表股东对公司进行管理的机构
    - E. 董事会是公司的经营决策机构

67. 即使已经取得经理职位的人，也必须通过（　　　　）来确保其经理职务。
    - A. 提高公司的利润水平
    - B. 不断增强公司的实力
    - C. 使公司长期稳定发展
    - D. 说服大多数股东
    - E. 与董事会形成战略同盟

68. 跨国公司的母公司一般通过计划管理、财务管理和人事管理实现对子公司的控制。母公司制定的计划一般包括（　　　　）。
    - A. 战略目标
    - B. 市场营销计划
    - C. 生产进度计划
    - D. 投资计划
    - E. 利润分配计划

69. 股东大会会议的召集和主持，下列说法正确的有（　　　　）。
    - A. 股东大会会议由董事会召集，董事长主持
    - B. 股东大会会议由董事会召集，经营者主持
    - C. 董事会不能履行召集股东大会会议职责的，监事会应当及时召集和主持
    - D. 监事会不召集和主持的，连续90日以上单独或者合计持有公司10%以上股份的股东可以自行召开和主持
    - E. 监事会不召集和主持的，连续90日以上单独或者合计持有公司20%以上股份的股东可以自行召开和主持

70. 以下选项中，属于企业集团共同特征的有（　　　　）。

A. 向心性　　　　　B. 联合性　　　　　C. 资产纽带

D. 系统性　　　　　E. 高效性

71. 企业在进行员工招聘工作时应该遵循的原则有（　　　　）。

A. 信息公开原则　　　　　　　B. 竞争原则　　　　　C. 公正平等原则

D. 效率优先原则　　　　　　　E. 双向选择原则

72. 企业在进行薪酬制度设计时，应该遵循的原则主要有（　　　　）。

A. 公平原则　　　　　　　　　B. 效率优先原则　　　C. 竞争原则

D. 量力而行原则　　　　　　　E. 合法原则

73. 公司上市的动机主要有（　　　　）。

A. 可获取巨大股权融资的平台　　　　B. 提高股权流动性

C. 丰富员工激励机制　　　　　　　　D. 有巨大的广告效应

E. 完善公司法人治理结构

74. 自主上市的好处表现在（　　　　）。

A. 大股东的控股比例通常较高，容易实现绝对控股

B. 上市过程不存在大量现金流支出

C. 整合起来相对容易

D. 有巨大的广告效应

E. 改制和上市重组过程，能够使公司获得一个"产权清晰、权责明确、政企分开、管理科学"的平台

75. 与直接上市相比，买"壳"上市的好处表现在（　　　　）。

A. 速度快　　　　　B. 程序简单　　　　　C. 有巨大的广告效应

D. 可合理避税　　　E. 整合难度小

76. 公司可选择在境外上市，这样做的好处主要有（　　　　）。

A. 有利于打造国际化公司　　　　　　B. 有利于实施股票期权

C. 有利于提高员工素质和工作能力　　D. 有利于改善公司经营机制和公司治理

E. 有利于打造公司文化

77. 技术创新中产学研联盟的主体模式有（　　　　）。

A. 高等院校、科研机构把科技成果有偿转让给企业

B. 高等院校、科研机构自办企业

C. 企业与企业进行联盟

D. 政府投资、企业组织人才、进行技术开发，将研发出的先进技术转卖给企业

E. 高等院校或科研机构和企业组建共担风险的技术经济组织

78. 企业技术创新过程的系统集成网络模型最显著的特征有（　　　　）。

A. 强调企业内部的创新构思、研究与开发、设计制造和市场营销等紧密配合

B. 强调合作企业之间密切的战略联系

C. 重视借助于专家系统进行研究开发

D. 重视技术推动和需求推动在产品生产周期不同阶段的不同作用

E. 利用仿真模型替代实物模型

79. 企业外部扩展的主要形式是（　　　　）。

A. 兼并　　　　　B. 收购　　　　　C. 重组

D. 分立　　　　　E. 资产注入

80. 技术创新小组的显著特征是（　　　　）。

A. 创新职能一般不完备　　　　　　　B. 成员自愿加盟

C. 成员由专业人员组成　　　　　　　D. 具有明确的目标和任务

E. 管理松散

三、案例分析题（共 20 题，每题 2 分。有单选和多选。错选，本题不得分；少选，所选的每个选项得 0.5 分）

（一）某服装公司几十年来一直生产和经营各种服装，产品质量卓越，顾客信誉好，使得公司经营规模不断扩大，并在最近十几年里一直处于国内服装市场的领先地位。在 2007 年上半年，公司领导层通过环境分析，认为随着人们收入水平的提高和生活方式的改变，人们对休闲装的需求增长，据此，公司作出了进入休闲领域的战略决定。为了实现这一战略调整，公司还决定暂时只生产中档休闲装，以便避开耐克等国际知名的竞争对手。依据上述情况，请分析回答：

根据上述资料，回答下列问题：

81. 公司原来一直实施的发展战略是（　　　　）。
　　A. 集中型发展战略　　B. 稳定型战略　　　　C. 一体化战略　　　　D. 多元化战略

82. 从 2007 年上半年开始，公司战略调整为（　　　　）。
　　A. 稳定型战略　　B. 无关联多元化战略　C. 一体化战略　　D. 关联多元化战略

83. 公司的这一战略调整可以给公司带来的好处有（　　　　）。
　　A. 发挥企业在技术、销售网络和顾客忠诚等方面的优势
　　B. 获取生产、技术和营销等方面的规模经济
　　C. 获取成本领先的竞争优势
　　D. 获取差异化的竞争优势

84. 在休闲市场上，公司准备采取的竞争战略是（　　　　）。
　　A. 成本领先战略　　　B. 差异化战略　　　　C. 集中化战略　　　　D. 一体化战略

85. 如果公司在休闲领域采取差异化的竞争战略，必须具备的条件有（　　　　）。
　　A. 雄厚的产品开发能力　　　　　　　　B. 强大的市场推广能力
　　C. 领导者的雄心壮志　　　　　　　　　D. 技术、生产和营销等部门之间的积极配合

（二）飞天股份有限公司共有资金 1 000 万元，其中普通股 600 万元，资本成本为 10%；3 年期长期借款 400 万元，年利率为 9.9%，每年付息一次，到期一次还本，筹资费用率为 1%；该公司所得税税率为 30%。

2009 年该公司有甲、乙两个投资方案，初始投资额均为 800 万元，各年的现金净流量如表 2 所示。

表 2　甲、乙两方案各年现金净流量

（单位：万元）

现金净流量 年份 投资方案	1	2	3	4	5
甲方案	300	300	300	300	300
乙方案	100	200	300	400	500

该公司 2009 年度销售收入 8 000 万元，销售成本 6 400 万元，实现税后净利润 800 万元。该公司 2009 年 11 月 15 日发布公告："本公司董事会在 2009 年 11 月 15 日的会议上决定，本年度发放每股为 0.1 元的股利；本公司将于 2010 年 1 月 10 日将上述股利支付给已在 2009 年 12 月 15 日登记为本公司股东的人士。"

根据上述资料，回答下列问题：

86. 该公司长期借款的资本成本为（　　　　）。
　　A. 6%　　　　　　　B. 7%　　　　　　　C. 8.4%　　　　　　D. 9.9%

87. 该公司的加权平均资本成本为（　　　　）。

    A. 6.4%　　　　　　　B. 7.2%　　　　　　　C. 8.8%　　　　　　　D. 9.5%

88. 根据甲、乙两个投资方案的各年现金挣流量，该公司采用不同的投资决策方法对两方案进行了评价（贴现率为10%），评价结果表明甲方案优于乙方案，其依据有（　　　　）。

    A. 甲方案比乙方案的净现值大　　　　　　B. 甲方案比乙方案的现值指数小

    C. 甲方案比乙方案的内含报酬率低　　　　D. 甲方案比乙方案的投资回收期短

89. 该公司2009年度的销售净利率为（　　　　）。

    A. 6%　　　　　　　　B. 8%　　　　　　　　C. 10%　　　　　　　D. 12.5%

90. 下列关于该公司向股东支付股利的表述，正确的有（　　　　）。

    A. 股利宣告日为2009年11月15日　　　　B. 股利宣告日为2009年12月15日

    C. 股权登记日为2009年12月15日　　　　D. 股利支付日为2010年1月10日

（三）某汽车企业生产15-8型号汽车，年产量10 000台，每台15-8型号汽车需要A1-001型号齿轮1件。该企业年初运用在制品定额法来确定本年度车间的生产任务，相关信息及数据见表3。

表3　在制品定额计算表

产品名称			15-8型号汽车
产品产量（台）			10 000
零件编号			A1-001
零件名称			齿轮
每辆件数（个）			1
毛坯车间	1	出产量（台）	10 000
	2	废品及损耗（台）	0
装配车间	3	在制品定额（台）	2 000
	4	期初预计在制品结存量（台）	1 000
	5	投入量（台）	
A1-001型号齿轮零件库	6	半成品外售量（个）	0
	7	库存半成品定额（个）	1 000
	8	期初预计结存量（个）	1 000
齿轮加工车间	9	出产量（个）	

根据上述资料，回答下列问题：

91. 该企业所采用的在制品定额法适合于（　　　　）类型企业。

    A. 大批大量生产　　　B. 成批生产　　　　　C. 小批量生产　　　　D. 单件生产

92. 该企业确定车间投入和出产数量计划时，应按照（　　　　）计算方法。

    A. 物流流程　　　　　B. 营销渠道　　　　　C. 工艺反顺序　　　　D. 车间的空间位置

93. 影响该企业15-8型号汽车生产能力的因素是（　　　　）。

    A. 固定资产的折旧率　　　　　　　　　　B. 固定资产的生产效率

    C. 固定资产的工作时间　　　　　　　　　D. 固定资产的数量

94. 装配车间的投入量是（　　　　）台。

    A. 8 050　　　　　　　B. 9 250　　　　　　　C. 10 000　　　　　　D. 11 000

95. 根据市场和企业状况，装配车间15-8型号汽车的投入量调整为15 000台，则齿轮加工车间的 A1-001 型号齿轮出产量是（　　　）个。

A. 14 000　　　　　B. 14 500　　　　　C. 15 000　　　　　D. 16 000

（四）著名美籍奥地利经济学家熊彼特于 1912 年首次提出"创新"这一概念，他认为，"创新"就是把生产要素和生产条件的新组合引入生产体系，即"建立一种新的生产函数"，其目的是为了获取潜在的利润。之后，索罗、缪尔塞、傅家骥等著名学者、专家、教授均对有关技术创新概念和定义做了不同程度的研究和论述，丰富和发展了技术创新的概念。

根据上述材料，回答以下问题：

96. 下列属于技术创新的推动者的是（　　　）。

A. 企业家　　　　　B. 专家　　　　　C. 消费者　　　　　D. 企业员工

97. 熊彼特认为，创新活动可以是（　　　）。

A. 引进新的产品　　　　　　　　　B. 采用一种新的生产方法

C. 开拓一个新的市场　　　　　　　D. 开辟和利用新的原材料

98. 我国学术界对技术创新公认的定义是：技术创新是企业家抓住市场潜在盈利机会，以（　　　）为目的，重组生产条件和要素，不断研制推出新产品、新工艺、新技术，以获得市场认同的一个综合性过程。

A. 获取经济利益　　　B. 推出新产品　　　C. 击败竞争对手　　　D. 开拓新市场

99. 技术创新的经济意义往往取决于（　　　）。

A. 工艺创新　　　　　B. 产品创新　　　　C. 它的资金优势　　　D. 它的应用范围

100. 由于技术的非自愿扩散，促进了周围的技术和生产力水平的提高，比如对于创新成果的无偿模仿等，这是（　　　）的体现。

A. 创造性　　　　　B. 经济性　　　　　C. 外部性　　　　　D. 风险性

答案速查与精讲解析（二）

答案速查

一、单项选择题

1. B	2. A	3. B	4. B	5. A	6. D	7. A	8. B	9. C
10. A	11. A	12. A	13. B	14. D	15. C	16. A	17. A	18. A
19. B	20. B	21. B	22. C	23. B	24. B	25. C	26. C	27. B
28. D	29. C	30. B	31. C	32. C	33. D	34. B	35. A	36. C
37. B	38. A	39. B	40. A	41. C	42. A	43. C	44. B	45. B
46. D	47. A	48. C	49. D	50. B	51. A	52. B	53. D	54. C
55. B	56. C	57. C	58. A	59. A	60. C			

二、多项选择题

61. ABC	62. ABDE	63. BCDE	64. BCDE	65. ACDE
66. BCD	67. ABC	68. ABDE	69. ACD	70. ABCD
71. ACDE	72. ACDE	73. ABCE	74. ABCE	75. ABCD
76. ABD	77. ABE	78. BCE	79. AB	80. BCD

三、案例分析题

（一）	81. A	82. D	83. AB	84. C
（二）	86. BCD	87. C	88. B	89. BC
（三）	91. A	92. C	93. BCD	94. D
（四）	96. A	97. ABC	98. A	99. D

精讲解析

一、单项选择题

1. 【解析】B　从决策的重要程度来分类，企业经营决策的类型可以分为战略决策、战术决策和业务决策。

2. 【解析】A　横向一体化是指通过资产纽带或契约方式，企业与竞争对手的企业联合，形成一个统一的经济组织。

3. 【解析】B　企业经营战略的实质是谋求外部环境、内部资源条件与战略目标三者之间的动态平衡。

4. 【解析】B　战略环境分析主要包括宏观环境分析、行业环境分析和企业内部条件分析。其中，对企业外部环境的分析可以分为宏观环境分析和产业环境分析。

5. 【解析】A　如果新的竞争对手带着新增生产能力进入市场，必然要求分享份额和资源，因而构成对现有企业的威胁。这种威胁的大小依进入市场的障碍、市场潜力以及现有企业的反应程度而定。

6. 【解析】D　稳定战略是指受经营环境和内部资源条件的限制，企业在战略期所期望达到的经营状态基本保持在战略起点水平上的战略。按照这种战略，企业目前的经营方向、业务领域、市场规模、竞争地位及生产规模都大致不变，保持持续地向同类顾客提供同样的产品和服务，维持市场份额。主要有四种类型：①无变化战略；②维持利润战略；③暂停战略；④谨慎实施战略。

7. **【解析】A** 成本领先战略又称低成本战略，即企业的全部成本低于竞争对手的成本，甚至是同行业中的最低成本。其核心就是企业加强内部成本控制。实施成本领先战略适用于符合以下条件的企业：①该战略适用于大批量生产的企业，产量要达到经济规模，这样才会有较低的成本；②有较高的市场占有率，严格控制产品定价和初始亏损，从而形成较高的市场份额；③有能力使用先进的生产设备，先进的设备提高生产效率，使产品成本进一步降低；④能够严格控制一切费用开支，全力以赴地降低成本。

8. **【解析】B** 盈亏平衡法是进行产量决策常用的方法。该方法的基本特点就是把成本分为固定成本和可变成本两个部分，然后与总收益进行对比，以确定盈亏平衡时的产量或某一盈利水平的产量。可变成本与总收益为产量的函数，当可变成本、总收益与产量为线性关系时，总收益、总成本和产量的关系为：P(利润)=(P−V)·Q−F。根据题意可得：P=(F+VQ)/(Q−1)=65（元/台）。

9. **【解析】C** 本题主要考查的是多元化发展战略的两种类型的区别。多元化发展战略又称多样化战略、多角化战略、多种经营战略，是指一个企业同时在两个或两个以上行业中进行经营，包括相关多元化和非相关多元化两种基本方式。相关多元化战略，又称为关联多元化战略，是指企业进入与现有产品或服务有一定关联的经营领域，进而实现企业规模扩张的战略。不相关多元化战略，又称关联多元化战略，是指企业进入现有产品或服务在技术、市场等方面没有任何关联的新行业或新领域的战略。

10. **【解析】A** 本题主要考查的是一体化战略在前、后两个方向上的区别。一体化战略包括纵向一体化经营战略、横向一体化战略和混合一体化。纵向一体化战略包括前向一体化战略和后向一体化战略两种形式，前向一体化战略是指通过资产纽带或契约方式，企业与输出端企业联合，形成一个统一的经济组织，从而达到降低交易费用及其他成本、提高经济效益目的的战略。后向一体化战略是指通过资产纽带或契约方式，企业与输入端企业联合形成一个统一的经济组织，从而达到降低交易费用及其他成本、提高经济效益目的的战略。

11. **【解析】A** 晋升是指企业中有些比较重要的职位出现空缺时，从企业内部挑选较为适宜的人员补充职位空缺，挑选的人员一般是从一个较低职位晋升到一个较高的职位。在一些企业中实行的管理人员的接续计划就是一种典型的晋升形式。

12. **【解析】A** 差异化战略就是通过提供与众不同的产品或服务，满足顾客的特殊需求，从而形成一种独特的优势。如果一个企业的产品或服务的溢出价格超过因其独特性所增加的成本，那么拥有这种差异化将给企业带来竞争优势。

13. **【解析】B** 经理由董事会聘任或者解聘，向董事会负责，接受董事会的监督。

14. **【解析】D** 经理机构是辅助董事会执行业务的机构，负责日常管理经营活动。

15. **【解析】C** 分公司是母公司的分支机构或附属机构，在法律上和经济上都没有独立性，具体表现在：①它没有自己独立的公司名称，而和母公司使用同一名称；②分公司的业务问题完全由母公司决定；③分公司的资本全部属于母公司；④分公司没有自己的资产负债表，也没有自己的公司章程；⑤它一般以母公司的名义并根据其委托进行业务活动，母公司应以自己资产对分公司的债务负责。

16. **【解析】A** 我国公司法规定：公司以其全部财产对公司的债务承担责任；有限责任公司大的股东以其认缴的出资额为限对公司承担责任；股份有限公司的股东以其认购股份为限对公司承担责任。

17. **【解析】A** 计算机集成制造系统简称CIMS，又称现代集成制造系统。它利用计算机软硬件、网络和数据库技术，将企业的经营、管理、计划、产品设计、加工制造、销售及服务等部门和人、财、物集成起来，以便能够高效率、高质量、高柔性地管理企业，提高企业的竞争力。

18. **【解析】A** 股东大会是原始所有权的载体。股东大会是股份有限公司的最高权力机构，由全体股东组成，行使公司的最高决策权。股东大会是现代公司治理机构三权分立中的一极，被赋予至高的权力，同时由行使执行权的董事会以及行使监督权的监事会相互配合、制约。

19. 【解析】B 公司财产权能的分离是以公司法人为中介的所有权与经营权的两次分离。第一次分离是具有法律意义的出资人与公司法人的分离，即原始所有权与法人产权的分离；第二次分离是具有经济意义的法人产权与经营权的分离，这种分离形式是企业所有权与经营权分离的最高形式。

20. 【解析】B 由于需要建立股东与董事会之间的制约与平衡关系，法律将股东大会确定为公司最高权力机构。

21. 【解析】B 准时生产方式的核心是适时适量生产，采取的主要方法有生产同步化、生产均衡化、采用"看板"管理工具。

22. 【解析】C 设备组的生产能力 = 设备台数 × 单位设备的有效工作时间/单位产品台时定额，故每天生产能力 = 4 × 420/10 = 168（件）。

23. 【解析】B 由题干中提到的"两种或两种以上"可知，B为正确选项。

24. 【解析】B 第一方物流是由制造商自建运输，第二方物流是由制造商自找车队运输，第三方物流是制造商将物流职能外包给物流企业，第四方物流是指为综合供应链解决方案的整合和作业的组织者。

25. 【解析】C 连续性强调的是产品在整个生产过程中各阶段、各工序的流动在时间上紧密衔接，始终使生产处于连续运动状态；尽可能地减少停顿或等待等无价值甚至影响价值增长的现象。这应在积极采用新型生产方式上下工夫。如在现实生产中出现大量在制品积压。

26. 【解析】C 计算临界点价格的公式为：临界点价格 =（固定成本总额 + 单位变动成本 × 销量）/销量 =（800 + 25 × 100）/100 = 33（元/台）。

27. 【解析】B 成批生产的生产设备的设置既有按对象原则排列，又有按工艺原则排列；大量大批生产的生产设备的设置按对象原则排列，组成流水生产线或自动线；单件小批生产的生产设备大多按工艺原则排列。

28. 【解析】D 美国学者卡兹对科研组织的寿命进行了研究，发现组织寿命的长短与组织内信息沟通情况及获得成果的情况有关。他通过大量调查统计出一条组织寿命曲线，即卡兹曲线。卡兹曲线说明，一个科研组织也有成长、成熟、衰退的过程，组织的最佳年龄区为 1.5 年至 5 年。超过 5 年，就会出现沟通减少、反应迟钝，即组织老化，解决的办法是对组织进行改组。

29. 【解析】C 依据经济订购批量的计算公式：$Q = \sqrt{\dfrac{2C_2U}{C_1}} = \sqrt{\dfrac{2 \times 2\,000 \times 900 \times 12}{4\,000 \times 12\%}} = 300$（吨），其中：$Q$——该种货物的每次采购量；$C_1$——每单位货物储量的保管费用；$C_2$——每次采购费用；$U$——该种货物的年需要量。即该种物品的最优经济订购批量为 300 吨。

30. 【解析】B 全面质量管理是以组织全员参与为基础的质量管理形式。全面质量管理代表了质量管理发展的最新阶段，起源于美国，后来在其他一些工业发达国家开始推行，并且在实践运用中各有所长。

31. 【解析】C 配送中心是接受生产厂家等供货商多品种大量的货物，然后按照多家需求者的订货要求，迅速、准确、低成本、高效率地将商品配送到需求场所的物流节点设施，具有采购、存储、集散、配组、分拣、分装、加工等功能。

32. 【解析】C 清洁生产是指不断采取改进设计、使用清洁的能源和原料、采用先进的工艺技术于设备、改善管理、综合利用等措施，从源头削减污染，提高资源利用效率，减少或者避免生产、服务和产品使用过程中污染物的产生和排放，以减轻或消除对人类健康和环境的危害。

33. 【解析】D 国际技术贸易是指不同国家的企业、经济组织或个人之间，按照一般商业条件，向对方出售或从对方购买软件技术使用权的一种国际贸易行为。它由技术出口和技术引进这两方面组成。

34. 【解析】B 专有技术的英文名称叫"Know-how,"，意为"知道如何制造"。它有许多中文名称：技术诀窍、技术秘密、专门知识等。还有直译成"诺浩"的，但最常用的名称是"专有技术"。

35. 【解析】A 商品属性是技术的一个显著特征。技术是无形的特殊商品，不仅有实用价值，而且也有交换价值，所以它才充当技术贸易的交易标的。

36. **【解析】B**　依据盈亏平衡点公式 $Q=\dfrac{F}{P-v}=\dfrac{6\,000\,000}{500-250}=24\,000$（件）。

37. **【解析】B**　1967 年，世界知识产权组织（WIPO）的建立，表明知识产权保护已经国际化和国际规范化。

38. **【解析】A**　原始创新活动主要集中在基础科学和前沿技术领域，原始创新是为未来发展奠定坚实基础的创新，其本质属性是原创性和第一性。

39. **【解析】B**　内企业家区别于企业家的根本之处在于内企业家的活动局限在企业内部，其行动受到企业的规定、政策和制度以及其他因素的限制。

40. **【解析】A**　技术创新小组产生于第二次世界大战期间，是指为完成某一创新项目临时从各部门抽调若干专业人员而成立的一种创新组织。技术创新小组是一个自由联合体，可以消除由于职能部门分工不同而造成的跨部门的效率损失，而且体制灵活，被称为"开放的灵活反应组织"，是最适合中小企业的一种技术创新组织形式之一。

41. **【解析】C**　产品创新是建立在产品整体概念基础上以市场为导向的系统工程，是功能创新、形式创新、服务创新多维交织的组合创新。按照技术变化量的大小，产品创新可以分成重大的产品创新和渐进产品创新。其中，渐进的产品创新是指在技术原理没有重大变化的情况下，基于市场需要对现有产品所作的功能上的扩展和技术上的改进。如由收音机发展起来的组合音响。

42. **【解析】A**　内企业家是指企业为了鼓励创新，允许自己的员工在一定限度的时间内离开本岗位工作，从事自己感兴趣的创新活动，并且可以利用企业的现有条件。由于这些员工的创新行为具有企业家的特征，但是创新的风险和收益均在企业内，因此称这些从事创新活动的员工为内企业家，由内企业家创建的企业为内企业。这是常见的企业技术创新组织形式中，非正式程度最高的一种。

43. **【解析】C**　人员核查法是通过对现有企业内部人力资源数量、质量、结构和在各职位上的分布状况进行核查，确切掌握人力资源拥有量及其利用潜力，在此基础上，评价当前不同种类员工的供应状况，确定晋升和岗位轮换的人选，确定员工特定的培训或发展项目的需求，帮助员工确定职业开发计划与职业设计。为此，在日常的人力资源管理工作过程中，需要做好员工工作能力、潜力、培训和需求等方面的客观记录。

44. **【解析】B**　采用技术创新成果的企业首先要对自身所处的市场环境和自身的技术基础有一个客观明确的认识，这样才能结合实际，在多种可以选用的技术创新成果中进行评估与选择。这一环节是决定采用者是否能通过技术创新成果引入获得良好效益的关键，因此选择最实用的技术。

45. **【解析】B**　按照技术变化量的大小，产品创新可分成重大（全新）的产品创新和渐进（改进）的产品创新。渐进（改进）的产品创新是指在技术原理没有重大变化的情况下，基于市场需要对现有产品所做的功能上的扩展和技术上的改进。

46. **【解析】D**　企业技术水平能决定一个企业的成败程度。外部招聘能从企业外部吸引、选拔符合要求的求职者，来充实本企业空缺的管理职位。招聘范围广，人才来源充分，有利于企业招聘到一流的管理人才，可以缓和内部竞争者之间的紧张关系，避免企业"近亲繁殖"带来的思想僵化，促进企业创新。

47. **【解析】A**　声誉激励机制，追求良好的声誉，是领导者对尊重的需要和个人发展的需要。企业领导者努力经营，并非全为了得到更高的报酬，还期望得到更高的评价和尊重，期望有所作为和成就，期望通过企业的发展证明自己的经营才能和价值。如果他在一个企业的声誉不好，将会影响他将来的求职和发展，甚至断送其职业前程。

48. **【解析】C**　战略性国际人力资源管理首先要解决的问题是外派人员的收入报酬。

49. 【解析】D 随着管理层次的上升，在管理人员应具备的各种能力中，规划决策的能力所占的比重会逐步上升。在最底层管理者所应具备的各种能力中，技术能力所占的比重是最大的。

50. 【解析】B 影响薪酬制度的外在因素包括：①劳动力和人才市场；②地区及行业的特点和惯例；③企业所在地区的生活水平；④国家的有关法律和法规。

51. 【解析】C 知识产权保护制度激励企业技术创新。随着市场经济的发展，技术创新成本加大，风险不断增加。如果企业被授予相应的知识产权后，可凭借技术上的垄断地位，在市场竞争中获取合法的高额垄断利润，收回投资成本。既能确保企业技术创新的顺利进行，又可促进企业投入更多的资金进行技术创新，从而形成一种良性循环，并且在知识产权的有效保护期内，企业可通过技术转让和使用许可，获取可观的利润，从经济上、技术上不断激励企业技术创新。

52. 【解析】B 普莱斯是美国对员工流失问题研究卓有成就的专家，他建立了有关员工流出的决定因素和干扰变量的模型。普莱斯模型指出，工作满意度和调换工作的机会是员工流失和其决定因素之间的中介变量。工作满意度可以用来反映企业内员工对企业持有好感的程度，得到的工作机会显示出员工在外部环境中角色转换的可行性。

53. 【解析】D 按照员工流动的个人主观原因，可将员工流动分为人事不适流动、人际不适流动、生活不适流动。

54. 【解析】C 普通股与留存收益都属于所有者权益，股利的支付不固定。企业破产后，股东的求偿权位于最后，与其他投资者相比，普通股股东所承担的风险最大，因此，普通股的报酬也应最高。所以，在各种资金来源中，普通股的成本最高。

55. 【解析】B 查年现金系数表，计算出该方案的内部报酬率为13.67%。

56. 【解析】C 公司回购了部分普通股，发行在外的股数将相应减少，每股收益势必提高，从而导致企业股票市价上涨，由股价上涨所得的资本收益就可以代替股利收入，所以股票回购也被认为是支付股利的方式之一。

57. 【解析】C 发布烟草广告，必须在显著位置标明"吸烟有害健康"的语句。

58. 【解析】A 部门间竞争是指满足同类需要的代用品生产经营者的竞争和满足不同需要的有关产品间的竞争。

59. 【解析】A 题干所述，是防御商标的概念。

60. 【解析】C 按照《合同法》的规定，行纪合同就是行纪人以自己的名义为委托人从事贸易活动，委托人支付报酬的合同。在本题中，甲就是行纪人，乙就是委托人。

二、多项选择题

61. 【解析】ABC 实施产品差异化战略适用于符合以下条件的企业：①企业要有较强的研究与开发能力，企业要具备一定数量的研发人员，要有强烈的市场意识和创新眼光，及时了解客户需求，不断地在产品及服务中创造出独特性；②企业在产品或服务上要具有领先的声望，企业要具有很高的知名度和美誉度；③企业要有很强的市场营销能力。企业内部的研究开发、生产制造、市场营销等职能部门之间具有很好的协调性。

62. 【解析】ABDE 行业竞争性分析是企业制定竞争战略最重要的基础。在一个行业里，普遍存在着五种竞争力量，即潜在进入者的威胁、替代品的威胁、行业中现有企业间的竞争、购买者的谈判能力和供应者的谈判能力。因此ABDE四个选项均要考虑到。

63. 【解析】BCDE 企业实施不相关多元化战略时，应符合以下条件：①当企业所在行业逐渐失去吸引力，企业销售额和利润下降；②企业没有能力进入相邻产业；③企业具有进入新产业所需的资金和人才；④企业有机会收购一个良好投资机会的企业。

64. 【解析】BCDE 在运用德尔菲法进行人力资源需求预测时，企业应注意以下几个问题：第一，为专家提供详尽且完善的有关企业生产经营状况的信息，使他们能够准确判断企业的生产经营状况；第二，保证所有专家能够从同一角度去理解有关人力资源管理方面的术语和概念，避免造成误解和歧义；第三，问题的回答不要求太精确，但要说明原因；第四，提问过程尽可能简化，所提问题必须是与预测有关的问题；第五，向高层管理人员和专家讲明预测对企业及下属单位的益处，以争取他们对德尔菲法的支持。

65. 【解析】ACDE　董事的忠实义务，即要求董事对公司诚实，忠诚于公司利益，始终以最大限度地实现和保护公司利益作为衡量自己执行董事职务地标准；当自身利益与公司利益发生冲突时，必须以公司的最佳利益为重，必须将公司整体利益置于首位。具体而言，包括：自我交易之禁止、竞业禁止、禁止泄露商业秘密和禁止滥用公司财产。

66. 【解析】BCD　公司的最高权力机构应当是股东大会；公司的经营决策机构是经理机构。

67. 【解析】ABC　保住经理职务的唯一途径就是提高公司的利润水平，不断增强公司的实力，使公司得以长期稳定地发展。

68. 【解析】ABDE　母公司制定的计划一般包括：
（1）战略目标。带有全球性，主要内容是在国际范围内对生产、投资、采购、销售和技术开发、市场开拓、产品创新、营业发展、资金筹措，利益及收益分配等问题进行统筹安排。
（2）市场营销计划。通常由开拓新市场，合理分布营销网点、预期目标以及相应措施等构成。
（3）投资计划。母公司根据利润最大化的要求和竞争力的大小来拟定投资方案。产品的竞争力越强，利润越大，投资越高，反之则越低。
（4）利润分配计划。协调好各分部或子公司之间的利润关系，对实现公司的总体战略目标至关重要。

69. 【解析】ACD　我国《公司法》规定：
（1）股东大会会议由董事会召集，董事长主持。董事长不能履行职务或者不履行职务的，由副董事长主持；副董事长不能履行职务的或者不履行职务的，由半数以上董事共同推举一名董事主持。
（2）董事会不能履行召集股东大会会议职责的，监事会应当及时召集和主持；监事会不召集和主持的，连续90日以上单独或者合计持有公司10%以上股份的股东可以自行召开和主持。

70. 【解析】ABCD　一般而言，企业集团具有以下共同特征：①联合性；②系统性；③资产纽带；④向心性；⑤功能多样化；⑥资源配置的最优化；⑦经营的多角化；⑧规模的大型化。

71. 【解析】ACDE　企业在进行员工招聘工作时应该遵循以下原则：①信息公开原则，是指企业在招聘员工时应该将招聘的职位、数量、任职资格与条件、基本待遇、考试的方法和科目及时间等相关信息事先向社会公开；②公正平等原则，是指企业要对所有应聘者一视同仁，使招聘者能公开地参与竞争；③效率优先原则，是指企业应根据不同地招聘要求灵活选择恰当地招聘形式，用尽可能低地招聘成本吸引高素质地员工；④双向选择原则，是指企业在招聘员工时，要充分尊重求职者地选择权，以与求职者平等地姿态对待求职者。

72. 【解析】ACDE　企业在进行薪酬制度设计时应遵循以下原则：①公平原则，是指企业向员工提供的薪酬应该与员工对企业的贡献保持平衡，这里的公平包括外部公平、内部公平和员工个人公平；②竞争原则，是指应高于同一地区或同一行业其他企业同种职位的薪酬标准，以使自己的企业具有吸引力和竞争力，对关键职位的薪酬标准尤其应如此；③激励原则，是指企业内部各类、各级职位之间的薪酬标准要恰当拉开距离，避免平均化，利用薪酬的激励功能提高员工的工作积极性；④量力而行原则，是指企业在设计薪酬制度时必须考虑自身的经济实力，避免薪酬过高或薪酬过低的情况出现，以使企业成本过高或缺乏吸引力和竞争力；⑤合法原则，是指企业进行薪酬制度设计时，应遵循国家有关法律法规和政策的要求，做到合法合理付酬。

73. 【解析】ABCE　公司上市动机有：①可获取巨大股权融资的平台；②提高股权流动性；③提高公司的并购活动能力；④丰富员工激励机制；⑤提高公司估值水平；⑥完善公司法人治理结构；⑦如境外上市，可满足公司对不同外汇资金的需求，提升公司的国际形象和信誉，增加国际商业机会。

74. 【解析】ABCE　自主上市的好处表现在：①改制和上市重组过程，能够使公司获得一个"产权清晰、权责明确、政企分开、管理科学"的平台。并能够优化公司治理结构，明确业务发展方向，为公司日后健康发展打下良好基础；②改制、建制、上市重组通常发生在企业内部或关联企业，整合起来相对容易；③在公开发行股票上市环节会筹集到大量的溢价收入；④上市过程不存在大量现金流支出，因为不存在购买其他企业股权的行为；⑤大股东的控股比例通常较高，容易实现绝对控股。

75. 【解析】ABCD　买壳上市是指非上市公司通过并购上市公司的股份来取得上市地位，然后利用反向收购方式注入自己的相关资产，最后通过合法的公司变更手续，使非上市公司成为上市公司。与直接上市相比，买壳上市的好处表现在：①速度快；②不需经过改制、待批、辅导等过程，程序相对简单；③保密性好于直接上市；④有巨大的广告效应；⑤借亏损公司的"壳"可合理避税；⑥可作为战略转移或扩张（产业转型、产业扩张）的实施途径。

76. 【解析】ABD　公司可选择在境内上市，也可选择在境外上市。若选择在海外上市，主要好处体现在：①有利于打造国际化公司；②有利于改善公司经营机制和公司治理；③有利于实施股票期权；④上市核准过程透明，上市与否、时间安排清楚；⑤融资额大，没有相应再融资约束；⑥能够筹集外币。

77. 【解析】ABE　产学研联盟的主要模式有：①高等院校、科研机构把科技成果有偿转让给企业；②高等院校或科研机构和企业组建共担风险的技术经济组织；③高等院校、科研机构自办企业或将两个或两个以上产学研单位重组为一个规模更大，结构更加合理，功能更加全面的法人单位。

78. 【解析】BCE　系统集成和网络模型是第五代创新过程模型（5IN），是一体化模型的理性化发展。5IN表明，在创新的过程中，除了需要内部系统整合外，还需要与企业以外的其他公司建立良好的网络关系。透过策略联盟或联合开发形式，达到快速且低成本的创新。5IN最为显著的特征是它代表了创新的电子化和信息化过程，更多地使用专家系统来辅助开发工作，仿真模型技术部分替代了实物原型。

79. 【解析】AB　外部扩展是指企业以不同的方式直接与其他企业组合起来，利用其现成设备、技术力量和其他外部条件，实现优势互补，以迅速扩大生产经营规模的行为。兼并和收购是企业外部扩展的主要形式。

80. 【解析】BCD　创新小组是指为完成某一创新项目临时从各部门抽调若干专业人员而成立的一种创新组织，其主要特点是：

（1）创新小组是针对复杂的技术创新项目中的技术难题或较简单小型的技术项目而成立的，组成人员少，但工作效率却很高。

（2）一般情况下，创新小组可由企业研究开发、生产、营销和财务等部门人员组成，这些人员在一定时期内脱离原部门工作，完成创新任务之后就随之解散。

（3）技术创新小组是一个开放式组织，小组成员随着技术项目的需要增加或减少。

（4）创新小组具有明确的创新目标和任务，企业高层主管对创新小组充分授权，完全由创新小组成员自主决定工作方式。

（5）创新小组成员既要接受原部门的领导，又要接受技术创新小组领导的管理，其组织形式是一种典型的简单矩阵式结构。

（6）技术创新小组成员之间不存在严格意义上的上下级关系，而是工作中的协作与合作关系，多为扁平型。

三、案例分析题

（一）

81. 【解析】A　公司原来一直实施的发展战略是集中型发展战略，即是指集中企业资源，以快于过去的增长速度来增加某种产品或服务的销售额或市场占有率。

82. 【解析】D　从2007年上半年开始，公司战略调整为关联多元化战略，是因为此战略有利于发挥企业在生产技术、销售网络、顾客忠诚等方面的优势，获取研发、生产、销售等方面的协同效应，风险较小。

83. 【解析】AB　公司的这一战略调整可以给公司带来的好处有：发挥企业在生产技术、销售网络、顾客忠诚等方面的协同效应，风险也比较小。

84. 【解析】C　公司原来一直实施的发展战略是集中型发展战略，在休闲市场上，公司继续采取集中化战略，优点是组织结构简单，便于管理，有利于充分利用企业的资源和能力。

85. 【解析】ABD　企业实施差异化战略的条件有三点：
(1) 具有较强的研究与开发能力，能够不断开发出满足顾客不同需要的新产品。
(2) 具有产品质量好或技术领先的声望。
(3) 具有强大的市场营销能力，能够提供优质的服务，在市场上有良好的形象。研发、生产和营销等部门之间能够进行有效的协调与配合。

(二)

86. 【解析】BCD　本题考查净现值的相关内容。根据，可知贴现率和净现值成反比，所以选项B正确，选项A错误。选项CD的表述都是正确的。

87. 【解析】C　在只有一个备选方案的采纳与否决策中，净现值为正者则采纳。在有多个备选方案的互斥选择决策中，选用净现值是正值中的最大者。C选项正确。

88. 【解析】B　本题考点消费者权利的内容。此案例中李某的人身安全受到了损害，所以应选B。

89. 【解析】BC　本题考点求偿主体。消费者因商品缺陷造成人身损害的，既可以向销售者求偿，也可以向生产者求偿。BC选项正确。

90. 【解析】ABD　本题考点消费者权益争议的解决途径。根据与经营者达成的仲裁协议提请仲裁机构仲裁。案例中没有说明李某与经营者已经达成了仲裁协议，所以C选项错误。

(三)

91. 【解析】A　在制品定额法也叫连锁计算法，适合大批大量生产类型企业的生产作业计划编制。

92. 【解析】C　在制品定额法是运用预先制定的在制品定额，按照工艺反顺序计算方法，调整车间的投入和出产数量，顺次确定各车间的生产任务。

93. 【解析】BCD　影响企业生产能力的因素主要有：固定资产的数量、固定资产的工作时间和固定资产的生产效率。

94. 【解析】D　装配车间的投入量＝车间出产量＋本车间计划允许废品数＋（本车间期末在制品定额－本车间期初在制品预计数）＝10 000＋0＋（2 000－1 000）＝11 000（台）。

95. 【解析】C　车间出产量＝后续车间投入量＋本车间半成品外售量＋（车间之间半成品占用定额－期初预计半成品库存量）＝15 000＋0＋（1 000－1 000）＝15 000（个）。

(四)

96. 【解析】A　熊彼特认为"创新"就是"企业家把生产要素和生产条件的新组合引入生产体系"。技术创新的含义表明：企业家是技术创新的推动者。

97. 【解析】ABC　熊彼特认为，这种"创新"或生产要素的新组合包括五种情况：①引进新的产品；②采用一种新的生产方法；③开拓一个新的市场；④开发新的资源；⑤实行一种新的企业组织形式。

98. 【解析】A　我国学术界对公认的定义是：技术创新是企业家抓住市场潜在盈利机会，以获取经济利益为目的，重组生产条件和要素，不断研制推出新产品、新工艺、新技术，以获得市场认同的一个综合性过程。

99. 【解析】D　技术创新的经济意义往往取决于它的应用范围，而不完全取决于是产品创新还是工艺创新，一般来说，具有广泛应用范围的技术创新必然给企业带来巨大的经济效益。

100. 【解析】C　外部性是指一件事对于他人产生有利（正外部性）或不利（负外部性）的影响，但不需要他人对此支付报酬或进行补偿。对于技术创新活动来说，外部性是指由于技术的非自愿扩散，促进了周围的技术和生产力水平的提高的现象。